JN037090

カービー著
Written by Matthew J. Kirby

北川由子訳

ASSASSIN'S CREED VALHALLA
GEIRMUND'S SAGA

アサシン クリード ヴァルハラ
ゲイルムンド・サーガ

ASSASSIN'S CREED VALHALLA
GEIRMUND'S SAGA
by Matthew J. Kirby

Original English language edition first published by Penguin Books Ltd, London
Text copyright © 2020 Ubisoft Entertainment. All rights Reserved.
Assassin's Creed, Ubisoft, Ubi.com and the Ubisoft logo are
trademarks of Ubisoft Entertainment in the US and/or other countries.
All artworks are the property of Ubisoft.
Japanese translation rights arranged with PENGUIN RANDOM HOUSE UK
through Japan UNI Agency, Inc., Tokyo

日本語出版権独占
竹書房

ジョシュへ——

c o n t e n t s

アサシン クリード ヴァルハラ
ゲイルムンド・サーガ

第一章
ありふれたナイフ
A Common Knife

1

狼の群れは鹿が倒れるのとほとんど同時に現れた。こいつら、いったいいつからつけてきてたんだ。そんな考えがゲイルムンドの頭をよぎる。苦しげにあえぐ牡鹿の脇腹には、兄の放った矢が突き刺さっている。だが、獲物が新雪の上にくずおれるまで、ゲイルムンドと兄のハムンドは手負いの鹿の鳴き声と鮮やかな血の跡を延々と追わされた。瀕死の鹿の鳴き声とにおいは周辺の谷や丘の深奥まで届き、吹き鳴らされる戦いの角笛のように狼の群れを招き寄せたに違いない。

「何頭いる？」ハムンドが尋ねてくる。

ゲイルムンドは森に目を凝らした。午後も遅く、すでに薄暮が迫っている。ふたりは樫の木立がまばらにある開けた低地をとうの昔に通り抜け、どんな獣が潜んでいてもおかしくない山林の奥深くまで入り込んでいた。無断で入り込んでしまった館の円柱のごとく、松と樺の木の黒い幹が無言で立ち並ぶ。ここには炉床《ろしょう》や石鹼石のランタンの明かりはなく、手を差し伸べてくれる王や首領もいない。仮に巨人や精霊がいたとしても、兄弟に加護を授けることはないだろう。

「おれから見えるのは五頭だ」ハムンドが言った。

だが、姿を見せているのはほんの一部だろう。ゲイルムンドは右手で剣を抜き、左手で斧を構えた。「おそらく、その倍は隠れているだろう」

「隠れている？」ハムンドは顔をしかめた。「襲撃隊ではあるまいし、狼に戦略などなかろう」

「やつらは襲撃隊だよ、獣の世界のな」ゲイルムンドは群れを率いて樹間を忍び歩く雌狼に目にとめた。全身が露わになったところで狼の頭目は動きを止め、何もかもお見通しだとばかりに彼を直視した。逆立った毛は濡れた流木のような色をしている。体つきは大きいが、従えているものの中にはさらに大型の狼もいた。それは力のみによる支配ではないことを意味している。

「ロングシップ（中世にヴァイキングなどが乗っていた帆船。戦闘員の運搬に使われることもあった）に乗ってはいなくても、こいつらは略奪に長けた戦士だ」

ハムンドは冷笑した。「次は狼がおれたちを挟み撃ちにするとでも言いだすのか？」

「ああ、やつらは確実にそうしてくるはずだ」

その言葉にハムンドは声をあげて笑い、ゲイルムンドはかっとなった。

「エールを飲みながら父上と一緒になって首長《ヤール》たちにへつらってばかりいなければ、狼がどうやって狩るかぐらい知ってただろうよ」

ハムンドは笑うのをやめ、言い返しもしなかった。ゲイルムンドは双子の兄の沈黙を推し量った。あとで仕返しをされるだろう。こっちは正しいことを言ったまでだが。とはいえ、兄がやり返してくるのは、危険が目前に迫ったいまではない。すでに何頭かが頭を低くくして牙をむき、低いうなり声をあげて群れの中から進みでている。

「鹿を狙ってるんだ」ハムンドが言った。「どうする？　くれてやるか？」

ゲイルムンドは目だけを動かして倒れている獲物を見た。若い雄鹿はほかの雄鹿と争ったことも、自身の雌鹿の群れを持ったこともないのだろう。冬の初めでまだ枝角があり、飾るほど立派ではないにしろ、使い道がある程度には大きく、赤みがかった鹿毛は傷もなくつややかだ。肉はさぞかしうまかろう。

「自分のものをむざむざくれてやるのか？」ゲイルムンドは問い返した。

「家の食料貯蔵庫には鹿肉がたっぷりあるのに、たった一頭のために死ぬつもりか？」

兄の率直な言葉にゲイルムンドはもう一度考えた。ふたりはアヴァルズネスにある父の館から徒歩で三日離れた場所にいた。リスを追おうと始めた狩りは、あっという間《ま》により野心的なものに変わった。近辺では大型の獲物が見つからず、兄弟はオルフィヨルドを北東へたどり、オルンドの村の南西に盛りあがる高地の奥に分け入って、ホルダランとの境界近くまで来ていた。だが、仮にホルダランへ避難するにしてもここからは一日以上かかる。風に乗って流れてくる煙や煮炊きするにおいはなかった。樹木の香りや、麝香《じゃこう》に似た雪濡れた土のにおいがするだけだ。

「兄上が雄鹿を求めたからこんなところまで来たんだろう」ゲイルムンドは言った。

「自分の命を引き換えにまでする気はない。おまえの命もな」

ゲイルムンドが兄の言葉にうなずきかけたとき、群れのリーダーが氷寒の地獄《ニヴルヘイム》の霧さながらに音もなくゲイルムンドたちの間近に忽然と姿を現したかと思うと、頭を高く掲げて大股で走り去った。しかし、ゲイルムンドは雌狼の黄色い目の中に炎熱の国《ムスペルヘイム》の炎、恐れ知らずの挑戦、そして鹿肉以上のものを欲する飢えを見た。この狼は狩人を知っている、そして狩人を狩ったことがある。自分の山、自分の館《なわばり》に侵入したふたりの人間に対する雌狼の容赦ない嫌悪をゲイルムンドは感じ取った。

だが、ここは彼女の山ではない。この鹿も彼女の獲物ではない。それをわからせる必要がある。

「逃げられても、こいつらはおれたちの跡を追いかけてくる。そして、寝ているあいだに喉を食い破るだろう」

「まさか」弟の言葉を否定しながらも、ハムンドの声は確信に欠けていた。

「賭けてもいい、オルンドの村人はあの雌狼をよく知ってるはずだ」

「それがどうした？」

ゲイルムンドは兄をにらみつけた。「村はローガランにあり、父上に忠誠を誓っている。村民はわれわれの民だ。わかっているはずだ……兄上はいずれ彼らの王になるんだぞ」

弟の口をつきかけた非難の言葉が容易に想像でき、ハムンドは背筋を伸ばした。これは名誉にかかわる問題だ。だったら、運命は決まっている。

「どうする、兄上？」ゲイルムンドはにやりとして自分の武器を持ちあげた。「戦うか、それとも鹿肉との交換を交渉するか？」狼の群れを顎で示す。「連中は喜んで交換条件を出してくるはずだ。もっとも、こちらには不利なものだろうが」

ハムンドは背中へ手を回してイチイ科の針葉樹で作った弓をつかんだ。「弟よ、意外に思うかもしれんが、おれは旅の道中、役立つことを学んできた」矢筒から一本引きだして弓につがえる。「たとえば、こちらがどれほど供物を差しだそうとも、海と交渉することはできない。それは狼も同じだ。狩人でなくともわかるぞ」

ゲイルムンドは一歩踏みだして兄に身を寄せた。「雄鹿のときみたいに急所を外すなよ」

「狙いを定められるよう狼たちを近づけるな」

ゲイルムンドが体を反転させて兄と背中合わせになり、ふたりは大地を踏みしめて戦いに備えた。狼の群れはふたりを取り囲むと、隙を狙うようにぐるぐる回りはじめる。獣たちの吐く息が宙に霧の雲を形作った。わずかなあいだにも、冷ややかな宵闇はいっそう深まっている。狼たちにとって有利な状況であることは言うまでもない。

ついに二頭が飛びかかってきた。それも、反対方向から二頭同時にだ。ゲイルムンドは背後で兄の弓がタンと音をたてるのを耳にした。獣の悲鳴がすぐさまそれに続く。ゲイルムンドはすばやく身をかがめると、斧を持った左手に襲いかかる二頭目の獣めがけて剣をなぎ払った。刃は大きな雄の左前脚を裂き、狼が脚を引きずりながらあとずさる。垂れた前脚は皮一枚でつながっていた。

背後へ目をやると、兄に射られた狼は頭を下に体を二つ折りにして雪上に横たわっている。首と肩のあいだに矢が突き刺さっている。急所を一撃、即死だ。

「さすがだ、兄上」

「そっちはどうだ？」

「戦闘不能だ。だがまだ――」

うなり声をあげる狼たちの波がふたりに押し寄せる。その数は四頭。さらに三、四頭が早くもふたりの周囲をめぐり、牙と爪で加勢せんとしている。ハムンドは次の矢を矢筒から引き抜き、ゲイルムンドは兄に飛びかかれる距離まで接近してきた最初の狼の頭めがけて斧を振りおろした。矢は当たったが急所を外し、倒れた狼はふらふらと起きあがったあと、ふたたびくずおれた。ゲイルムンドにやられたほうはごろごろ転がり、あとはぴくりとも動かない。

「後ろだ！」ハムンドが叫んで弓を引く。

ゲイルムンドが脇へよけると同時に、矢が横をかすめるようにして飛んでいく。ドスッという音と獣の悲鳴が聞こえたものの、振り返って確認する暇はなかった。武器を掲げる間もなく六頭目が飛びかかり、ゲイルムンドを押し倒す。鋭い牙が宙を嚙む音が耳に響き、生臭い息が鼻を突く。ゲイルムンドが剣を握った腕を押しあげ、獣の口を自分の喉から遠ざけようとすると、狼はその腕に嚙みついてきた。牙が腕の肉に沈み込み、革と羊毛、続いて皮膚に穴を開け、激痛とともに手から剣がこぼれ落ちる。この顎なら骨をも砕くと、ゲイルムンドはそのとき確信した。

彼は目をむき、狼の耳元で咆哮した。それと同時にハムンドの雄叫びが轟き、狼はふいに痙攣したかと思うとゲイルムンドの腕を放し、跳ねるように二、三歩退いて、前脚で顔をかくような仕草を繰り返す。片方の目には矢が刺さっている。ハムンドが至近距離から矢で獣を突き刺したのだ。だが矢は脳まで届かず、即死には至らない。ハムンドはとどめを刺そうと、顔をこする獣を見据えて次の矢を引き抜いた。

ゲイルムンドが起きあがろうとしたとき、防御のわずかな隙を突いて別の一頭が兄に襲いかかった。駆けつけようと慌てて立ちあがったゲイルムンドだったが、血濡れた雪に足をとられ、間に合わない。狼はハムンドに飛びかかって弓を引く肘に食いつき、彼を地面に引き倒した。

「やめろ！」ゲイルムンドは怒号を発した。獣に突進しながら斧を両手で握り、背中の中央に振りおろす。狼は背骨を切断されて悲鳴をあげ、動かなくなった下肢を引きずって逃げようとする。ゲイルムンドは獣の苦痛をすばやく終わらせてやると、次の攻撃へ向き直った。

しかし、続けて襲いくる獣はなく、戦いは唐突に終了した。狼の群れは死して、あるいは傷ついて動けなくなった仲間を残してあっさり姿を消したようだ、少なくともいまは。ゲイルムンドは剣を拾いあげると、痙攣し、苦しむ二頭にとどめを刺した。最後に兄を襲った一頭の見覚えのあるちぎれかけた前脚に気づいたのはそのときだった。自分が剣で脚を切り裂いた、あの狼だ。重傷を負いながらも、ふたたび戦いに加わることをやめないばかりか、さらなる勇気と激しさを持って襲いかかったのか。あるいは、単にみずからの最期を悟り、牙をむいて死ぬことにしたのかもしれない。いずれにせよ敬意を払うに値する選択だ。狼の脇にひざまずくゲイルムンドの胸に込みあげた感嘆の念は、一種の惜別へと静かに変わった。

「やつらは退散したのか？」背後からハムンドが尋ねた。

ゲイルムンドはうなずいた。「ああ、もういない」

「戻ってくると思うか？」

「必ずな」ゲイルムンドは言った。「だが、それは今日ではない」

「おまえの腕は大丈夫か？」

ゲイルムンドが引き裂かれた袖に視線を落とすと、赤く染まった布地から白いものが突きだしている。一瞬、骨かと思ったが、すぐに狼の牙だと気がついた。引き抜いて手のひらにのせる。象牙色の牙で、根っこに赤い肉がついている。

「死にはしないさ」言いながら兄のほうを振り返ると、ハムンドは戦闘の興奮の名残にまだ目をぎらつかせてこちらを見ていた。体の脇に赤い染みが広がっている。「兄上のほうが深手じゃないか」

ハムンドは弟の腕から視線を引きはがして自分の体を見おろした。「おれもまだ平気だ。血のせいで深手に見えるだけだ」

「本当に大丈夫なのか？」

ハムンドは唾をのみ込んでうなずくと、戦いの場を見渡した。「ふたりで六頭倒したな」

ゲイルムンドは狼の脇腹に手を置いた。分厚い毛皮を指で押し込み、肋骨を探る。「ほとんど骨と皮じゃないか。それに牙もゆるんでる」

狼の群れは血に飢えていたのでも、獰猛なのでも、復讐心を燃やしていたのでもない——死に物狂いだっただけだ。どちらにせよ何も変わりはしないが。ゲイルムンドは手のひらの牙を握りしめた。群れを率いる雌狼に見て取れた挑発と怒りの眼差しは自分の思い過ごしだったのか……。そうであったとしても、狼たちの腹を満たすだけの獲物がこの地に不足している事実は変わらない。次に対峙したときも、戦いは避けられないだろう。

ゲイルムンドは立ちあがった。「今夜はここで野営しよう。火を熾して、まずは傷の洗浄だ。それから獲物の皮をはぐ。出発は明日の朝だ」

ハムンドはまばたきをしてうなずいた。兄弟は陽が落ちる前に、枯れ木を切り倒し、野営地を確保した。ゲイルムンドが狼の死骸を薪のそばへと引きずり、ハムンドは凝った造りの火打ち道具で火をつけようとかがみ込んだ。それは父に同行して東のフィンランドへ旅をしたときに手に入れたもので、輝く青銅の持ち手には向き合う二頭の馬と騎手が彫られている。だが、どんなにしゃれていようと、ただの鋼鉄片ほども火花が出ない。火打ち石を打ち合わせる力が弱すぎるのだ。ゲイルムンドが手を貸そうとしかけたとき、ようやく火口《ほくち》から細い煙の渦が立ちのぼった。体を起こすハムンドの動きは鈍重で、足はふらついていた。

「具合が悪いのか?」ゲイルムンドは尋ねた。

ハムンドがうなずく。「どうも……」言いかけるが、言葉が続かない。

「座れ。傷を見せて――」

全身から骨が消え去ったかのように、ハムンドは地面に倒れた。

「おい、しっかりしろ」ゲイルムンドはそばに駆け寄って、血の気のない兄の頰を張る。

「おれを見ろ!」だが、兄は半分閉じられたまぶたの裏で白目をむいている。

ハムンドの衣服は側面が濡れ、重たくなっていた。ナイフで袖を切り開くと、兄の腕は下側が深くえぐれ、まだ流血している。ゲイルムンドは歯を食いしばって息を吸い込むと、手にした斧の刃先を燃え始めたばかりの焚き火の中に差し入れた。次に石鹼石のカップに雪を詰め、熱で溶かすために火のそばに置く。そして兄のかたわらへ戻り、流れでる血を少しでも止めようと両手で圧迫した。

「無理しやがって……愚か者め」小声でささやく。

ほどなくしてカップから湯気が立ち、ゲイルムンドは温まった水で兄の傷口を洗う。それから斧を取りあげ、刃先に雪を落とす。瞬時に雪が溶けるのを眺めながら、険しい顔でうなずく。

「おれの声が聞こえるかどうかわからないが」ゲイルムンドは立ちあがり、兄を見おろしてつぶやいた。「耐えてくれ。痛むぞ」

そう言うと、腰をかがめて兄の手首をつかむ。腕を持ちあげて傷を完全にさらしてから、平たい斧刃を裂けた傷口に押し当てる。鉄火が皮膚を焼いても、ハムンドはうめくだけで身じろぎひとつしない。

焼けた皮膚のにおいがゲイルムンドの鼻に流れ込む。吐き気をこらえながら、斧刃を慎重に動かした。兄の皮膚から刃がゆっくりと離れ、傷口がむきだしになる。どうやら出血は止まったようだ。蜂蜜酒に浸した布きれを傷口に当て、外れないように兄の腕で押さえつけて胴体にくくりつける。汚れた血が腹や胸郭へ流れ込んでいないといいが……。だが、そうなっていても彼にできることはない。

「あとは、兄上をここから運ぶ方法だな」

ゲイルムンドは死んだ狼たちを見やると、大きな二頭に目をつけた。前脚の取れかけているほうの死体を引き寄せると、焚き火の明かりのそばで細心の注意を払いながら、手際よく皮をはいでいく。腹と四肢を切り開いて一枚皮にはぐという普通のやり方ではだめだ。ゲイルムンドの構想では皮を大きく切開せずにはがねばならず、時間と注意、そして力を要した。まずは脚から始め、濡れて縮んだ脚絆を脱がすように、皮膚に最小限の切り込みを入れて生皮を肉からめくりあげていく。胴体の皮をはぐときは、自分の体重をかけて躯幹から生皮を引きおろす必要がある。冷え冷えした外気の中、汗だくになって作業しながら、最後は円筒形のやわらかな毛皮が二組できあがった。次に、ゲイルムンドの腰ほどの太さがある樺の若木を二本、斧で切り倒す。それを兄の身長に合わせて切断し、狼の皮を縦に並べて中に二本の木を通す。毛皮を両端へ引っ張れば、丈夫でやわらかく、下の雪から冷気をさえぎることのできる橇《そり》のできあがりだ。

ゲイルムンドはハムンドを転がすようにして、完成したばかりの橇にのせると、その体を彼の武器と一緒にしっかりくくりつける。これで出発の準備が整った。

夜間の移動は危険だが、ここに残るよりはましだ。狼よりも、兄のほうが心配だ。一刻も早くアヴァルズネスに戻り、治療師にハムンドを診せる必要がある。傷口の化膿を防ぐ施術が遅くなれば、手遅れになりかねない。それくらい兄は命の危険にさらされていた。

狼たちの死骸は雪の上に放置することにする。いずれ群れが戻れば喰らいつき、腹を満たすかもしれないからだ。ときに狼は共食いをする。だが、それは鹿の体をむさぼったあとのことだ。ゲイルムンドは鹿の臀部から大きな塊をひとつ切り、残りはその場に残した。これだけあれば帰り道で兄と分け合うには充分だ。

二本の樺の木に結びつけた縄の先端に輪を作り、自分の肩と胸にかけた。こうすれば両手の自由が利き、木の端をつかんで橇を平行に保つことができる。だが、橇を持ちあげたゲイルムンドは、一歩目さえ踏みださぬうちによろけた。兄の体と狼の毛皮、それに樺の木の重さが加わった橇があまりに重すぎたのだ。

「雷神トールよ、われに力を授けたまえ」つぶやいて全身に力を込める。

それからひと呼吸置いてゲイルムンドは出発した。

2

日が昇り、昼を過ぎ、闇が落ちても、ゲイルムンドは歩き続けた。だが、ふたたび夜が明けて昼が過ぎた頃、ゲイルムンドの肩の筋肉はついに感覚がなくなった。縄が斧の刃のように、容赦なく肩の肉に食い込む。足はみずからの重みに加え、雪と氷の刺すような冷え込みによって感覚がほとんどない。こわばった背中は、次に嵐が来れば倒れそうな樫の老木のようにきしむ。樺の木は手袋越しに彼の手のひらの皮をはぎ、焼けるような胸の奥では、吸い込む冷気が肺の炎にぶつかった。

三日目の夜明けが過ぎた。夜のあいだに岩と雪だらけの山をようやく抜け、開けた大地と牧草地が広がる低地に出た。これで少しは楽になる。背の高い草が雨で濡れた場所では、地面がやわらかくて滑りやすいため、しばらくのあいだ容易に橇を引けた。

だが、それも長くは続かない。太陽が中天にかかる頃には、より恐ろしい敵が苦痛に取って代わっていた。ゲイルムンドの両脚と両腕の筋肉は疲労のあまり小刻みに震え、関節が外れて靱帯がちぎれたかのように四肢がうまく動かせない。痛みが反撃や体当たりでいなすことのできる直接攻撃だとしたら、疲労感は彼が体力を使い果たして陥落するのを気長に待つ、終わりのない包囲攻撃だった。それに抗うには睡眠が必要であることはわかっていたが、今は一刻も早くアヴァルズネスへ戻りたかった。ここまではハムンドの容態を確認し、鹿肉を焼いて口に放り込むためだけに足を止め、夢を見る間もないほど短いあいだ目を閉じたことが二度あるだけだ。しかし、もはや選択肢はないとゲイルムンドは観念した。これ以上は体が言うことを聞かないだろう。

少し先に小さな湖とブナの木立がある。ゲイルムンドはそこでひと休みすることに決めた。たどり着くと橇をおろし、濡れた落ち葉と朽ちた木の実の上にくずおれるようにして体を横たえる。腐葉土の湿った甘いにおいに包まれた。

眠りに落ちる前に、ハムンドの容態を確かめる。浅黒い肌は血の気を失ったままだが、額に触れると熱はない。ゲイルムンドは少しだけ安堵した。兄は倒れたあとは意識が朦朧としたままで、ときおり何かをつぶやいたり、仲間の名前を呼んだりするものの、覚醒はしていない様子だ。傷の痛みと状況の不快さを思えば、容態が悪くならない限り、意識がないのはむしろ恩恵だろう。そう考えて、ゲイルムンドは兄を眠るがままにさせてきたし、いまも起こそうとはしなかった。そして自分も、ようやく意識の錨をあげて眠りの潮流に身を任せる。次に目を開けたときにはすっかり夜も更け、ゲイルムンドは寒気に震えていた。

体のあちこちで痛みがぶり返していたが、それに立ち向かうだけの気力がよみがえっていた。歯を食いしばって立ちあがった彼は、木を集めて小さな火を熾した。家路の最後の道程をたどる前に明かりのもとで兄を確かめ、自分も暖を取りたいと思ったからだ。ところが驚いたことに、ハムンドの目は開いてこちらをじっと見ている。

「具合はどうだ？」兄のそばへと向かいながら、ゲイルムンドは尋ねた。

「痒い。狼の毛にノミがいるぞ」ハムンドはなんとか笑みを作った。「それに糞がしたい」

ゲイルムンドは小さく笑うと、兄の体を橇に固定している紐をほどき、手を貸して立ちあがらせた。「腕に気をつけろ。持ちあげようとするなよ」

「おまえに縛りつけられていなくても、腕があがるかどうかわからんな」

ハムンドはよろよろと歩み去って明かりの届く範囲から消え、ゲイルムンドはしばらく待ったあと声をかけた。返事をする代わりに、ハムンドは無言で戻ってくると、うめき声とともに橇の上に仰向けになった。ゲイルムンドは冷たくなった最後の鹿肉を兄に差しだした。焼いたのは昨日だったか、その前だったか、もはや思いだせない。

「おれたちはどこにいるんだ？」ハムンドが尋ねた。

ゲイルムンドは焚き火をはさんで兄の向かいに腰をおろした。「明日、日が暮れるまでには館にたどり着くだろう」

鹿肉を嚙む兄の顎が止まった。「それだけの道のりをおまえひとりで運んでくれたのか？」

ゲイルムンドはブナの木切れを炎に投げ込んだ。火の粉が舞い、深みのある木の実のにおいがする煙があがる。「ほかに選択肢があったと思うか？　兄上はものぐさで歩こうともしなかっただろう」

「たしかに、とんだものぐさだな」ハムンドは笑い声をあげてすぐに顔をしかめ、鹿肉に噛みついた。「まだ体がだるい」

兄の目に誇りと気兼ねを見て取ったゲイルムンドは、相手の頭にあることを自分の思考のように理解した。兄は歩く力がないが、重荷にもなりたくないのだ。ゲイルムンドは肩をすくめた。「もう一日ぐらい、おれはなんでもない」

「おれにはあるぞ」ハムンドが言い返す。「ノミに噛まれるのはおれだからな」

「ノミにはもう食われてるだろう。ノミの部族が狼の部族と、そこで立法集会《アルシング》を開けるんじゃないか」

ハムンドは笑い、またも顔をしかめた。「笑わせるなよ、傷が痛む」

「出発したら、笑う理由もなくなるさ」ゲイルムンドは立ちあがると、濡れた落ち葉を両手に抱え、焚き火にかぶせて消火した。ブナの木立が闇に吸い込まれる。「準備はいいか？」

ハムンドは朝までの時間を計るかのように夜空と星を見あげた。「いまからか？」

「ああ」ゲイルムンドは両手から木の葉を払った。そんなつもりはなかったが、深刻な声になる。「兄上にはおれよりもっと腕のいい治療師が必要だ」

ハムンドはゆっくりうなずいた。「そうか。では出発だな」

ゲイルムンドはふたたび兄の体を橇にくくりつけにかかった。ハムンドが痛みにうめき声をあげる。兄が苦しむ声を聞くのはつらいが、やるべきことは変わらない。ハムンドもそれ以上はうめき声ひとつあげず、目と口をかたく閉ざして試練に耐えた。やがて、ゲイルムンドが準備を終えると、ひとつだけ要求した。

「おれの剣をくれ」

　ゲイルムンドは動きを止めた。「剣?」

「手に持たせろ」

　兄の要求の真意を悟り、ゲイルムンドは恐怖を振り払おうとした。「運命はまだ兄上を見限ってはいない。父上もだ。父上はみずからヴァルハラ（最高神オーディンの宮殿で、戦士の魂が集められる場所）に乗り込んででも、兄上の魂を取り戻そうとするだろう――」

「頼む、弟よ」ハムンドは胸のそばに置かれた手を開いた。「おれの剣を」

　必要のあるなしはともあれ、アヴァルズネスにたどり着く前に命の糸が切れてしまうなら、剣を握って死ぬ名誉を兄から奪うだけの理由は見つからなかった。運命の三女神《ノルン》が命の糸を断ち切る前に帰り着いてみせると心に誓いながら、ゲイルムンドは紐を解いて兄の剣を鞘から引き抜いた。フランク王国産の優れた鋼の刃は、兄が初航海へ出る前に父から贈られたものだ。そしてゲイルムンドの知る限り、いまだ人や獣の血に濡れたことは一度もない。握りには革紐が巻かれ、柄と柄頭には金と銀の象嵌《ぞうがん》で精緻な車輪の模様が描かれている。長く冷ややかな剣身が星明かりを浴びて、焼き入れのときに生みだされる波紋が川のようにきらめいた。

「落としても、おれは拾いに戻らないからな」ゲイルムンドはわざと怖い顔を作って言った。

「わかっているさ」

兄が手を離したときのために、膝をくくりつけている紐の下に剣先を滑り込ませてどうにか固定すると、兄の手のひらに柄をのせた。

「すまない」ハムンドは柄をきつく握りしめ、橇の前へ向かった。自分の胸に引き寄せた。

ゲイルムンドはうなずき、橇の前へ向かった。かがみ込んで縄を肩と胸にかける。橇を傾けると、縄にかかる重みが今まで以上に容赦なく肩に食い込んできた。これでは自分の船でついに海へ乗りだすときが訪れても、櫂を漕ぐことさえできないかもしれない。

「軽くなったな」ゲイルムンドは痛みに耐え、軽口を叩いた。「糞をしておいてくれたおかげだ」

背後でハムンドが笑ったが、すぐにうめき声に変わり、ゲイルムンドが体を押しだして橇ががくんと前進すると、さらに苦しげな響きになった。

ゲイルムンドは北のオルフィヨルド、南のショルダフィヨルドのあいだに広がる低地をたどりながら、できるだけ平らな道を選んだが、あたりはまだ真っ暗だ。橇が揺れたりぶつかったりするのは避けられず、揺さぶられるたびにハムンドのうめきは大きくなるようだった。夜のあいだはほぼずっと星を頼りに道を進んだものの、夜明けの少し前に分厚い雲が空の道しるべを覆い隠し、雷と雨をもたらした。ゲイルムンドは濡れた地面に何度も足を滑らせて橇を傾けてしまったが、背後からはなんの声も聞こえなくなった。兄の容態が悪化してまた意識を失ったのではないかと、ゲイルムンドが足を止めて振り返ると、ハムンドは苦痛をじっとこらえていた。

「せめて顔を覆ってくれないか」兄が食いしばった歯の隙間から言った。顔は上向きで目をつぶり、雨粒がまつげの下にたまっている。

「ああ、すまなかった――」ゲイルムンドは兄のマントのフードをできるだけ引っ張り、鼻の先までかけてやった。「これが精いっぱいだ」

ハムンドはわずかにうなずくだけで、剣を握る手は関節が白くなっていた。

ゲイルムンドはため息をつくと、牛車の牛が頚木《くびき》を牽引するようにふたたび縄をぐいと引き寄せた。冷たい雨は本降りになり、マントに毛皮、それに革の縫い目から染み込んでくる。だが、ついに農耕地帯に通じる道に入った。南東には草木のない灰色の岩場が盛りあがり、ゲイルムンドはそれを迂回して南へ向かい、ショルダフィヨルドの岸辺近くを進んだ。夜が明けてしばらくすると雨はやみ、高地から霧が流れ落ち、低地と水辺に集まっていく。ゲイルムンドはフィヨルドの海岸線をたどり、そのあとは湖の外周伝いに前進した。

ここまで来れば楽になるはずだったが、雨のせいで道はぬかるみ、ゲイルムンドのブーツと橇の下端は道にめり込んで両方とも重たい泥に覆われた。限界まで力を出しても歩みはのろくなり、心臓は破裂する寸前だ。二度、膝がふいにがくっと崩れ、ゲイルムンドは橇ごと泥の上に倒れ込んだ。三度目はふたたび立ちあがれるかさえわからずにただ地面に突っ伏した。

「どこかに家屋は見えないのか？」ハムンドが尋ねる。「それか、避難できそうな場所は？」

「まだ見えない」ゲイルムンドは胸を押さえて、ぜいぜいと息を切らした。だが、木が燃えるにおいはたしかにする。「あったと……しても……治療師を……呼びに行くのに……時間がかかる」

ゲイルムンドは片膝をつくと、どうにか立ちあがった。

「治療師ぐらい待てる」ハムンドが言う。「どこか場所を見つけ、おれをそこに置いておまえは館へ行け」

ゲイルムンドはふたたび縄を胸にかけた。「どこだろうと兄上を置き去りになどしない」

「だがおまえはもう――」

「言っただろう――」ゲイルムンドは声を荒らげようとしたが、息が切れただけだった。

「兄上を置き去りにはしない」

歩きやすい道を探したものの、まわりの大麦畑は収穫が終わったばかりで、橇を引いてはとても通れそうにない。このまま進むしかないだろう。たとえ一千回倒れようとも、ぬかるみを踏みしめていくしかなかった。はるかかなたに見える小丘や木立までの距離感はすぐに失われ、足を踏みだす感覚だけが残った。弱まっていく足の運びより先のことは考えられない。もう長くはもたず、父の館にたどり着くこともないだろう。そう確信しながらも、ひたすら進み続けた。

ようやく雨雲が晴れ、太陽の光が濡れた世界を輝かせる。フォレスフィヨルドの北端に到着したところで南西に折れ、海岸に沿ってカルムスン海峡とわが家の方角へ向かった。寒さはやわらいだ気がするが、天候の変化もゲイルムンドに力を与えず、道にできた無数の水たまりが陽光を反射し、今度はそのまぶしさに顔をしかめなければならなかった。

「聞こえるか?」ハムンドが問いかける。

「聞こえるって……何が?」

「蹄の音だ。馬が来る」

ゲイルムンドは足を止め、耳をそばだてた。体を酷使したせいで耳鳴りがするが、確かに聞こえる。ハムンドの言うとおりだ。前方から複数の馬が近づき、次の曲がり角の先まで迫っている。ぬかるんだ道路の奥から、泥と雨をののしる声が聞こえてきた。

「無法者にしては声がでかい」ハムンドが推察する。

これも兄の言葉どおりだろう。無法者なら殺人や略奪目的で人気のない道路脇に潜んで旅人を狙う。とはいえ、いずれにせよ避けるのが賢明だとゲイルムンドが分別を働かせて判断する間もなく、馬に乗った一団が姿を現した。一瞬置いて、騎手たちがふたりを目にして声をあげる。荒々しい声は聞き覚えがある。スタイノルフュルの声だと思うが、自分の判断に確信が持てない。一団がこちらへ馬を飛ばすのを眺めながら、ついに狂気か幻覚にとらわれたかと案じたものの、近づくにつれて、スタイノルフュルだけでなく、彼が世話をしている少年シャルギの、見間違えようのない左目の傷も見えてきた。ほかにもアヴァルズネスの男たちが四人いて、こちらを認めるとたちどころに駆けつけた。その光景にゲイルムンドは安堵のあまりふらつきかけた。

「止まれ！」スタイノルフュルが少し手前で手綱を引いて呼ばわった。「ゲイルムンド、あなたか？」

「そうだ」ゲイルムンドは応じた。両腕がぶるぶると震えだす。

「その橇は？」スタイノルフュルが馬からおり、大股でやってくる。「ハムンドはどこに？」

「その橇こそがハムンドだ」と、ハムンドがみずから答えた。

シャルギも馬をおり、スタイノルフュルとともに駆け寄ってゲイルムンドの手から橇を支える木を受け取ろうとした。ふたりはゲイルムンドの手をこじ開けねばならなかった。彼が放そうとしなかったのではなく、指が固まって開かなかったためだ。それからシャルギが両腕で橇を支えるあいだに、スタイノルフュルは縄を持ちあげてゲイルムンドの肩から外した。

「いったい何があった？」スタイノルフュルはゲイルムンドの目をのぞき込んでささやいた。

「狼の群れにやられた」ハムンドが答える。

「狼？」シャルギは橇をゆっくり下へおろしながら繰り返した。「いったいどこで？」

「馬ならここから一日ほどの距離だろう」ゲイルムンドは言った。「オルンドの近くだ」

「オルンド?」スタイノルフュルはあきれたように首を横に振った。「てっきりリスを狩りに出かけたものとばかり。お父上の命でおふたりの捜索隊が出されたが、オルンド方面までは探していない」

「リスでは物足りなかったんだ」ハムンドがぼやいた。

「スタイノルフュル、聞いてくれ」ゲイルムンドはようやく声を取り戻し、伝えるべきことを告げた。「兄上は深手を負ってる。腕の内側だ。治療師に診せる必要がある」

スタイノルフュルはハムンドを見おろした。「騎乗できますか?」

「ああ。だがごく短い距離しか無理だ」ハムンドは言った。

「誰か一緒に乗って支えてやってくれ」ゲイルムンドが言い添える。

馬上からひとりが声をあげる。エギルという名の男だ。「おれの馬にヘルハイドを乗せよう」

ゲイルムンドは自分たち双子を指すその名が使われるのを聞き捨てにした。浅黒い肌《ヘルハイド》と地獄の女神ヘルにかけたその呼び名を彼は心底嫌っていたが、それを口にする者たちに本気で侮辱する意図がないのは知っている。

スタイノルフュルはうなずいて言った。「エギルの馬が一番力がある」エギルと馬を招き寄せ、ハムンドを橇にくくりつけている紐をほどくようシャルギに指示する。それからゲイルムンドにふたたび向き直った。「あなたはどうなんだ。その腕も手当てが必要だろう」

ゲイルムンドは見おろした。自分の傷のことはすっかり忘れていた。いまや袖の層の中で血は乾ききり、布と革が裂けた部分は泥と一緒くたになっている。「まだ見てもいない」

「兄君を送りだしたら、わたしが診よう」スタイノルフュルは言った。

それからゲイルムンドは、エギルが力強い馬にまたがって近づくのを眺めた。それは金色の毛とたてがみを持つ雄馬で、何人かが集まってきてハムンドをエギルの前に押しあげて鞍に座らせた。ハムンドが鞍上に落ち着くと、スタイノルフュルは一団の者たちに向かって声を張りあげた。

「シャルギとわたしはゲイルムンドを連れてあとから行く。日が沈む前に必ずヨール王の館へたどり着け」

男たちはうなずき、ほどなく兄を乗せた馬たちは宙高く泥を蹴立てて走り去った。

「おれも一緒に行く」ゲイルムンドは言い張った。「兄上とともに――」

「わたしに腕を見せてからだ」スタイノルフュルは道から外れ、トネリコの大樹の木陰へとゲイルムンドを連れていった。ゲイルムンドに抗う気力は残っていなかった。「傷を見せてもらったあとは……」スタイノルフュルが付け加える。「なぜハムンドを見捨て、置き去りにしてこなかったのか理由を話してもらおう」

3

ゲイルムンドはトネリコの太い根をまたぎ、幹に背中を預けて腰をおろした。裸の枝が天高く伸び、黄金色の落ち葉が彼と大樹を王冠のように取り囲んでいる。左手にはフォレスフィヨルドが陽光を浴びて輝き、右手の低い丘は農耕地と牧草地に覆われている。

大樹の脇で、スタイノルフュルは火を熾しにかかっていた。年嵩の戦士のこわばった動作は、数多の傷とともに歴戦の勇者であることを物語り、十歳という年の差以上の歳月をしばしばゲイルムンドに感じさせる。スタイノルフュルの茶色いひげにはすでに白いものがまじり、その肌がもしも革なら、新たな使い道はないだろう。スタイノルフュルはときに友として、ときに助言者として、あるいはその両方を兼ね備えた存在として接してくれる唯一無二の存在だが、それでも彼のすべてを知っているわけではない。一度、酒に酔って思い出話に興じた際に、かつて船の漕ぎ手だったと漏らしたことがあり、ひょっとしてもとは奴隷だったのだろうかとゲイルムンドは思うようになった。だが、酒のせいで思考と口がゆるんで話したことを確認するのは気が咎め、その疑問は胸にしまってある。

「熱はないようだ」スタイノルフュルは巾着から黒い朽ち木片と火打ち石を取りだした。

「痛みは？」

「たいしたことはない」言うまでもなく、その言葉は嘘だった。重荷から解放されたいま、腕の腫れに意識が向いて動くと鋭い痛みが走り、じっとしていても鈍痛がある。だが、スタイノルフュルにそれをぼやくつもりはない。自分の傷の具合を見るより、早くアヴァルズネスへ戻って兄の様子を確かめたかった。「火は熾すな。そんな時間はない」「時間はもう問題じゃない」年嵩の戦士は火口に火をつけると、口を突きだして息を吹きかけ、燃えたたせた。「兄君は治療師のもとへ運ばれる。それで助かるか助からないかは、運命が決めることだ。いまさらあなたが何をしようとそれは変わらないし、あなたの傷は手当てが必要だ」

ゲイルムンドはそれ以上何も言わず、まだ運命が決していないなら兄を救ってくれるよう運命の三女神《ノルン》に心の中で訴えた。

「よし、いいだろう」スタイノルフュルは満足げに焚き火にうなずきかけると、ゲイルムンドへ目をやった。「あなたが案じているのは兄君のことではない。お父上の怒りだ」

ゲイルムンドは気色ばんだ。「兄上を心配しているに決まってるだろう」

スタイノルフュルは立ちあがって腕組みをし、ゲイルムンドがうなずいて認めるまでにらみつけた。

「もちろん、父上のことも案じてはいる」

炎に近い左半身の衣服越しに焚き火のぬくもりが届くが、ほかの場所には湿気と寒さがいまなおしがみつき、世界の巨大な裂け目《ギンヌンガガプ》を思わせる底なしの悪寒がゲイルムンドの背筋を駆けおりた。

「父上がハムンドを見たら、おれを探して咎めるだろう」ゲイルムンドは言った。

スタイノルフュルは腕をほどいて歩み寄ってきた。「その場にいようといまいと、お父上はあなたを咎めだてするだろう」

そこへシャルギがフィヨルドの冷水を革袋ふたつに汲んで戻ってきた。「誰が咎めだてするのさ？」

「父上だ」ゲイルムンドは言った。

「いったいどうして？」シャルギが重ねてきく。

「おまえには関係ないことだ」スタイノルフュルは叱りつけた。「次は石を拾ってきて焚き火の中に入れろ」

シャルギはゲイルムンドにちらりと目をやり、彼とこっそり笑みを交わす。それから、手頃な大きさの石を拾いあげると、焚き火の隅に放り投げて熱した。

「では、傷を見ることにしよう」スタイノルフュルが言った。

スタイノルフュルとシャルギが、ゲイルムンドの革のチュニックと毛織りの服を順に頭の上まで引っ張りあげる。服の生地と傷がからみ合った腕の部分は慎重に引きはがしたが、それでも繊維が傷口を引っ張る。ゲイルムンドは思わず顔をしかめたものの、それ以上傷口を広げることなく腕から離れた。だが、亜麻布の肌着はそう簡単にはいかない。生地に染み込んだ血がすっかり乾いて裂けた皮膚と一体になってしまっているからだ。シャルギは無言のまま焼けた石を焚き火から取りだし、水を満たした革袋に落とす。じゅっと音がして湯気があがる。革袋が熱を帯びてきたところで、シャルギはゲイルムンドの腕に湯を少しずつかけ、スタイノルフュルが肌着をもみほぐしていく。歯を食いしばり、ゲイルムンドは痛みに耐えたが、うなり声を抑えることはできない。しばらくそれが続いたあと、ようやく肌着をはがして脱がせることができ、スタイノルフュルは傷を確かめた。

「たしかに、かすり傷のようだな」

年嵩の戦士の言葉に自分の腕に目をやったゲイルムンドはぎょっとして息をのみ、それから笑いだした。かすり傷どころではない。腕には狼の歯形がくっきり残り、皮膚に穴が開いている。嚙まれたまわりの肉は黒く化膿して熱を持っていた。「おまえはもっとひどい目に遭ってきただろう」

「もっとひどい目に遭わせてきたんだ」スタイノルフュルは言い返した。「そこにいる子どもですら、これ以上のことをやってのけてきた」

シャルギは押し黙ったまま、ゲイルムンドの傷を凝視している。少年がここまでの傷を誰かに負わせたことなどないのは明白だが、彼の左目を深々とえぐる傷は想像を絶する惨事を目撃している証拠だ。一本の倒木が少年の片目を奪い、父親を圧死させた。あどけなさを残しているとはいえ、シャルギは槍を携えられる年齢である。まだひげはないものの、いずれ生えそろうだろう。

「これだから王の坊ちゃんは。なあ？」スタイノルフュルは少年を笑わせ、気を紛らわせてやろうと、ため息をついてシャルギをつついた。「子犬のように手がかかる。それでいて、何かあれば責められるのはわれわれだ」

「そうだね」シャルギは同意したが、その声は静かだった。

「さて」スタイノルフュルはゲイルムンドの腕をにらみつけた。「片腕にはなりたくないんだろう?」

「ああ、できれば」ゲイルムンドは言った。「おれの剣が腕を恋しがる」

「どうだかな。剣は獲物を欲する。あなたの剣はほかの腕に握られるほうが、より多くの獲物にありつけそうだ」

「スタイノルフュルの腕とか?」ようやく笑みを取り戻してシャルギがからかった。

スタイノルフュルは肩をすくめた。「そうかもな。だが、わたしには自分の剣がある。ゲイルムンドが自分の剣と恋仲でいられるよう、最善を尽くすとしよう」彼の表情から笑みが消え、陽気な態度は影をひそめた。「しかし、兄君同様、あなたも館へ戻ったら治療師に診てもらうべきだ」

ゲイルムンドはうなずいた。「それで父上の怒りも少しは冷めるかもしれないな」

「ああ」スタイノルフュルはシャルギに向き直った。「水をもっと汲んできてくれ。それから、カミツレモドキがどこかに生えていないか、探してきてくれないか?」

シャルギは革袋をひっくり返して石を吐きださせると、急いで外に駆けだした。ゲイルムンドは声の届かないところまで少年が離れるのを待って水を向けた。

「おれをここにとどめたのは腕の手当てをするためだけじゃないだろう。何か言いたいことがあるんだな」

「あるとも」スタイノルフュルはシャルギが落とした石を焚き火の中へ戻した。「王を除けば、誰もあなたを咎めはしなかったはずだ。誰もあなたを責めはしなかった」

「何に対してだ？」ゲイルムンドの問いかけは挑発だった。スタイノルフュルが何を言っているのかは重々理解している。

年嵩の戦士は額をこすって嘆息した。「人は死ぬ。それが自然の理《ことわり》だ」

ゲイルムンドは彼のほうへ身を乗りだした。炎の熱が頬を燃やす。「ハムンドはおれの兄だ」

スタイノルフュルはうなずき、小枝で石と薪をつついた。「兄弟であっても死ぬときは死ぬ。わたしが生まれた南では――」

「ここはローガランだ」ゲイルムンドは喉が締めつけられた。「おまえはもうアグデルにいるのではない、口を開く前にそれを思いだすのが賢明だぞ」

「わたしはあなたに忠誠の誓いを立てている、ゲイルムンド。そのわたしが率直に話すことができないなら、誰にできる？」

ゲイルムンドは年嵩の戦士の目をのぞき込んだ。そこに狡猾さはない。父の館でゲイルムンドを取り巻く者たちの中では貴重な資質だ。「では率直に話せ。だが、言葉には気をつけろ」

スタイノルフュルは春先に薄氷を踏もうとする者のように躊躇した。「何年も前、あなたがいまのシャルギよりも幼かった頃、兄君と剣の稽古をするあなたを見かけた。わたしはしばらく眺めたあと、ヨール王のもとへ直行し、あなたに忠誠を誓う許しを乞うた」

父にスタイノルフュルを紹介された日のことは、ゲイルムンドの記憶にも残っている。いまではこの年嵩の戦士が従者であることをありがたく思っているが、当初は彼を疎んじ、自分に悪さをさせないための目付役と見なしていた。スタイノルフュルのほうもゲイルムンドの相手をするのが不服そうに見えたときがよくあったものだ。だから、よもやみずから申しでたとは思いも寄らなかった。

スタイノルフュルは小さく笑った。「たしかに、なぜだろうな。あなたの腕は小枝並みに細く、訓練用の木製の剣さえろくに扱えなかった。それでも」にやりと笑い、ゲイルムンドに向かって人さし指を振る。「わたしはあなたに恐れを抱いた。あなたのまなざしには飢えがあった。決して燃え尽きることのない怒りも。あなたは王になる人だと直感した。ハムンドの目にはそれがなかった。そのときも、いまも。だから、兄君ではなくあなたに忠誠を立てたんだ。王になるのはあなたの運命――」

「そこまでにしろ」ゲイルムンドは言い放った。静かに座ったまま次に口にする言葉の重さを推し量る。年嵩の戦士の言葉は、ゲイルムンドの胸を誇らしさとひそかに恥じる思いで充満させた。相対するさまざまな忠誠心に四つ裂きにされそうになっている。動揺が静まると、怒りと痛みにゲイルムンドは体を震わせた。「率直に話してくれて感謝する」

スタイノルフュルはうなずいた。

「今度はおれが率直に言おう。二度とそんな口を叩くな、おれの前でも、誰の前でもだ。

ハムンドとの絆は忠誠以上のものだ。ハムンドはおれの兄なんだぞ」ゲイルムンドの声が鋭くなり、危険な響きを帯びる。「おまえが兄上に何を見ようと、兄上には何が欠けていると思おうと、二度とおれの前で口にするな。父上の館でおれたち兄弟がどんな戦いをともにしてきたか、おまえには永遠にわかるまい」

　年嵩の戦士は言葉を失ってただこちらを見つめている。生まれ落ちてから最初の数年、兄弟がネズミの出るような掘っ立て小屋で藁にまみれて育ったことは耳にしているのだろう。だがそれは身の上話のほんの一部でしかない。

「兄上の飢えや怒りをおまえは知らない」ゲイルムンドは言った。「おれの飢えと怒りも、本当には知らないんだ」

　スタイノルフュルは視線を地面に落としてうなずいた。これ以上言えば取り返しがつかなくなるのを察したのだろう。

　やがてシャルギが息を切らし、頬を髪と同じくらい真っ赤にして戻ってくると、スタイノルフュルは彼の手から革袋を奪い取った。少年は夏の残りの枯れたカミツレモドキを握りしめてわずかにたじろぎ、ふたりの顔を交互に見た。自分のいないあいだに何かあった……それを悟りながらも、口に出さない。シャルギは少年でありながら、そうした分別を持ち合わせていた。スタイノルフュルは黙って焚き火に歩み寄ると焼けた石を拾い上げ、革袋に戻す。

「悲鳴は勘弁してくれよ」ゲイルムンドの負傷した腕を持ちあげながら、スタイノルフュルはつぶやいた。

何があってもうめき声ひとつ出すまいとゲイルムンドは歯を食いしばったが、激痛で目の前が真っ白になることは避けられなかった。スタイノルフュルは傷口に湯を注ぐと、きれいな亜麻布でこすって汚れをできるだけ落としにかかった。牙が開けた穴のいくつかがふたたび開き、膿と汚れた血があふれでる。スタイノルフュルはきれいな血が出るようになるまで傷口を絞ったあと、茹でたカミツレモドキを腕に塗りつけ、その上から布を巻きつけた。

「片腕になることはなさそうだ」年嵩の戦士は手当てを終えながら言った。

うなずくゲイルムンドの額に汗が流れ落ちる。「すまない」

「エールか蜂蜜酒を持ってくるんだったな」シャルギがぼやいた。「そうしたら、痛みが楽になったのに」

「それでごまかせるような痛みじゃない」ゲイルムンドはうめくように言った。

ふたりがかりでゲイルムンドの身支度を整えると、一行はアヴァルズネスへ向かって出発した。スタイノルフュルに押しきられ、ゲイルムンドはシャルギの馬に乗る。少年の足でもついてこられるようにゲイルムンドは馬をゆっくり進め、シャルギはその横に並んで泥道を歩いた。先ほどの諍いがふたりのあいだで尾を引き、ときおりシャルギがまわりの土地や移ろう季節のことを口にする以外、三人は無言で家路をたどった。少年はしばらくすると、グスルムという名のデーン人のことを聞いたことがあるかとふたりに問いかけた。

「父上が話してるのを耳にしたことがある」ゲイルムンドは言った。「たしか、首長《ヤール》だろう」

「その男がどうかしたのか？」スタイノルフュルが問い返した。

シャルギはまぶしそうに目を細くして彼を見あげた。「交易船の船乗りがその男のことを話してたんだ」

「どうしていまその名前を持ちだした？」ゲイルムンドは尋ねた。

「理由はないけど」少年は腰にさげた斧の頭に手をやった。「グスルムはデーン人の王、ベルシのもとで船と男たちを集めてるって話だ。デーン人だけじゃなく、ノース人も。たぶんイェート人やスヴェーア人もだ」

「目的は？」スタイノルフュルが問いかける。

「ハルフダンの軍勢に合流してサクソン人の土地を征服するためさ」

「サクソン人のどの土地をだ？」ゲイルムンドは言った。

シャルギが肩をすくめる。「全部じゃないの？」

ゲイルムンドはちらりとスタイノルフュルに目をやった。年嵩の戦士は言いたいことをこらえるかのように道の前方に視線を据えているが、ゲイルムンドには彼の考えはわかっていた。スタイノルフュルはハルフダンを始めとして、ラグナル・ロズブロークの息子たちのことをよく口にしては、海の向こうで勝利を手にした彼らを褒めたたえていた。夏場に船で乗り込んで襲うだけではもはや飽き足らず、彼らはサクソン人の王冠と王国をわがものにし始めている。ゲイルムンドに忠誠を誓っていなければ、スタイノルフュルはとうの昔に海を渡って戦いに加わり、自身の住居と土地を勝ち取っていただろう。

ゲイルムンドはシャルギを見おろした。「鼻息が荒いな。おまえもそのデーン人と一緒に行きたいのか？」

少年はためらい、ゲイルムンド越しにスタイノルフュルをうかがった。「うん」

「そうか」ゲイルムンドは言った。「正直、その気持ちはわかるな」

「それなら行こう」スタイノルフュルは声を低めてささやいた。「お父上に船を一隻もらうんだ」

「知ってるだろう、父上は船を授けてはくれん。襲撃のためには」

「どうして襲撃はだめなの？」シャルギが尋ねる。

ゲイルムンドはかぶりを振った。事実を語れば、どうしても父に対して不忠に聞こえるだろう。

「これは襲撃ではない、あなたもわかっているはずだ」スタイノルフュルは鞍上で向きを変え、ゲイルムンドの目を見た。「ヨール王も心の底では理解しているはずだ。王にはご自身の父君と祖父君の血が流れている、たとえ彼らとは違う道を選んではいても。同じ血の流れる息子が父親に船を求めることのどこが不忠だ。次男が自分で道を切り拓くためには当然のことだ」

今度はゲイルムンドが目をそらして前方の道を見据える番で、しばらく返事をしなかった。スタイノルフュルの話していることは事実だ。それを否定しようとは思わない。ゲイルムンドがもう長いこと船を欲しているのも事実で、行き先はどこになろうと、ローガランを出て自分の運命を生きたいと願っていた。だが、兄を残していく踏ん切りがいまだにつかない。

「考えておく」ようやくそう言った。

短い間《ま》のあとスタイノルフュルはうなずき、そして付け加えた。「では、そうすればいい。だが自分の本心がわかっているか自問することだ。これ以上考えたところで本心は変わらない。あと残っているのは行動することだけだ」

それ以上は何も言わずに道を進み、途中で魚の燻製を食べ、やがて見慣れた土地に出た。前方に日が沈みゆくのを眺めながら、一行はアヴァルズネスの農家や小作地を通り過ぎた。求めればその中の一軒に宿を取ることもできたが、ゲイルムンドは兄のそばへ戻ることを切望した。だから日没後も細い月と遠くの炉の明かりにだけ照らされた暗い道を前進し、やがてカルムスン海峡の暗い水辺にたどり着いた。

この細い海峡はアヴァルズネスから南へ二十海里ほど先の巨大なボクナフィヨルドまで通じており、反対方向へたどれば大海原と海の交易路に出る。そして、この海峡をはさんだ向かいの細長い島、カルモイにゲイルムンドの父の居館はあった。島の西側は荒海なため、北へ向かう船のほとんどは穏やかなカルムスン海峡を選び、潮流が彼らを補給と修繕のためにアヴァルズネスへ寄港させる。父の館の強みと豊かさの成因はそこにあった。

三人は海峡の最も細い箇所へ向かい、海岸線から五十尋《ファゾム》（両手を左右に伸ばしたときの幅に由来する身体尺。一尋＝約一・六メートル）のところに離れて立ち並ぶ五本の巨石の脇を通った。月光を浴びた細長い巨石はどれも肋骨のごとく白い。誰が巨石を据えたのか、巨人や神々の手によるものなのかを知る者はいないが、それらに宿る力はひしひしと感じられた。巨石があるのはトール神が海峡を渡ったと伝えられる場所のすぐそばで、いまではそこから舟で島へと渡る。先にハムンドを運んだ一団がことづけしていたのだろう、一艘の渡し舟がゲイルムンドたちを待っていた。

対岸が近づくと、ゲイルムンドの先祖の墳墓が遠くに黒々とした輪郭を北の夜空に浮かびあがらせるのが見えてきた。島の歴代の王たちは神々にまで血筋をさかのぼるが、中でも一番大きいのが祖父ハールフの墳墓だ。

島に到着したあとは南へ進み、道路をたどって小さな湾の向かいへ回ると、ついにアヴァルズネスへ到着した。

松明《たいまつ》に明々と照らされた門は一行の姿を認めるなりただちに開く。番兵たちも彼らの帰還を待ち受けていたのだ。中へ入ると背後で門が閉じられた。前方の大通りも同様に明るい。松明が街中を通り抜けて坂の上までずらりと並び、ヨール王の館が海峡を見おろす東の丘まで続いている。

「帰るのを待っててくれたんだね」シャルギが言った。「よかった」

ゲイルムンドは緊張を押し殺し、なんとか笑ってみせた。「警告かもしれないぞ」

「館へ戻ればわかる」スタイノルフュルが言った。

三人が松明の明かりをたどって街を進むと、戸口や窓から見知った顔がいくつか現れて、ゲイルムンドとその兄に祝福の言葉を贈った。薪を燃やす煙と料理のにおいが三人を取り囲み、くぐもった笑い声に、いくつかの家々からは楽の音まで聞こえた。

父の館へ続く坂へ近づくと、丘の頂上に連なる石柱が見えてきた。先祖が居を構えるよりはるか昔からこの地に立ち続けてきた石柱は、人の三倍の高さがある。その様相は地面から突きだした竜の爪のようで、海峡を渡る前に通り過ぎた巨石とはまるで違う。ゲイルムンドはそそり立つ石柱のあいだで影法師が動くのを目にとめた。

船底をひっくり返したような屋根をいただく父の館は、そばの尾根に立っている。石柱よりもさらに高さのある住居は、どことなく石柱の存在に対する恭順と反発のあいだで板挟みになっているかのように感じられる。ゲイルムンドたちが丘の上にたどり着くと、石柱のあいだの人影が火明かりの中へ進みでて呼びかけてきた。

「ゲイルムンド・ヘルハイド」

聞き覚えのある女の声だ。声の主は山羊と猫の革で作られた巫女服《ヴォルヴァ》を着ている。暗くてよく見えないが、鹿の角が突きだしたフードの下にある見る者の胸をかき乱すアイスブルーの瞳がゲイルムンドには想像できた。「イルサか」彼は応じた。「父上に呼ばれたのか？」

「いいや、呼ばれたのではない」裸足の指にはめた銀の輪が草の上で光り、巫女は亜麻布の衣と顔を濡らす血が見えるところまで近づいてきた。それが兄のものではなく、生贄の血であることをゲイルムンドは願った。「ハムンドが帰還したとき、わたしはすでにここにいた」イルサは冷たい夜気を感じていないかのようだ。「わたしが必要となるのはわかっていた。だから待っていた」

「ああ、だろうな」スタイノルフュルは腕組みをし、神々の代弁者と称する呪術師に対するのと同じ不信感をもって女を見据えた。「だが、ハムンドが怪我をするのがわかっていたなら、なぜ狩りに出かける前に忠告しない？」

巫女がぞっとするような笑みを浮かべたので、哀れなシャルギはスタイノルフュルの後ろに隠れて身を縮めた。

「わかっていたのは自分が必要とされることだけ。理由は知らなかった」彼女は言った。

「だとしてもだ」スタイノルフュルはかまわず続けた。「王が魔女を必要とする理由など知れている」

「あなたの先見の明に父はさぞ感謝したことだろう」ゲイルムンドは年嵩の戦士を黙らせようと割って入った。都合よくどうにでも解釈できることを言う巫女や預言者にはゲイルムンドも懐疑的だが、イルサの力は本物だ。「兄上の具合は？」

「彼は助かる、そして全快する」彼女は宣言した。

シャルギは勇気を奮って前に出てきた。「ゲイルムンドも怪我をしたんだ。診てもらえますか？」

巫女はゲイルムンドに向き直り、彼の腕を見おろした。それから近づいて目をのぞき込む。ゲイルムンドはイルサの年齢を知らなかった。そのときによって母より年上にも若くも見える。だが巫女の目は年齢を超越していた。「その必要はない」彼女は言った。

傷は癒えるという意味なのか、それとも、何をしようと死から逃れられないという意味なのだろうか……。ゲイルムンドが問いただすより先に、スタイノルフュルが口を開く。

「なぜそんなことを？」

イルサはゲイルムンドから視線をそらさず、彼も巫女を見つめたままでいた。「彼の運命は兄のそれと結びついているからだ」彼女は言った。「ふたりの命の糸はこれから先何年もからみ合っている。ひとりが生きるのであれば、他方も生きる」

スタイノルフュルは嘲笑った。「では片方が命を落とせば？」

巫女は顔をさっと振り向けると、燃え盛るまなざしで年嵩の戦士を射貫いた。スタイノルフュルが思わずあとずさる。「わたしには見える、彼らの死の前に偉業が成されるのが」

スタイノルフュルが咳払いをしてうなずく。「少なくとも、そこは意見が一致する」

「感謝する、イルサ」ゲイルムンドは言った。「ここにいてもらえて助かった」

彼女はうなずき、踵を返した。だが丘をくだる前にもう一度口を開く。「いつの日か、海の神エーギルがおまえをのみ込むが、そのあと必ず吐きだす。大海原を旅するときは近い、ゲイルムンド・ヘルハイド」そう言い残し、彼女は立ち去った。

シャルギは蒼白になっている。「なんで知ってるのさ？」

「何をだ？」スタイノルフュルが尋ねた。

「船を所望するようゲイルムンドに言ったんだろう？　そのことだよ」

「あの女はそうは言ってない、違うか？」スタイノルフュルは力強い手で少年の肩をつかんで引き寄せた。「いいか、よく聞いておけ。預言者はすかすかの言葉を並べて聞く者に穴を埋めさせる。だが、こっちがわざわざ板や松ヤニで連中の言うことを補強してやることはないんだ。本物の預言者には、われわれの手伝いは不要だ。彼女は知っていることを言ったまでだ。王の息子でゲイルムンドの年なら、誰でもそろそろ船を任される。何も不思議なことはない。わかるか？」

シャルギはいまや眉根を寄せてうなずいた。

「よし」スタイノルフュルは少年の肩から手を離した。「おまえは馬を連れていって餌と水をやれ」

シャルギはふたたびうなずくと、両方の手綱を受け取り、厩舎のほうへ引いていった。

「それがおまえの考えか？」ゲイルムンドは問いかけた。「巫女の言葉に意味はないと思うのか？」

スタイノルフュルはうめいた。「シャルギに言ったままを信じているが、あの女の前では恐れを感じるのも事実だ。そしてわたしは恐れることが嫌いだ」

「〝愚か者を見たければ、恐れることを知らない男を連れてこい〟――念のために言っておくが、これはおまえの言葉だ」

「わたしは昔から愚か者でね」

ゲイルムンドは頬をゆるめた。それから負傷した腕を見おろす。「愚か者かもしれないが、おまえのおかげで助かった。せっかく手当してもらったのに、これから治療師に診せるが、気を悪くしないでくれ」

スタイノルフュルは声をあげて笑った。「気を悪くするものか。むしろ頼むから診てもらってくれ」

ゲイルムンドはうなずき、父と対面するために館へ向かいかけたが、年嵩の戦士に引き止められた。

「この愚か者から助言をもうひとつ、ふたつ」スタイノルフュルはゲイルムンドの後ろの扉を見つめて言った。「王はあなたを咎めるかもしれない。あなたに腹を立て、叱責するかもしれない。だが気にすることはない。あなたは兄君の命を救ったのだ、いわれのない非難をどれほど浴びせかけられようと、その事実ひとつであなたの名誉は挽回される」

ゲイルムンドは息を吸い込み、ふたたびうなずいた。「そしておまえはおれたち兄弟両方の命を救った」

「では、明日の朝には褒美の腕輪を期待するとしようか」

ゲイルムンドは小さく笑ったあと、扉へと進んだ。開く前に、背筋を伸ばして顎をあげる。それからスタイノルフュルとともに父の館へ入っていった。

4

館内はあたたかく、たくさんのランプが明るくともっていた。炉床の奥にはすでに半身になった豚の丸焼きが串刺しのまま吊るされている。骨と肉の残りが細かな泡を立てながら茶色く焦げ、肉汁のにおいが部屋中に広がっている。ゲイルムンドが入ってくると、犬たちが吠え、長椅子に腰かけていた数名の男女は立ちあがって彼の腕や肩に触れ、手を握った。館には父の身内や父に主従の誓いを立てた者たちが暮らすが、貿易商や商人も大勢滞在し、中にはほかの王や土地から送られてきた使節もいる。ゲイルムンドが無事に戻ったことに、全員が口々に安堵と喜びを表した。

ゲイルムンドは彼らの機嫌を損じないよう相手をしたものの、手荒く肩や腕をつかまれるたびに顔をしかめ、戸口で立ち往生させられることには閉口した。スタイノルフュルが以心伝心でそれを察する。

「失礼、みなさん」スタイノルフュルはしばらく間《ま》を置いてから集まった者たちに向かって言うと、彼らを押しやってゲイルムンドのために道を空けさせた。「通してやってください。このひげのない頬に母君がキスをしたがっているはずだ」

ゲイルムンドは年嵩の戦士に感謝してうなずくと、その場を逃れて大広間を大股で突っ切った。高い屋根と垂木を支える煤けた太い梁の下を通り、父がフランク王国から持ち帰ったタペストリーの前を通過する。彼を戸口で迎える間柄や立場ではない滞在者たちは、ゲイルムンドが通り過ぎると立ちあがって頭《こうべ》を垂れ、彼はそれに会釈で応じた。

そのうちのひとりがゲイルムンドの目を引いた。彼と同じ年頃か、やや年長の女は、戦闘服をまとった女戦士で、左頬と首に傷があり、編み込んだ長い金髪は炉の明かりを浴びて青銅色になっている。見たことのない女だが、横に立っているのは南のスタヴァンゲルから来ている首長《ヤール》、スティルビョルンだ。彼らはイェータランド（スウェーデンの地区）の老吟唱詩人《スカルド》、ブラギ・ボッダソンとともにいて、三人は通りかかったゲイルムンドに会釈した。ヨール王の双子の息子、ヘルハイドの片割れを初めて目にする者の多くと同様、女のグリーンの瞳に好奇心がかすめる。

ゲイルムンドは彼らにうなずき返し、彼女が何者であるかを思案しながら大広間の端まで歩を進めた。そして父の玉座の横を通ると、大広間と私室を仕切っている衝立《ついたて》を回り込んだ。

兄は評議の間にいた。父が小規模の代表団を迎え入れたり、自身の相談役と協議したりする部屋だ。ハムンドは藁布団に寝かされ、寝所から持ってきた毛皮をかけられていた。兄の横に立っている治療師ふたりが世話をしやすいよう、寝所ではなくここの床に寝かせたのだろう。熟睡しているらしく、ゆっくり上下する胸板の動きは潮の満ち引きのように穏やかだ。額には汗が輝いていた。

兄の足元には、ヨール王と妃のリュビナが互いに寄り添うように立っていた。ゲイルムンドには背を向けていたが、気配を感じたかのように母が振り返る。

「ゲイルムンド！」リュビナは叫んで駆け寄ると、息子をきつく抱きしめた。「ああ、神よ……。この子を無事に戻してくださり感謝いたします」

ゲイルムンドは母に両腕を回してしばらく抱き合ってから問いかけた。「兄上の容態は？」

「イルサのお告げではハムンドは生き延びる」父が言った。「しかし、熱を出しておる。治療師のタイラによると、血を多く失ったせいだ。彼女の指示どおり、豚を殺して血を麦にまぜて蒸したものを食べさせた。いまは休んでおる」

「傷のほうは？」ゲイルムンドは尋ねた。「できるだけ手当てをしたが――」

「傷もわたしが診ました」タイラが言った。ゲイルムンドが彼女の指し示すほうに目をやると、毛皮の下の兄の腕には新しい布が巻かれていた。「インガにも手伝わせました。あなたの手当ては適切でしたよ、ゲイルムンド。傷は完治するでしょう。腕も元どおり、弓を引くことができます」

その言葉を耳にして、ゲイルムンドの表情がゆるむ。知らぬ間に釣り針のごとく心に刺さって痛みをもたらしていた恐怖から解き放たれたのだ。「感謝する」彼は言った。

「でも、あなたはどうなの？」リュビナはゲイルムンドの体に目を走らせると、彼の腕を慎重に持ちあげた。「起きていたときに、ハムンドはあなたも怪我をしたと言っていたわ」

「ええ。スタイノルフュルが手当てをしてくれました」

「スタイノルフュル？」タイラが言った。「あのアグデルの男が？」そう言いながら戦《いくさ》に向かうかのようにずんずんとやってくる。「ゲイルムンド、見せていただけますか」しかし、実際は許可など求めておらず、彼女は長テーブルの上座にある王の椅子にゲイルムンドを座らせると、腕を出させてスタイノルフュルの処置を調べた。「ほう、カミツレモドキを塗布しましたか」承認の声をあげる。「とはいえ、巻いている布が不潔です。インガ、新しい亜麻布を」

ゲイルムンドの目には不潔には見えないが、反論すべきでないのは承知していた。タイラの娘は母の治療道具の入った籠をテーブルへ持ってきた。

「清潔な亜麻布を巻く前に、薬を塗っておきましょう」年嵩の治療師はそう言いながら、えぐれた皮膚に特製の軟膏を塗り込み、新しい亜麻布で腕を巻き始めた。痛みにも似た、刺すような刺激が患部に広がる。

「これでいいでしょう。ただ、あなたのそれは些細な傷などではないわ」リュビナはゲイルムンドの横に立ち、彼の肩に手を置いた。

ゲイルムンドが見あげると、母の目は赤かった。涙のせいか、不眠のせいか、その両方か。室内のランプに照らされて、母の黒髪にまじる白いものは狩りの前よりさらに増えたように見えた。「心配をおかけして申し訳ありません」ゲイルムンドは素直に謝った。

「反省するんだな」父が言った。

ヨール王は背中に回した手を組み、数歩離れたところに立っていた。父もまた疲れた様子で、焦げ茶色のひげを蓄えた顔は青白かった。しかし、父に対しては心配をかけて悪かったという気は起こらない。どうせ大部分は兄への心配なのだから。ゲイルムンドはそれでもなんとか謝罪の言葉を口にした。「このようなことになって反省しています、父上」

「いま大切なのは、ふたりともが無事にこうしてここにいることよ」母がきっぱりと言った。それは一時休戦の呼びかけで、父は低いうなり声とともに渋々受け入れた。

やがてタイラはゲイルムンドの腕に布を巻き終えた。リュビナは治療師に礼を述べると、大広間へ案内し、治療師親子のために寝床代わりになる長椅子と毛布を探しに行った。少なくともハムンドの熱が引くまで、王と妃の求めしだいではもう少し長く、ふたりは館にとどまることになる。ゲイルムンドは父の椅子に座ってテーブルに腕を預けたまま、父の言葉を待った。

「いまは眠っているが、おまえの兄から何が起きたかは報告された」

「狼の群れに遭遇したんです」ゲイルムンドはほとんど無意識にうなずき、テーブルの黒々とした木目を凝視した。「ハムンドは勇敢に戦った」

沈黙が流れた。父がテーブルへ近づいたので、ゲイルムンドは本能的に立ちあがって王の座を譲りかけた。しかし、憤りが彼をそこに押しとどめる。意外にも父は隣の席にあっさり腰をおろし、疲労感も露わに椅子に沈み込んだ。嘆息し、目と額をこすっている。ゲイルムンドは館の外でスタイノルフュルに言われたことを思い返して心の守りを固めた。

「〝ハムンドは勇敢に戦った〟」父が繰り返す。「おまえの報告はそれだけか？」

ゲイルムンドに返事をする間《ま》を与えず、父は続けた。

「わが父が存命であれば、兄弟の絆も嫉妬と裏切りを防ぐことはできないとおまえに言ったであろう」大広間のほうにうなずきかける。「いいか、あそこにいる男や女の中には、兄の命を救ったおまえは間抜けだと考える者もいる。自分の命を危険にさらしてまでとなればなおさらだ。おまえは高潔だが、愚か者だと連中は見なしておるのだ」

「父上はどうなのです？　どうお考えなのですか？」

王の目がすっと細くなる。「おまえの高潔さを疑ったことは一度もない。おまえに足りないのは忍耐力と分別、それに自制心だ。多くの意味でおまえは愚か者で向こう見ずだ。なんの準備もなしに、山へ、そこに潜む危険へと飛び込んでいったのだからな」

返す言葉もないが、黙って認めることもできなかった。「ご自分の息子に狩りを禁じるわけではありますまい、わが王よ――」

「黙れ！　おまえに忠誠を誓っているスタイノルフュルを含め、この館にいる全員がわかっていることを否定するでない。軽率な行動で自分ひとりを危険にさらすのと、おまえの兄を巻き込むのとでは大違いだ」ヨール王は背中を起こして身を乗りだした。「おまえはローガランの継承者の命を危険にさらしたのだぞ」

タイラの特製軟膏の焼けつく感覚はいつの間《ま》にか引き、不愉快な痒みに取って代わっていた。ゲイルムンドはかきむしりたい衝動をこらえ、父の前で身じろぎせずにいた。「そして、その命を助けもした。父上にとって何が一番大事かは昔から心得ています」

ヨール王は鋭く息を吐くと椅子の背にもたれかかり、首を横に振った。「おまえの言葉と行動こそが、おまえが相応の立場に生まれた証左だ。父としてこのようなことは言いたくもないが、王として言わねばなるまい。おまえには民の上に立つ資質も叡智もない。だが、わしが最も案じているのは、おまえが恭順の意を決して学ばぬことだ」

そのときゲイルムンドの母が、忠実な愛犬スヴァングルを従えて戻ってきた。部屋へと軽やかに走ってくる大型のエルクハウンドは、ほんの数日前に兄とともに戦った狼をゲイルムンドに想起させた。母を見るときに犬の目に浮かぶひたむきな愛情だけが、この動物が飼い慣らされている印だ。

リュビナはゲイルムンドとその父親の顔を交互に見つめた。「あなた方の……親子の問題は何も解決されていないようね」

「あいにくな」ヨール王はゲイルムンドを見据えた。

「残念ですが」ゲイルムンドは言った。

スヴァングルはハムンドのもとへ行くと、彼の肩先に鼻をくっつけてにおいをかいだあと、悲しげな鳴き声をあげてかたわらに身を横たえた。

「ハムンドはよくなるわ」リュビナは犬に向かって言った。「心配するのはおやめなさい」

犬は少しのあいだ彼女に頭を向けたあと、門を守る番兵のようにその場に身を落ち着けた。リュビナは犬に微笑みかけ、それからヨール王に向き直った。

「スティルビョルンが待っているわ」彼女は言った。

「もう夜も遅い」王が言い返す。「話すのは明日にできぬか？」

「彼の機嫌を損ねてもかまわないなら、それでいいでしょう」妃はゲイルムンドをはさんで、王の向かいに腰をおろした。「彼は待てと言われれば待つわ。でも、ハムンドとゲイルムンドがどちらも無事に戻ってきたことをスティルビョルンは知っているし、まだ深夜にもなっていない。だから彼にしてみれば、謁見を妨げるものはないに等しいでしょう」

顔をしかめながらもヨール王はうなずくしかない。「よかろう」それからゲイルムンドに向き直って言った。「行け。それから、スティルビョルンを呼んでこい」

ゲイルムンドは立ちあがると、彼の手を取ろうとする母にその間《ま》を与えずにすばやく評議の間から大股で出ていった。大広間で先ほどと同じ場所にいるスティルビョルンを見つけた。いまはあの女戦士とともに長椅子に腰をおろし、スカルドのブラギはどこかへ消えている。ゲイルムンドは顔をあげるふたりへ近づいていき、怒りの余燼《よじん》を押し隠し、ヤールに向かって丁重に告げた。

「これから父がお目にかかります」

スティルビョルンは角杯に残っていたエールを飲み干し、立ちあがった。肩幅が広くて上背があるものの、体力はすでに盛りを過ぎた年齢だ。「ご子息がふたりともご無事で、お父上は幸運でしたな」

その言葉には隠れた意味とおそらく侮辱さえ含まれているようだが、言い返すほどの確信もない。ゲイルムンドはただ会釈して、スティルビョルンが勝手知ったる評議の間へ向かうのを見送った。熱があって眠っているとはいえ、ハムンドは同席を許され、自分は許されないという事実が胸に突き刺さり、ふいに疲れを覚えた。

「あなたは弟のほうか」女戦士が彼を見あげて言った。「ゲイルムンド・ヘルハイド」それまでスティルビョルンが座っていた自分の隣を示す。「座ったら」

疲れてはいたが彼女に興味を覚え、ゲイルムンドは腰をおろした。ふたりは大広間の中央を占める縦長の炉床と直角に交わる調理用の炉の端のほうを向いて座っていた。

「いやなのか？」彼女が尋ねる。

「何がだ？」

「ヘルハイドって呼ばれることが」

この手の質問は我慢ならなかった。「それは父が兄とおれを初めて見たときにつけたあだ名だ」

「質問の答えになってない」

ゲイルムンドは女戦士に向き直った。この女はいくつか年上だろうが、その差は歳月以上のものだ。彼女は潮の香りを身にまとい、その目に宿る何かが親しみを感じさせた。まるで仲間を見つけたように彼女に惹きつけられる。

「あなたは何者だ？」

またも質問をはぐらかされた女戦士は、まあいいとでも言わんばかりの笑みを浮かべた。「わたしはエイヴォル」

「お目にかかれて光栄だ」ゲイルムンドは頭をさげた。「スティルビョルンにご息女がいたとは知らなかった」

「娘じゃない。この十一年、彼には娘のように育てられたが」

「それは幸運だ。では、実のお父上はどこに？」

ついとエイヴォルは大広間の奥の戸口へ目をそらした。ぶしつけな質問だったか。「立ち入ったことをきいてすまない。疲れてどうかしていたようだ。いまのは忘れて――」

「父は死んだ。それは秘密でもなんでもない」彼女は少しもおかしくなさそうに短い笑みを浮かべた。「ここにも知っている者がいるはず。一緒にいたアグデルの男とか」

「スタイノルフュルが？　どうして彼が知ってるんだ？」

エイヴォルは角杯から長々とエールを喉に流し込んだ。「父を殺したのはアグデルの王、キョトヴィだから」

ゲイルムンドは言葉が見つからずに息をのんだ。

「父の館に滞在中だったスティルビョルンを、キョトヴィは殺そうとした。襲撃には失敗したが、キョトヴィは父の命を奪っていった」

「お父上の名前は？」

エイヴォルはエールを見おろして顔をしかめ、かぶりを振った。「名前などどうでもいい。父は腰抜けとして死んだ」

率直な侮辱にゲイルムンドは面食らった。「ずいぶん遠慮なく話すんだな」

「事実を話してる。口が軽いのと正直なのとは違う。わたしが我慢できるのはそのうち片方だけ」

ゲイルムンドはしばらく考え込んだ。彼女に親しみを覚える理由がわかった気がする。自分と同じく、エイヴォルの人生はすでに石碑に刻まれ、そこにルーン文字で綴られた過去からは逃れることができないのだ。彼女の率直さはゲイルムンドの心を動かした。

「たしかにいやだ」彼は言った。

「何が？」

「ヘルハイドと呼ばれることがだ」

エイヴォルは自分の角杯を差しだした。「それなら、そう呼ぶのはやめる」

ゲイルムンドはエールを受け取った。「ここにいる理由も正直に話してもらえるだろうか？」スティルビョルンの館が、ボクナフィヨルドをはさんで向かいのスタヴァンゲルにあるのは知っている。そしてスティルビョルンの領地はアグデルとの境まで、ローガランの南部をほとんど占めていた。彼は自分をローガランの王とさえ見なしているかもしれないが、そんな称号には重みも力もない。昔もいまもローガランはカルムスン海峡を支配する者の手にあり、それはゲイルムンドの父親だ。

「スティルビョルンはハーラルのことを話し合いに来た」

「どのハーラルのことだ？」

「ソグンの王」

ゲイルムンドはうなずいた。ソグンはローガランからは、ホルダランのさらに北に位置する。そのホルダランの王エイリークとハーラルのあいだで問題が持ちあがり、国境が緊迫しているとささやかれていた。「なぜハーラルのことを？」

「スティルビョルンはハーラルを信用していない。あまりに多くの戦士がイングランドへ遠征中で、いまホルダランは脆弱化している。アグデルも。ハーラルの野心が大きくなりすぎる前に、すぐにでも何か手を打つ必要があるとスティルビョルンは考えている」

「全体集会《グラシング》にかけるべき問題だろう？」

「グラシングはハーラルの支配下だ」

ゲイルムンドは角杯をエイヴォルへ返した。「つまり、戦《いくさ》の話か」

彼女は肩をすくめた。「それ以外に何が？」

気楽な口調は彼女の戦闘服と、とことん使い込まれた革と金属の輪《リング》を縫い込んだ鎧《メイル》に似合ったものだ、とゲイルムンドは思った。「あなたには数々の戦いを経験してきた者の雰囲気がある」

エイヴォルは買い物の品定めをするかのように改めて彼を眺めると、顔から手、指の関節、そして負傷した腕へと視線を移していった。「そっちは戦《いくさ》の経験は一度か二度だが、もっと戦いたいと願っている者の雰囲気だな」

「あくまで率直だな」ゲイルムンドは言った。

「襲撃の経験は？　王の息子なんだから、船と兵士はあるだろう？」

　ゲイルムンドは答えなかったが、そのこと自体が答えだった。エイヴォルはいぶかしげな顔をし、エールを飲み干した。短い沈黙が続く。料理用の火の熱と、じわじわ焦げていく豚の骨のにおいに胃が引きつり、ゲイルムンドはめまいと疲労を感じ始めた。彼女は初対面の相手であるうえ、父の対抗相手のひとりを庇護者としている。けれど彼女の何かが信頼できる相手だと感じさせた。彼女を信頼したい、そうすることがたとえ無謀であろうと。

「船は持っていない」ようやく口にした。「もう船を持つべき年だが、父からは一隻も授かっていない」

　エイヴォルは何も言わず、彼が先を続けるのを待っている。

　ゲイルムンドが身を乗りだすと、何かが尻に当たった。手をやって探り、腰にさげた小袋に狼の牙を入れたままだったのを思いだす。「すべての腹を満たすには土地も獲物も不足している」なかばつぶやくように言った。

「なんだ？」

「いや、なんでもない。兄の命を救ったおれはみんなから愚か者と思われている、ただそれだけだ。あなたもそう思うのかもな。たぶん、おれは愚か者なんだろう。だが、おれも正直に話すなら、ここアヴァルズネスには、おれの取り分となるものは何もない」

「それなら、どこか別の場所へ行くべきだ」彼女は言った。「自分の船がないのはどうして？」

ゲイルムンドは調理用の火と燃えさしを見つめた。「父は襲撃で国を存続することはできないという考えだ。略奪のみで国は成り立たないと父は言う。そのために同盟と交易によってローガランとアヴァルズネスを強化してきた。父はフランク王国と数々の取引があり、襲撃なしに国を築いたあの国のやり方を見てきた」

「フランク王国では、襲撃ではなく戦《いくさ》と呼んでるだけだ」エイヴォルは鼻を鳴らした。

「それはわかってる」目が熱くなり、涙が込みあげてきた。ゲイルムンドは炉の炎と、胸の中の炎から目をそらした。「だが、どうでもいいことだ」

短い間《ま》のあと、エイヴォルが立ちあがる気配がした。彼女がゲイルムンドを哀れむようなやわらかい表情で見おろしている。

「スティルビョルンとわたしは朝の潮に乗って出発する。もう疲れた。これから眠る場所を探すが、話ができてよかった、ゲイルムンド。それから、これは言っておく。わたしの口は正直だが、内々の話を口外することはない」

「感謝する」ゲイルムンドは頭をさげた。「こちらこそ話ができてよかった、エイヴォル。あなたとスティルビョルンの航海に神々のご加護があるように」

エイヴォルはうなずき、立ち去るかに見えたが、逡巡して振り返った。「本当にここにはなんの取り分もないのなら、わたしの言ったことをよく考えろ」優しげな笑みを浮かべる。「どこか別の場所へ行くことを」歩み去る彼女の後ろ姿が人混みと陰に紛れて見えなくなるまで、ゲイルムンドは目で追った。

自分も床に入ろうと立ちあがりかけたとき、スタイノルフュルとシャルギが目の前に現れた。

「お父上との首尾は？」年嵩の戦士は、豚の残りからもぎ取った焦げっぽい肉片をかじりながら問いかけた。

「案にたがわずだ」ゲイルムンドは言った。「だが、いまはそれについて話す気分ではない」

「お好きなように」スタイノルフュルが返す。「では、われわれは失礼しよう」

「まだだ」ゲイルムンドは声を低めた。「男たちを集めてほしい」

シャルギの見えるほうの目がわずかに見開かれたが、言葉は発せられなかった。その隣でスタイノルフュルは何かを吐き出し、肉片を放り捨てた。肉はすぐにスヴァングルが見つけるだろう。「どんな男たちを？」

「船を漕ぎ、戦うことのできる男たちだ」ゲイルムンドは言った。「金と銀を手に入れるためなら、おれの父とアヴァルズネスを捨てる気概のある男たち」

「そんな男はいくらでもいる」スタイノルフュルは言った。「だが、父君への忠誠を破るような連中はだめだ。集めるなら、あなたに誓いを立てる意志のある自由な身の男たちだ」

「見つけられるか？」ゲイルムンドは尋ねた。もっとも、彼が望めばそれを叶えてみせるとスタイノルフフュルは以前からほのめかしていた。

「船を出せるだけの人数だ」

スタイノルフュルはシャルギに目をやった。少年の見開かれた目と大きな笑みは、このときが来るのを待ちわびていたかのように恐れと興奮の両方を湛えている。

「時間はかかる」年嵩の戦士は言った。「だが可能だ」

「やってくれ」ゲイルムンドは返した。「とはいえ、静かにな」

「じゃあ、船はあるんだね？」シャルギが尋ねる。

「いや、まだだ」ゲイルムンドは答えた。「これから手に入れる」

5

ゲイルムンドの傷は快癒し、ハムンドの傷もよりゆっくりではあるがよくなった。冬の到来は嵐をもたらし、船の多くは入り江に引きあげられた。海へ出る船が減ったため、アヴァルズネスに寄港する者も滞在者も減り、ヨール王の館には平穏な静けさが訪れた。そんな中でも、ゲイルムンドに誓いを立て、夏にはともに航海に出る気構えのある男たちをスタイノルフュルは集めていった。ゲイルムンドに彼らを運ぶ船があるならという条件で。

これまでのところ、その条件は満たされていない。

ゲイルムンドは自分の自由になる財産をかき集められるだけかき集めたが、船を買うにも建造するにも足りず、たとえ足りたとしても、父の耳に入ることなしに船を作るのはまず不可能だった。母に援助を求めることも何度か考えた。母なら金と銀を所有しており、ゲイルムンドの動機に共感してくれる可能性はあるものの、実際に頼んでみるほどの確信はなかった。協力者候補として残るはハムンドだけだが、自分の計画を兄に打ち明ける気にはなれない。スタイノルフュルとシャルギには、兄が完全に回復するまでわずらわせたくないと説明している。それは本当だ。しかし、彼らに伏せているのは――そして自分では信じたくないのだが――兄を信頼できるかどうかわからなくなってきたからだ。

始まりは狼の毛皮だった。

汚れを落として修復したあと、ハムンドは大広間にいる大勢の前で、獣に打ち勝った印として狼の毛皮を父に捧げた。ゲイルムンドも狼を倒し、そもそも毛皮をはいだのは彼だったことをハムンドは公表せず、毛皮を父に贈ることもゲイルムンドは聞かされていなかった。そのことに怒りを覚えながらも、ゲイルムンドは黙っていた。兄との絆を疑問視するようになったのはそのときからだ。

海を荒らし、風を逆巻かせる冬の猛威が季節の変遷とともにおさまると、航路に船が戻ってきて、グスルムからのことづけがアヴァルズネスへもたらされた。デーン人の首長《ヤール》グスルムはヨール王の館を訪問し、イングランド征服のため、ベルシ王の船団に加わるようノース人に呼びかけるつもりらしい。船を手に入れるならただちに動くべきだ。この知らせにゲイルムンドは心を決め、ハムンドを釣りに誘った。兄弟の命を危険にさらしたあの狩り以来、ふたりで何かを捕りに出かけるのは初めてだ。

遠出はせず、父の館から西へほんの二休息《ラスト》（ヴァイキングが使用していた距離の単位で、次の休息までに歩ける距離。およそ七キロ）の、島の裏側にある小さな入り江に行った。そこは木々があまりなく、甲高い鳴き声のアカアシシギが餌を求めて岩のあいだを長いくちばしでつついている。馬に乗って向かう道すがら、どちらもほとんど話をせず、目的地にたどり着いてからもしばらくは無言だった。波をさえぎる小島に囲まれた入り江は、深い青色の水を湛えている。海面は穏やかで、魚影も濃いのに、昼になっても一匹も針にかからなかった。

「海の神エーギルに嫌われたようだな」しびれを切らしてハムンドが言った。「怪我のせいで長いこと床に伏せていたために体はまだ衰えているものの、浅黒い肌はいくらか血の気を取り戻している。

「だが、味方をする神々もいるだろう」ゲイルムンドは応じた。

ハムンドはいぶかしげに弟を振り返った。

「海はさまざまな機会を与える」ゲイルムンドは続けた。「海を渡った先には富がある。イングランドが」

北からの突風にハムンドは穂先をさげた。風が潮の香りと、氷と寒さが退くことのない土地の物語を運んでくる。「何を言ってるんだ？」兄が問い返した。

「デーン人のヤール、グスルムのことは聞いてるだろう？」ゲイルムンドは言った。

「当たり前だ。グスルムのことは国中の者が知っている。彼がどうした？」

ゲイルムンドは視線を海へ、岩場の向こうの西へ、荒々しい遠くの大海原へと向けた。

「彼とともに海を渡らないか？」

ハムンドは弟に向き直り、不審げに眺めた。そして、かつがれたことにはっと気づいたように破顔した。だが、笑みが返されることはなく、ハムンドの笑みも薄れた。弟が本気で話しているのを悟ったようだ。

「デーン人の王ベルシの船団に加われば名誉を勝ち取れる」ゲイルムンドは言った。「イングランドへ行って、おれたちの祖父ハールフのように名をあげよう。ヨール王とリュビナの息子たちが、富と名声をアヴァルズネスへ持ち帰るんだ」

北風が強くなって波を立て、海から入り江に入り込む波にぶつかる。ハムンドの三つ編みも風にほつれ、雲が盾の壁のごとく大きな塊となって迫る空を彼は見あげた。かがみ込み、釣り糸を引きあげる。「嵐が来る前に戻るぞ」

「兄上、話を聞いてくれ」ゲイルムンドは岩を飛び越えて兄のそばへ行った。「もうすぐグスルムが父上の館へ来る。おれたち兄弟に忠誠を誓う男たちは集めてある。あとは船があれば、海へ出られるんだ」

「男たちを集めた？」濡れた釣り糸を手に、ハムンドは棒立ちになった。「どんな男たちだ？」

「自由な身の男たち。おれが差しだせるものを求める男たちだ」

ハムンドは黙り込んだまま、魚のかかっていない釣り糸をすべてたぐり寄せ、それから立ちあがった。「それで、おまえはその男たちに何を差しだすんだ？」

「おれが兄上に差しだすものと同じだ。グスルムとベルシがおれたちに差しだすもの。サクソンの土地と富だ」

「だが、おまえにはまだ船がない」ハムンドはゲイルムンドを押しのけて弟の釣り糸のそばまで行くと、まだこわばっている腕の痛みにわずかに顔をしかめながら、それも引きあげた。「おまえがおれを釣りに誘った理由がわかったよ」

「ああ」ゲイルムンドは認めた。「船がいる。父上から船をもらうには兄上の助けが必要だ。兄上の話なら父上は耳を貸す」

「つまり父上の船をもらい、父上の男たちを連れていくのか？　ローガランの男たちを」

「言っただろう、おれが集めたのは自由な身の男たちだ」

「彼らがおまえに忠誠を誓うと？」

「そうだ」

いまや風はふたりのまわりで吹きすさび、雲の塊は太陽を覆い隠すまで空を前進している。釣り糸を巻き終えたハムンドは馬へと向かい、ゲイルムンドはそれに続いた。

「兄上が一緒に来るなら、彼らは兄上にも忠誠を誓う」

ハムンドは釣り道具をしまい、空へ目を向けたまま、ずんぐりした松の木に結びつけていた手綱をほどくと、馬にまたがった。「急げば降りだす前に戻れるかもしれない。だが、この嵐は――」

「兄上」ゲイルムンドはハムンドの馬の馬勒をつかんだ。「これは自分の運命だと感じる。運命がおれを呼んでるんだ。おれに力を貸すと約束してくれるのか？」

ハムンドは顎を突きだした。「できることをしよう」

「約束してくれれば充分だ」ゲイルムンドは自分の馬へと向かった。ふたりは風に鞭打たれながら馬を飛ばし、アヴァルズネスの門にたどり着いたところで雨に追いつかれた。

六日後、デーン人のロングシップに乗ってヤールのグスルムが到着した。

大広間では祝宴が催され、炉床で盛んに火が焚かれた。フランク王国のシルクをまとい、金と銀で飾り立てたリュビナが、蜂蜜酒の角杯を、まずはヨール王に、続いてグスルムに渡す。デーン人のヤールは、並んで座るヨール王とはまったく異なる種類の統治者に見えた。指と腕には無数の輪が輝き、肩には毛皮を羽織り、チュニックには刺繍が施され、ベルトにはいくつもの宝石が並んでいる。どれも数々の襲撃の戦利品に違いない。年は四十かそこらで、傷の数からすると、いままで多くの苦難を経験してきたのだろう。食べっぷりと笑いっぷりから、戦場での戦いぶりも同じくすさまじいのだろうとゲイルムンドは想像した。

「ローガランの女主人のすばらしいもてなしぶりは噂には聞いていたが、すべて本当のようだ」グスルムが言った。「リュビナ王妃、あなたの美貌と優雅さは広く知られているが、実際にお会いしてみると噂をはるかに超えている」

　リュビナは頭《こうべ》を垂れた。「ありがとうございます、ヤール・グスルム」

　ヨール王の館へ通された男たちは、たとえ内心でリュビナの浅黒い肌や太くてまっすぐな髪、アーモンド形の目に嫌悪感と不信感を覚えても、客である以上は褒めたたえる義務を感じることをゲイルムンドはよく知っていた。だが、グスルムの賛辞は本心らしい。

「ビャルマランド（白海の南岸地域とされる）の女性がみんなあなたのようにお美しいなら」グスルムは続けた。「ご子息たちが妻を探しにかの地を目指してまだ船で旅立っていないのが不思議なくらいだ」

　ゲイルムンドの母は笑い声をあげた。「この館にいる女たち全員をそうやって褒めちぎるのなら、あなたはもう船に乗る必要はございませんでしょうに、ヤール・グスルム」

グスルムがにやりとする。「では、わたしの訪問の理由はご存じで？」

「もちろん知っておる」ヨール王が心持ちむっとして割り込んだ。「だが、その問題を取りあげるのは食事のあとでよかろう」

グスルムは大広間全体を身振りで示した。「ローガランのみなさんも、わたしが何を言うためにここへやってきたのか知りたがって――」

「いいや」王は否定した。「話は人払いしてからだ」

グスルムは歯に詰まったものをほじくってから頭《こうべ》を垂れた。「御意」

グスルムが自分の来意に触れたとき、ゲイルムンドは兄の視線をとらえ、互いにわかっているのを確認するために小さくうなずいた。ハムンドはすばやく父へ目をやり、ゲイルムンドにうなずき返した。

吟唱詩人のブラギはゲイルムンドの隣に座り、彼のほうへ身を乗りだした。「輪を壊す者が口を開くとき、武器の天候が変わる」

ゲイルムンドは老スカルドに目を向けた。十四年前にヨールの館へやってきたブラギのひげはすでに真っ白で、涙でしょぼしょぼした目とぼんやりとした笑みから、頭も耄碌《もうろく》していると思い込む者たちもいる。だが実際には、相変わらず聡明で抜け目がなく、その目が何ひとつ見落とさないのをゲイルムンドは知っていた。ブラギは彼のお気に入りで、アヴァルズネスへ来てくれたことにはずっと感謝している。

「それで、おまえの予報では武器の天候はどう変わる？」ゲイルムンドは問いかけた。

「わしは預言者ではないが」ブラギは語った。「戦争は農業と同じだと思っておる。王であれ奴隷であれ、夏に植えつけたものしか冬の収穫を期待できん」

「それはどうかな」ゲイルムンドは皿に残っていた豚を平らげた。平たい大麦パンで皿の脂をぬぐって口に放り込むと、木の実と森の大地の味がした。「招こうと招くまいと、戦争のほうから王を見つける」

「それもまた真実」ブラギはエールを飲んだ。「雑草も招かれはせん。しかし、注意深い農夫は雑草が作物をだめにせんようにすることを知っておる」

「洪水や飢餓はどうなんだ？」

「おお！　だがそれは神々の業の話、運命の話になろう」

「ならば、運命を相手に人はどうする？」

「臆病者は戦いを避けていれば永遠に生きられると考えるが、死と休戦協定を結ぶことはできん」ブラギは王子の肩に手をのせた。「運命に相対したとき、できることはひとつしかない。受け入れるのだ」

　ゲイルムンドは笑い、夜は深まっていった。アヴァルズネスの客人たちは木皿に山盛りにされた料理を出されるそばから平らげ、エールと蜂蜜酒は喉とひげの両方を滝のように流れ落ちたが、協議のときはすぐにやってきた。王は上座から腰をあげると、大広間から評議の間へと先に立ち、リュビナにグスルム、そしてハムンドが順に続いた。ゲイルムンドがあとを追おうとしたとき、ブラギに腕をつかまれて引き止められた。

「若い頃には」ブラギは王たちが去っていった方向を眺めて言った。「わしもああいう場に同席したものだ」

ゲイルムンドはまだ若く、彼らの輪に加わりたいと焦った。「おまえも呼ぶよう、おれから父に頼んでほしいのか？」

「いやいや、まさか」ブラギは彼の腕から手を離した。「若い頃にはわしもああいうことに関心があったが、いまは違う」

ゲイルムンドは眉根を寄せた。「では何を望んで――」

「明日、朝日がのぼるときに、先代の王ハールフの墳墓でおまえさんと会いたい」

「祖父の墳墓で？」ゲイルムンドはかぶりを振った。「意味がわからない」

「簡単なことだ」ブラギは言った。「おまえさんと話をしたいが、それはいまではない。渡したいものがあるが、ここでは渡せん。おまえさんの祖父の墳墓で渡したいのだ。朝日がのぼるときに」

ゲイルムンドは困惑したままうなずいた。「いいだろう、明日――そこへ行く」

ブラギはうなずくと、手を振ってうながした。「それでは行って天候の話をするがいい」

ゲイルムンドは首をかしげながらその場を離れ、評議の間へ向かった。ゲイルムンドが入室したとき、テーブルをはさんで王と向かい合っていたグスルムが、いったん話すのを止めた。

「お話の邪魔をしてしまったようだ。申し訳ない」ゲイルムンドは詫びを言いながら、父が追い払おうとしたら食いさがる気でいた。だが、その必要はなかった。

「謝る必要はない」グスルムが応じる。「どうぞご一緒に――。わたしの話はご子息ふたりにも聞いてもらいたい」

兄の正面に座る母の隣にゲイルムンドが腰をおろすと、王は話を続けるようデーン人をうながした。

癖になっている無意識の仕草らしく、グスルムはエールを取るかのように手を伸ばしたが、テーブルには何もなかったため、そこに置いてある亜麻布に所在なげに手をのせた。

「わたしの訪問の理由は公然の秘密だろう。話したいのはイングランドのことだ。あの地にいるデーン人は、少数のノース人とともに、ノーザンブリア王国のサクソン人に大勝をおさめた。ハルフダン・ラグナルソンはヨルヴィック（現在のヨーク）をものにし、そこからイースト・アングリア王国を征服したばかりだ。すぐにマーシア王国を手に入れ、残るはウェセックス王国のみとなる」

「彼らの勝利の知らせはもちろん耳にしている」ヨール王が言った。

「マーシアとウェセックスは容易には陥落しないだろう」グスルムは付け加えた。「ウェセックスにはエゼルレッドという強い王がいる。だからこそわが王ベルシは、かつてない規模の船団を集めて出航し、ヨルヴィックのデーン人に合流しようとしているのだ。ベルシとハルフダンの軍勢は、ウェセックスを含めたサクソン人の土地をともにすべてのみ込むだろう」ハムンドを見据え、続いてゲイルムンドに目を移す。「われわれに加わるローガランの戦士は、名声と富、そして土地を必ずや手にする」

それらはゲイルムンドがまさに望んでいるものだ。アヴァルズネスはいずれハムンドのものとなり、ゲイルムンドはほかの土地と畑を見つけない限り、自分のものと呼べるものは何もない。しかし、グスルムがゲイルムンドに求めるのは剣だけではないのもわかっていた。ヨール王の息子には、自分の船とそれを漕いで戦う男たちを引き連れてくることが期待されている。だが、ここで不用意に口をはさみ、評議の間から次男を閉めだす口実を父に与えることは避けたい。ゲイルムンドは待った。

「マーシアとウェセックスは強い。それにかの地には略奪すべき富があるのも知っている」ヨール王は室内をぐるりと示した。「この部屋は東の道《エストヴァイエン》（バルト地域を指す）にクールラント（現在のラトビア西部）、フィンランドから略奪した銀により建てられた」

「ハールフとその一団の偉業は名高い」グスルムは言った。「あなたのお父上の名声はデーン人にも知れ渡っている」

ゲイルムンドは誇らしさに背筋を伸ばして顔をあげた。

「それらが成されたのは遠い昔のことだ」ヨール王は言った。「時代が違っていた。貴殿がいま語っているのは襲撃や銀以上のことだ。王冠のことであろう。貴殿もわしも知っておる——たとえサクソン諸国がすべてベルシとハルフダンの手に落ちようと、イングランドの王冠はデーン人の頭上に輝くことになると。ノース人のではなくな」

「それはあくまであなたの憶測だ、ヨール王」グスルムは両腕をほどいて両手をあげた。黄金の指輪がぎらぎらと輝く。「ベルシとハルフダンは名誉を重んじる男だ。生き残った者には褒美を賜り、命を落とした者には戦場での働きにふさわしい栄誉を授ける。わたしが誓おう、あなたがベルシの船団に提供するものに見合った土地と銀の両方が約束されていると」

「もしもデーン人がマーシアとウェセックスのサクソン人を打ち倒すのに失敗したときは？」王は問いかけた。「破れた者たちが得るのはノーザンブリアとイースト・アングリアの沼地だけで、それをみんなで取り合うことになる。そうではないか？」

「あなたの疑念は全デーン人に対する侮辱だ」グスルムは顎と口をこわばらせたが、顔をしかめるまではいかない。「われわれは必ずやサクソン人を倒す」

「そうだな」ヨール王は言葉を切った。「そうなるのかもしれん。だが、ローガランは船も戦士も提供はしない。どちらもここで必要だ」

「なんのために？」グスルムはいまやあからさまに顔をしかめ、険しい口調になった。「魚と羊を守るためか？　いやいや、波止場を守るためだな、修繕のために寄港する船から金を巻きあげねばならぬのだから」王を指さす。「ここの波止場のやり口に気づいていないと思ったら大間違いだぞ」

　父はなんと言い返すのかとゲイルムンドは考えたが、身を乗りだしたのはハムンドだった。「その不遜な物言いが聞き捨てにされると思うのなら、そっちこそ大間違いだ、ヤール・グスルム。自分が父の客であるのを忘れたか？」

「忘れてはいない」グスルムが言った。「しかし、お父上がデーン人を軽視されるのを見過ごすことはできぬ」

突然牙をむくグスルムに憤慨していたとしても、父はそれを表に出さず、穏やかな声と態度を保った。「ソグンのハーラルは北の道《ノールウエグ》のほかの王たち相手に戦《いくさ》をくわだてていると噂されている。わしがベルシの船団に加わらぬ理由はそれだ。われらの土地に対する脅威が過ぎ去るまで、ローガランは戦士や船を差しだすことはできん」

「おお、そうだった」グスルムは言った。「あなたの父君や祖父君が力を得たのと同じ理由から、ハーラル王はアヴァルズネスを求めるだろう」眉をつりあげ、心配しているかのように声をやわらげる。「しかし、どうされる？　領地が危険にさらされたら、当然、ハーラル相手に戦われるだろう？　ハーラルの勢力が巨大化する前に、先に攻撃を仕掛けなければ、太刀打ちできぬ」

冬の初めに訪れたスティルビョルンも同様の戦略をヨール王に提案したと言われている。しかし、エイヴォルと話した夜以来、ゲイルムンドはそのことについて何も耳にしておらず、父がみずから戦争を始めることは決してないと知っていた。いまグスルムの話を聞きながら、ゲイルムンドは大広間でブラギが畑や雑草について言ったことを思い返し、グスルムの話は的を射ているのかもしれないと思った。

「いいか、これ以上ぐずぐずすべきではない」グスルムが言った。

リュビナが咳払いした。「失礼なことを言うつもりはありませんが、この問題に関して、なぜデーン人に指図されなければならないのです？　ここはあなたの土地でもデーン人の土地でもない。ハーラルはあなた方の問題ではないでしょう？」

「なるほど、わたしはデーン人だ」グスルムは立ちあがると、握りしめた両のこぶしをテーブルについて身を乗りだした。「だが、われわれは自分たちの館で弱腰になったことなどない。戦《いくさ》は日常だ。ホーリク王の死後、ヤールたちのあいだでかつてのわだかまりと野心が再燃し、おびただしい血が流されてきた」ぶり返す怒りに体を震わせ、それを隠そうともしない。「この十五年、わたしは戦争しか知らぬ。だからイングランドへ行くのだ。戦《いくさ》が避けられぬのなら、デーン人を殺すよりサクソン人を殺す。戦いが避けられぬのなら、子どもたちの代とそのまた子どもたちの代まで残すことのできる土地と平和を手に入れるために戦う」

「貴殿の志は立派だ」いまやヨール王は立ちあがり、岩のごとく直立不動になった。「わしにも同じ願望がある。子どもたち、そして孫たちに、強いローガランをいつまでも残してやりたい。まさにそのために、わしは船や男たちを貴殿に与えぬのだ」

「ハーラルに敗れたらなんとする？」グスルムは問いかけた。「アヴァルズネスが奪われたが最後、子どもたちに残すものは何がある？」

ハーラルが勝利する可能性を否定するものと思われたが、王は押し黙っていた。北のアヴァルズネスと南のスタヴァンゲルのあいだでいかなる取り決めが結ばれたのかとゲイルムンドはいぶかった。母に目を向けると、やはり父が口を開くのを待つかのように彼を見つめている。王が無言のままなので、彼女はグスルムへ視線を戻した。

「ハーラルはあなたやデーン人の問題ではないとすでに申しあげました」

グスルムはかぶりを振った。「ご子息たちのためにはならぬ――」

「何が息子たちのためになるかはわしが決める！」ついに堪忍袋の緒が切れ、ヨール王は客人をにらみつけた。「戦争熱に取り憑かれた領地なしのデーン人ではなくな」

グスルムがこぶしをテーブルに叩きつけた瞬間、ゲイルムンドは反射的に立ちあがり、戦闘態勢を取った。ハムンドと母も立ち、母が腰の短剣に手をやる。だが、ほとんど同時にグスルムは両手をあげてそり返った。

「わが短気をご容赦いただきたい」赤い顔のまま頰と唇を嚙んで言う。「ここへは同盟を結ぶためにやってきた、新たな敵を作るためではない」

「われわれはデーン人の敵ではありません」リュビナが言った。「男たちと船を差しださないからといって、われわれを敵視されては困ります」

グスルムはうつむいてかぶりを振った。「あいにく、ベルシ王はそうは考えぬ、リュビナ王妃よ。あなた方の拒絶を侮辱と受け取るだろう。それがもたらす結果に対してあなた方の準備ができてるといいが。北のハーラルと南のベルシ、その両方の相手をできるかな」

ハムンドは体をこわばらせて両手を握りしめ、デーン人に対する怒りをたぎらせているが、意外にもゲイルムンドは怒りを覚えなかった。見る限り、グスルムは嘘をついていない。ベルシ王は船を必要とし、グスルムは主君に与えられた命令を実行しているにすぎない。もし自分がローガランのために同じ任務を課されたら、おそらくほぼ同じように話をするだろう。そして息子をイングランドへ出航させないのは本人のためにならないという意見には彼も賛成だった。

「ヤール・グスルムよ、貴殿はわがもてなしの限度を試しておられるようだ」ヨール王は落ち着きを取り戻したが、いまやそれはとぐろを巻く毒蛇の静けさだ。「ベルシ王は自分の名でノールウェグの王が脅されているのをご存じか？」

グスルムは笑い声をあげた。「道で出会った旅人が、前途に待ち構える危険をあなたに教えるのが脅しだと？　いやいや、そうではない。警告と脅しは違う。それにわが王は、自分の代弁者としてわたしに信頼を置くからこそ、この使いを託したのだ。しかし、あなたのもてなしの限度を試すのはここまでにしよう、ヨール王。返答はいただいた。あなたのお心は変わらぬようだ。今夜わが配下の者たちは自分たちの船で寝る。わたしも彼らと一緒だ。夜が明けたらアヴァルズネスを出発しよう」

「どこへ向けて？」ハムンドが尋ねた。

「なぜそんなことを尋ねる？」グスルムはにやりとした。「わたしがソグンへ向かうのを恐れておられるのかな？　ハーラルはベルシ王の呼びかけに応じるとお考えか？」熟考するかのようにひげを引っ張る。「ふうむ。ハーラルがデーン人とともに戦士をイングランドへ送りだせば、ここローガランで戦う人員が減る」グスルムは間《ま》を置いた。「だが、イングランドへ戦士を送り込めば、サクソン人の銀をたっぷり手に入れて、全ノールウェグを掌中におさめるのに必要な船と戦士を手に入られるやもしれぬ」

「ハムンドは潮を考慮して尋ねただけだ」王は言った。「ほかに意味はない。それに貴殿は王が命ずる場所へ向かうしかない」

グスルムは頭《こうべ》を垂れたが、その動作には嘲りが滲んでいた。「まさにしかり」ハムンドに向き直る。「わたしはこれから南へ向かう、ヘルハイド。ここへ来る前にアグデルへ寄ったが、お父上同様、キョトヴィはソグンのハーラル王を恐れている。どうやらこのままホルダランへ行ったところで無駄足になるようだ。ノース人がその父親の世代の勇気を取り戻さない限りはな。ここには先代ハールフ王の息子は見当たらぬ」

その言葉に対して誰も言い返せないうちに、グスルムは踵を返して評議の間から大股で去っていった。ハムンドが追いかけ、そのすぐあとに、館を出るぞとグスルムが男たちに命じる声が轟いた。男たちはただちに命令に従ったのだろう、間もなくハムンドが戻ってきてうなずき、デーン人たちが去ったことを伝えた。

「彼らの船に見張りをつけましょうか?」リュビナが問いかけた。

ヨール王は立ったままテーブルに片手をつき、思案した。「念のためにふたり。それ以上はいい。大人数を出せば、さらにグスルムの怒りを買うやもしれん。それに、彼が危害を加えることはなかろう」

「ハムンド、あなたにお願いできるかしら？」リュビナが尋ねた。

ゲイルムンドの兄はふたたび部屋から出ようとした。

「兄上、待ってくれ」ゲイルムンドは呼び止めた。これから切りだすことには兄の支援が不可欠だ。

ハムンドは足を止めて振り返り、弟が話をするのを待った。そこでゲイルムンドの意図に気がついたらしく、小声で諭す。「やめろ、いまは間《ま》が悪い」

「約束してくれただろう」ゲイルムンドは言った。

リュビナが近づいてきた。「いまは間《ま》が悪いとは、なんの話？」

「なんでもありません」ハムンドは顔をしかめてゲイルムンドをにらみつけた。「そうだよな、弟よ」

不信感の大波と強風がゲイルムンドの胸の中で荒れ狂ったが、心は決まり、目的地はわかっていた。ままよとばかりに大声で言う。「おれはベルシの船団に加わってイングランドへ行きます」

ハムンドが目をつぶって肩を落とす一方で、ゲイルムンドの両親はただ目を丸くして次男を凝視した。やがてヨール王がかぶりを振り、信じられないといった様子でなかば口を開けて妃に目を向ける。「いまのはわしの聞き間違いか？」

「ゲイルムンド」王妃の声は疲れて静かだった。「エールを飲みすぎたようですね。話があるなら明日になさい」

「いいえ」ゲイルムンドは言った。「エールを飲みすぎてはいません。おれはイングランドへ行く。そしてサクソン人の土地を――」

「おまえが行くのは寝所だ」ヨール王がさえぎった。「子どもは子どもらしくな。ほかにはどこにも行かせん」

「父上、おれには自分の考えがある、それは父上の考えとは異なる」ゲイルムンドは両腕を大きく広げた。「ここにおれの居場所がないのはご存じのはずだ。アヴァルズネスにはおれのものは何もない。父上は重要な義務を何ひとつ託してくれないではないか。おれには役目も責任も与えず――」

「おまえでも実行できる命令しか与えられぬからだ。それ以上を望むのなら、もっとできることを証明してみせ――」

「おれは父上からの命令を求めているわけではない。いまはもう父上のために何かを証明するつもりもない。おれは自分の運命を探す」

「どうやって？」リュビナが問いかける。

「船で。おれに忠誠を誓う男たちを集めてある。船さえ与えてくれれば、ほかには何も求めない」ゲイルムンドはごくりと息をのむと、いまやうなだれて地面に目を据えている兄へ視線を転じた。「ハムンドはおれを支持してくれている。おそらくともにイングランドへ行くことを選ぶだろう」

ヨール王は目をむいてハムンドに向き直った。「それは本当か？」

ハムンドが王を見あげてからゲイルムンドに目をやる。そして、そのまま視線を落とす姿を見て、ゲイルムンドは氷を丸のみしたような衝撃を受けた。

「たしかにゲイルムンドを支持しました」兄が言った。「自分の運命を探す機会を与えてやるべきだと考えたのです。ここローガランで戦士と船が必要なのはわかっています。しかし父上、一隻ならば弟に分け与えられると思いました」リュビナへと顔をあげる。「だが、グスルムと会ったいま、考えが変わりました。あの男は父上を侮辱し、われらが王国を脅かした。グスルムにもデーン人にもローガランのものをくれてやるのはまっぴらだ、わが弟の戦力となればなおさらだ」

リュビナは嘆息し、安堵したかのようにうなずいた。

「おまえは賢明だ、ハムンドよ」ヨール王が言った。「弟と違ってな。ゲイルムンド、おまえに与える船も兵もない。この話はこれで終わりだ、いいな」

終わってなどいない。だがこの瞬間、ゲイルムンドは兄の裏切りに愕然とするあまり言葉を発することができず、その場に立ち尽くした。しだいに怒りが沸々と込みあげる。これ以上この部屋にいれば、自分は暴れ狂って手に負えなくなるだろう。「約束を破ったな、ハムンド」つぶやき、それから声を荒らげる。「おれを見ろ、この卑怯者！」

ハムンドは身じろぎして顔をあげた。

「あれほど多くのことを兄弟で乗り越えてきたというのに」ゲイルムンドは王と王妃のほ

うへ指を向けた。「実の親からあれほどの仕打ちを受けたというのに、ここに来ておれに背を向け、彼らに味方するのか?」

「弟よ、おれは――」

「何が弟だ。貴様はもうおれの兄ではない」

リュビナが息をのんだ。「ゲイルムンド、心にもないことを口にするものじゃ――」

「おれは本気だ」今度は彼女に食ってかかった。「あなたを母と思ったこともない」

その言葉を聞くと、ヨール王が怒号をあげてゲイルムンドに突進し、こぶしを振りおろした。ゲイルムンドはそれを軽々とよけ、反撃することもできたものの、ただ後ろへさがるだけにした。リュビナはいまや涙にむせび、震える手をゲイルムンドへと伸ばして近づいたが、ヨール王が彼女のもとへ行った。ハムンドは動いていないけれど、そのまなざしにはグスルムに対してよりも激しい憎悪が燃えていた。

「こうなるしかなかったんだ。いまならそれがわかる」ゲイルムンドは言った。「別の結果を期待したおれがばかだった。運命はおれを奴隷の子とし、次には王の次男坊にした。おれは行く。イングランドで待ち受ける運命を知るために」

そう言うと、ゲイルムンドはグスルムのように、返事を待たずに評議の間を去った。

6

深海に広がる光のようにほの明るい夜明け前の空のもと、ゲイルムンドは祖父の墳墓へとアヴァルズネスから北へ向かって馬を走らせた。強い輝きを放つ星だけが空に残り、炎熱の国ムスペルヘイムの燃えさしを思わせた。なかば強引についてきたスタイノルフュルとシャルギは、老人との待ち合わせ場所までも同行すると譲らなかった。だが、ブラギはゲイルムンドとふたりきりで話すことを望んでいたようなので、墳墓から少し離れた場所で待つことには同意した。

三人は無言で道をたどった。その夜のなりゆきを話したあとは、言うべきことはほとんど残っていなかった。過去はもはやゲイルムンドの運命の一部ではなく、そこにとどまっても得られるものはない。実のところ、スタイノルフュルはここしばらくなかったほどくつろいで見えた。長らく恐れていたことがついに現実となり、いまでは終わってほっとしたかのようだ。驚かされたのは、ハムンドの裏切りに対するシャルギの怒りようだ。気楽な性格の少年はなんでもあっさり水に流しがちなのに、これまでその口から出るのを聞いたこともない言葉でハムンドをあしざまにののしり続けた。もっとも、数時間が経ち、その怒りもくすぶる程度に落ち着いていた。

スタイノルフュルはカルムスン海峡を見渡し、東の地平線に輪郭を描く丘陵を見つめた。「グスルムとともに海へ出るなら、日がのぼりきる前に波止場へ戻らねばな」

「船がないからには、イングランドへ行く唯一の手立てはグスルムだ」ゲイルムンドは言った。

「ならば置き去りにされるわけにいくまい」

「集めてもらった男たちの中でついてくる者は？」

「あなたが言ったように、われわれには船がない。それに、王がローガランの戦士を手元に置きたがっているという話はすでに広まっている」

「では、われわれだけか」

スタイノルフルはしばらく何も言わなかった。「ブラギはなんの用があるかご存じで？」

「いいや」ゲイルムンドは返した。「何か渡したいものがあるとか」

「ブラギは変人だ」シャルギが言った。

スタイノルフルは小さく笑った。「詩人だからな。変わり者で当然だ」


アヴァルズネスから二休息《ラスト》のところ、航路を通る船からよく見える丘に歴代の王の墳墓は連なっている。遠くに見えるハールフの墓のふもとでは炎が揺れていた。三人が馬を止める。そこからはゲイルムンドひとりが進み続け、火鉢のそばで熊の毛皮にくるまって地面に座るブラギを見つけた。詩人は平らな石の上に王のテーブル《ネファタフル》（ヴァイキングが好んだボードゲームの一種）の盤面を置いて着色した石と骨を並べ、差し向かいに座るようゲイルムンドに身振りで示した。

「悪いが、遊んでる暇はない」

「心配せんでもすぐに打ち負かすから、まあ、座りなさい」

ゲイルムンドはため息をついて馬からおりた。座り込むと、草は冷たく、朝露で濡れていた。「おまえはどっち側だ？」

「そりゃあ、おまえさんが王だ」ブラギが目配せする。

「王になるのはおれの兄だ」ゲイルムンドは第一手を打った。盤の中央にいる王を下側の角に逃がすように見せかけて、実は右上を狙う作戦だ。

「おまえさんがアヴァルズネスの王になるとは言っておらん」ブラギが駒を動かして慎重な一手を打ったので、罠に食いついたのかどうかはわからなかった。「サクソンの王となってはいかがかな？」

ゲイルムンドは盤から顔をあげた。「誰と話をした？」

「誰とも。ゆうべはおまえさんと話をしたあと、すぐに床に就いた。だが、わしにはわかる。グスルムと海に出るのであろう？」

ゲイルムンドは二手、三手と打っていったが、そのたびにブラギはゲイルムンドの策を見抜いているかのように兵を動かしていく。対局が進んで自分の負けが明白になると、ゲイルムンドは幼い頃から気になっていたことを思いだした。いまを逃せば尋ねる機会はおそらく二度とないだろう。

「おまえは預言者なのか、ブラギ？」

詩人の瞳の中で火鉢の火影が揺らめく。「神々も運命の三女神《ノルン》もわしには語りかけてこぬ。長生きしたおかげで天候が読めるようになっただけだ」

「それに、ネファタフルの盤面も読めるようだな」

「すぐに打ち負かすと言っただろ」ブラギが兵を進めると、ゲイルムンドの王はふいに両側から挟み撃ちにされていた。「わしの天候の読みが当たっていれば、お父上はハーラルを恐れてグスルムの要求を断ったな」

父に対して怒りを覚えていたとしても、他人の口から父が恐れを抱いている事実を語られることは不愉快だった。かっとなったゲイルムンドは考えなしに強引に駒を進めた。

「お父上を侮辱する気は毛頭ない」ブラギは言った。「ハーラルを恐れるのは正しい。そして彼を恐れているのはヨール王ひとりではない。その恐れに対して王がどうなさるのか、それこそがローガランの運命を決定する」そう言うと、ブラギは兵を動かし、ゲイルムンドの王の逃げ道を封じた。「しかし、アヴァルズネスの運命がおまえさんの運命だとはわしは考えておらん。デーン人とともに出発するのかな?」

ゲイルムンドは兵のひとつを動かし、王の退路を切り開いた。「ああ」

「やはりな。だからここへ呼んだのだ」ブラギはつかの間《ま》手を止めてから駒を動かすと、振り返って墳墓を見あげた。まわりには薄霧が立ちのぼり、どこか近くで鴉が鳴く。「グスルムが先代の王の名を出したとき、お父上はなんと?」

「何も」ゲイルムンドは言った。

ブラギはゆっくりうなずいた。「驚きはせん。お父上は、先王ハールフが築いた館の中でハールフの話をするのをわしに禁じたぐらいだ」冷たい空気を鼻から深々と吸い込む。「だがいま、われわれは館の中にいるのではない」

「話してくれ」ゲイルムンドは頼んだ。

ブラギはその求めに応じた。「初めて大海原へ出たとき、ハールフはいまのおまえさんより若かった。聞くところによると、大きな石臼を持ちあげることのできる男たちの中からしか兵を選ばず、敵に近づかねばならぬよう、わざわざ自分たちの剣を短くしたそうな。ハールフの戦士たちは嵐で船が沈みそうになると、われこそ海へ身を投げて仲間を助けるのだと、全員が争い合ったという」

「本当に？」

ブラギは微笑んだ。「ハールフとその一団が実に勇敢だったのは本当だ」ブラギは熊の毛皮の内側から、革製の鞘に入ったナイフを取りだした。「彼らは襲撃の際に、女や子どもは決して殺さなかったとも言われている。そして女を連れ帰りたくば、相手を娶り、贈り物をたっぷり授けねばならぬと、おまえの祖父は定めていた」

ブラギは鞘からナイフを抜き払った。青銅の薄い刃を目にしてゲイルムンドは驚いた。それを除けば、木製の握りに銅の口金というどこにでもあるナイフだ。

「十八年間、夏がめぐってくるたびにハールフは襲撃に繰りだし、たくさんの銀を勝ち取って広く恐れられた。そのあいだ、彼に成り代わって義父のアースムンドがローガランを統治した。いよいよハールフが王座を返すよう求めたとき、アースムンドはそれをあたたかく受け入れ、ハールフと彼の率いる英雄たちを称えて盛大な祝宴を開いた。みんな夜更けまで飲み食いし、歌を歌い、武勇談を語った。やがて男たちが寝入ると、アースムンドは館の扉を外から封鎖し、火を放った」

「なんだって？　ハールフの義父は――」

「そう、おまえさんの祖父はアースムンドに殺されたのだよ。運命のその夜を逃れることができた戦士はふたりだけ、ウッタインと、もうひとりは〝黒のロク〟と呼ばれた男だ。彼らは軍を集め、アースムンドを倒して主君の仇を取り、ハールフの息子である若きヨールのためにアヴァルズネスを奪還した」

祖父が裏切りによって命を落としたことはゲイルムンドも昔から知っていたが、詳しいことは耳にしたことがなく、父に尋ねる勇気もなかった。この物語を聞けば、人が自分のことをどう思い、まわりからはどう見られているのかという考えを覆される可能性があり、ヨール王がこれを語ることを禁じたのはまさにそれが理由かもしれない。父が率直に話してくれていたらと思うが、いまとなっては遅すぎる。

ブラギはナイフを鞘に戻し、ゲイルムンドに差しだした。「これがわしからの贈り物だ」

ゲイルムンドは受け取りながらも困惑を隠すのに苦労した。「どうも……感謝する」

「感謝などしておらぬだろう」ブラギが率直に言う。

ゲイルムンドは盤面を見おろした。彼の王はブラギの兵に三方から囲まれている。この老人に嘘をつくことはできそうにない。果たしてブラギに嘘を突きとおせる者がいるだろうか。「いいナイフだ」

「だがありふれた贈り物だと思っとるな」

「ああ」

「ありふれたものではある。鋼から作られたものではない。わしが長年使い込んだナイフで、研いだ回数は覚えておらん。ゆうべは肉を切るのに使った。おまえさんにこれを授けるのはありふれたものだからだ」

「おれには理解できないが」

「お父上の館を出ていくとき——必ず出ていかねばならんが——祖父の物語をともに連れていきなされ。わしはハールフ王と会ったことはないが、ローガランにはいまも彼を覚えている者たちがいる。そして彼らはおまえさんにハールフの姿を見ておるのだよ」ブラギはネファタフルの盤越しに手を伸ばし、ゲイルムンドの腕を握った。「どんな場所でも扉から入る前に、まわりを調べて探りを入れ、中の大広間に座る敵の位置をつかんでおくのだ。ありふれたナイフは戦場の斧や剣に対しては歯が立たぬが、物陰で使われれば凶器になるし、信頼すべきでなかった身近な者に使われれば命を奪われかねん」

　ゲイルムンドは老スカルドの意図を徐々に理解し、ナイフの持ち手をきつく握りしめた。「感謝する、ブラギ」

ブラギは彼の腕から手を離すと、盤面を見おろした。「わしの番だな」

「ああ、だがおまえの勝ちは明らかだ」

「まだ勝ってはおらん」ブラギは言った。「とはいえ、ここまでとして、おまえさんの王のために道を一本空けておくとしよう。そうすれば王は道を進んでみずからの運命と相対し、血の復讐を避けられるやもしれん。敵は作りたくないものでな」

ゲイルムンドがうなずいたちょうどそのとき、最初の朝日が地平線を越え、ハールフの墳墓を黄金色の光で縁取った。何をしているのだとスタイノルフュルはいらだっていることだろう。それにグスルムの船に乗り込む前に、ゲイルムンドにはもうひとつ立ち寄るべき場所があった。

立ちあがり、ブラギのナイフをベルトに結びつける。「たまに考えるよ、おまえが父の館に来てくれなければ、おれの人生はどんなふうだったかと」

ブラギは肩をすくめた。「運命の三女神《ノルン》から逃れることはできぬ。だが、おまえさんの物語でわしが果たした役目には満足しておる」

「残念だな、おれとおまえの道が交わることはもう二度とないだろう」

「そうだな」熊の毛皮が重いせいで、ブラギはゆっくりと立ちあがった。「わしも近々ローガランを去る」

「どこへ行くんだ?」

ブラギは東へ目を向けた。「世界樹が揺れておるようだ、ゲイルムンド。これから始まる戦《いくさ》は、ノース人とデーン人、サクソン人だけの争いではない。神々の争いだ。わしはウプサラの故郷へ、わしの民のもとへ戻るつもりだ」

「旅の途で神々のご加護があるよう祈っている」ゲイルムンドは言った。「おまえさんにも同じ祈りを返そう」

ゲイルムンドは老スカルドに向かってうなずき、自分の馬へと向かった。

「助言をもうひとつ」ブラギが声をかける。

ゲイルムンドは鞍にまたがった。「歓迎する」

「男の人魚に気をつけなされ。ハールフの父ヒョレイフは網に男の人魚がかかるという体験をしたことがあった。その生き物の与えた預言がのちにヒョレイフの命を救ったという」

疑問がいくつも頭をもたげたが、問い返す時間はない。ゲイルムンドはうなずくと、別れを告げた。「さらばだ、ブラギ・ボッダソン」

ほどなくゲイルムンドはスタイノルフュルとシャルギとふたたび合流し、三人はアヴァルズネスを目指して南へ急いだ。街に着いたときには太陽は完全に姿を現し、遠くの波止場へ目をやると、グスルムの船のまわりで男たちが立ち働くのが見えた。

スタイノルフュルは鞍上でゲイルムンドのほうへ身を乗りだし、声をひそめた。「やはり会いに行くのか？」

ゲイルムンドはうなずいた。「おまえは先に行き、おれが船に乗るつもりだとグスルムに伝えてくれ」

　年嵩の戦士は異議を唱えるかのように口を開いたが、結局はうなずいた。

「頼んだぞ。おれもすぐに行く」ゲイルムンドは念押しした。

「すぐに来てくれよ」スタイノルフュルはそう言うと、シャルギに向き直った。「行くぞ」

　ふたりはそのまま道を走り去り、ゲイルムンドはしばらく進んだあと西へ折れ、草深い丘のふもとに広がる小さな木立へ向かった。木立にたどり着くと地面におり、馬を引いて小道をたどる。一歩ごとに胃が締めつけられるのを感じた。訪問するには時間が早すぎるかと案じたが、薪の燃えるにおいが、もう誰かが起きて火を熾しているのだと彼を安堵させた。

　丘の前に立つ粗末な住居がじきに見えてきた。急勾配の屋根は芝土で葺かれている。ゲイルムンドは家の南側に差しかけられた空っぽの馬小屋へと馬を連れていき、手綱を支柱に結びつけていると、ニワトリの餌が入った袋を抱えてアガダが出てきた。男の姿に彼女はぎょっとして袋を取り落としたが、すぐに胸に手を当てて微笑んだ。

「ゲイルムンド、驚かせるなんていけない子ね」ささやきに近い声で言う。

「ごめん」彼もアガダに合わせて声を落とした。「ロダットは――」

「眠ってるわ」彼女は細く長い三つ編みにした黄色い髪を背中へと放った。「起こさないほうがいい」

ここを訪れるのは昨夏以来で、ハムンドとの呪われた狩りのあとでは初めてだった。ここへ来ないままでいることも、来ることを考えるのも、同じくらい気持ちが落ち着かなかった。アガダはゲイルムンドがこの前ここへ来たときと同じエプロンドレスを着ていた。赤い色は褪せてもはや茶色に近いが、彼が贈った銀のブローチは黒ずみひとつなく輝いている。嵐を想起させる色の瞳は、さらに深まって見えるしわに縁取られていた。

アガダはゲイルムンドの片手をしっかり握り、家から離れたところへ連れていった。

「体は大丈夫？　怪我をしたと聞いたわ」

「ああ、腕をね」

「最高神オーディンに供物を捧げて、怪我が治るよう祈ったのよ」

「ちゃんと治った」

「では、また感謝の供物を捧げなくては」にっこりとして、彼の手を放す。「それで、今朝はどうしたの？」

ゲイルムンドはばつの悪さを感じた。彼女の前ではいつもこうだ。言葉が見つからず、ここへ来た理由さえよくわからない。だが、伝えねばならないことだけはわかっていた。

「おれはアヴァルズネスを出ていく」

「えっ？」アガダの細い喉の筋肉がこわばった。「どこへ行くの？」

「サクソン人と戦いに」

「それじゃあ――」彼女はごくりと息をのんだ。「しばらくは戻らないのね」

「ああ。お別れを言いに来た」

アガダはうなずき、己の体をきつく抱きしめた。「……わざわざ来てくれたのね。うれしいわ」

「おれのほうこそ、会えてよかった」ゲイルムンドは歩み寄った。

涙が彼女の瞳を濡らす。「ハムンドも一緒？」

「いいや」兄が最後にここを訪れたのがいつかは知らないが、おそらく何年も音沙汰がないのだろう。ありのままを話す時間も、これ以上アガダを悲しませるつもりもなく、ゲイルムンドは簡潔に言うにとどめた。「兄はここに残る、ヨール王とともに」

「そして彼の本当の母親とともに」アガダが言い足した。

ゲイルムンドはためらった。「ああ、王妃とともに」

「最初からそうあるべきだった」彼女はかぶりを振り、まばたきで涙を散らした。「出発はいつになるの？」

「今日の朝だ」

「そんなにすぐに……」

「ゆうべ決まったばかりなんだ」ゲイルムンドはそれ以上の説明をする代わりに馬小屋を指さした。「おれの馬を受け取ってほしい」

「馬？」アガダははっと目を見開いた。「ゲイルムンド、受け取ることなんて――」

「受け取ってくれ。名前はガルム。地獄の番犬と同じ名だが、気立ては優しい。使い道がなければ売ればいい。それから」ベルトから銀貨でいっぱいの小袋を外し、彼女の両手に押しつける。「これを」

アガダは見おろすと、首を振って小袋を押し返そうとした。「ゲイルムンド、あたしはこんなことは――」

「おれからのお願いだ、受け取ってくれ。本当はもっと何かできればいいんだが。リュビナの仕打ちを思えば、もっと報われて当然だ」

「王妃に悪気はなかった――」アガダはゲイルムンドの手に銀貨を残して手を引っ込めると、エプロンドレスを撫でつけた。「とうの昔に解決したことよ。王妃はきちんと間違いを正した」

しかし立法集会《アルシング》がどれほどの代償を与えようと、そこには銀貨や金貨をいくら積んでも癒すことのできない不当な仕打ちと傷があった。「それならこれは贈り物として受け取ってくれ。銀貨と馬は間違いを正すためのものではない。おれの最初の母親を称えて感謝を示すためのものだ」

「ゲイルムンド！」アガダは立ち聞きされていないことを確かめるかのようにあたりを見回した。「そんなことを言ってはいけない」

「おれはここへ来た目的を口にしただけだ」彼はたったいまそう気がついた。「あなたにはおれたち兄弟を自分の息子として育てる義務はなかった」ゲイルムンドは家を指し示した。「ロダットはおれたちを厄介者扱いしたが、それは無理もなかった。だが、あなたはおれたちのために心を尽くしてくれた。おれがいまこうしてここにいるのはそのおかげだ」

アガダはうなだれ、自分の言葉を吟味するかのようにつかの間《ま》黙り込んだ。「あなたの姿を目にしてこの胸に湧く誇らしさは、母親が我が子に対して抱く気持ちそのものよ」

ゲイルムンドは自分の目にも涙が込みあげるのを感じ、改めて気がついた。自分は話をするためだけにここへ来たのではない。彼女の声を聞きたかったのだ。「おれはあなたが誇りに思う男であり続けよう」

「ええ、それはわかってる」

もう一度ゲイルムンドが銀貨の小袋を彼女の手に持たせると、今度はアガダも受け取った。

「神々があなたを見守ってくださいますように」彼女が言った。

「それにあなたのことも、アガダ」

ゲイルムンドは背を向けると、木立を通る小道を引き返し、家から遠く離れるまで待ってから駆けだした。グスルムの船へと急ぐためだが、押し寄せようとする悲しみと痛みの波を力強い走りが蹴散らし、風が涙を乾かした。無我夢中で走れば走るほど過去が遠ざかっていく。いまや大切なのはこの先に自分を待ち受けることだけだった。

ゲイルムンドが波止場にたどり着くと、グスルムの船はまだ停泊していたが、出航間近だった。スタイノルフフュルとシャルギは自分たちの馬を厩舎へ送り返し、船の近くでゲイルムンドを待っていた。どちらも装備品をすべてまとめた大荷物を抱え、スタイノルフュルは見覚えのある剣を携えている。

ゲイルムンドは厚板を踏み鳴らしてふたりのもとへ行った。年嵩の戦士が握る剣に目をやる。「ハムンドが来たのか？」

「そうだ」スタイノルフュルは認めた。「これを渡すようにと」

これは自分の裏切りを恥じた兄からの詫びだろう、とゲイルムンドは思った。恥じているからこそ、弟が来るのを待って直接渡さずに、スタイノルフュルに預けたのだ。「何か言ってたか？」

「いいや。伝言はことづかっていない。だが、兄君の気持ちを代弁するなら、あなたのほうが自分よりこの剣により多くの獲物を与えられると伝えたかったのだろう」

ハムンドが弟を待ってみずから剣を差しだしていたら、ゲイルムンドは拒んでいたかもしれない。どんな贈り物も兄の裏切りを帳消しにはできないのだから。しかし、置いていかれたからには、まさか波止場に捨てるわけにもいかない。父が兄に授けた日から、ずっと羨望の目で見ていた剣だ。

「王にふさわしい刃だ」スタイノルフュルが言った。

「立派な武器だね」シャルギも付け加える。

ゲイルムンドは少年を見おろした。「おまえにもそろそろ自分の武器が必要だ」腰にさげていた自分の剣を外す。簡素ではあるが、その刃は上質の鋼を鍛えたものだ。それをシャルギに突きだした。「ハムンドのものほど立派じゃないが、おれのためによく役立ってくれた剣だ。スタイノルフュルから手入れの仕方を学べば、おまえのもとでもきっと役立つだろう」

最初の襲撃に出るまで剣を持つことのできる戦士はまれなので、シャルギは黄金を授かるかのように受け取った。「ありがとう、ゲイルムンド」

スタイノルフュルが口の片端をあげて笑みを作り、ゲイルムンドに向かって満足げにうなずく。

「ヘルハイド！」

振り返ると船上にグスルムの姿があり、その後ろでは船員たちが帆柱を立てていた。

「この船に乗りたいそうだな！」デーン人の首長《ヤール》が言った。

ゲイルムンドは近づいたが、船にはまだあがらなかった。「いかにも、ヤール・グスルム」

「ゆうべおまえの父親がわたしを罵倒したあとでよくも来られたものだ」

「おれは父ではない」ゲイルムンドは言い返した。「父の代わりに謝るつもりもない」

「よかろう。誰であれ他人に成り代わって謝る必要はない。自身の行動と名誉には当人が応えねばならん」グスルムはスタイノルフュルとシャルギのほうへうなずきかけた。「だが、おまえには船もない。供《とも》は男ひとりと子どもだけだ」

「われわれには剣がある」ゲイルムンドは言った。「そしていまこれより、あなたのためにそれを振るうと誓おう」

「おまえに剣が使えるのか？」デーン人はぐいと顎をあげてハムンドの剣を示した。

「訓練済みだ。もっとも、まだ人の命を奪ったことはない。それでもいいか？」

グスルムは肩をすくめた。「かまわんよ。だが、人の命を奪う前に船を漕いでもらうぞ。思い違いをするな、ヘルハイド。ハールフの孫かもしれんが、おまえが自分を証明するまではデーン人をひとりたりとも率いらせはしない」

「それで充分だ」ゲイルムンドは言った。「だが、思い違いをしないでいただこう、ヤール・グスルム。おれはいつの日か、あなたさえ恐れを抱くような軍隊を率いてみせる」

デーン人は大笑いし、腕を振って三人を船上へ招いた。「その日を待ってやろう、岩が苔むすまでな」

ゲイルムンドは船へ跳び移り、スタイノルフュルとシャルギがそれに続く。三人は船首側にいる男たちの中に座る場所を見つけた。そこから船尾まで見渡すと、船の左右にはそれぞれ櫂が十六本並び、最初の漕ぎ手の一団はすでに持ち場について、船長の号令を待っている。舵のある右舷には舵手が立ち、漕ぎ手が千掻《かき》に達したら交代すべく、次の男たちがそのまわりに集まっていた。一方、船首では見張りが位置についている。やがてグスルムが出発命令を出した。

帆柱のもとに陣取る船長の号令でセイウチ皮のもやい索《づな》がほどかれ、船が波止場から長い棒で押しだされる。すると男たちは櫂の先を海に突き入れて船長の号令に合わせて櫂を漕ぎ、波止場を離れてカルムスン海峡の潮流に船を乗り入れた。波が木製の薄い外板を叩く。

ヨール王の館がそびえる島に沿って船は南下した。館に見おろされながらも、ゲイルムンドは生まれて初めて王の手の届かぬところへ来たのを感じた。自分は自由なのだ。グスルムは値の張るワインを海へ注いで供物とし、船を海中へ引き込むと言われる女神ラーンに航海の安全を祈願すると、ゲイルムンドのもとへやってきた。「別れの挨拶に手を振ろうと、からかいはせんぞ」

「いいや、あなたはからかう」スタイノルフュルはデーン人ににやりと笑いかけた。「そして、わたしもそれに加わる」

ゲイルムンドは笑い声をあげた。何も言わず、手も振らなかったものの、二度と開くことのないかもしれない館の扉に向かって無言の別れを告げた。アヴァルズネスを背にしてカルムスン海峡の岸にはさまれると、三方から囲い込まれるようだったが、ただひとつ進むことのできる航路を見据えた。やがて船長が帆を張るよう命じた。帆が北風をはらみ、漕ぎ手たちは櫂を引きあげ、船は南へと疾走した。

第二章

航海

The Crossing

7

　女神ラーンが穏やかな海を与えてくれたおかげで、ローガランからユトランド半島までは順風満帆で、ゲイルムンドが櫂を握った回数は片手で数えられるほどだった。それでも手のひらの皮がむけ、腕や肩、背中の筋肉を痛めるには充分だった。ゲイルムンドがうめくと、海の真の怒りと残虐さはこんなものではないとスタイノルフュルにたしなめられた。目の前で櫂を漕いでいた男をさらっていく嵐を、船を濡れ雑巾のようにねじりあげる山のごとき大波をあなたは知らないと。

　グスルムの船の名は〈波の想われ人〉号だが、男たちの気分と、女神ラーンの娘である波の乙女たちの機嫌によって、〈波の嫌われ者〉号とも呼ばれた。ゲイルムンドは嫌われ者ではなかったにせよ、船員たちからは不審に思われていた。警戒した目でじろりと見られるだけで、話しかけられることもほとんどない。それでも、旅が進むにつれて何人かの名前を覚えることができた。

　船長の名はレク。頭に大きな傷跡があり、まるで頭皮がめくれかかっているかのように髪の生え際がゆがんでいる。理由はわからないが最初からゲイルムンドを嫌悪しており、彼が櫂を握るたび、そして何もしていないときでさえしばしば、悪態と罵倒を飛ばしてきた。船長の兄もこの船に乗っていたが、広い背中とたくましい肩を持つ巨漢はレクほど荒くれ者ではないようだった。名はエスキル。漕ぎ手のひとりでしかないものの、一目置かれているようだ。そしてほかの男たちとは違い、ゲイルムンドと目が合うと、視線を外すのではなく、会釈してくる。

海へ出て四日目、ユトランド半島西岸のリーベに到着し、二百隻を超える船団に合流した。海岸線沿いの海は浅く、規則正しい潮汐が葦などの草で覆われた岸を洗っては遠くへ引いて航路を浚渫《しゅんせつ》し、砂と沈泥の広大な浅瀬を露出させる。ゲイルムンドはこんな景色を目にしたことがなかった。グスルムの話では、フリースラントの泥海を抜けるには少なくともさらに三日はかかるという。

水深のある場所でしばらく待ち、夕方の満ち潮に運ばれて乾いた陸上に接近し、錨をおろす。残りの船団もそれに続いた。やがて潮が引いたあとの〈波の想われ人〉号は、浜に打ちあげられたクジラのように見えた。

渡し板を足の下でしならせて下船し、海藻に足を取られ、水を跳ねあげながら、砂の下でカニや貝がぶくぶく気泡をあげる潮汐湿地を突っ切る。湿地を闊歩する白いコウノトリたちが、砂の中から獲物をくちばしで引っ張りだしては、宙へ放り投げる。風は魚と潮のにおいを運んでくる。波に揺られて数日を過ごしたあとでは、かたいはずの陸地がぐらぐらと歪み、まるで足で踏みしめるのを拒絶されている感覚に陥った。

「ここにはどれくらい滞在するのかな？」シャルギが言った。

「予定どおり、首長《ヤール》が全員そろっているかどうかによるだろうな」スタイノルフュルが答えた。「だが、デーン人たちは少なくともいい風と波を待つだろう」

シャルギは首《こうべ》をめぐらし、船団を見渡した。「波を見る限り、いまでも出航できそうだけど」

「南へ行くのならな」ゲイルムンドは言った。「だが、ここからは西へ向かう」

干潟の端まで来ると足元の砂は乾いてさらさらと流れ、風に運ばれた吹きだまりが白い砂丘を形成している。浜から草の生えた高い場所までのぼりきると、そこから先はほぼ見渡す限り船団の野営地が広がり、その喧噪はまるでやむことのない遠雷のようだ。

「壮観だね」シャルギが言った。

「ヘルハイド!」グスルムが浜辺から草地へ進みでて、ゲイルムンドを手招きする。「一緒にこい」

ゲイルムンドはうなずくと、スタイノルフュルに野営に適した場所――グスルムの男たちのそばに、それでいて夜間に大波にさらわれない海から離れた場所――を見つけておくよう指示を出す。それからグスルムに従い、野営地の中心らしき方向へ通っている広い道を歩く。即席の炉の横で鉄を打つ鍛冶師に、革職人や木工職人、仕立屋に織工、食肉を解体する者、数多の竈のそばを通り過ぎた。奥へ進むほど生活と廃物のにおいが強くなる。ここはアヴァルズネスよりずっと大規模な移動式の街だ。

行き交う戦士たちにまじって多くの女戦士の姿があり、ゲイルムンドはその中にエイヴォルの顔を探した。戦士たちはみなグスルムには頭《こうべ》を垂れるが、仮設の道を進むゲイルムンドは周囲の天幕から視線を集めた。グスルムもそれに気づいたようだ。

「おまえのように醜い者を見たことがないのだろう」

「では、レクを見たことがないんだな」ゲイルムンドは言い返した。「レクに聞こえる場所では口を慎むことだ。グスルムは山羊の角笛をひと吹きしたような笑い声をたてた。当分はやつとともにいるのだから」

案じてはいたがやはりそうか。

「じろじろ見られるのも無理はない」デーン人は続けた。「おまえはノース人には見えない」

「そう言われるのは初めてではない」

「おまえの父はヨールなのか？」

ぶしつけな質問にゲイルムンドは立ち止まりそうになり、すぐには返事をしなかった。

「それとも、おまえの母親がビャルマランドを発ったとき、おまえはすでに腹の中にいたのか？」

ゲイルムンドは足を止め、兄からもらった剣に手をかけそうになるのをこらえた。「発言を取り消していただこう、ヤール・グスルム。いますぐに！」

デーン人は彼に向き直るとすっと背筋を伸ばし、首を傾けた。「わたしに取り消せと？」

「そうだ。おれを侮辱するのはまだいい、だが母を侮辱するのは許さない」

張り詰めた一瞬が過ぎたあと、グスルムはうなずいた。「いいだろう、前言を撤回する。だが、ヨールについてはどうなんだ？」

「おれの父親だ」ゲイルムンドはふたたび歩きだした。どこに囲われているのだろう、家畜のにおいが流れてくる。「おれたち兄弟が誕生したのは、母がアヴァルズネスへやってきてから一年後のことだと誰もが知っている。おれたちは母方の血を色濃く引いた」

デーン人はそれで納得した。「あのような形で館を出たあとでも、おまえはヨールを父親と呼ぶのか？　いまもヨールはおまえの王か？」

それはゲイルムンドが己自身に投げかけていない問いだった、少なくともそういう言葉では。「正直、なんと答えればいいのかわからない」

「おまえは勇気のある行動に出た」グスルムは言った。「船も兵もなしに、物乞いのようにおれのもとへ来たのだからな」

「物乞いなどしていない」ゲイルムンドは反論した。

「侮辱するつもりはない。その勇気はたいしたものだ。しかし勇気と名誉は同じものではない。忠誠の誓いを破る者や反逆者ですら勇気を示すことはできる。わたしは単に、おまえの忠誠心はどこにあるのかと思ったまでだ」

「なるほど」ゲイルムンドは応じながら、遠くにある大きな天幕に目をとめた。おそらくあれが目的地だ。「だが、忠誠心と名誉も、常に同じものではないと言えるだろう。名誉のために忠誠心が終わりを迎えるときもある」

それはどうかといぶかるようにデーン人は眉根を寄せた。「おそらくな」

「だが、おれは自分の名誉にかけてあなたに誓いを立てた」ゲイルムンドは言った。

グスルムはしばし見つめ返したあとうなずき、それから大きな天幕を指し示した。「これからわたしの君主に引き合わせる。ベルシ王から質問されるまで、発言してはならんぞ」

「了解した」

天幕にたどり着くと、槍と剣と斧で武装したリングメイル姿の戦士ふたりが入口を守っていた。彼らはグスルムを認めてうなずいたが、入口の前に立ちふさがってゲイルムンドの行く手を阻んだ。

「お連れの方はどなたです、ヤール・グスルム？」片方が問いかける。もうひとりは武器を構えてゲイルムンドから注意をそらさない。

「ゲイルムンド・ヨールソン」グスルムが答える。「ローガランの王の息子だ」

番兵は視線を交わしたあと、脇に退いてふたりを通した。

ゲイルムンドはグスルムのあとに続いて薄暗い天幕の中へ入った。その中心には炉が備えられ、煌々と炎が燃え盛っている。気だるげに立ちのぼる青い煙が、天蓋のてっぺんに設けられた通風孔へ向かう。タペストリーや敷物は、はるかかなたのセルクランド（サラセン人の土地を指すとされる）やティルクランド（現在のトルコ）のもので、精妙な彫刻が施された背の高い木製の衝立が、片隅にいくつかの隔絶された空間を作っているのにゲイルムンドは気がついた。火のまわりでは五、六人の男たちが忙しく動き回っている。金箔を貼った角杯を手にする者もおり、身につけた毛皮や装飾品から判断するに全員がヤールだろう。

「グスルム！」ひとりが大声をあげ、のしのしとやってきてグスルムの腕を握った。声が大きく、ひげも頬も真っ赤な男は、その存在感で天幕内を圧倒していた。グスルムやほかのほとんどのデーン人より頭ひとつ長身で、おそらく敏捷な戦士ではないが、怪力の持ち主だろう。この男がベルシなのは一目瞭然だ。「無事の帰還を最高神オーディンに感謝しよう」デーン人の王は言った。「北の道《ノールウエグ》からは船を何隻引き連れてきた？」

グスルムは頭《こうべ》を垂れた。「残念ながら一隻も」

「皆無だと？」

「ノース人は内紛で手いっぱいだと……。ソグンのハーラルを相手取って戦《いくさ》が始まるからと、訪れたどの館でも同じ言い訳ばかりでした」

「ならばなおさらわれらと手を組み、新たな土地を求めるべきであろうに」

「わたしもそう申しましたが、あやつらは頑として首を縦に振らず。とはいえ、ひとりだけ例外はおりますが」グスルムはゲイルムンドを身振りで示した。「ヨール・ハルフソンとリュビナの息子の片割れでございます」

「ヘルハイドのひとりか」ベルシはゲイルムンドを見おろした。口が裂けて大きな笑みになり、歯のあいだに二本分の隙間がのぞく。「どっちのほうだ？」

「ゲイルムンドです」

「わしのもとへどれだけ男たちを引き連れてきてくれたのだ、ゲイルムンド・ヨールソンよ？」

ゲイルムンドはためらい、返事をする前にグスルムをちらりと見た。「ふたりです」

「ひとりと半分だな」グスルムが言い直す。

ベルシの笑みはひげの中へ消え、その目がすっと細くなる。

「父に逆らってここへ参りました。そのために父からは何も与えられておりません」ゲイルムンドは説明した。

ほかのヤールたちも立ちあがり、冬の松のように身動きもせずに無言でじっと待っている。ベルシはゲイルムンドを爪先から髪まで値踏みするように眺めた。「見たところ、立派な剣は与えたようだ」ようやく言う。

ゲイルムンドはあえて訂正しなかった。「この刃はサクソン人の血を求めています」

ベルシの笑みが戻ってくる。「飢えは満たされるであろう。望むなら、サクソン人の血を浴びるがいい」ヤールたちを振り返って告げる。「グスルムが戻ったいま、いつでも海を渡れる」奥へ進んで一段高い壇へあがり、王座に腰をおろす。体重のせいで椅子がきしんだ。「目下ハルフダンはマーシア王国を横断し、テムズ川が通るレディンガム（現在のレディング）という場所を目指しておる。われらもテムズを船でのぼり、同じ場所へ行く。神々が味方すれば、われらの到着前にハルフダンはレディンガムを陥落させておるだろう。だが、河川上ではわれらの船は無防備だ」髪が灰色で、サクソンの短い剣を腰にさげた年嵩のヤールに向かって呼びかける。「オズベルン、サネットとルンドゥナボルグ（現在のロンドン）にいるおまえの兵から報告は？」

オズベルンの返答の最中に、グスルムはゲイルムンドに顔を寄せた。「わたしの兵は野営地の南西にいる。そこに行って飯を食い、そのあとは充分に休め」

ここに残り、前途に何が待ち受けているのかもっと知りたかったが、ゲイルムンドはうなずくと、集団を離れて天幕を出た。

外は日が沈み、あちこちに散らばる炉や松明の明かりが夕闇のおりた野営地を照らしている。ゲイルムンドは戦《いくさ》と征服に血がはやる男たちが前祝いだと大騒ぎする中を、グスルムとともに来た道を引き返して海のある西側へ向かった。

野営地の終わり近くまで来ると、泥土に覆われた海と停泊中の黒い船影が見え、そこから南へ折れて、連なる天幕の下を歩いていく。すれ違う男たちの明かりに照らしだされた顔に目をやっては、グスルムの船で見知った顔を探し、小さな焚き火を囲む二十人かそこらのデーン人の中にようやくエスキルを見つけた。

ゲイルムンドは近づき、スタイノルフュルを見たかと尋ねた。エスキルは顔をあげ、何も言わずにうなずいて右側を示した。ゲイルムンドは礼を言ってそちらへ向かった。

「ヘルハイド！」焚き火の向こう側から野卑な声が呼び止める。

声の主に気づいてゲイルムンドは振り返った。「なんだ、船長？」

レクが立ちあがる。エールのせいで体がやや傾いていた。「ひとつ教えろ。貴様の母親の国にいる男たちは戦士なのか？」

「おれには答えられない質問だ」ゲイルムンドは言った。「ビャルマランドには行ったことがない。なぜ尋ねる?」

レクはデーン人の輪の中を通り、焚き火のこちら側へ進んでくる。「ちょいと気になってな。貴様はどういう男だ?　どう見たってノース人じゃない」

「それぐらいにしておけ、弟よ」ゲイルムンドの背後からエスキルがたしなめた。

だがレクはどんどん近づいてきた。「おれが納得するまではだめだ」

「何に納得するまでだ?」ゲイルムンドは一歩も譲らず問い返した。

レクは目の前まで来ると、エールくさい息を吐き、焚き火の明かりを背負ってゲイルムンドの目をにらみつけた。「貴様の根性にだ、雑種野郎」

その頃にはほかのデーン人の一部も立ちあがり、なりゆきしだいでどう出るかと身構えていた。しかし、ゲイルムンドにはここから先はわかりきったことだ。この手のやりとりは初めてではない。「おれを試す気か?」怒りに高鳴る鼓動が耳に轟く。「おまえがそのつもりなら――」

「レク!」そのときスタイノルフュルが両腕を突きだして輪の中へ進みでた。「試すならわたしの根性を試せばいい」

「いい加減にしろ」エスキルも腹立たしげに近づいてくる。「みんな座れ」焚き火のまわりのデーン人たちをにらみつけて言った。

男たちは渋々ながら腰をおろし、ただの漕ぎ手にみなが従うさまにゲイルムンドは少なからず驚いた。いまや立っているのはエスキルにレク、スタイノルフュル、そしてゲイルムンドだけだ。彼らの船をユトランド半島へ運んだのと同じ北風が野営地に吹き渡り、薪から火の粉を舞いあげる。

船長はゲイルムンドを指さした。「貴様は凶兆だ、ヘルハイド」レクの言葉に、男たちのあいだで同意するようにささやきが広がる。「いずれおれが排除してやる」

スタイノルフュルは数歩前に出ると、腕組みをしてゲイルムンドの前に立った。「凶兆だ、凶兆だと言い続ければいずれそうなる。わたしならたやすくおまえを排除できるぞ」

「自分じゃ何も言えないのか？」レクが挑発する。「いつも誰かの後ろに隠れてなきゃ――」

「もうやめろ！」エスキルが怒鳴ったので、レクはびくりとした。

「兄貴、おれはただ――」

「エールを飲みすぎたな」エスキルが弟に言った。「自分の天幕へ戻ったらどうだ、己の足で歩けるうちに」

何人かのデーン人が笑い声をあげ、レクの顔が赤く染まった。彼はゲイルムンドをにらみつけたあと、くるりと背を向け、男たちの輪から離れて深まる闇の奥へ大股で消えていった。エスキルはかぶりを振って自分が座っていた場所へ戻り、残されたゲイルムンドは男たちの視線の重みを感じた。

スタイノルフュルは男たちの輪を見回した。「行こう。どうしたのかとシャルギが心配している」自分が来た方角を顎で示す。

しかしゲイルムンドは気がおさまらず、槍と弓で武装しているかのように新たな標的を欲した。さっと振り返ってふたたびエスキルに目を向けるが、相手は焚き火の炎を見つめるだけだった。ゲイルムンドは新たな挑戦者を求めてほかのデーン人たちの顔を探った。だが誰も目を合わせようとはせず、ゲイルムンドはののしりの言葉を吐き捨てると、スタイノルフュルのあとを追って天幕と皮の寝袋のあいだを進み、クロウメモドキの大きな茂みのほうへ向かった。

「しばらくレクには近づかないことだ」年嵩の戦士が忠告した。「海の男の例に漏れず、レクは凶兆がないかと目を光らせ、何か見つけずにはいられない」

「どうすれば近づかずにいられる？」ゲイルムンドは言い返した。「あの男は船長だぞ」

「船の上ではそうだ。だが、デーン人たちと話をしたところ、レクは腕のいい船員だが、戦士としては兄のほうが凄腕で通っているそうだ。エスキルは海では男たちと一緒に櫂を漕ぎ、陸ではグスルムの次に恐れられている」

ふたりが小さな焚き火のそばにたどり着くと、シャルギはそのまわりを落ち着かなげに行ったり来たりしていた。

「誰が恐れられてるの？」少年が問いかける。

「それで納得がいった」男たちとレクがエスキルにはすぐに従ったのを思い返し、ゲイルムンドは言った。「グスルムはベルシ王のもとへ兵をどれだけ集めたんだ？」

「船四十隻分と聞いた」スタイノルフュルは焚き火のそばへ腰をおろした。「シャルギ、おまえも座れ。そうやってうろつかれるとこっちも落ち着かん」

シャルギは目をぱちくりさせていたものの、口を閉じて座り、ゲイルムンドもふたりに続いた。スタイノルフュルが保存食を取りだして配る。肉の塩漬けを乾燥させたもの、かたくなったライ麦パンとチーズ、それにドライフルーツ。食べながら、年嵩の戦士は続けた。

「グスルムが集めた船の大半は〈波の想われ人〉号のような小型船だが、中には櫂が六十本もある大型の船もある」

ゲイルムンドはそれだけの数の船が運べる乗員を頭の中で計算した。「それでは、グスルムの軍勢は少なく見積もっても二千にはなるな」

「ああ。それがどうかしたのか？」スタイノルフュルが尋ねる。

「ベルシに仕えるヤールの中で、グスルムの立ち位置を推し量ってるんだ」

「忠誠を誓う相手がグスルムでよかったのか、自分の判断が正しかったのか、それを確かめるために？」年嵩の戦士は新たな木片を火に放り入れた。

「グスルムで間違いはない」ゲイルムンドは言ったが、理由は説明できなかった。わかるのは、運命が彼をグスルムの旗艦に乗せたということだけだ。「眠れるうちにそろそろ寝よう。すぐに出発になるだろう」

三人はセイウチ皮の寝袋を広げた。ゲイルムンド用にひとつ、スタイノルフュルとシャルギはひとつを共有だ。もっとも、どちらの寝袋も大人の男ふたりが優に入れるゆとりがある。野営地のまわりには乾いた木はほとんど残っておらず、シャルギは最後の木片を焚き火にくべてから、年嵩の戦士と一緒に寝袋に潜り込んだ。

「朝まで放屁するなよ、小僧」スタイノルフュルは釘を刺し、仰向けになって胸の上で腕を組むと目を閉じた。

自分のことは棚にあげてと、ゲイルムンドはシャルギに笑いかけてから自分も寝袋に入った。だが、すぐには眠れなかった。星を見あげ、ブラギが話していた神々の戦いに思いを馳せる。最後の戦いのあとには、オーディンにトール、そしてすべてのアース神族とヴァニル神族は滅び、星々はランタンのように吹き消され、空はぽっかり開いた穴になり、新たに生まれたその巨大な裂け目《ギンヌンガガプ》に何もかも落ちていくのだろうか。ゲイルムンドの意識が忘却の深淵へと漂い、うとうとしかけたとき、シャルギに名を呼ばれて覚醒した。

「どうした？」ゲイルムンドは少年に問いかけた。

「みんなどうしてサクソン人相手に戦ってるの？」シャルギが尋ねる。「連中に恨みがあるの？」

ゲイルムンドはため息をついた。「そうだな。サクソンの土地へ移住して平和に暮らしていたデーン人の農民や家族が大勢惨殺されてる」

「なぜサクソン人はデーン人を殺したの？」

「それは、デーン人がサクソン人を殺したからだろう」話し声に目を覚ましたスタイノルフュルがうなり声をあげて答えた。「復讐の応酬だ。どっちが先に始めたかは双方で意見が異なる。寝ないで考えるのはおまえの勝手だが、口は閉じて静かにしてろ」

シャルギはおとなしくなった。

ゲイルムンドは目をつぶった。海風が浜辺をこすり磨くが、セイウチの皮の中はあたたかい。彼はぐっすり眠った。船上で波に揺られる感覚は体と夢からまだ抜けきれなかったとはいえ。


翌日と、さらにその後の二日間は、シャルギに新たな剣の使い方を指南して過ごした。少年の体つきは細いが腕力と脚力があり、のみ込みも早く、鷹のごときすばやさで攻撃する。そうしてデーン人たちからは極力距離を置くことで、ゲイルムンドたちはレクとふたたび諍いになるのを避けた。だが、彼との衝突を先延ばしにしているだけなのはわかっていた。自分たちを別の船に乗せてくれとグスルムに願いでない限り、それは避けられないものの、願いでるつもりはなかった。どのみち、グスルムはベルシ王とほかのヤールたちとの協議に忙しく、めったに姿を見せない。遅れてやってきた若干の船と戦士を毎日潮流が運んでくるが、彼らの槍が軍勢に加わるのは、広大な麦畑に穂を一本加えるようなものだった。

リーベに到着して四日目、ゲイルムンドは盾が手に入らないかと野営地の中へ出かけていった。三人ともアヴァルズネスから盾を持ってこなかったのだ。午前中はあちこち尋ね回ったもののすべて無駄骨に終わった。巨大な野営地は雑然としていて、盾を売ってくれるというフリージア人をようやく見つけだしたときには午後になっていた。

トウヒの盾は中古だが頑丈で、縁には革がきつく巻かれ、鉄製の金具には油が塗られて錆ひとつない。高くつくものと覚悟していたが、フリージア人はベルシの軍勢に加わるつもりはまるでないらしく、船団の出発前に武具を売却したがっているだけだった。おかげで銀貨二枚で盾三枚が手に入った。

ヤール・グスルムの男たちの野営地へ戻る途中、銀より安値で体を売る女たちの天幕を通り過ぎた。女のひとりに手を振って呼びかけられ、金色の髪とバラ色の頰にゲイルムンドの心はつかの間ぐらついた。しかし、いまは背中に一枚、両手に一枚ずつと、合計三枚も盾を運んでいる最中だ。それに懐にはまだかなりの銀貨が残っており、女の仲間に掏られる危険は冒せないと、安全なほうを選んで先へ進んだ。

翌日は、兵が盾で壁を築く〝盾の壁〟での立ち方をスタイノルフルとともにシャルギに教えるつもりでいたが、訓練を始めるなり出航の知らせが野営地を駆けめぐる。ほどなくしてグスルムが姿を見せ、蜂蜜酒のにおいを漂わせながら命令をくだした。

神々へ供物を捧げ、船に乗り込め。これよりイングランドに攻め入ると――。

8

二日のあいだ、船団は穏やかな海を楽しんだ。だが三日目、なんの予兆も警告もなしに、嵐がうなりをあげて北から襲来する。咆哮をあげる風と獰猛な波は船団を散らし、それぞれの船で乗員が生き死をかけた戦いへと放り込まれた。レクの命によって破れないように帆はたたまれ、全員が千回ずつ櫂を漕いだ。

ゲイルムンドは漕ぎ役と船底にたまった水を掻いだす役を交互にやり、しまいには四肢がふやけた葦のように使いものにならなくなった。風と雨、それに目を刺す海水のしぶきで視界をさえぎられ、時間の感覚も失い、嵐が永遠に続くかに思える。数日が経過したのか、それともまだ数時間しか経っていないのかもわからなくなっていた。

〈波の想われ人〉号は頑丈な作りで喫水が浅く、大波に乗ろうが、空が消えたかと思うほど深い波の谷間へ降下しようが、びくともしなかった。だが、ときに船首は右を、船尾は左を向くほど波と潮に船体がきつくねじりあげられ、よじれた外板の隙間から海水が流れ込んだ。グスルムは、スタイノルフュルに海での経験と、ある程度の船の知識があるのを知ると、水漏れ箇所にタールを塗った羊毛を詰める仕事を課した。シャルギもそれを手伝い、すぐにやり方を覚えたので、スタイノルフュルはあとは少年に任せ、自分は漕ぎ役と水の掻いだし役に戻った。

ゲイルムンドがグスルムの隣で海水を汲みだしていると、レクが転びそうになりながらやってきてわめき散らした。

「海洋神エーギルと女神ラーンはおれたちをのみ込む気だ！　おれたちはもうおしまいだ！」

グスルムは一笑に付した。「海の神など捨てておけ！　われらには最高神オーディンがついている！」

レクはゲイルムンドをにらみつけた。「地獄の女神ヘルの子が一緒にいてもか？」

その問いかけが風向きを変えたようだった。疑いがグスルムの勇気にひびを入れるのをゲイルムンドは目の当たりにした。その裂け目がほぼ一瞬にして船員のあいだに広がる。

「ヘルハイドを海の神へ捧げるんだ！」レクが叫ぶ。「神への生贄だ！」

「たわごとを！」櫂を漕いでいたスタイノルフュルが立ちあがり、大きく傾く船底をよろめきながら横切った。「その前にわたしを殺せ。だが、デーン人たちを道連れにすると誓うぞ」レクを指さす。「まずは卑怯者からだ！」

怒鳴り声がエスキルとシャルギの注意を引く。ゲイルムンドは預言者でなくとも、どんな結末になるかを予想できた。

「やめないか、レク！」エスキルが声を張りあげる。

「誰がやめるか！」レクは飛びださんばかりに目をむき、自分の胸を叩いた。「船の上ではおれが命令を出す！」

「命令を出すのは首長《ヤール》グスルムだ！」スタイノルフュルが言い返すが、男たちがみなレクの側についているのは一目瞭然だった。

グスルムがゲイルムンドに目をやる。雨と海水に顔を洗われながら、ゲイルムンドはなすべきことを悟った。ヤールの顔には、嵐に対する、そして自身の兵に対する恐れが表れている。グスルムは船長の要求を拒みはしないだろう。いずれにしても乱闘になるのは避けられず、そうなればスタイノルフュルとシャルギまでゲイルムンドとともに命を落とす。たとえデーン人を二、三人道連れにはできても、三人対三十人ではどだい勝ち目がない。争いを避けねばとゲイルムンドは意を決した。手立てはひとつのみだ。

「さらばだ、友よ」その言葉とともに海へ身を投げる。

海が凍てつく手を突きあげてゲイルムンドをつかみ、波の下へ一気に引きずり込む。そのあと何もかもが静まり返った。ゲイルムンドが手足をばたつかせて浮上し、水面を破るなり、猛り狂う海と空の轟きがふたたび耳に戻ってくる。スタイノルフュルがゲイルムンドの名を叫び、彼をつかもうと船べりから身を乗りだしているのが見えた。己も海へ飛び込もうとするのを、エスキルが羽交い締めにして止めている。

速い潮の流れがゲイルムンドを船から引き離す。櫂が目の前を横切り、生存本能は彼にそれをつかませようとするが、急いで手を引き戻し、櫂と船がどちらも手の届かないところへ離れていくのに任せた。

父の館を出たときに思い描いた最期とは違う。

だが明らかに、これが自分の運命なのだ。

グスルムの船が視界から消えもしないうちに、鎧と衣服の重みがゲイルムンドを海の底へと沈めようとする。海水が口の中へどっと流れ込み、鼻孔をふさぐ。げほげほと咳き込んであえぐが、海に抗う体力は残っていない。残っていたとしても、違いはなかっただろう。運命の三女神《ノルン》が決めたことを覆せる者はいないのだから。

運命に相対したとき、できることはひとつしかない。受け入れるのだ。

穏やかさが全身に広がり、ゲイルムンドは定められた運命を受け入れた。ナイフを鞘から抜きだして握りしめる。戦士として死に臨むのに、手にできる武器はこれだけだ。抗うのをやめて最後の息を吸い込むと、海に引きずり込まれて底なしの闇へ落ちていった。波が打ち寄せることはなく、嵐も届かぬ場所へ。海の神の冷たい手が、ノース人も、サクソン人も、デーン人も、誰彼かまわず握りつぶす海の底へ。

ゲイルムンドは息を止めていた。思考とは関係なしに、体はなおも命を放棄するまいと必死だが、じきに選択肢はなくなった。水圧が鼓膜を刺して頭を押しつぶそうとする。肺の焼けるような痛みが全身に広がり、あらゆる筋肉と関節がいわば飢餓状態に陥った。目を開けると、凍てつく闇の中に小さな光が散り、炎熱の国ムスペルヘイムの火屑が彼のまわりに漂うかのようだ。

ひとつだけ動かない光があった。ゲイルムンドの下できらめくその光は、輝きを増して大きくなっているようだ。彼が溺れるのを見届けて自分への供物とすべく、女神ラーンが迎えに来るのか。ゲイルムンドは再び目を閉じた。光は消えるどころか、視界を赤く染めるほど明るさを増していく。全身の骨がきしんで体ががくがく震えだす。もはや息を止めておけず、口を開けて海水をのみ込んだ。氷と塩が肺を満たして冷たい火を放つ。抗うのをやめようとしても、四肢が勝手にばたばたと動いた。光はさらにまぶしくなり、目を焼き、視力を奪い、思考を焼き払って、ついにはゲイルムンドの頭の中を空っぽにした。

そのあとは何も見えなくなり、ふたたび目を開いたときには巨大な広間の中央に横たわっていた。天井と壁は遠く、薄暗くて距離感がわからない。どうやらほかは誰もいないらしい。全身を打撲したように体中が痛み、ゆっくりと体を起こして記憶をよみがえらせる。ほんの一瞬前まで海の底で溺れていたはずだ。それなのに衣服は湿っているだけで、ナイフは腰の鞘に戻っている。

ゲイルムンドが横たわっているのは鉄製の寝台らしく、中央が人の形にくぼんでいる。こんな寝台は見たことも聞いたこともなく、これほど大量の鉄を鍛冶師が無意味な用途に使う理由も理解できなかった。まわりの壁と床は黒い岩石からできており、山の懐に掘られたかのごとく、一枚の岩から切りだし、磨きあげたように見える。ランタンも松明も、そのほか光源はいっさい見当たらないのに、広間はほの明るい。神の館に迷い込んだのではないかとゲイルムンドは思い始めた。それか、巨人の住まいかもしれない。

自分は死んだのだ。だが、ここはヴァルハラではない。英雄たちはいないし、宴のごちそうのにおいも、戦士たちが戦って鍛え合う物音もしない。それに、自分は戦ってオーディンを満足させられるだけの死に方をしなかったのもわかっていた。手に握っていたのはナイフだけだ。次に考えたのは、薄暗いこの広間が女神ヘルのものである可能性だ。たしかに、この寒さはいかにも死者の国らしいが、それならなぜほかには誰もいないのか。ここがオーディンのものでもヘルのものでもないなら、海の女神ラーンの館に流れ着いたのかもしれない。しかし、話に聞く珊瑚の館とはまるで違う。自分がどこにいるのかを示す明白な答えも手がかりもなく、ゲイルムンドは館の主を探しに行くことにした。

鉄製の寝台からおり立つと、思ったより下半身がしっかりしていた。骨の痛みと疲労感はましになりつつある。とはいえ、死者は痛みを感じないはずだから、この感覚は生前の記憶の名残にすぎないのだろう。

広間を見回すと、遠くに戸口がぼんやり見えた。近づくにつれて、アーチ型の輪郭が浮かびあがる。槍の穂先のごとく細く尖っており、高さは戦士三人分、幅はゲイルムンドが両腕を広げた程度。その先は長い通路で、はるか遠くに揺れる光を目指してゲイルムンドは進んでいった。

しばらく歩くと、廊下の磨きあげられた石壁は途切れ、そこから先の壁と天井は水晶のように見えた。それがガラスであったにしろ、貴重であることに変わりはない。それがひとところにこれほどあるなど、実際に目にしていなければ信じなかっただろう。いずれにしても、神以外の手でこんなものが作れるとは思えない。その美しさと技術に感嘆していたゲイルムンドは、壁が曇りひとつなく透き通っていることに気がついた。廊下が薄暗いのではなく、壁を隔てた外が暗かったのだ。壁から離れて廊下の中央へとあとずさり、頭上を見あげたゲイルムンドはあんぐりと口を開けた。

ゲイルムンドがいるのは水の中だ。ここは海底だ。もし女神ラーンの館だとしたら、自分は死んでいないということか。

もう一度透明な壁の向こうに目を凝らした。いくつもの巨大な影がおぼろに見え、黒々とした闇はまるで生き物のようだ。海底に立ち並んでいるごとく見えるのは、岩か木の幹か。この広大な海の底のどこかで、大蛇ヨルムンガンドは目を覚まして鎌首をもたげるときを待っているのかもしれない。

「トール神よ、われにご加護を」ゲイルムンドがささやく声さえも、透明な壁に大きくこだました。

外の闇から目を引きはがし、ぼんやりと光る廊下の端へふたたび向き直り、慎重に近づいていった。溺死したのではないとしても、まだこれから死ぬことだってありうる。剣はグスルムの船に置いてきた。手元にある武器はブラギからもらった青銅のナイフのみだ。ゲイルムンドは廊下の端へたどり着くと、ナイフを引き抜き、奥をのぞき見る。

どうやら、先ほどの広間より小さい部屋につながっているようだ。壁と床は同じ石造りで、彫刻と銀象嵌《ぎんぞうがん》で装飾されている。一方の壁際に祭壇が設けられ、タペストリーのように揺れる光の幕がそれを囲っていた。光に包まれた祭壇の上に、黄金の腕輪が置かれている。その輝きに引き寄せられるようにゲイルムンドは部屋を横切ったが、宝物に手を出すのをためらって数歩手前で足を止めた。

「ほしいなら、好きにしろ」

ゲイルムンドはぎょっとして振り返った。

力強く大きなその声はあらゆる方向から聞こえているように感じられた。首《こうべ》をめぐらせると、背後の一角に男の姿があった。ゲイルムンドよりはるかに長身で、その体はまるで月のように淡い光を放っている。上質の亜麻布か絹らしきチュニックに、銀の鎧と兜。神であるのは間違いない。しかし、どの神か判明するまで、ゲイルムンドは頭《こうべ》を垂れるのを拒んだ。

「あなたは海洋神エーギルか？」

「わしはいくつもの名で知られている。だが、ヴェルンドでよかろう」

その名の男の物語は聞き知っていた。神ではないが、神々や王たちとかかわりが深く、その手が作りだす宝は垂涎の的となる偉大な鍛冶師だ。「この場所はいったいなんなんだ？」垂らした手にブラギのナイフを握ったまま、ゲイルムンドは尋ねた。

「ここはわが家であり、わが鍛冶場である」

ゲイルムンドは天井を見あげた。「海の底にあるのか？」

「そうだ。太古の昔、北の大地が氷の山にほとんど覆い尽くされていた頃、ここには乾いた大地があった。おぬしの祖先たちは強大な原牛《オーロックス》を狩り、森の食べ物を集め、この地で育てた。氷が後退すると、ふくれあがった海が森とわしの鍛冶場をのみ込み、おぬしの祖先たちは新たな土地へ追いやられ、そこに定住した」

　ヴェルンドが語るのは伝承に登場する氷の世界や大洪水そのものだ。氷寒の地獄《ニヴルヘイム》の氷が後退したときに、アウズンブラという牛が霜をなめ続けた場所から最初の神ブーリが現れた。そして、彼の孫オーディンは原初の巨人ユミルを殺し、その体をばらばらにして世界を創ったという。

「おれはどうしてここに？」ゲイルムンドは問いかけた。

「おぬしは溺れていた」ヴェルンドが説明した。「だから、わしがおぬしを召喚したのだ」彼が近づいてくる。その体は透けていて、背後の壁が見える。それに気づいたゲイルムンドは思わず身震いがした。

　ナイフを突きだしてあとずさりする。「あなたは人間ではないな」

　ヴェルンドはかぶりを振った。「たしかに違う」

「生きているのか？」

「かつては生きておった」

「生きていないのなら、何者なんだ？」

　鍛冶師は足を止めた。「記憶と思えばよかろう」

「誰の記憶だ？」

「神々のだ」

　自分がどこにいるのか、これは夢なのか、ゲイルムンドは混乱してきた。「おれは生きてるのか？」

「生きている」

「なぜだ?」

「違う。なぜ生きているのか、その理由《わけ》を知りたいのか?」

「なぜおれを助けた?　嵐で船は何隻も沈み、多くの乗員が溺れたはずだ」ゲイルムンドは部屋を見回した。「見たところ、ここへ連れてこられたのはおれひとりだ。だから問うている。なぜおれを助け、ほかの者たちは助けなかった?」

「なるほど。おぬしの意図は理解した」ヴェルンドは祭壇へ顔を向けた。「あの腕輪が、いわばその質問に対する答えとなろう」

　ゲイルムンドは青銅のナイフを握りしめたまま、視線だけ祭壇の腕輪へ動かした。あんな腕輪はかつて見たことがない。それぞれ色の異なる別個のルーン文字が刻まれた七つの黄金から成り、どの文字も内側から光を発しているように見える。

「この腕輪には名前がある」ヴェルンドが言った。「ひとつにつながれたもの《フニチューズル》……おぬしの祖先はそう呼んでいた」

　ゲイルムンドは祭壇に一歩近づいた。「おれの祖先——?」

「そうだ」ヴェルンドが手をひと振りすると、腕輪を取り囲んでいた光の幕が消えた。

「海に覆われる前、この土地に住んでいた祖先の血がおぬしには流れている。わしはおぬしを知っている。おぬしの祖先が溺れかけたときも、わしが助けた」

　ゲイルムンドの祖先で溺れかけたことのある者はひとりだけだった。「ヒョレイフ、おれの父の祖父のことか」

ヴェルンドはうなずいた。

「だがそれは……」ゲイルムンドは相手にナイフを向けた。「あなたが〝男の人魚〟だな。ヒョレイフの網にかかっていたという」

「わしを網で捕ることはできぬ」

「だが、言い伝えに出てくる男の人魚なのだろう？　ヒョレイフの運命を預言した」

「あの男にとって最も可能性の高い運命を教えたにすぎん」

ゲイルムンドはナイフをおろした。「それはどういう意味だ？　人が持つ運命はそれぞれひとつで、逃れることはできない」

「運命とは単に選択の結果と、そのなりゆきを表す言葉だ。避けられないのは、選択がもたらす結果のほうだ。行動には反応が伴う。どうだ？　選択は避けられないものか？」

「それは避けられる。いかに自分の運命と相対するかは、どんなときでも選ぶことができるはずだ」

「そう思うか？」ヴェルンドは微笑んだ。「おぬしは海を渡ることなく、陸にとどまることを選択できたか？」

ゲイルムンドはつかの間考えをめぐらせた。「いいや、あれは名誉の問題だ。おれはグスルムに従うと誓いを立てた」

「その誓いを立てたとき、おぬしに選択肢はあったか？」

「いいや、おれにはそれしか道がなかった――」グスルムに誓いを立てなければ、ゲイルムンドを船に乗せることはなかっただろう。そしてグスルムの船に乗らなければ、アヴァルズネスの父の館でくすぶったままだった。選択したとはいえ、毎回ひとつずつしか進む道はなかった。だが、その道はそれに先立つ選択によって決定され、その選択もまた、さらにその前の選択により決められた。別の選択をするには、ゲイルムンドはいまとは違う自分でなければならなかっただろう。しかし、だからといってそれらの選択から逃れられないわけでも、ほかを選択することが不可能だったわけでもない。そうしたのは単に選ぶのがより難しかっただけだ。

「結果とは行動基準である」ヴェルンドが言った。「選択はおぬしの血に流れておる。そしてわしはその血の中に、おぬしを待ち受ける未来を見る」

「鍛冶師にしては知恵者だな」ゲイルムンドは言った。「おれの未来には何が見える？」

「裏切りと敗北」ヴェルンドの口振りはぱっとしない収穫の一覧を読みあげるかのようだった。「おぬしは敵に屈するが、自分の敵が何者かを知らない」

ゲイルムンドは冷笑した。「おれを父や兄と間違えているらしい。おれは決して敵に屈しない」

「海には屈したであろう」

否定しようにもヴェルンドの言葉を否めないことに気がつき、ゲイルムンドは腹が立ってきた。海に屈したのは事実だ。しかし、だからといって敵に屈することにはならない、どんな敵であろうとだ。「知恵があると思ったのは買いかぶりだったな」「わしは事実を話しておる」銀の兜の中でヴェルンドは顔色ひとつ変えなかった。「おぬしを納得させる必要はない」

ゲイルムンドはもう一度腕輪へ目を向けた。「あれはなぜひとつにつながれたものと命名された？　あの腕輪にはどんな意味がある？」

「あの腕輪は身につける者の運命の一部となる。だからそう名づけられた。あの腕輪は行動基準である。それをどうするのか、決めるのはおぬしだ」

目の前の腕輪がまるで罠に仕掛けられた餌のように思えた。手を出すか、やめておくか、自分の運命はどちらだろうとゲイルムンドは思案した。たとえ選択肢があったとしても、伝説の鍛冶師ヴェルンドの手による装飾品を誰が退けられるだろうか？

ナイフを鞘に戻し、祭壇へと進みでた。輝きを放つ腕輪は、ゲイルムンドが心を決めるのを待っている。だが、自分に選択肢はないのが徐々にわかってきた。この腕輪を退けることはできない。これは王にこそふさわしい宝で、彼の祖先がフニチューズル《フニチューズル》と名づけたのならば、この腕輪は彼が相続すべき遺産だ。

ゲイルムンドは腕輪へと手を伸ばした。ところが手が触れた瞬間、焼きつくような閃光にふたたび目がくらみ、頭が真っ白になった。

9

意識が戻ったとき、ゲイルムンドは砂上でうつぶせになっていた。打ち寄せる波の音とアジサシの鳴き声が聞こえる。もしかしたら、リーベに戻ってきてしまったのだろうか？　最初にそう思ったが、そもそも船で岸を離れたのかも疑わしく思えてきた。ヴェルンドとの邂逅も夢か幻だったのだろうか。だが、あたりを見回し、ここがユトランド半島ではないことが理解できた。それでも、自分がどこにいるのかは見当もつかなかった。

ゲイルムンドは海水でずぶ濡れのまま、よろよろと立ちあがった。そこではじめて、自分が何かを握りしめていることに気づく。見おろすと、手の中にフニチューズルがあった。海底の館での出来事は夢ではなかったのだ。ヴェルンド、あるいはなんらかの力が、いまいるこの場所へを運んできてくれたのだろう。

干潟が南北へどこまでも延びるさまはリーベによく似ているものの、海が反対側の東に広がっている。おそらく、イングランドの海岸のどこかに流れ着いたのは間違いない。西側の平坦な大湿地帯の先に沼地が見えるのは、イースト・アングリア王国の沼沢地だろうか。だとしたら、ここはデーン人の支配地だが、ベルシ王の船団が向かうルンドゥナボルグとテムズ川よりはるか北になる。

嵐を生き延びた船はすべてルンドゥナボルグへ向かったはずだから、ベルシの船団がハルフダンの軍勢と合流するレディンガムと呼ばれる場所まで、ゲイルムンドは自力でたどり着くしかない。船団がテムズ川をのぼった先にあるというなら、レディンガムは南西にあるのだろう。どれほどの距離かはわからないが行くしかない。少なくともスタイノルフュルとシャルギにもう一度会わねばならない。ふたりがイングランドへ来たのはゲイルムンドに忠誠を誓ったがゆえだ。船べりから手を差し伸べるスタイノルフュルの顔を思いだし、ゲイルムンドは胸が締めつけられた。

ふたたび腕輪に目を落とす。黄金の腕輪は陽光に輝くだけでなく、光を宿しているかに見える。こんな〝お宝〟を目につくところに身につけることは、出会った相手に――それがサクソン人であれ、ノース人であれ、またはデーン人であれ――奪ってみろと誘っているようなものだ。それを阻止しようにも、身を守るための武器は青銅のナイフ一本しかない。ゲイルムンドは腕輪をベルトに通し、目立たぬようチュニックの下に隠した。それから南西の方角に向き直り、湿地に足を踏み入れた。

そこかしこにある水たまりや水流の多くは歩いて渡れるほど浅いが、中には足を取られるほど深くて危険なものもある。迂回するためには時間がかかり、同時に体力も削られる。イングランドの湿っぽく、生あたたかい大気のせいで、砂泥がブーツにこびりつき、ゲイルムンドの足取りをいっそう重くした。

沼沢地についてほとんど知識はないが、耳にしたことから想像するに、この先が順風満帆でないことは間違いない。この土地に詳しい人間だとしても、沼地を通り抜けるには数日を要するはずだ。無論、ゲイルムンドは道をまったく知らない。もっと効率のいい移動手段か、歩きやすい道筋を教えてくれる案内人を見つける必要がある。

　沼地に近づくと、北側の先のほうで葦の茂みが二手に割れているのが見えた。あいだを通る小川が干潟にあふれ、海まで流れでている。この小川に沿って歩いていけば村か町にたどり着けるだろう。運よく小舟が見つかれば、小袋に残っている銀貨で買うことができるかもしれない。

　葦の割れ目のほうへ歩いていくと、河口はかなり広く、水がゆったりと流れていた。ゲイルムンドは足が沈まない場所を探しながら、上流を目指すことにした。

　沼沢地の奥に入るほど大気は重くなり、加えて羽虫が湧いていた。どの方角へ目を向けても、塩分を含んだ水流の迷路に葦やヤマナラシといった背の高い草、それに低木が生えているばかりで、一帯を覆う薄い靄《もや》は晴れる気配もない。上流を目指す道筋で清流を見つけるたび、干上がった喉をうるおしたが、それさえ泥炭の味がした。

　太陽が西へ傾き始め、ゲイルムンドは焦りを感じ始めた。日没までに人家が見つからなかったときに備え、夜露をしのげる寝場所を思案しなければならない。火打ち道具は手元にあるが、海水に濡れた火口が役に立たないことは確認しなくてもわかっている。これまでに目にした倒木や枝も湿っていて火はつかないだろう。そろそろ腹を満たすことも必要とはいえ、濡れた服を乾かすことはそれ以上に急を要する問題だ。火を熾すことができなければ、夜通しがたがた震えることになる。

　日暮れが迫るまで歩き通したものの、どれだけ距離を稼げたのかは定かではない。まっすぐな道なら六、七休息程度《ラスト》の距離も、蛇行した川沿いで、しかも足元の悪い沼地ではその倍以上に感じる。叩いても叩いても蚊やブヨに刺され、かきむしった。こんな場所にとどまり続けたら、全身の血を吸い尽くされてしまうかもしれない。

それにしても、いまのいままで、サクソン人にもデーン人にも出くわさなかったのはいささか意外だった。これまでの道のりに人跡未踏の荒野めいた空虚さはなかったというのに。むしろ、迫り来る危険に息を潜めているかのような静けさがゲイルムンドには不気味だった。

地平線沿いを縁取るヤマナラシのてっぺんに夕日が触れたとき、ついに煙のにおいがした。だが、これは焦げた木がくすぶるにおいだ。川幅が広がるものの、その先の水は灰で黒くなり、死によって汚染されていた。最初の死体は男のもので、葦の中に浮いていた。頭を斧か剣でかち割られたようだ。青白い体は膨張し、水面に露出した部位に蠅がたかっている。特徴的な衣服はこの国の賢者か聖職者のものとして聞いたことがあるものだ。長い衣からは、膨らんだ両脚がまっすぐ突きだしていた。

川辺をのぼっていくと、一体、また一体と見つかり、やがて聖職者の衣をまとった男たちが積み重なった死体の山が現れた。ある者は体を裂かれ、またある者は頭を割られており、四肢を切断された者もいる。腕や脚が至るところに散乱し、同じように頭も転がっている。中には、シャルギぐらいの少年のものもあった。

サクソンの戦士を倒すと意気込んで父の館を飛びだしたものの、ゲイルムンドは己の手で人を殺したことはない。暴力により虐殺された人々を目の当たりにするのも初めてだった。彼の知っている者たちの命を奪ってきたのは老いや病、あるいは災難であり、襲撃や戦《いくさ》による死に直面したことはなかった。

鼻孔に充満する臭気と、視界と思考を埋め尽くす光景に、喉の奥に苦いものが込みあげてきた。それでも吐き気をこらえ、進みかけたところで前方から男たちの声が聞こえ、思わず動きを止める。

話し声から察するにデーン人のようだ。しかし、何を話しているのかまではわからない。様子をうかがおうと身をかがめて忍び足で前進すると、川と沼地に囲まれた中に木の生い茂る浮島が見えた。男たちの声はそこから聞こえてくるようだ。

浮島から川岸までは渡し板がかけられ、沼沢地側の岸もずっと先まで板張りになっている。ほかに浮島に近づくすべは見当たらない。相手が何者かはわからないが、こちらから出ていくしかないようだ。

背後で葦が揺れ、はっと振り返ると、沼地から出てきたデーン人の男と鉢合わせた。籠を抱えた男は若いとはいえ、ゲイルムンドよりは年上で、黄色い髪を頭頂部で三つ編みにしている。ゲイルムンドはとっさにナイフを抜き、男は籠を放り出して斧を構える。だが、ゲイルムンドがナイフしか持っていないのを認めると、相手は少しだけ緊張をゆるめたようだ。

「サクソン人じゃないな」男が言った。

ゲイルムンドはかぶりを振った。「おれはローガランから来た」

「ノース人だと？」男はいぶかしげに目を細めた。「ノース人にも見えないぞ。デーン人にもだ」

ゲイルムンドはまたかと嘆息した。「おれはノース人だ。首長《ヤール》グスルムに誓いを立ててる」

男はゲイルムンドの仲間を探すかのように木立と沼地を見回した。

「おれひとりだ」ゲイルムンドは言った。「腹を空かしてる。もうひとり食わせられる余裕はあるか？」

男はうなずいて一歩さがった。「いいとも。籠を運べよ。ずっと抱えてきて腕がくたびれた」地面に転がった籠を斧で指し示す。

ゲイルムンドは躊躇した。籠を抱えれば両手がふさがって無防備になる。このデーン人もそう考えて命じたのだ。

「おれはファスティ」

「おれはゲイルムンドだ」

「まず、オドマールのところへ連れていってやろう。おれたちの隊長だ」

太陽はさらに沈み、薄暮が沼地に迫っている。ほかに選択肢は見当たらず、このデーン人を信用するほうが、火もないところで夜を過ごすよりはましだとゲイルムンドは覚悟を決めた。ここにいることはばれているのだ。この男とともに行こうと行くまいと、ゲイルムンドを襲う気があるならそうするだろう。

　ゲイルムンドはファスティに向かってうなずくと、ナイフをしまって籠を抱えあげた。中には数十個もの牡蠣が入っている。いくつかは口を開いて泡を吹き、持ちあげるとかたい殻同士がぶつかって音をたてた。たしかにかなりの重量だ。

　ファスティは草の分け目のほうへうなずきかけ、先へ行くようにうながしたが、ゲイルムンドは斧を持った相手の前を歩くのは願いさげだった。

「そっちが先に行け」

「おれは武器を手にしてない」ファスティが躊躇するのを見て、ゲイルムンドは籠を持ちあげてみせた。「牡蠣も武器だと思うなら別だが。おれは食うほうがずっといい」

　ファスティの口元にゆっくりと笑みが広がった。「そりゃそうだ。さっさと戻って食うとするか」そう言うと指で示した方向へずんずん進んでいき、ゲイルムンドはそれに続いた。

　草の分け目の反対側に出ると石造りの階段があり、その先にさっき目にした浮島へと延びる渡し板があった。踏んでみると乾いた地面のごとくびくともせず、橋や桟橋のようにたわんできしみもしない。板をしげしげと眺めるゲイルムンドをファスティが振り返った。

「サクソン人は川底に長い杭を打ち込むんだ」彼が説明する。「矢でいっぱいの矢筒のようにぎっしりとな。その上に板をのせる」ファスティは渡し板を踏み鳴らした。「だから足場がしっかりし、それでいて水を堰《せ》き止めることはない」

「利口だな」

「たしかにサクソン人は利口だ」ファスティは斧を持ちあげた。「だが、デーン人のほうが強い」

渡し板を歩いて浮島にたどり着くと、そこはいばらの茂みと木立にこんもり覆われていた。ファスティが先に茂みの中を通り、そこから小道を進んでゆるやかな丘をのぼる。頂上まであがると、広々とした土地が開けていた。中央には館の焼け跡があり、まだ煙がくすぶっている。

「あれは?」ゲイルムンドは尋ねた。

「キリスト教の教会堂だ。サクソン人たちは隠遁所と呼んでいるがね。そいつは木製の小さいやつだ」ファスティは西を指した。「上流のミードシャムステッドっていう場所には石造りのもっと大きな教会堂が建っている」

ほかにもいくつか建物の焼け跡があり、類焼したのか、果樹園らしき場所まで焼かれている。ファスティは瓦礫を踏んで教会堂の残骸の中へ入っていった。あとを追ったゲイルムンドは、建物の骨組みの中央で焚き火を囲んで座る十数人のデーン人に迎えられた。全員に目を向けられたが、中でも黒髪のずんぐりした男からはじろりと見据えられた。男の額には数本の青い線が彫りつけられ、腰に髭斧を携えている。

「ファスティ、そいつは誰だ?」男が問いかけた。

「おれはゲイルムンド・ヨールソンだ」

「おまえにはきいてない」男がさえぎるように言う。

「他人に代弁してもらう必要はない。あんたがオドマールか？」

男はファスティをにらみつけた。「そうだ」

「川の向こう岸でうろついているのを見つけたんだ」ファスティはゲイルムンドの横で足を踏み換えた。「ノース人だって言ってる」

オドマールは嘲笑った。「どこがノース人だ。そいつはギルワだ。沼地に住むサクソン人だぞ」

「おれはローガランの出だ」ゲイルムンドは重い籠を地面に落としたので、牡蠣がガチャガチャと音をたてた。「ユトランド半島のリーベからベルシ王の船団とともに来た」

「船団だと?!」オドマールは左右を見た。「ベルシはどこだ？　船団はどこにいる？」

「ルンドゥナボルグだろう。おれは嵐で波にさらわれて近くの岸に打ちあげられた」

「よほど運がいいか、神の加護があるか、それか嘘つきかだな」オドマールは籠を指さした。「それはおれたちの牡蠣か？」

ゲイルムンドは籠を見おろした。「そうだ」

「焼け」オドマールが命じる。

ゲイルムンドはつかの間《ま》その場に固まったものの、すぐに思い直して、焚き火の端のほうで籠を傾けた。火にくべられた牡蠣はほどなくして甲高い音とともに汁を噴きだした。

右殻が開くのを確認するや、デーン人たちは競い合うようにして牡蠣を火から引っ張りだす。汁をうまそうにすすり、ナイフで殻をこじ開けて実を取りだす。ゲイルムンドが突っ立ったままでいると、殻の内側を歯でこそいでいたオドマールがおまえも食えと身振りでうながした。

牡蠣は瞬く間になくなったが、それでも六つ確保することができた。ゲイルムンドは牡蠣の汁で舌を火傷しながら、潮と海の味を堪能し、デーン人たちが積みあげた殻の山の上に自分のものを放り投げた。

「集めるのは一日がかりだったんだぞ」収穫の残骸を見おろしてファスティがぼやいた。

「そうがっかりするな」オドマールは口とひげを袖口でぬぐった。「明日また集められるんだからな」何人かのデーン人が笑い声をあげる。オドマールはゲイルムンドに注意を戻した。「おまえはやっぱりノース人には見えんぞ」

「ノース人に見えないのは生まれたときからだ」ゲイルムンドは言った。「それに気づいたのはあんたが初めてだとでも?」

さらに笑いが起き、オドマールもそれに加わって肩をすくめた。「なら座れ、ノース人。おれたちに加わるがいい。ここなら煙と教会堂の焼けたにおいをいやがってブヨも近づかん」

「かたじけない、オドマール」ゲイルムンドは焚き火を囲む輪に入っていった。腹も満たされて人心地ついた気分だ。

「剣は船の上か」オドマールはそう言うと、自分の左右に座る男たちを目で示した。「おれたちはウバ指揮官の軍勢だ。ファスティはウバの身内だ。おれたちはヘーゲリスダンにいた、ウバが沼地のサクソン人どもの王エドマンドを倒した場所だ。ウバはすでにマーシア王国へ進軍したが、おれたちはここの連中をおとなしくさせておくために沼地に残された」

ゲイルムンドは川で見かけたいくつもの死体を思い返した。あの聖職者たちが刃向かいなどしたのだろうか。焼けた教会堂の周囲にふたたび目をやると、果樹園の残骸のそばに破壊をまぬがれた離れ家があるのに気がついた。木の枝と泥で作られた小さな丸い掘っ立て小屋が、夕闇の中にぽつんと建っている。細い窓がひとつあるのみで戸口はなく、その外観だけでも異色だっただろうが、焦土の中で唯一無傷なのは、意図的にそうされたことをうかがわせた。

ゲイルムンドは顎をぐいとあげて小屋を示した。「あの場所は？」

「墓だ」オドマールが答えた。

ゲイルムンドはもう一度小屋をじっと見た。「サクソン人は死者を木の小屋に埋葬するのか？」

「生ける屍だ」オドマールは言った。

ゲイルムンドの胃の中で牡蠣が冷えて重たくなる。「不死者《ハウグブイ》か？」

オドマールがにやりと笑う。「その目で確かめてみるといい」

ほかの男たちはみな無言だ。ゲイルムンドがどうするのか、全員が見守っている。ふたたび緊張に体がこわばるのを感じた。オドマールになんらかの魂胆があるのは明らかだが、単にふざけているのか害意があるのかがはっきりしない。しばらくためらったあと、ゲイルムンドはオドマールの思惑とは関係なしに、自分の好奇心を満たすことにした。焚き火のそばを離れて教会堂の外へ出ると、薄闇の中を小屋へと近づく。遠くからでも糞尿のにおいがし、それでいくらか恐怖心が薄れた。自身の墓に棲むというハウグブイの言い伝えはブラギがよく聞かせてくれたものだが、その話に登場するハウグブイは排泄をしなかった。

そろそろと小屋へ忍び寄り、悪臭の源は窓の外に積もった排泄物だと突き止める。どうやらここは墓ではなく牢屋らしい。窓の横側から首を伸ばしてのぞき込んだとき、びちゃっという音がし、青白い男の顔が垣間見えたかと思うと、何かがゲイルムンドの顔めがけて飛んできた。間一髪で首を引っ込め、地面に放られた糞をよけた。

焚き火を囲んでいるデーン人たちがいっせいに笑い出し、ゲイルムンドはかっと赤面した。初めはいたずらに引っかかった自分をののしったものの、すぐに苦笑いを浮かべてみせた。もっとも、小屋の中からは笑い声は聞こえず、微笑んでもいないのだろう。男はサクソン人の言葉で怒鳴っているようだったが、それでもある程度は言葉の意味を理解することができた。

「去れ、異教の悪魔め！」

ゲイルムンドはたったいま男が投げつけてきた糞の量を見て、これ以上は飛んでこないだろうと判断し、思いきってふたたび中をのぞいた。

サクソン人は修道服を着ているものの、服は薄汚れ、もつれた髪とひげが顔のほとんどを覆い隠している。ゲイルムンドに気づくと窓に飛びつき、乾いてひび割れた唇からうめき声を発した。ゲイルムンドはまたも体を引いた。

「放っておけ！」オドマールはまだ笑いながら叫び、戻ってくるようゲイルムンドに向かって手を振った。

ゲイルムンドは戸口のない奇妙な小屋をもう一度眺めてから、男たちの輪へと戻った。デーン人たちから指をさされてしつこくからかわれるのを、両腕を広げてうなずき、一杯食わされたと認める。

「敏捷だな、ノース人」オドマールが言った。「ここの何人かは、あの屍に話しかけようとしたあと、川まで行って全身を洗わなきゃならんかった」

「なぜあの男を屍と呼ぶ？」ゲイルムンドは尋ねた。

「言っただろう。あれはあいつの墓だ」

それでもわからずにゲイルムンドが額にしわを寄せると、オドマールはファスティの肩をどんと叩いた。

「説明してやれ」

ファスティは咳払いをした。「キリスト教の聖職者の一部は、ああいう小屋にこもって、自分たちの神に祈禱するんだ。するとほかの聖職者たちは、そいつが死んだものとして、そいつのために神に祈りを捧げる」

「自分から小屋にこもるのか？」

　ファスティがうなずく。

「外へは出てこないのか？」

「出ることはない」ファスティは言った。「連中の神に禁じられてるんだとさ」

　オドマールは大笑いした。「火をつけてやったら、出てくる者もいるぞ」

　教会堂のまわりにある焼け跡のいくつかがそんな小屋だったのだろう、とゲイルムンドは思った。「なぜあの小屋を残した？」

「本当に屍なのかを確かめようと思ってな」オドマールが言った。「人間は二度死ぬことはできん」

「おれが川で見てきた聖職者たちは？　彼らは二度死んだのか？」

「やつらは小屋を捨てた」オドマールは言った。「キリスト教の魔術は、小屋の外へ出ると魔力を失うのかもしれん。ハウグブイや戦士の不死者《ドラウグル》は剣で斬れば死ぬ」ゲイルムンドへと身を乗りだし、ぽつんとたたずむ小屋を指さす。「食料も水もなしだ。あそこで死ねば最初から屍ではなかったことになる。魔力などないわけだ」

　夜の音が浮島のまわりで沼地に息吹を与えていた。蛙に虫の鳴き声。ゲイルムンドはオドマールの目をのぞき込み、そこに恐れと憎悪を見て取った。「聖職者たちは何をしたんだ？」

「ああ？」

「彼らをおとなしくさせておくために残ったと言っただろう。彼らは何に逆らった？」

オドマールは体を引いた。「銀を渡すのを拒んだんだ」

「銀なんぞなかった」輪の向こう側からひとりがぼそりと言った。

「おれたちはここに――」

「聖職者は銀を持っていると決まってる！」オドマールが怒鳴った。

ファスティは地面を見つめた。「死んだやつらは持ってなかったさ」

オドマールは弾かれたように立ちあがり、怒りを吐き散らした。「誰かおれに挑みたいやつはいるか？」髭斧を取り、長い弧をゆっくり描いて男たちの輪の中央に振りおろす。

「言ってみろ！　ここではっきりさせてやる」

声をあげる者はなく、オドマールがふたたび腰をおろすと、それで話は終わった。男たちはひとりふたりと離れ、自分たちの服にくるまって横になり、ゲイルムンドも体を横たえた。危険は承知のうえだが、殺すつもりなら食料を分け与える前にそうしただろうし、そのあともいくらでも機会はあった。それに今は、あたたかい火のそばにいられるだけでありがたい。

すぐに眠りに落ちたが、深夜、遠くから聞こえるうめき声にはっと目を覚ました。首筋がぞくりとし、闇の中でしばらく身をすくめていた。いまの声は動物か、人間か、はたまた沼地をさまよう異形の者か。あれは苦悶のうめき声だった。ひょっとしてあの聖職者だろうか。屍がついに死んだのかと思うと眠れなくなった。

まわりのデーン人たちはあの声にも目覚める様子はない。ゲイルムンドは起きあがり、忍び足で焚き火のそばを離れて小屋へ向かった。近づいて窓のそばに立ち、人が生きている気配に耳をそばだてる。

ささやき声が聞こえるが、ゲイルムンドには理解できない言葉だ。最初に小屋へ近づいたときの恐怖心がふたたびよみがえる。魔法や呪いの呪文を唱えているのではなかろうか。しかし聞こえてくる響きは呪文らしからず、彼らの神への祈りのように感じられた。屍は生きているということか。少なくとも、窓から糞を投げつけたときと変わらぬほどには元気なのだろう。満足してその場を離れかけたゲイルムンドは、粗雑な小屋の外壁に袖を引っかけた。

聖職者のささやき声がぴたりと止まった。「誰かいるのか?」ゲイルムンドの理解できるサクソンの言葉に戻って問いかける。その声はしゃがれて弱々しい。

「ああ」ゲイルムンドは穏やかな声で返した。「おまえに危害を加えるつもりはない」

聖職者が笑い声をあげたが、それは運の尽きた狂人の悲痛な笑い声だった。「危害を加えてくれるほうがましだ。わたしの仲間の命を終わらせたように、わたしの苦悶を終わらせてくれ」

「おれはやってない」ゲイルムンドは言った。「おれはデーン人たちの仲間ではない」

「違うのか？　では何者だ？　話し方からするとサクソン人ではないだろう？」

「おれは……」ゲイルムンドはためらった。「ほかのデーン人の仲間だ」

聖職者はふたたび笑い声をあげた。「なるほどそうだろう。悪魔にもさまざまな種類がある。だが、そのどれも神には仕えていない」

ゲイルムンドはデーン人たちが寝ているほうへ目をやったが、目を覚ました者はいないようだった。「おまえは生きてるのか？」

「それはどういう質問だ？　わたしはこうして話をしているだろう」

「デーン人たちから聞いたんだ、小屋の中へ入った者は死んだものとして扱われると」

「それは異教徒の解釈だ」男はうめいた。そのあとかすかな物音がし、ふたたび口を開いたときには窓のそばに立っていた。

「わたしは世捨て人になったのだ、死者になったのではない。この庵に入ったとき、わたしは富と地位、あらゆる意味で俗世の暮らしを捨てた。それが一種の死と見なされるのだ」

ゲイルムンドはかぶりを振った。富と地位を捨てた聖職者ならば、略奪する銀はもとからここにはなかったのだ。オドマールは彼らに尋ねさえすればそうとわかったものを……。「つまり、おまえはまだ死んでいないのだな」

聖職者は嘆息した。「そうだな、まだ死んではいない。だが早く死にたいと望んでいる。この苦悶からわたしを解放してくださるよう神へお願い申しあげたが、これまでのところ神はわたしをここに残されたままだ。わたしにはいまだ理解できない目的があるのかもしれない」

「なぜみずから命を絶たない？」

「そうすることは、わたしが祈りを捧げる神に対する罪になる」

「そこから出ることもできないし、命を絶つこともできないのか？　おまえの神は人を侮辱しているな」

「なぜそうなる？」

「人が自分の選んだやり方で運命と相対する権利を奪っている」

「それも異教徒の解釈だ」

そうだとしても、そんな神に祈るのは絶対にお断りだ。そう思いながらも、そんな神を信奉するこの聖職者にゲイルムンドは哀れみを覚えた。「おまえの神は、異教徒からの水の差し入れは受け入れるか？」

短い沈黙が流れた。「ああ」聖職者が答える。中で動く気配がしたあと窓から腕が突きだされた。手には質素な木製のカップが握られている。「こんなことをして、あなたがほかの悪魔たちに罰されるのではないか？」

ゲイルムンドはカップを受け取ると、小屋とデーン人たちから離れ、果樹園の焼け跡を通って、ほかの聖職者たちの死体が浮かんでいた川とは反対側へ向かった。暗闇の中を、いばらに引っかかれ、つまずきながら進み、どうにか岸にたどり着いて、男のためにカップいっぱいに水を汲んだ。西側の上流へ目をやると、水の上に黒い影がいくつか揺れている。デーン人たちをここまで運んできた舟だろう。ゲイルムンドはカップを見おろし、ここはきれいな水であることを願った。

小屋に戻って窓からカップを差し入れ、聖職者が喉を詰まらせながらごくごくと水を飲む音に耳を傾けた。「異教徒よ、汝に祝福あれ」聖職者が言った。

「おまえがおれを祝福するのか？　それともおまえの神がおれを祝福するのか？」

「あなたを祝福するようわたしが神に願うのだ」聖職者はため息をついて言った。

ゲイルムンドは肩をすくめた。「祝福と賜物なら、どんな神からでもいただこう。鍛冶師からでもだ」

聖職者は食いしばった歯から漏らしたような笑い声をたてた。「わたしは水を受け取るべきではなかった。死を先延ばしにしただけだ。しかし心の慰めにはなった。神があなたを使わしたのかもしれないな」

「神がおれを寄越したのではない。ここへ来たのはおれの選択だ」

「では、わたしに思いやりを示したあなたの選択に感謝しよう」聖職者は言った。「わたしはトスレッドだ。あなたの名は？」

「ゲイルムンドだ」

「会えてよかった、ゲイルムンド。わたしはこれから祈りを捧げて眠りにつこう。だが、もうひとつ言っておく」トスレッドが窓に近づく。闇の中で目と顔がかろうじて見えた。

「あのデーン人たちはあなたとは違う。連中は理由などなしにあなたを殺すだろう」

そうだろうなとゲイルムンドは思った。「おれからもひとつ言おう。小屋を出れば神へ奉仕し続けることもできるのに、そこに止め置き、飢え死にすることをおまえに求めるような神は愚か者だ」

トスレッドは何も言い返さなかった。ただ微笑んで頭《こうべ》を垂れると、小屋の奥の深い闇に消え入った。

ゲイルムンドはくるりと背を向けて教会堂跡を眺め、オドマールと仲間のデーン人たちについて思案し、彼らのもとへ戻るのをやめた。代わりに、聖職者のために水を汲みに行った道を引き返して川へ戻ると、足音を忍ばせて岸を歩き、舟へ向かった。

一艘盗むだけのことだ。手近な舟のもやい綱をすばやくほどき、舟を押しだしにかかる。だが、そのとき背後で足音がし、振り返ると人影が近づいてきた。舟の見張り役だ。暗くて何者かは判然としない。

「何をやってるんだ?」人影が尋ねてきた。声はファスティのものだ。

「縄がゆるんでいた……」ゲイルムンドは相手から見えないようナイフを鞘から引き抜いた。ファスティ、あるいはオドマールの手で殺されるのをまぬがれるかどうかはこの一瞬にかかっている。「結び直してやったんだ」

「嘘をつけ」ファスティはいまや目の前に迫っている。「舟を盗むつもりだな」仲間に知らせようとファスティが大きく息を吸い込んだ瞬間、ゲイルムンドが飛びかかる。そして同時に、ナイフを柄まで喉に突き入れて黙らせた。

ファスティはゲイルムンドの腕をつかみ、白目が見えるほど大きく目をむいた。口と喉からごぼごぼと音をたて、ゲイルムンドの手を生あたたかい血で濡らす。ゲイルムンドはファスティの体を地面におろし、ナイフを引き抜いた。体は震え、心臓が轟く。

少しでも早く、できるだけデーン人たちから遠く離れなければならない。ファスティの血をぬぐいながら、彼は舟へ向かった。オドマールは仲間を殺されて黙っているような男ではない。怒り狂ってゲイルムンドを追ってくるだろう。しかも、この沼地の地理には明るいようだ。足止めしようにも、ほかの舟を破壊できる武器はなく、死にかけたファスティから武器を奪うような冒瀆はできなかった。どのみち、物音をたてればデーン人たちが起きてくる。

草むらに倒れたファスティの体は痙攣し、脚が力なく突っ張る。それを横目に、ゲイルムンドは残りの舟の櫂をすべて集め、自分が乗る船に放り込んだ。これで少しは時間を稼げるだろう。ファスティにもう一度目をやったあと、ゲイルムンドは押しだした舟に飛び乗った。

10

片側に櫂が三本ずつ並ぶサクソン人の船は、大きいうえに重量がある。川の流れは速くはないが、ひとりで漕ぐには少々心もとない。ゲイルムンドは己を奮い立たせると、櫂を持って船首にある漕ぎ座へ移動した。二本の櫂が水を叩くまでのあいだにも、わずかながら舟は下流へ押し流される。

船首に背を向けて座り、ファスティが横たわる浮島へ目をやった。まだ息があるのか、それとも絶命してしまったのか、いまとなっては確かめようもない。いずれにしても、倒れているファスティをデーン人たちが見つけ、ゲイルムンドがいないことに気づけば、そのあとに何が起こるかは容易に想像がつく。ゲイルムンドはデーン人の怒声に耳を澄まし、動くものはないかといばらの茂みに視線を走らせた。オドマールの舟の周囲も静まり返ったままで、やがて沼地に隠れるようにして視界から消えた。

そこまで離れてようやく舟を漕ぐ手を休め、両手とナイフを川に差し入れて血を洗い流した。ローガランを出たときには、最初に人を殺すことになるのは戦場で、その相手はサクソン人だと思っていた。それが沼地の暗がりでデーン人を殺すことになるとは。だが、その違いがどれほど重要だろうか。命の糸の長さは運命の三女神《ノルン》により決められる。ファスティの命は——終わらせたのがゲイルムンドであれ、ほかの誰かであれ——どのみち尽きる運命にあったのだ。それでもゲイルムンドは自分自身に問いかけ続けた。ファスティの喉にナイフを突きたてる必要が本当にあったのか。だが、ほかの選択肢は考えられなかった。それでも避けられたのなら、ファスティに手をくださなかっただろう……。運命を全うする手段として、自分は名誉を選びたい。

ふいに生い茂る葦の中で何かが動き、ゲイルムンドが顔を向けるのと同時に消えた。女の青白い顔が見えた気もするが、あれは川の精霊だろうか。死体の山で水を穢したデーン人の仲間と思われてはたまらない。供物を捧げるにも、手元にあるのは銀貨だけだ。川の精霊の怒りを買うよりはと、銀貨を一枚だけ水の流れに落とす。それから、ぶるりと体を震わせ、少しでも早くここを離れようと櫂を持つ手に力を込めた。

ほどなく沼沢地の夜は明け、朝が来た。ゲイルムンドはいっとき手を休め、水辺に覆いかぶさる靄越しにぼやけた太陽が遠くの空へのぼるさまを眺めた。太陽が東南を過ぎた頃、より幅の広い水路にたどり着き、そこから少し進んだところで次の集落が見えてきた。

昨日今日ではないらしいが、ここにも焼き払われた隠遁所があった。石造りの教会堂があるとファスティが言っていた、ミードシャムステッドとはここのことだろう。集落に沿って舟を進めると、ここは建物がすべて燃やされたわけでも、サクソン人が皆殺しにされたわけでもないのが見て取れた。集落の外れ、木立の中には、丸型の小屋がちらほらと残り、生き残った人々は水辺で洗濯し、水を汲み、舟で川へ出ている。だが、その目はみな虚ろで、通りかかるゲイルムンドに対しても気の抜けたまなざしを向けるだけで、興味も恐怖もない。

ほどなくして板張りの岸にたどり着く。ミードシャムステッドやこの地の教会堂を訪れる商人や旅人は、おそらく浮島で見たものと同じ造りである人工の岸から上陸するのだろう。

先はまだ長い。食べ物が売っていれば手に入れておきたい。それに、レディンガムへの行き方を教えてくれる人物がいるかもしれない。ゲイルムンドは少し立ち寄ることにして、岸へ漕ぎ寄せた。舟をそこに舫《もや》うと、チュニックの下に手をやり、ヴェルンドの腕輪を確かめる。

人の往来によって作られた小道が、船着き場からハンノキと柳の木立を通って広い草地へ続き、その先に石造りの教会堂の残骸があった。屋根は崩落しているものの、高い壁は黒焦げになりながらも残り、重厚な土台の上に立ち続けている。

建物のアーチ門のすぐそばに野営をする者たちの姿があり、その衣から聖職者だと見て取れた。全部で五人、ほかにもサクソン人の戦士らしき身なりの男が三人に、金髪の少年がひとり。聖職者のひとりは大きな白い岩に向かって小槌とのみを振るい、カンカンと鋭い音を草地に響かせている。しかし、ゲイルムンドがいる場所からは、何を彫っているのかまではわからない。

よそ者《ゲイルムンド》の侵入に気づいた別の聖職者が声を張りあげると、もうひとりの聖職者が前へ進みでてきた。棍棒を手にしたサクソン人の戦士ふたりが脇を固める。聖職者はゲイルムンドに歩み寄りながら空っぽの手を広げ、剃髪した頭を腹立たしげに左右へ振った。

「何もありはせんぞ。デーン人はわれらの銀を根こそぎ奪っていった。食料庫を荒らし、院長と聖職者たちの命を奪い、残ったのはほんの数人と見習いの子どもだけだ。今度は浅黒い肌の使者を舟で送り込んでくるとは。おまえの指導者はこれ以上われわれに何を求めるのだ？」

「おれはデーン人の代理ではない」ゲイルムンドは言った。

「では、いったい何が望みだ？」聖職者は叫んだ。

「ふたつある。ひとつは、食べ物とエールを買いたい……」

聖職者はあんぐりと口を開けた。「か、買いたいだと……」まばたきをしてからさらに甲高い声を出す。「この場所を見るがいい、デーン人よ！　おまえたちがやったことを見ろ！　いまさら交易ともてなしを求めるのか？　われわれは何も売りはせんぞ！」

「あんたたちに売るものがないのか？　それとも、おれに売る気がないのか？」

「どちらに対する答えも同じだ。おまえは異教徒の悪魔だ、ここにおまえの安息はない。さっさと立ち去れ」

ゲイルムンドはひとりで舟を漕いできたせいで疲れきっていて、おまけに腹が減って、喉も渇いていた。「多くを失った者の気持ちはわかるが、さらに失うこともある。言葉に気をつけたほうがいい」そうは言っても、実際に分が悪いのはゲイルムンドのほうだ。サクソン人の戦士たちと一戦交えるのに、ナイフ一本ではさすがに心もとない。「おれは友好的な取引を求めているだけだ。代価は払う。あんたたちの仲間の喉が渇いているときに、おれは水を与えてやった——」

「それがなんだ」聖職者はゲイルムンドに指を突きつけた。「わたしがおまえに与えてやる唯一の水は洗礼の水だ」そこで言葉を切る。「おお、そうだとも」首《こうべ》をめぐらせて野営地を振り返り、自分自身にうなずきかけた。「いまここで異教の神々を捨ててキリスト教徒になるなら、われらのもとにあるものを喜んで分け与えよう」

本気なのか、拒絶するのを見越して言っているのかはわからないが、ゲイルムンドは一笑に付して聖職者に問いかけた。「あんたの仲間はあそこで何を石に彫っている？」

聖職者は胸を張った。「われらが主イエス・キリストとその使徒の御姿だ」

ゲイルムンドは焼け落ちた教会堂へ目をやった。「なぜ聖人たちを称える？　あんたの神は教会堂も聖職者の命も守れなかったではないか。そんな神にどうしておれが祈らねばならん？」

「われらの人数は乏しいが、剣もないデーン人ひとりぐらい殺《あや》めることはできる。それは神への奉仕となるだろう」聖職者が顔を真っ赤にして応じる。

聖職者にゲイルムンドを殺せるとは思わないが、戦士たちは躊躇せず棍棒を振りあげるだろう。どうであれ、交渉ができないのであれば、これ以上長居をする意味はない。いまこの瞬間もオドマールが追ってきているかもしれないのだ。ゲイルムンドは頭をさげてあとずさり、両手をあげた。「落ち着け。余計な血を流すことはない」

聖職者は見過ごすことにしたのが、立ち去ろうとするゲイルムンドを無言のまま見送った。ゲイルムンドは背を向けて草地を横切り、歩いてきた道を川へと引き返した。だが、川岸近くまで来たとき、背後の木立から何者かが駆けてくる足音が聞こえてきた。向き直って身構えると、また別の聖職者がひとりで立っていた。

「石のようにかたいが、それでもよければあなたのものだ」そう言いながら、男はひと塊のパンを差しだした。「キリスト教徒になれとは、わたしは言わんよ」

ゲイルムンドは木立に目を凝らして耳を澄ましたが、物音はせず、ほかには人影もない。彼は男に近づいてパンを受け取った。水で濡らさないと噛むことさえできそうにない。「なぜ、おれにこれを？」

「飢える者がいれば腹を満たしてやれというのが、わたしの神の教えだ」

「おれの神々はそんなことは言わないが、感謝する」

「デーン人ではないのだろう？」男が尋ねた。「フィンランドかビャルマランドの出身か？」

「母がビャルマランドの出だ」聖職者の知識に少なからず驚き、ゲイルムンドは改めて相手をよく見た。茶色い短髪になめらかな頬の小男で、鼻の形は斧の刃先に似ている。「なぜおれがビャルマランド人の血を引くとわかった？」

「書物で読んだのだ。あなたの容貌はかの地に住む者の特徴と同じだが、フィン人のものとも一致する」

「おれはフィン人ではない。ローガランから来た」

「北の道《ノールウエグ》の?」男の表情がわずかに曇る。「デーン人ではないが、恐ろしさでは似たり寄ったりだと聞いてる」

ゲイルムンドはにやりとした。「恐ろしさではおれたちが上だ」

「わたしはジョンだ」

それはフランク人によくある名だった。ゲイルムンドは父の館で出会った南の国の商人たちを思い起こし、聖職者の容姿や所作に彼らと重なるところを見いだした。「サクソン人じゃないな」

「サクソン人だが、フランク王国の出身でね、古サクソン人と呼ばれている。あなたの名前は?」

「ゲイルムンド」

「ミードシャムステッドへようこそ、ローガランのゲイルムンドよ」

「ここではなんのもてなしも期待できない」ゲイルムンドは言った。「あんたたちの神さえ、この地を見捨てたようだ」

ジョンは首を傾け、返事をする代わりに口内で言葉を味わうかのように無言で微笑した。「先ほど、求めるものはふたつあると言っただろう。ひとつは食べ物とエールを買うことだったが、ふたつ目はなんだ?」

「レディンガムと呼ばれる場所への行き方を知りたい」

「ウェセックス王国の？」ジョンは顔をしかめた。「ここからは百マイル近くある」

「道を知ってるのか？」

「知ってるとも。その川を西へさらに五マイルほど行くと――」ジョンはそう言いかけたところで、ふいに後ろを振り返る。「ここで待っていてくれ。すぐに戻る」そう言うなり、木立の中を引き返していった。

　ゲイルムンドは愕然としながらその後ろ姿を眺めた。ジョンと名乗る古サクソン人の聖職者にはなんの脅威も感じないが、キリスト教徒に待たされるのは癪に障る。たとえ友好的な相手でもだ。ゲイルムンドはそれ以上待つのをやめて、先を急ぐことにした。

　サクソン人の舟の上に立ち、櫂で押しだそうとしているところで、ジョンが木立から姿を現した。今度は大きな革袋を抱えている。大声でゲイルムンドの名を呼びながら手を振り、板張りの岸をどたどたと近づいてきた。

「待ってくれと頼んだのに」ジョンは息を切らしてぼやいた。「わたしも同じ方角へ行くんだ。道を教えるから、同行させてくれ」

　突然の申し出にゲイルムンドは驚きながらも、教会堂のほうを顎で示した。「あんたが出ていくことをあいつらが許したのか？」

「許す？　はて……」ジョンは困惑して振り返った。「なるほど、そういうことか。許すも許さないも、わたしはあそこの者ではない。修道士ではないんだ」

「修道士？」

「そう、彼らは修道士だ。死ぬまで同じ場所で共同生活を送り、ともに祈りを捧げる聖職者だと考えればいい」

つまり、浮島にいた屍も修道士ということか。「では、あんたは何者なんだ？」

「わたしは神が送りだす場所へと自由に赴く聖職者だ」

「で、あんたの神はどこへあんたを送りだすんだ？」

「たいていは、到着してから初めて、自分はここへ送りだされてきたのだとわかるものだ。だから旅に備えて荷物はいつもまとめてある」ジョンは革袋を舟に投げ入れた。「だがいまは、神があなたとともに行くようわたしを送りだしているのがわかる」

沼沢地を歩きだしたとき、ゲイルムンドは移動手段と案内人を欲した。いまやその両方が手に入ったのだ、キリスト教の神ではなく運命がジョンを送りだしたのかもしれない。

「乗れ」

ジョンは頭をさげて感謝すると、岸から舟に乗り込み、転びそうになりながら真ん中の漕ぎ座に腰をおろした。「ずいぶんたくさん櫂があるな」

ゲイルムンドは岸から舟を押しだし、川の流れに乗った。「櫂がなければ舟はどこへも行けない」

「それはそうだが」ジョンは先ほどと同じ仕草で首を傾けた。「五日前にミードシャムステッドを出発したデーン人の小隊は、これによく似た舟に乗っていた」ジョンは束になっている櫂を見おろした。「彼らの舟はどこかへ行けるのかね」

「どこにも行けないことを願うよ」ゲイルムンドは舟を漕ぎながらつぶやいた。

「今朝ここへ来る前はどこにいたのか尋ねてもよいかな」

「浮島だ、そこにも小さな教会堂があった」

「修道士たちがいたはずだが、彼らは無事かね？」ジョンが言った。

「ここよりひどい。みな惨殺され、生き残りは小屋にいたひとりだけだ。トスレッドと言ってたな」

「トスレッド？　名前は知っている。敬虔な聖職者という評判だ。兄がひとり、たしかタンクレッドという名だ、それにトヴァという妹がいる。彼らは見かけなかったか？」

「聖職者はほかには誰も見てない」そう言いながら、あの青白い顔をした女がトスレッドの妹だったとしたら、大切な銀貨が一枚無駄になったとゲイルムンドは顔をしかめた。

「おれが出発したときまではトスレッドも生きていた。だが、長くはもたないだろう」

「喉が渇いていた聖職者というのは彼のことかな？」

「そうだ」幅の広い川に出ると、ゲイルムンドは太陽の熱を額に感じた。「あいつは愚か者だ。小屋を捨ててあんたのように自由な聖職者になればいいものを」

　ジョンは黙り込み、それからため息をついた。「デーン人による侵略は災厄の夜の到来に等しい。とはいえ暗がりの中にも火をともした蠟燭があり、精いっぱい光を放って闇を押し返している」

　ジョンの言う光とはトスレッドのことだろうか、とゲイルムンドは考えた。それとも自分自身のことか。もしやゲイルムンドのことまで蠟燭のひとつと見なしているのかと気にはなったが、尋ねるほどではない。「ここから五休息先《ラスト》には何がある？」

「五休息先《ラスト》……？　ああ」ジョンはゲイルムンドの肩の向こうを指さして上流を示した。

「ローマ人が砦の橋《ドゥロブリウァエ》と呼んでいた、城壁に囲われた小さな街跡だ。砦でもあったが、いまはその面影もない。砦の石のほとんどは修道院を築くためにミードシャムステッドへ運ばれた。われわれが向かうのはその場所だ」

「理由は？」

「かつてローマ人がそこに街道を作り、いまはデーン人がそれを使っているからだよ。ドゥロブリウァエからアーニンガ・ストリートに出られる。その街道を南へ進めば、その先がレディンガムだ」

「なるほど。ありがとう」ゲイルムンドは素直に謝意を伝えた。

ジョンが空を見あげた。空は沼地で見たよりも青く澄み、舟が進むにつれて川の左右に広がる陸《おか》は乾き、低木の茂る荒野と森林に覆われた地帯へ入っていく。

「感謝すべきなのはわたしのほうだ」ジョンがぽつりとつぶやく。

「どうしてだ？」

「あなたと旅ができるのだから」

「おれと？」意外な答えに、ゲイルムンドはつかの間櫂《ま》を動かす手を止めた。「おれはイングランドに来たばかりだが、異教徒を旅の道連れにして喜ぶ聖職者はそういないだろう」

ジョンはうなずいた。「それはそのとおりだ。だが、この土地は変わりつつある。わたしはデーン人に蹂躙されたノーザンブリア王国を逃れたが、イースト・アングリア王国にたどり着いたときには、そこもすでに彼らの手に落ちていた。次はマーシア王国だろう。そうなれば、あとはウェセックス王国のみとなる。異教徒を供にするのでなければ、ひとりで旅をすることになる日も近いだろう」首を傾けてみせる。「とはいえ、どんな異教徒でもいいというわけではない」

「剣を持ってないやつだけか」ゲイルムンドは言った。

「おお、そのことだが」ジョンは革袋を引き寄せて中身を探った。「あなたが持つほうが役に立つだろう」革の鞘に入った長刃のナイフ《サクス》を引っ張りだす。ナイフとしては長すぎ、剣としては短すぎる代物だ。木製の柄に鉄の簡素な柄頭がついている。「フランク鋼ではないが、切れ味はいい」

一緒にいればいるほど、ゲイルムンドはこの聖職者が理解できなくなってきた。頭がどうかしているのではないか。「敵に刃物をくれてやるのか？」

「あなたは敵かな」ジョンは刃を自分の膝にのせた。「サクソン人とデーン人は敵対しているかもしれないが、だからといってジョンとゲイルムンドが敵になることはない。相手が誰であれ、わたしは自分の敵とは見なさない」

その言葉に、ゲイルムンドは目から鱗が落ちる思いがした。ジョンは父ヨールよりいくつも年下に見えるが、その言葉には年輪を重ねた叡智がある。「あんたと話していると、知り合いを思いだす。ブラギ・ボッダソンという吟唱詩人《スカルド》だ」

「ご友人かな？」

ブラギをその言葉で呼ぶことはないとしても、間違いではないだろう。「言うなればそういう存在だ」

「では、ブラギ・ボッダソンならばあなたになんと助言するだろうか？」

ゲイルムンドは二、三漕ぎしながら返事を考えた。「ブラギなら、剣のないおれに一本差しだすあんたは、おそらく愚か者だが、害はないと言うだろう」

「おおかたそのとおりだ」ジョンはそう返してうなずいた。「これはあなたのものだ」

南の草むらから小さな鷹がひと鳴きして飛びたった。ゲイルムンドはそれを眺め、遠くまで見渡すことのできる鷹の目をうらやんだ。「一緒に旅をするなら言っておくが、おれがレディンガムへ向かうのはサクソン軍と戦うためだ」

「わたしは愚か者かもしれんが、それぐらいは察しがつく、ローガランのゲイルムンドよ。だからこそレディンガムまでついていくつもりはない。ここから南へ二日進んだロイジアと呼ばれる場所に交差路がある。あなたはそこからイクニールド・ウェイを通ってウェセックスへ向かう。わたしは南のルンデンウィッチへ旅を続ける」

「ルンドゥナボルグへ行くのか？　そこに何がある？」

「わたしを故郷のザクセンへ運んでくれる船があることを期待している。神が別の場所へわたしを送りだされるおつもりなら、また話は別だがね」

「到着したらわかるんだろう」

「たいていは」ジョンは言った。

川は何度か大きな弧を描いて逆戻りしては進み、やがてドゥロブリウァエが見えてきた。城壁はジョンが話したとおりのありさまだった。建設されたばかりのときは威容を誇ったのだろうが、いまでは羊の侵入さえ阻めない低さなのが川から見てもわかる。しかし、水路の最後の屈折を通り過ぎて南岸に舟を着けると、少なくともローマ人の叡智が築いた橋は健在であることがわかった。

ここからは陸路で進まなければならない。ゲイルムンドたちはサクソン人の舟を引きあげて、生い茂る葦の群落の奥に置き捨てた。それから土手をのぼり、橋の陰でひと休みすることにした。ジョンが持ってきてくれた石のようにかたいパンを水に浸し、半分にして分け合う。ささやかな食事を終えたところで、ゲイルムンドは立ちあがり、サクスをベルトに結わえつける。ジョンも立ちあがり革袋を肩に担ぐと、ともに街道へと足を踏みだした。

右手は、橋の上を通る道が北へ向かって延びていて、ジョンによるとヨルヴィックまで続いているという。反対側を見やると、骨のごとく真っ白なアーチ——かつては城壁の門であったのだろう——がぽつんとたたずんでいる。ふたりはアーチの下をくぐり、その先に続く見捨てられた街の中心部をまっすぐ歩いていく。

「ローマ人の建造物を見たことがあるかね?」遺跡に足を踏み入れながらジョンが尋ねてくる。

「いいや」ゲイルムンドは静かに答えた。

完全な形で残っている建物はひとつもなく、そのほとんどがわがもの顔で生い茂る藪や木立に埋もれ、わずかに基部が見えるだけだ。壁跡で描かれる線が地面に巨大なルーン文字を形作り、ゲイルムンドにはそれが理解することも信じることもできない太古の言葉を唱えているかのように感じられた。

ここに残るローマ人の館のいくつかは樫の木並みに太い支柱を有しており、ヨール王のそれより大きな建物であったことがうかがい知れる。ジョンはそれでも小さな街だと言うが、街の面積は少なくとも五十エーカーはある。いま歩いている街道でさえ、これまでゲイルムンドが見たことのあるどの道とも違った。男六人が両腕を広げて並べるほどの幅があり、そこに砕いた石がかたく敷きつめられ、馬車の通るところは浅い溝になっている。

無人の街を歩きながら、ゲイルムンドはかつてここに道を拓き、街を築いた者たちに取り囲まれているような気がしてきた。いまもこの地にとどまり続ける死者を起こしてしまいそうで、足音と声をひそめる。

半休息《ラスト》近く歩いたところでようやく街の南端に到着し、門をくぐったゲイルムンドは、重苦しく薄気味の悪い街跡から出られて、ほっと安堵の息を吐いた。

「わたしのようにローマへ行ったことがあれば、これぐらいは小さな宿場街でしかないとわかるのだがね」

　ゲイルムンドは嘘をつくなとののしりたかったが、ジョンは嘘をつくような男には見えなかった。「亡者に取り憑かれた街だ」代わりにそう言った。

「死者が危害を加えると信じているのか？」

「当たり前だ」ゲイルムンドは言った。「あんたは信じてないのか？」

「信じないね」

「だが、デーン人はローマ人が作った街道を使うと言っただろう」

「ああ、たしかにそうだが、それがどうした？」

「だったら、死んだローマ人はあんたの敵をすみやかに進軍させることで危害を加えてる」

　ジョンは頬をゆるめてうなずいた。「なるほど。それも驚くことではないだろう、ローマ人もかつては異教徒だったのだから」

ローマ人は広大な沼沢地の西端沿いに広がる低木の茂る荒れ地と森林に覆われた平坦地に街道を築き、人々の往来を容易にした。ゲイルムンドは歩きながら、沼地では運に恵まれたことに気がついた。広大な沼沢地を北へ突っ切ってきたが、もしも漂着した岸辺からまっすぐ南へ進んでいたら、何日も沼地から抜けられなかっただろう。沼は西側へと押し寄せて街道にまで達する箇所もある。南下する道すがら、それは自分の目で確かめることができた。

東側は緑の低地が見渡す限り続き、深い森になだらかな丘陵、果てしない野原は、耕作と牧畜に適しているが、家も、館も、作物も、家畜も見当たらない。まさにそういう土地を求めて、ゲイルムンドはイングランドへやってきたのだ。誰のものでもない自然のままの土地は、所有者を待っていたかのようだった。

「あの土地は誰かのものなのか?」

「すべての土地は誰かのものだ」ジョンは言った。「ここはウーズ川とキャムの西に当たるから、マーシア王国の領土となる。太守《エアルドルマン》がいるとは聞いたことがないし、この土地はバーグレッド王のものだろう」

「エアルドルマン?」

「首長《ヤール》のようなものだ。しかしイースト・アングリアとの国境《くにざかい》に近いということは、この地を自分のものだと主張するデーン人がすでにいるかもしれない」

ローマ人の街から数休息《ラスト》行くと、西側の沼地の奥、樹間越しに、水辺が光っていた。地平線いっぱいに広がり、内海かと見まがう大きさだ。向こう岸にある村の名を取りウィトルシグと呼ばれる湖は、このあたりにいくつもある湖のひとつで、どれも水深が浅く、魚と鳥が数多く生息しているとジョンが教えてくれた。

優に三休息《ラスト》歩いてようやくウィトルシグの輝きが見えなくなり、そこからさらに三休息《ラスト》進んだところで、森の西側に耕作地が現れた。やがて前方の沼の端に村が見えてきた。家々から煙はあがっておらず、物音ひとつしない。ローマ人の街跡のように無人らしい。

「この場所を知ってるか？」ゲイルムンドはジョンに尋ねた。

「はっきりとは知らない。しかし、ノーザンブリアを出発する前に道は調べてある。塩商人の川《ソルターズ・ストリーム》と呼ばれる村ではなかろうか」

「誰もいないようだな」

「そのようだ」ジョンは路上で足を止め、ゲイルムンドに向き直った。「この先デーン人に遭遇したら、わたしはあなたの捕虜ということにしよう。サクソン人やミドル・アングルスの者なら、われわれはルンデンウィッチへ向かっている使者だ」

ゲイルムンドはうなずき、ふたりは村へと近づいた。

村に入るとやはりもぬけの殻で、数羽のニワトリが地面をつついているだけだった。小さな集落は集会所らしき簡素な建物を中心に、粗末な住まいと作業場や牛小屋、納屋が立ち並ぶ。村は荒廃しておらず、放棄されてそれほど経っていないらしい。破壊をもって侵略するデーン人の手に落ちたわけでもないようだ。

「沼地や森に隠れてるわけでもないだろう」ゲイルムンドは言った。「村人は全財産を持って逃げたんだ、荷馬車や手押し車に乗せて」

「さらに西へ行ったのだろう、マーシア王国の奥深くへ。デーン人が侵攻し、国境にもいるとなると、ここも安全とはほど遠い」聖職者はあたりを見回した。「しかし、われわれにはちょうどいい。夜を過ごすのにこれ以上の場所は見つからないだろう」

　ゲイルムンドも同意し、ふたりは寝場所に最も適していそうな集会所へ向かった。その内部はグスルムの船に比類する広さで、しかも乾燥して快適だった。古びた長椅子がいくつかあるが、炉床に残った炭の形からすると、何者かが近くの森で薪を探す代わりに、ほかにもあった長椅子をひとつふたつ燃料に使ったらしい。

「この場所で夜露をしのいだ旅人はおれたちが最初じゃないな」ゲイルムンドは言った。

　細長い建物の中央に出入口のあるアヴァルズネスの館とは違い、サクソンの館は建物の端に入口があった。ジョンはゲイルムンドの脇を通って奥の壁へと向かった。そこには長いことと何かがかけてあったらしく、ジョンが首にかけているのとちょうど同じ十字の形に壁の木材が変色している。ただ、こちらのほうがはるかに大きい。

「ここはキリスト教の聖堂だったのか？」ゲイルムンドは尋ねた。

「いいや、そうではないが、ここの人々は信心深いキリスト教徒だったのだ。そしていまもそうあり続けている。わざわざ十字架を持っていったのだから」

　ゲイルムンドは食べ物を求めて外へ出ると、ニワトリを一羽つかまえて首を絞めた。適当に羽根をむしり取って近くの小川で洗い、拾い集めた薪で火を熾して焼く。夜の帳がおりる頃には、わずかに残った羽根が燃えるにおいと、じゅうじゅうと音をたてて香ばしく焼けた肉のにおいが室内に充満していた。

　やがて嵐が訪れ、雨が屋根を叩いて遠雷が轟く。ここで休むことにしてよかったとゲイルムンドは思った。雨風をしのぎながら屋内で暖を取れることに感謝し、鶏肉を食い、骨をしゃぶった。彼は満足感すら覚えた。ソルターズ・ストリームは質素な村だが、堅牢な住居といい土地がある。ゲイルムンドでなくとも領地にしたいと考えるような場所だ。それがこうして無人で打ち捨てられている。

「いい戦士が数人とその家族がいれば、この場所に定住して守ることができる」

「デーン人の軍隊を相手に？」

「山賊や泥棒相手にだ。戦《いくさ》に勝ったあとの話だ」

　炉床の投げかける火影が屋根の垂木と壁を赤く染める。雨のせいで外は真っ暗だ。

「たしかにいい場所だ」ジョンは見回してうなずいた。「それはこれまでにも大勢が知っていたことだろう。この土地がマーシア王国のものとなる前には、ブリトン人がここに住み、その前にいたローマ人は先住していた別の人々を征服した。次から次へと新たな波がここの海岸を洗っていったのだ」

「それが自然の理《ことわり》だろう。土地は戦いを生みだす」ゲイルムンドは言った。

「そうでなければならないのだろうか?」

「ああ。土地はすべて誰かのものだ」

「わたしはそうは思わない。洗礼とキリスト教の教えのもとにすべての土地が唯一絶対の神のものとなれば、王国間に平和がもたらされると信じている」

ゲイルムンドは鼻で笑った。「そんな平和は欲の前では無力だ。いかに偉大な神や女神であっても人間から欲を消し去ることはできない」

「もちろんそのとおりだ。われわれは内なる堕落への誘惑を振り払い、神の御意志に従わねばならない」

「だとすれば、あんたたちキリスト教徒は神の奴隷でしかなくなるぞ」

ジョンはおもしろがるように首を傾けた。「ならば、われわれはたいそう珍しい奴隷だな。みずから服従することを求める奴隷になど、わたしはいまだ出会ったことがない」

ゲイルムンドはまぶたが重たくなるのを感じた。「聖職者の説教はもう充分だ」

「ではこれぐらいにしておこう」

目をつぶるとジョンが静かに祈る声が聞こえたが、その声も嵐もゲイルムンドが眠りに落ちる妨げにはならなかった。明け方近くに目が覚めたゲイルムンドはもう一度眠ることをあきらめて、集会所を出て小川へ向かった。すで雨はやんでいた。岸辺でヴェルンドの腕輪に気をつけながら鎧と服を脱ぎ、冷たい水で体を洗う。彼のまわりで木々の葉は嵐の名残の雨滴を垂らし、ねぐらから出てきた鳥たちがさえずった。

　集会所へ戻ると鶏小屋があり、卵が数個見つかった。雄鶏は見当たらず、時を告げる声も聞こえなかったので、中にひよこがいることはないだろう。置き去りにされた桶を見つけたので、小川で洗って水を汲む。それから、火で焼いた石を放り込んで湯を沸かし、卵を茹でた。ちょうど茹であがった頃、ジョンが目を覚ました。寝ぼけまなこのままゲイルムンドの向かいに座ると、卵を丸ごと口に放り込み、殻をばりばりと歯で砕いた。そのあいだ、虚ろな目は何も見ていなかった。ゲイルムンドはまず殻をむいた。どちらも食べ終えると、ふたたび南へと旅を続けた。

　嵐は去ったものの空は一日中分厚い雲に覆われ、いまにも降りだしそうな天気だったが、幸いにもたまにぱらつく程度だった。普通の道であれば、夜のあいだに泥道に一変し、ぬかるんで通ることができなかっただろう。だが、砕いた石を敷きつめたこの道は水はけがよく、泥に足を取られることなく楽に歩ける。

　周囲の景色は相変わらず森林と野原が続いていたが、耕作地をちらほら見かけるようになってきた。小さな村や集落もいくつか目にしたとはいえ、どこもソルターズ・ストリーム同様に無人で、残された財産目当《ラスト》ての者か旅人によって荒らされていた。

　午前もなかばになり、四休息近く歩いた頃、街道はわずかに東へ曲がった。地平線に並ぶふたつの低い丘のあいだに向かっていく。ゲイルムンドは煙のにおいに気づいた。

「この先に村があるのか？」

「ああ、ゴッドムンドシースターと呼ばれる村だ。だがまだかなり先だ」

そこからはふたりとも用心して進んだ。山賊が容易に身を隠せる木立が街道のすぐそばに密生する箇所を通過するときはとりわけだ。ほどなくにおいがするだけでなく、森から立ちのぼる煙が見えてきた。丘のあいだに広がる土地で十を超える煙の筋があがっているが、人里の煙ではないようだ。

「デーン人だ」ゲイルムンドは言った。

「そのようだ」ジョンが同意する。「しかし、われわれはまだマーシア王国の領土内にいる。ここの統治者はバーグレッド王だ」

「あれがデーン人なら、ここの統治者はバーグレッドじゃない。ここはデーン人の領土だ」

ジョンは青ざめながらもうなずいた。「ではデーン人の領土へと参ろう。ここから先、わたしはあなたの奴隷だ」

ゲイルムンドはジョンには正直に話しておくべきだと感じた。「デーン人がおれを見ても、仲間のデーン人だとは思わない。ノース人だともだ。疑われればまずいことになりうる。とりわけ、あんたには危険だ」

「ならば、わたしは神を信じ、デーン人たちがあなたを信用すると信じよう」

ゲイルムンドはため息をついた。「おれは警告したぞ、聖職者」

さらに半休息歩《ラスト》いたが、それまでと違って足取りは遅く、重かった。足に意思があるのなら、いまや街道が何者の掌中にあるかを知り、進むことを躊躇しているかのようだった。ゲイルムンドは自分ひとりなら、名前を名乗ってどんな嫌疑も晴らし、デーン人を納得させられる自信があった。しかし、聖職者連れでは、奴隷であろうとなかろうと、怪しまれるだろう。それゆえ、弁解の言葉を考え始めた。ジョンはグスルムの奴隷だと言えば安全だろうか。このキリスト教徒はヤールにとって何か重要な役目があるのだと。

「神父殿！」西側の森から呼びかける声がした。

長刃のナイフ《サクス》を引き抜いてゲイルムンドがその方角へ向き直ると、ずぶ濡れになったサクソン人の戦士が木々のあいだから近づいてくる。おそらく民兵《フュルド》なのだろう。身につけている鎧にも手にした槍にも不慣れな様子だ。

「これはこれは、ごきげんよう！」ジョンが挨拶をする。いかにも嬉々とした声で、相手の警戒を解くためか、仲間のサクソン人に会えて本心から喜んでいるのか、ゲイルムンドは測りかねた。「今日はいかがお過ごしかな」ジョンが尋ねた。

「こんな天気なのに、こんなところで見張りですよ。早くわが家へ戻りたいものです」戦士が街道の端にたどり着く。ゲイルムンドはサクスを手にしたまま身構えた。「神父殿は何用でこちらに？」

「わたしはしがない聖職者で、ルンデンウィッチへ向かう途中だ」

戦士は首を横に振った。「考え直したほうがいい。南はデーン人のものだ。ハンツマンズ・ヒル周辺はやつらが守備を固めている」

「ああ、それには気がついていたよ」ジョンはうなずいて街道の先へ目を向けた。「いまやマーシア王国にも大勢のデーン人が野営しているようだ」

「和平が結ばれたんですよ」戦士が言った。「バーグレッド王とハルフダン王のあいだで合意が成立した。デーン人はマーシア内を自由に動ける代わりに、危害を加えないと」

「危害を加えない？」ゲイルムンドは言った。「アンケアリグとミードシャムステッドの修道士たちはそうは言わないだろう」

サクソンの戦士はゲイルムンドと、彼が握るサクスをじろりとにらんだ。「何者だ？」

「わたしの旅の供だ」ジョンが割り込む。「道中の護衛に雇ったのだよ。ミードシャムステッドを通ってきたんだが、あそこではほんの数日前に修道士たちが殺され、修道院が燃やされた」

サクソン人は後ろへ首《こうべ》をめぐらせ、森林の奥をじっと見た。「沼地を荒らしてる戦士団の報告はわれわれにも届いている。デーン人にはイースト・アングリア王国との境が明確ではないんだろう。間違いが起きたんだ」

「恐ろしい間違いだ」ジョンが言った。「命を奪われた者たちにとっては」

「王にとっては王冠を失いかねない間違いだな」ゲイルムンドは付け加えた。合意があろうとなかろうと、ハルフダンはマーシア王国内へ進軍させていただろうが、おそらく金と銀を受け取り、当面は国を荒らさないと約束を取り交わしたのだろう。しかし、足掛かりを得たからには、デーン軍がマーシア王国から出ていくことがないのもわかりきっている。バーグレッド王は己の破滅を金で先延ばしにしたにすぎない。「どんな取り決めも永遠に続きはしない」ゲイルムンドは言った。

「だからわれわれがここにいるんだ」サクソンの戦士が言った。「こうしてあのデーン人どもを見張ってる」

それでデーン人をどうにかできるとサクソン人全員が思っているなら、イングランドは間違いなく敗北するだろう。この男が与えられた役目は、いずれ自分の頭に振りおろされる斧を見張ることだ。しかし本人はそれを理解していないらしい。

ジョンもそれを理解しているようで、難しい顔をした。「それで、ハンツマンズ・ヒルで野営しているデーン人は何をしているんだね？」

「行軍しています」サクソン人の戦士は言った。「沼沢地から出て、南へ向かってる」

「どこを目指してるんだ？」答えは知っているが、ゲイルムンドは尋ねてみた。デーン軍はレディンガムへ向かっている。この戦士はそれを知っているのだろうか。

「イクニールド・ウェイを通ってウェセックス王国だ」

「心配ないのかね？」ジョンが問いかけた。

戦士は肩をすくめた。「北へ進路変更したり、アーニンガ・ストリートを横断したりしない限りは大きな問題にならないでしょう」

「バーグレッド王とあなたのために、平和が続くことを祈ろう」ジョンは遠くにのぼる焚き火の煙を指さした。「しかし、和平が結ばれてるなら、なぜこの先に進むことを考え直すべきなのかね？」

「もちろん、お引き止めするつもりはありません。ただ、わたしならやめておきます。異教徒は信用できない」サクソン人の戦士が言った。

ジョンはゲイルムンドに目を向けた。「異教徒の中にも信用できる者はいる」

「ではお好きなように、神父殿」男は街道からあとずさった。「道中、神のご加護がありますように」

「あなたにも神のご加護を」聖職者は言った。「神がマーシア王国全土を守られますように」

サクソン人は森の中へ消えた。仲間とともに隠れた場所からふたたび街道を見張るのだろう。ゲイルムンドはサクスを鞘に戻した。「あんな戦士もどきに守られてるのでは、サクソン諸国が次々と滅ぼされるのも無理はない」

「サクソンの戦士の多くは農夫だ」ジョンは言った。「エアルドルマンに召集されれば民兵《フュルド》として戦うが、みな本心では自分の畑で穀物や家畜を育てていたいと願っている」

「あんたの神が、連中を己自身の愚かさから護る理由はなんだ？」

ジョンは南へ向けて歩きだした。「目の前で幼子が火鉢に手を入れようとしていたら、止めようとしないかね？」

「もちろん止めるだろう。つまり、バーグレッド王は幼子だと言ってるのか？」

「いいや。われわれはみな神の幼子だと言っているのだ」

ゲイルムンドはジョンの信条に大笑いした。ヴァルハラが幼児の園と化し、おいおいと泣く子どもたちがオーディンに蜂蜜酒の代わりに乳をくれと大騒ぎするさまを空想すると愉快でならない。オーディンのヴァルハラは子どもが行く場所ではないし、戦士としてトール神に認められなければ力を賜ることもない。

「デーン人の領土へ行くわたしを愚か者だと思っているのだろうな」ジョンが言った。

「サクスをおれに譲ったときから、あんたが愚かなのはわかってる」

「しかし、あなたはそれでわたしを殺しはしなかった。神がわたしをお守りくださったのだよ、違うかね？」

「あんたを守ったのは運命だ」

聖職者は首を傾けた。「あなたの運命とわたしの神は同じひとつのものなのかもしれない。これは熟考する価値があるな」

どこが同じなのかとゲイルムンドは理解に苦しんだが、先を急ぐことを優先した。ハンツマンズ・ヒルが近づくにつれて、野営の物音――怒鳴り声に動物の鳴き声、丸太が転がる音、鉄を打つ響き――がどんどん大きくなってくる。さすがのジョンも不安に駆られるだろうと、ゲイルムンドは聖職者の顔をちらりと見た。ところが彼は震えあがることも、顔色を失うこともなかった。愚か者であろうとなかろうと、ジョンは神により恐怖心を取り除かれたようにすたすたと歩いていた。

ジョンがウーズ川と呼ぶ幅の広い川に、これもローマ人が作った橋が架かっており、最初のデーン人の一団とはその橋の上で遭遇した。いまや一望できる野営地は橋を渡った先にあり、土地は川の湾曲によって一方を残してあとはぐるりと川に囲まれている。西、北、南は川に守られているから砦を築く必要がなく、橋と野営地の東端の守りを固めるだけでいい。また、この場所を押さえることで、デーン人は街道とその往来の支配権をすべて握ることができ、ゲイルムンドは彼らの仲間のひとりとして近づくしかなかった。

「おれはゲイルムンド・ヨールソン。ヤール・グスルムに誓いを立てた戦士だ」

橋を守るデーン人のひとりが前に進みでた。斧を二本携え、背後には同様に武装した男五、六人と弓兵がふたりいる。「ヤール・グスルムはここにはいないぞ」デーン人はジョンに目を向けながら言った。「おまえはデーン人じゃないだろう。どこから来た？」

「おれはローガランのノース人だ。海で嵐に遭い、波にのまれてここから北の海岸に流れ着いた。ヤール・グスルムと合流するためにレディィンガムへ向かっている。こいつは彼のもとへ連れていく貴重な奴隷だ」

「聖職者を奴隷にしたのか？」デーン人は嘲笑って後ろの男たちを振り返ると、彼らも笑いに加わる。「聖職者がヤール・グスルムにとってなんの役に立つ？」

ゲイルムンドが返事に窮していると、ジョンが口を開いた。

「わたしはサクソンの文字を読み書きできる」ジョンは頭《こうべ》を垂れた。「デーン人には読めない伝令でも、わたしなら読むことができる」

ゲイルムンドには思いもつかないことをジョンは言いだしたが、目の前のデーン人には効果があったようだ。

「いいだろう。ついてこい」男はしばらく思案したあと、ようやく言った。その言葉に、背後の男たちはさっと分かれて三人を通す。最初のデーン人の先導で野営地内を通り、支柱に幕を覆いかぶせただけの天幕へと連れていかれた。そこでは数名の戦士が座って飲み食いしていた。立派な椅子に座った男ふたりはよく似た顔立ちで、淡いブルーの目などはそっくりだが、片方はひげに白いものがまじっている。おそらく父子だろうとゲイルムンドは推測した。

案内してきたデーン人は天幕から数歩離れたところで足を止め、白髪まじりのひげの男に手招きされるまで待った。「どうした？」ゲイルムンドとジョンを見て男が尋ねた。

「この男はグスルムに誓いを立てたノース人だと申しております」デーン人が言った。「こっちの聖職者は彼の奴隷だそうで」

「その男が？」淡いブルーの目をした若いほうの男が椅子から立ちあがる。「ノース人には見えないぞ」

「おれはノース人だ」ゲイルムンドは言った。「名はゲイルムンド・ヨールソン……自分のことは自分で話そう」それから己の身に起きたことを、オドマールに話したときとほぼ同じように説明した。彼が話し終えたときには、天幕にいる戦士たちは静まり返っていた。「ヤール・グスルムのもとへ行けるよう、ここを通してもらいたい」

年配の男が天幕から出てきてゲイルムンドの前に立った。「わしはヤール・シドロック、あれは息子のシドロックだ。ローガランのヨール王なら知っている。おまえの醜さからして、噂に聞いている双子の息子の片割れであってもおかしくはないが、確証がほしい」
「どうすれば納得させられる？」

「いまは無理だ」老ヤール、大シドロックは言った。「明日、わしらはハルフダン軍への増兵を引き連れてレディンガムへ行軍する。グスルムもそこにいるはずだ。おまえも一緒に来い。レディンガムに到着してグスルムに直接きけば、おまえの話の真偽がわかる。事実であれば何も問題はない。だが、謀っているのであれば、覚悟しておくのだな」

ゲイルムンドにとっては渡りに船だ。グスルムはもちろん彼を仲間と認めるだろうし、こちらはもともとレディンガムへ行こうとしていたのだ。これでジョンと別れたあともひとりで旅をせずにすむ。しかしジョンはレディンガムまで行く予定でも、デーン人とともに戦いへ向かう予定でもない。ハルフダンの軍勢とともにいたら、ジョンの身の安全は保証できない。それにキリスト教徒の聖職者を差しだされて、グスルムはいったいどうするだろうか。

「奴隷は？」ゲイルムンドは尋ねた。

「グスルムに引き渡すのだな？」

「ああ、そうだ」

「だったら連れていけ。おまえが責任を持て」

つまり、ジョンが何かすれば、すべてゲイルムンドの責任となり、ジョンに何かあっても、責任を負うのはゲイルムンドひとりという意味だ。「レディンガムまで奴隷の安全を約束してもらえるか？」

「おまえのものに手を出すことはない」大シドロックは請け合った。「デーン人のものには手を出さないのと同様にな。それに、おまえには野営地内での自由を与える」

ゲイルムンドは頭をさげた。「あなたは賢く公正だ」

老ヤールは手を払ってゲイルムンドをさがらせ、自分の椅子へ戻った。息子の小シドロックは、一拍長くゲイルムンドを見据えたあと腰をおろした。案内してきた戦士は何も言わずに橋の持ち場へと引き返していく。ゲイルムンドは天幕を離れると、誰にも聞かれずに、それでいて疑いを持たれずにジョンとふたりで話のできる場所を探し、ほどなく川のほとりを見つけた。

「すまない」

「何がだね？」ジョンが問い返す。

「あんたはルンデンウィッチに行くはずだった」

「ああ、そのはずだった」ジョンは繰り返した。「いまはレディンガムへ変わったよ」

「だが、おれのせいで今後あんたは危険にさらされる」

聖職者はかぶりを振った。「警告を無視したのはわたしだ。だから自分の責任だよ」

「そうは言っても、危険であることに変わりはない」

「神が正しいことにも変わりはない」ジョンは微笑んだ。「あなたは運命と呼ぶだろうが、あなたの舟に自分の荷物を投げ入れたときから、わが神はわたしをずっと導き続けておられる。ローガランのゲイルムンドよ、明日われわれはレディンガムへ向けて出発するが、何が起きようとわたしは平気だ」

第三章

大異教軍

The Great Heathen Army

12

大シドロックは約束に忠実だった。デーン人は二日にわたって行軍し、そのあいだ首長《ヤール》とその息子はゲイルムンドを三百人の軍勢と同等に扱った。一方ジョンは大目に見られているのか単に無視されているかのどちらかはわからないが、いずれにしても歓待も迫害もされなかった。だが、ゲイルムンドはこの安息が一時的なものだと認識していた。聖職者の身はいまだ危険にさらされている。

アーニンガ・ストリートはしだいに沼沢地と低地を離れ、二日目の交差路でデーン軍は西に折れてイクニールド・ウェイと呼ばれる街道に入った。白亜の丘陵地帯の森深い谷をのぼりおりするこの尾根道には、緑が生い茂る肥沃な大地が広がっている。サクソン人はほとんど定住していないようだが、いずれ太守《エアルドルマン》か王の誰かが自分の領土とすることだろう。

行軍三日目の朝方、朝靄が晴れもしないうちに、ゲイルムンドとジョンは大シドロックの天幕へ呼ばれた。ハンツマンズ・ヒルで最初に会って以来、どちらもヤールのそばへ行くのはこれが初めてだ。

「なんの用だろうか?」起床するデーン人たちや木々のあいだを縫って進みながら、ジョンが尋ねた。

「さあな」ゲイルムンドは言った。「だが胸騒ぎがする」

「レディンガムまであと一日だ」聖職者は言った。「グスルムのもとへ連れていくまで、この先はわれわれの自由を制限するつもりかもしれん」

「ありうるな」

天幕の中では、大シドロックがデーン人数名と息子とともに待ち受けていた。しかもその全員が武装している。かき回した熾火のようにひりひりと熱い空気が漂う。ゲイルムンドはその理由がどうであれ、自分とジョンが危険な状況に置かれていることを理解した。大シドロックはふたりに逡巡する間《ま》も与えず立ちあがる。そしてジョンの前に立つと、一枚の羊皮紙を差しだした。

「読み書きができるそうだな？」

ジョンは頭《こうべ》を垂れた。「はい」

「では、何がここに書かれているのか読んでくれ」大シドロックが羊皮紙をジョンに突きだす。

ジョンはためらい、ゲイルムンドをちらりと見た。「仰せのままに、ヤール・シドロック」ジョンは羊皮紙を受け取ると、書面に目を走らせた。すかさず、その目がはっと見開かれる。「これはバーグレッド王への知らせです。ウェセックス王国にいる者から、そこの状況をマーシア王国に伝えるために送られたものです」

大シドロックは険しい表情のまま、行きつ戻りつしている。

ジョンは咳払いした。「デーン人はレディンガムに野営し、彼らの砦は強固であると書かれています。ウェセックスの王エゼルレッドとその弟アルフレッドは攻撃を試みたが、テムズ川からハルフダンの援軍が到着した。サクソン軍は多数の戦士を失って後退を余儀なくされた。殺された者の中には、バークシャーのエアルドルマンにほど近い、エングルフィールドの戦いでデーン軍を敗走させたエゼルウルフが含まれていると」

「ほかには？」小シドロックが問いかけたが、その顔に浮かぶ薄ら笑いはすでに答えを知っていることを物語っていた。

「ええ、まだございます」ジョンは言った。「エゼルレッド王とアルフレッドは現在ウェリンフォードにいる。彼らはデーン人を砦の外へおびきだし、アッシュダウンの開けた場所で戦闘に持ち込もうと狙っている」ジョンは羊皮紙を大シドロックに差しだした。「ここに書かれているのは以上です」

大シドロックはジョンをしげしげ眺めたあと、羊皮紙を受け取り、男たちに向かってうなずいた。それを合図に戦士たちは天幕から出ていき、あとにはゲイルムンドとジョン、それにヤールとその息子だけが残った。天幕内の空気は冷めていた。

「何が書かれてるのかを知っていたな」ゲイルムンドがつぶやく。

大シドロックはうなずき、小シドロックはまだ薄笑いを浮かべている。

「父は愚か者ではない」小シドロックが言った。

ジョンはほっとため息をついた。「そうでしょうな」

「おまえを試すいい機会だった」大シドロックが言った。「真実を話すかどうか見てやろうと思ってな」

「わたしが真実を話していなければ？」ジョンは尋ねた。

「殺していた」大シドロックはわかりきったことだとばかりに言い放った。「あるいは半殺しですませたかもしれない。だが、いまのところはおまえを守ってやろう。荷馬車とともに隊の後方にいろ」

「後方？」ゲイルムンドは問い返した。

「われらは行軍を続ける」ヤールは羊皮紙を掲げた。「この知らせは数日前に書かれたものだ。すでに戦闘が終わっている可能性もあるが、火蓋が切られるのはおそらく今日だ。そして今日であれば、われわれも馳せ参じねばならん。だが、エゼルレッドがウェリンフォードの守りを強化していれば、そこから川を渡るのは無理だ。よって、ここより南のモールスフォードで渡川を試みる。そこも封鎖されていたら、さらに南のガリングスで渡り、そこからアッシュダウンへと北上する。長距離の急行軍になる。いまのうちに何か食べておけ、食べられるうちにな」

ゲイルムンドとジョンは頭《こうべ》を垂れてヤールの天幕をあとにした。煮炊きをしている場所を探し、豚脂入りの粥を椀に入れてもらった。ほかのデーン人たちから離れて腰をかけると、伝令の内容を隠してはならないとどうしてわかったのか、ゲイルムンドはジョンに尋ねた。

「あの羊皮紙にはすでに読まれた形跡でもあったのか？」

「いいや」ジョンは言った。

「嘘をつくことは考えたか？」

聖職者はすぐには答えが出てこないかのように、間《ま》を置いてから口を開いた。「ちらりとは……しかし真っ先に考えたのは、正直であれと説くわが神のことだ。次に、嘘をついたらわたしの責任者であるあなたがどうなるかを考えた。それでヤールにありのままを伝えることにしたのだ」

ゲイルムンドはかぶりを振り、粥をすすった。「これから戦うウェセックスの王と弟のアルフレッドについては何を知ってる？」

「教養豊かな方々だと耳にしている」

「だからといって賢いことにはならないだろう」

「賢くもあるそうだ。信心深く、キリストのためなら獰猛な戦士になると聞く」

「賢い者はキリスト教徒にはならない」ゲイルムンドはひとりで小さく笑った。「あんたはキリストのためなら戦士になれるのか？　戦えるのか？」

「わたしは剣よりも羽根ペンの使い方を学んで過ごしてきた」

「それなら羽根ペンでおれたちを勝たせることはできるか？」

「できるとも、実際には敗北してもだ。戦《いくさ》のあとであればなんとでも書くことができる」

ゲイルムンドは嘲笑った。「羽根ペンで過去を変えられるのか？」

「過去について記されたことならば。それは過去と呼んでも差し障りなかろう」

　粥を食べ終えたゲイルムンドは、サクソン人が記す戦《いくさ》の話はデーン人が語るそれとはだいぶ違うのだろうと気がつき、聖職者が言っていることを理解した。ひとつの戦《いくさ》を生き残った者が死に絶え、実際に見た者がいなくなれば、その戦《いくさ》の伝承自体が新たな戦いの火種となりうる。多くの復讐はそういうことが発端になってきた。物語は名声と名誉を作りだすことも、破壊することもできるのだから。

「あなたは戦えるのか？」ジョンが尋ねた。

「戦い方は学んだ」ゲイルムンドは言った。「だが、本物の戦闘に参加したことはない」

「怖いのか？」

「恐れることを知らないのは愚か者だけだと、おれの知ってる男なら言うだろう」

「またあの吟唱詩人《スカルド》かな。ブラギ・ボッダソンかね？」

「いいや、スタイノルフュルという男だ。運がよければ今日戦場で顔を合わせられる」ゲイルムンドはジョンに向かってにやりとした。「あんたがスタイノルフュルに殺されないように気をつけないとな」

「それはどうも」

「心配はいらないだろう。荷馬車と一緒にいれば安全だ」

「とはいえ、祈りは捧げよう」ジョンは言った。

　デーン人たちも祈りを捧げた。アッシュダウン行軍の話が野営地内に広まると、きたる戦《いくさ》で神々の助けと力を授かるよう、戦士たちはトール神や軍神テュール、またはオーディンに供物を捧げた。大シドロックは男たちの前で馬一頭を生贄にし、その光景にジョンは激しく動揺した。十字を切り、首にさげた十字架に口づけをして握りしめる。

「異教徒と旅をしているのを忘れたか？」ゲイルムンドは言った。

「忘れてはいない。それがどういうことか、真の意味で理解していなかっただけだ」

言いながらジョンは体を震わせる。かつてのゲイルムンドなら、その姿は目の前のキリスト教徒が腰抜けである証だと受け取っただろう。だが、ともに数日旅をして、彼が腰抜けでないことをゲイルムンドは知っている。ジョンの動揺にはゲイルムンドには理解できない別の理由があるはずだ。彼はいくばくかの同情を覚えつつ、聖職者にしばしの別れを告げた。


ヤール・シドロックはデーン人の戦士たちをすさまじい勢いで行軍させ、着々と尾根道を前進した。数休息《ラスト》行くと、北西から流れる川に、たくさんの船が行き交っているのが見えた。そこからさらに少し先で、イクニールド・ウェイと川とがぶつかる寸前まで近づいたものの、街道は南へ鋭く折れ、川の上の丘陵と平行に延びていく。川の近くに見える要塞化された街と橋が、エゼルレッドのいるウェリンフォードだろうとゲイルムンドは考えた。

そこにはさらに多くの船が集まっているので、ヤール・シドロックのデーン軍が南へ進むのはサクソン軍からも丸見えのはずだ。だが、攻撃するには数百人規模の兵を安全な壁の外へ出すことになる。攻撃してくるか、このまま通すのか、ゲイルムンドは相手の出方を見守った。どうやらサクソン軍は兵が足りないのか、兵を割きたくないかはわからないが、デーン人の進軍を妨げる者はなく、彼らは前進し続けた。

　モールスフォードには昼過ぎに到着し、川が封鎖されていないことが確認された。川のすぐ向こう側――ここから一休息《ラスト》ほどの距離にある、向かい合う丘の禿げあがった頂で、ふたつの軍が人の茂みを形成し、対峙しているのが見える。両軍のあいだには開けた谷が広がり、両陣営とも高所を捨てて谷をくだり、のぼり坂を敵陣へと突進することを明らかに避けたがっていた。遠すぎて軍旗の見分けがつかず、どちらがサクソン軍でどちらがデーン軍なのか区別できないものの、手前の北側の丘にいるのがウェリンフォードから来たサクソン軍で、南の丘に陣を敷いているのがレディンガムの砦から急行してきたハルフダンのデーン軍だろうとゲイルムンドは推測した。ともに見晴らしの利く高台にいるので、ヤール・シドロック軍の到着が見えるはずだ。戦士の数は両陣ともに数千はいるだろう。だが、たとえ三百だろうと新たな方角からの増援の登場は形勢を変えうるのに充分だ。

　川さえ渡れば、ヤール・シドロック軍は丘の東側からサクソン軍を挟み撃ちにできる。ハルフダンとエゼルレッドも間違いなくそれを見て取り反応するだろうが、どう出るかはまだはっきりしない。

　ヤール・シドロックは、岩が多く深さは膝までの平坦な浅瀬を渡るよう自軍に命じた。

ゲイルムンドは水の中をざぶざぶと足を進めながら、サクソン軍の動向に目を凝らした。冷たい水がブーツを濡らし、対岸へ渡りきったときには、サクソン軍はどうやら二手に分かれることにしたようだった。

人の茂みの中央に分け目が生じたかと思うと、地滑りが起きたかのように東半分がヤール・シドロック率いるデーン軍めがけ、咆哮をあげながら丘をくだってくる。規模はこちらの三倍はありそうだ。サクソン軍の西半分はその場にとどまり、丘の頂を固守する。

ヤール・シドロックは戦列を組むよう命じ、数の差にもかかわらず自軍を攻め込ませた。盾を持たないゲイルムンドは最前列に並ぶことができず、同じように盾のない戦士や、おそらく訓練不足の者、あるいは単に怖じ気づいた者たちとともに後方にやられた。だが戦闘を避けていては名声と褒美は得られない。ゲイルムンドは本物の戦いに加わることを渇望した。

はるか南側で、ハルフダンのデーン軍も敵に対抗すべく自軍を二分していた。東側は雪崩を打って丘の斜面を駆けおり、ヤール・シドロック軍との合流を狙っている様子だ。残り半分はやはり丘の頂上にとどまり、北側の頂にいる敵と向き合っている。

ヤール・シドロックが自軍を急がせ、戦士たちは低木や茂みを突き進み、棘のある大木を回り込む。ゲイルムンドの足は大地を踏み鳴らし、視界は隧道《ずいどう》の中を走っているかのように隅が暗くなった。デーン軍の盾とサクソン軍の槍がいまにもぶつかりそうになったそのとき、ヤール・シドロックが突撃命令を発した。ゲイルムンドは長刃のナイフ《サクス》を抜き放ち、男たちとともに雄叫びをあげた。込みあげてくる恐怖を思いきり嚙みしめ、憤怒と血をたぎらせる炎と化す。

　ついに先頭が衝突した瞬間、ゲイルムンドは離れすぎていたためその衝撃を目撃できなかったものの、盾と盾が、盾と槍が、盾と甲冑が、盾と肉体がぶつかる音が前方から轟き渡るのが聞こえた。盾の壁を破ってくる者があれば戦い、殺してやると身構えるも、誰ひとり現れない。最初の衝突では両軍ともに最前線は崩れなかったのだ。

　サクソン軍の人数からして、ヤール・シドロックのデーン軍は一気に圧倒されるとゲイルムンドは思っていた。ところが、前方から押し寄せているのはサクソン軍の戦列の一部でしかないとすぐに気づいた。デーン軍の合流を阻むため、敵は西側でふたつ目の戦列を組んでいる。サクソン軍はヤール・シドロック軍と激突する一方で、押し寄せてくるハルフダンの軍勢を迎え撃つ体勢を整えているのだ。もっと敵を押し返せと角笛が吹き鳴らされた。ヤール・シドロックとハルフダンの軍勢で敵をはさみ込むつもりだろう。

　押しても押してもデーン軍はいっこうに前進できず、武器や盾の衝突音がやむことのない嵐さながらに響き続ける。

　しばらくすると、最前線の近くにいる数人の戦士が、盾の隙間を剣や槍に突かれて倒れた男たちを、猛然と押し合う中から引きずりだした。負傷者を担ぎだす者たちは、踏みつけられないよう近くの茂みへ運んでやるだけで、すぐに戦闘へ復帰した。いまだ交戦していないゲイルムンドは、サクスを鞘に戻し、倒れた者たちの力になれないかと駆け寄った。

最初の戦士は激しく咳き込み、血を吐き散らしていた。その手は首のつけ根、胸骨のすぐ上を押さえている。喉元の傷からは血がほとばしり、肺にも大量に流れ込んでいる様子だ。男は横たわったままゲイルムンドには背を向けて上体を起こし、ふたたび咳き込んで地面を赤く濡らした。男の目は恐怖に見開かれ、全身の力は抜け、剣が手からすべり落ちている。

助からないのは火を見るより明らかだ。もう長くはないだろう。ゲイルムンドにできるのは最期を看取ってやることだけだ。彼は男の剣を持ちあげると、背中から腕を回し、血でぬるぬる滑る男の手に持たせて胸へと引きあげた。そして乾いた陸《おか》の上で自分の血に溺れて苦しむ男をしっかり抱えてやった。海で溺れたことを思い返しながら目をつぶり、男が動かなくなるまでそうしていた。

男の体が弛緩すると、ゲイルムンドは腕を離して体を起こした。そのとき、そばでこちらを見ている小シドロックに気がついた。ヤールの息子は自分の足で立ってはいるが、体をふたつに折って脇腹の出血を手で押さえている。

「剣が必要ならそれを使え」小シドロックは言った。「死んだケルドも本望だろう。埋葬のときに返せばいい」

ゲイルムンドはうなずいた。そして主を亡くした剣を手に取ると、柄を濡らす血を草でぬぐう。じりじりと後退するヤール・シドロック軍を見あげ、急いで立ちあがった。

盾の壁はまだ破られていないものの、崩壊間際に見える。いつの間にかサクソン軍はデーン軍を押し返し、その勢いに乗って東の川まで押し戻そうと攻めたてていた。土埃をあげてぶつかり合う男たちにふさがれて、ハルフダン軍がどうなったのかも、それに応戦する敵軍の状況もわからない。ゲイルムンドは片手でサクスを抜き放ち、反対の手にはケルドの剣を掲げる。どうであれ、これから起きることに立ち向かうしかなかった。

「持ちこたえろ！」ヤール・シドロックの怒声が聞こえた。「屈してはならんぞ！」

しかしデーン軍は崩れだし、盾の壁の広がりつつある隙間を日光が貫いた。

棘のある大木まで押し戻されたところで、ついに後方から隊列が崩壊し、前方では盾が次々におろされて、扉が開け放たれたがごとく敵が喊声《かんせい》をあげて流れ込んできた。

ゲイルムンドは突進してくるサクソン兵に躍りかかり、剣を振りおろした。敵はそれを盾で受け止めつつもぐらりとよろめき、そこにすかさず二撃目を叩き込む。今度は剣で防ぎ、サクソン兵はそのままゲイルムンドの剣と腕を跳ね返した。ゲイルムンドは肩で体当たりして男の盾を跳ねあげると、サクスで相手の喉をかき切った。

男が地面に倒れるよりも先に、別のサクソン兵が雄牛のごとく飛びだしてきた。盾の中央に取りつけられた金属の突起がゲイルムンドの胸を突き、吹っ飛ばされる。背中を強打してあえぐゲイルムンドに、男は容赦なく斧を振りあげる。

ゲイルムンドは転がってよけ、斧を地面に食い込ませると、男の脚のほうへ闇雲に剣を突きだした。外れはしたものの相手が飛びのき、ゲイルムンドは立ちあがる時間を稼いだ。高々と剣を振りかぶって男に襲いかかり、相手が盾を上に構えたところですばやく腰を落とし、サクスで男の膝を斬りつける。サクソン兵の膝が崩れて体が傾いた瞬間、ゲイルムンドは相手の首めがけて力任せに剣を振った。切断には至らなかったが、血がどっと噴出した。

次の敵を求めて勢いよく振り返ったゲイルムンドの目に飛び込んできたのは、ヤール・シドロック軍が総崩れになって川へと逃れるさまだった。ハルフダン軍と南の丘に残された軍勢が遠くに垣間見え、いまやどちらもサクソン軍の猛攻に屈しようとしていた。

敵に背を向けたくはないが、選択肢はない。最前線を完全に打ち破られたいま、ここにとどまって戦うことは全員の死を意味する。だが、とゲイルムンドは考えをめぐらせた。ヤール・シドロックは渡川できる場所がもうひとつ、さらに南にあると話していた。そこから回り込めばハルフダン軍に合流し、戦い続けることができるかもしれない。

ゲイルムンドはサクスを鞘に戻し、ケルドの剣を握りしめると、ほかのデーン人たちとともに川へと駆けだした。

サクソン兵がそれを追撃してはとらえ、斬り倒す。槍と矢が周囲の水を打つ中を、ゲイルムンドは足で水をかき分け浅瀬を渡った。向こう岸にたどり着いて振り返ると、何十人ものデーン人が川面に倒れて血の花を咲かせていた。

無事に川を渡ったヤール・シドロックの軍勢は、大半が街道を南へと逃げていき、中には血迷って敵の本営ウェリンフォードがある北へと走る者もいる。

「止まれ！」ゲイルムンドは逃げ散る者たちを怒鳴りつけた。「止まれ、愚か者ども！ハルフダンに加勢するんだ！」

足を止めたのはほんの一部で、ゲイルムンドはほかの男たちのことは運命に任せた。

それから二休息《ラスト》、サクソン軍はゲイルムンドたちを追い続け、身をひるがえして戦おうとするデーン人はみな殺された。ゲイルムンドは戦闘の興奮が冷め、恐怖に取って代わられるのを感じた。行軍に戦闘、敗走と一日の疲れがどっと出て、脱力感に襲われながらも走り続け、やがて西の丘の頂に夕日が触れた。やっとのことでガリングスの橋に到着すると、橋上《きょうじょう》にはサクソン兵の姿があり、川向こうではデーン軍とサクソン軍が戦いを繰り広げている。

「力ずくで橋を渡るぞ！」ゲイルムンドはまわりの戦士たち――およそ八人のデーン人――に怒鳴り、ともに橋へと突進した。

橋上のサクソン兵たちがそれを待ち受ける。ゲイルムンドは持てる力を振り絞って突破を試みたが、敵の棍棒で側頭部を殴られ、橋の欄干を越えて川に落下した。

13

次に気づいたときには、ゲイルムンドは冷たい水面に浮かんでいた。あたりはすでに宵闇がおりている。体をがたがた震わせながら見回すと、どこかの川岸近くに突きだした低木に運よく引っかかっていたらしい。遠くから戦《いくさ》の音——武器がぶつかる金属音、戦士の叫び、苦悶の絶叫——が聞こえる。

その瞬間、今日の戦闘でデーン軍が敗走し、橋上で突撃した記憶がよみがえった。だが、あとのことは何も覚えていない。川に落ちたことは間違いないだろうが、どれだけ流されたのかは皆目見当がつかなかった。

川底に足が届くのではないかと体を動かすも、とたんに目が回り、胃がせりあがった。嘔吐しそうになったため、力をゆるめてふたたび体を水に預けるままにした。めまいがするような感覚がなくなるまで目をつぶる。側頭部がずきずきと痛み、自分が負傷していることを思い知らされた。

体を起こすことさえできず、レディンガムへ徒歩で向かうのは難しい。サクソン兵に出くわしても、身を守ることなどできるないだろう。脱出する唯一のすべはこの川だけのようだ。ここまで運ばれてきたのだから、このまま流れに身を任せることにしよう。

ゲイルムンドが体にからんだ枝をほどくと、川の流れで下流へと押し流された。最初はなんとか脚を使って体を浮かせ、岩やほかの障害物をよけようとしたが、すぐに川のなすがままになった。海で溺れたときと同様に体は沈もうとし、顔に水をかぶっては口から水を吐きだしてあえいだ。とはいえ、川の流れはゆるやかで、水深は浅く、頭が完全に沈んでしまうことはなかった。もっとも耳は別で、聞こえるのは流れ込む水の音だけだった。

夕闇が深まって夜になり、川の水が漆黒に変わった。水の冷たさが骨まで染み込み、ゲイルムンドの思考は麻痺した。時間の感覚も距離感もなくなり、現実と夢のはざまを漂っている。空を見あげると、星々と半月が目に入った。スタイノルフュルが船べりからこちらを見おろしている。川岸の木々はヴェルンドの館の外に立ち並ぶ木の幹に姿を変えた。ふと気づくと月は消えていた。すでに沈んだのか、雲に隠れたのか、それとも月明かりも燃え尽きたのだろうか。

闇の中でさまざまなものにぶつかった。かたいもの、やわらかいもの、自分と同じように流されるサクソン人とデーン人両方の死体……。川は死者と生者の区別をつけることなく、ゲイルムンドとともに彼らの体を運んだ。

やがて星々の輝きは薄れ、空に曙光が射した。すでに新たな一日が始まったのが、ゲイルムンドには信じられなかった。水でふさがれた耳に、近くであがる声と水音がぼんやりと響く。

そのとき、何者かに左腕をつかまれ、頭が水上に引きあげられた。「こいつ、生きてるぜ」声が聞こえる。「まあ、この感じじゃそう長くはないだろうが」

「デーン人か？　サクソン人か？」

間《ま》があった。

「わからんな」

さらにばしゃばしゃと水音がし、川から引きずりあげられるのを感じた。ゲイルムンドが目を開けると、自分を見おろすふたつの人影が見えた。

「デーン人じゃない」ひとりが言った。

「サクソン人でもないぞ」

「持ってるナイフはサクソンのものだ」

「どうする?」

「どうするもこうするも、ほかと一緒だ。使えるものを取って、あとは川に流す」

彼らはデーン人だ。

ゲイルムンドは口を開いた。「ノース人だ」

「聞こえたか?」

「いまのはこいつか? なんて――」

「サクソン人ではない」精いっぱい語気を強めたものの、それでも蚊の鳴くような声だ。

「おれは……ノース人だ。ゲイルムンド、グスルムに……忠誠を誓ってる」

ふたたび間《ま》があった。

「天幕まで運んだほうがいいな」ひとりが言った。「そこで確認しよう」

「ああ。そっちを持ってくれ」

体を持ちあげられたせいで、頭ががくりと後ろへ垂れ、目の前で火花が散った。どこかのいまいましい鍛冶師に頭を金床代わりにされたかのような激痛に襲われ、ゲイルムンドはきつく目をつぶった。次に目を開けたときは野営地がちらりと見え、その次に目を開けたときには天幕の中にいた。

「そこにおろせ」新たな声が指示を出す。

世界が傾いて、やわらかな川の水の代わりに、かたい地面が背中に当たるのを、ゲイルムンドは感じた。

「首長《ヤール》・グスルムに伝えてくる」声に続き、人影がひとつ去っていった。

「助かりそうか?」別の声が尋ねる。

誰かに側頭部を触れられ、焼けるような痛みがふたたびゲイルムンドを襲う。

「頭蓋骨にひびは入っていないようだ。傷に布を巻いておこう。よし……これで大丈夫だろう」

それを聞いてゲイルムンドはようやくなけなしの気力を手放して目をつぶり、茫漠たる闇の中へ落ちていった。

目覚めたときには、真昼の強烈な日光に目を射貫かれた。手をあげて光をさえぎると、頭に亜麻布が巻かれていることに気がついた。

「おまえか」聞き覚えのある声が言った。「どうやってここへ来た?」

ゲイルムンドが日光に目を細めて見あげると、グスルムに見おろされた。

「最後に見たとき、おまえは海へ飛び込んでいった。それが川から引きあげられるとはどういうことだ?」グスルムが尋ねた。

「それは――」喉から砂を押しだすような声になり、それが頭にがんがん響いた。「長い話だ」

「おまえが生きているはずはない」グスルムは最後に船上にいたときとまさに同じ目つきでゲイルムンドを見ていた。疑念はさらに色濃くなり、いまや恐怖さえ滲んでいる。「おまえは死んだはずだ、ヘルハイド。おまえはいったい何者なのだ?」

ここはもう海の上ではないのに、ゲイルムンドは依然として同じ不信感と危険に直面し、疲弊しきった頭は弁明の言葉を探しだせなかった。きつく巻かれた布の中で頭がずきずきし、いまはただ眠り続けたい。どうにかしてグスルムに自分を証明する必要があった。このデーン人の信用を勝ち取らなければ。

「おれはこれを……」チュニックの中に手を入れてヴェルンドの腕輪を引っ張りだし、グスルムに見えるように掲げた。

グスルムは無言だったが、ゲイルムンドの手から腕輪を取って凝視した。

「授かってきた」ゲイルムンドは言った。

「立派な品だ。これほどの腕輪は見たことがない」グスルムは腕輪を裏返した。黄金の輝きがその顔を照らす。「いいだろう、わたしがもらい受けよう、ゲイルムンド・ヘルハイドよ。どうやってこれを授かったのかはあとで聞かせてもらうぞ」

「だが、それは――」グスルムに差しだしたつもりではなかった。ヴェルンドから授かったことを話そうとしただけなのに、すでに相手は腕輪を自分のものと見なしている。グスルムに困惑と屈辱を与えることなしにそれを否定する方法が何も思い浮かばない。

「いまは休め」グスルムが言った。「傷を癒すのだ。おまえに主従の誓いを立てた者におまえの帰還を伝えてやろう」

つまり、少なくともスタイノルフュルは生きているのか。グスルムが天幕をあとにすると、ゲイルムンドは途方に暮れた。どうすれば腕輪を取り戻せる？　取り戻すべきなのか？　自分は腕輪を取り戻したいのか？　腕輪のおかげでグスルムの歓心を買えたのだから、腕輪を見せようと思いついたのは運命の導きかもしれない。

それ以上は頭が働かず、ゲイルムンドはふたたび目を閉じた。次に目覚めたときにはかなり元気を取り戻していた。太陽は沈み、スタイノルフュルとシャルギがかたわらに膝をついていた。

「ヴァルハラ訪問を楽しんできたか？」年嵩の戦士が言った。「それとも地獄に行ってたのか？」

「どちらでもない」友たちの顔を見て、ゲイルムンドの目に疲労と安堵と喜びの涙が浮かんだ。「おまえたちに再会できて心からうれしく思う」

スタイノルフュルはゲイルムンドの肩をつかんだ。「わたしもあなたに――」声が割れそうになるのをうめいてこらえ、つかの間《ま》黙り込む。「よくぞ戻ってきた、ゲイルムンド・ヘルハイド」

シャルギはゲイルムンドの手をつかんで強く握りしめた。「自分の目が信じられないよ」

「てっきりグスルムが嘘をついているのだと」スタイノルフュルは首を左右に振り、短い親指で涙をぬぐった。「それか何かの間違いに違いないと思った」

「どうやってここまで来たのさ？」シャルギが尋ねた。

「それは……まだ話せる状態じゃない」ゲイルムンドは言った。「どういうことか自分でもまだよくわからないんだ。頭に火がついてるようで、起きあがれるかどうかも自信がない」

「じっとしてろ。ひどい一撃を食らっているんだ」年嵩の戦士はゲイルムンドの頭の右側を身振りで示した。「腫れはかなり引いたが、最初の一日二日は、頭がもつひとつ生えたかのようなありさまだった」

「一日二日？　おれはいつからここに？」

シャルギはゲイルムンドの手をもう一度握ってから放した。「川から引きあげられたのは四日前だよ」

「なんだって？」そんなに時間が経過したのかと記憶を探ったが、アッシュダウンの戦い以降で覚えているのは夜と霧だけだった。「四日前？」

「意識が戻ったり遠のいたりで」スタイノルフュルが言った。「その繰り返しだ。石頭で幸いだった。ぱっくり割れていれば、本当に脳みそが入っているか確認できただろう。とはいえ、わたしは入っていないほうに賭ける。そうでなければ、なぜみずから海へ飛び込んだりする？」

「なぜかはわかってるだろう」ゲイルムンドは言った。「ああでもしなければ乱闘になり、おれたちは三人とも海へ放り込まれて、いまこうして話していなかったはずだ」

「だからといって、ひとりで海へ飛び込む者があるか」スタイノルフュルは返した。「それとも、男が男に忠誠を誓う意味がわかっていないのか？」

「わかってるさ」ゲイルムンドは言った。「だからこそ飛び込む前におまえの許可をもらわなかった」

スタイノルフュルはいまやかんかんになっていたが、それは無鉄砲な子どもを心配する親のような怒り方だった。年嵩の戦士が自分を叱りつけたいのか、ひしと抱きしめたいのか、ゲイルムンドにはわからなかった。

代わりにシャルギが声をあげた。「飛び込んだ理由はなんにしろ、無事に戻ってきたのを神々に感謝しないとね」

ヴェルンドは神ではないものの、神々への感謝は的外れではないだろう。「四日のあいだに何が起きた？」ゲイルムンドは尋ねた。「戦《いくさ》はどうなった？」

少年がスタイノルフュルにちらりと目をやると、年嵩の戦士は歯を食いしばった。「日が沈んだときに戦場を制していたのはサクソン軍だ。デーン軍はやつらを大勢殺したが、損失も多大だった」スタイノルフュルはいったん言葉を切った。「ベルシ王も死んだ」

「なんだと？」信じられない。デーン人の王は屈強な戦士に見えたし、ゲイルムンドの戦いは幕を開けたばかりなのに。「何が起きた？」

「ベルシ王が率いた軍勢は統率を失っていた」スタイノルフュルは言った。「ハルフダンのヤールのひとりが遅れて到着した」

「ヤール・シドロックだな」

「そうだ。なぜ知っている？」

「おれは彼の軍とともに戦った」ゲイルムンドは言った。

スタイノルフュルは驚いた顔をしながらも先を続けた。「われわれはその場にいなかった。だが聞くところによると、ハルフダンは軍を二手に分けて一方をシドロックと合流させ、自分はベルシとともにもう片方を指揮した。ふたりともサクソン軍はすぐに崩れると考えていたんだ、ほんの数日前にやすやすと打ち負かしたばかりだったから」

「おまえたちはどこにいたんだ？」

「ここだ」年嵩の戦士は言った。「船と野営地の警護のためにヤールのひとりは残らねばならない。グスルムと配下の戦士たちにその役目が回ってきたというわけだ。戦《いくさ》に参加したヤールの多くが戦死した」

「多くとは？」

「大シドロックとその息子。リーベにいたオズベルン、ヤール・フラーナ、ほかにも落命している。呪われた一日だった」

　ゲイルムンドは絶句した。大シドロックとその息子が誉れある死を遂げたのは間違いない。突然の彼らの出現により戦況は一変したものの、それが結果を変えるには至らなかった。運命の三女神《ノルン》と神々の決めたことだ。あとはジョンが無事に逃げのびたことを祈るばかりだ。

「これからどうなる？」ゲイルムンドは尋ねた。

「これから？」スタイノルフュルが言った。「あなたは体を癒し、われわれは待機だ。嵐で散り散りになったベルシ王の船団の残りはいまも川をのぼり、新たな兵を運んできている。勝負はまだ決まっていない。サクソン軍への再攻撃は間近だと聞く。あなたもそれまでには復帰してもらわねば」

　ゲイルムンドはうなずいて同意したかったが、頭痛がひどく、まぶたはふたたび閉じようとしていた。

「いまは眠りなさい」スタイノルフュルが言った。

　その言葉に従って、ゲイルムンドは眠り、目を覚まして食事をとり、ふたたび眠った。一週間の休息で日に日に力を取り戻し、ついに天幕を出られるようになると、グスルムのもとへ向かった。野営地内を通りながら、リーベに比べると小規模なことに気づいた。だが、ハンツマンズ・ヒルよりは大きく、ふたつの川が合わさる広大な平地に築かれ、後者同様、川に囲まれている。川に停泊する数十隻もの船が野営地の北と南を守り、西には土と木材で砦が築かれていた。ゲイルムンドがグスルムの天幕へ入ると、ヤールの腕にはヴェルンドの腕輪が輝いていた。

「ゲイルムンド・ヘルハイドか。立てるようになったとは喜ばしい」

「養生させてもらったおかげだ」ゲイルムンドは頭《こうべ》を垂れた。

天幕の中には彼が引き連れてきたスタイノルフュルとシャルギのほかに、ヤールのかたわらにエスキルが立っている。「もう質問をしてもよかろうな。首を長くして答えを待っていたぞ」グスルムが言った。「どうやってここへ来た?」

スタイノルフュルとシャルギには数日前、頭がはっきりするなり事の顚末を話して聞かせていた。ゲイルムンドは同じくありのままの話を、今度はグスルムに語って聞かせた。嘘をつく理由はなく、腕輪という証拠もある。もし法螺吹きや狂人呼ばわりされたら、相手が誰であれ黙っているつもりはなかった。

グスルムもエスキルもゲイルムンドの話を疑わなかった。ヤールは腕輪を外すと、初めて見るかのようにじっと眺めた。「フニチューズル。あの伝説の鍛冶師、ヴェルンドの手によるものなのだな?」

「そうだ、ヤール・グスルム」ゲイルムンドは言った。腕輪を取り戻すすべはいまだに思いつかず、スタイノルフュルからはそんなことをするのは狂気の沙汰だと忠告された。ゲイルムンドがグスルムのもとでふたたび居場所を得られたのは腕輪のおかげなのだから、ふたたび失う危険を冒す価値はないと。

「かつてのおまえが真のヘルハイドではなかったとしても」グスルムは言った。「いまや本物だ。地獄から舞い戻ってきたかのように、大海から帰ってきたのだからな。アッシュダウンでも戦ったと聞いたが？」

「ああ」ゲイルムンドは言った。「だがサクソン兵をふたり倒しただけで、川を渡って退却しなければならなかった」

「大半のデーン人は浮き足立って敗走したと聞く。それよりはましだ。サクソン軍は狼のごとき戦いぶりだったそうだな」

ヤールの隣で、エスキルは苦い顔をしたが、何も言わなかった。

「サクソン軍は手ごわい」ゲイルムンドは言った。「彼らは――」

「二度と敗走なんぞさせん」腕輪をふたたびはめたグスルムの顔に怒りがみなぎった。

「わたしのために戦う用意はできているか、ヘルハイド？」

「もちろんだ」ゲイルムンドは答えた。「だが、ひとつ尋ねたいことがある」

「言ってみろ」

「おれの剣はどうなった？　〈波の想われ人〉号に積んであったが、航海の途中で見当たらなくなったとスタイノルフュルは言っている」

ヤールが目を向けると、エスキルはうなずいた。「剣のありかは知っている。おれの弟のところだ。おまえが海に飛び込んだあと、レクが自分のものにした」

グスルムはゲイルムンドに視線を戻した。「そういうことだ」

もとからレクには我慢ならなかったが、これであの男を嫌悪する理由がさらにひとつ増えた。「では、おまえの弟は盗人だ」ゲイルムンドは言い放った。

エスキルが一歩踏みだして威嚇する。「口に気をつけろ、ヘルハイド。弟はおまえが溺死したものと考えた、誰もがそう信じたようにな」

「だが、おれは生きている」ゲイルムンドは言い返した。「あの剣はおれのものだ。レクはおれに――」

「そこまでだ」グスルムはいらいらと顔をしかめた。「剣がどこにあるかはわかっただろう。取り返したいなら、レクに言え。わたしはこれ以上はあずかり知らぬ」

ならばそうすると、ゲイルムンドはエスキルに顔を向けた。「レクはどこだ？」

「弟は隊の者たちと一緒にいる。船がある南岸だ。だが、ヘルハイド、おまえは――」

「ヤール・グスルム」ゲイルムンドは言った。「おれが忠誠を誓っているのはいまもあなただ」

グスルムはうなずいた。「おまえの働きを歓迎する」

「さがってもいいだろうか？」ゲイルムンドは尋ねた。

グスルムは返事をしながらエスキルに目をやった。「よかろう。だが事を荒立てるな、ヘルハイド。この野営地には、デーン人、ノース人、ジュート人、フリージア人が顔をそろえている……かつての不和には目をつぶり、サクソン人と戦うためにみな団結しているのだ」

　ゲイルムンドは頭《こうべ》を垂れると、スタイノルフュル、シャルギとともにヤールの天幕をあとにしたが、すぐにエスキルに呼び止められた。それを無視して南岸へ足早に歩いていったが、エスキルが駆け寄ってきて並んだ。

「ヘルハイド、どうする気だ？」

「剣を返すようレクに言う」ゲイルムンドはまっすぐ前を見つめた。「ヤール・グスルムに命じられたとおりにな」

「レクが返さなかったら？」

「返さない法があるか」スタイノルフュルが答えた。「ゲイルムンドの剣だ」

「弟の理屈はいつも理解できるわけじゃないが」エスキルが言った。「あいつのことはわかっている」

　それ以上は何も言わずにゲイルムンドたちとともに野営地を進み、レクの隊が天幕で円陣を作っている場所が近づくと、先に進みでて弟の名を呼んだ。それを聞いてレクが近づいてくる。まわりにいるのはゲイルムンドが〈波の嫌われ者〉号で櫂を漕いでいたときに見知った顔だ。彼らは全員ゲイルムンドを見て目と口を大きく開けて言葉を失ったが、レクの目には驚愕よりも憎悪が色濃く浮かんだ。

「ヘルハイドが戻ってきた」エスキルはひとりひとりを順に見て言った。「ヤール・グスルムはふたたび彼を迎え入れた。みんなもいいな」

　それで男たちがゲイルムンドの帰還を完全に納得したとは思えないものの、彼はひとまず目的を果たすためにレクに歩み寄った。「おれの剣を持ってるそうだな」

レクは親指の腹で顎をこすった。「ああ」

「返してもらおう」

レクが首を横に振った。「だめだ。貴様はあの剣を放棄した」

「放棄?」ゲイルムンドの血が瞬時にたぎった。「そんな屁理屈をこねるのは名誉を持たぬ腰抜けだけ――」

「おれが名誉を持たないだと?」レクが嚙みついた。「貴様が、おれの船を沈めかけたヘルハイドが、おれを侮辱するのか?」それから、兄に顔を向けて詰め寄る。「兄貴、白黒つけさせてくれ」

「だめだ」エスキルが言った。「野営地内での騒ぎはご法度だ。砦と川に囲まれた中で殺し合うことは許されん」

「では、先に血を流したほうが負けならいいだろう」レクが言い募る。「戦わせてくれ。名誉ってもんが何かをこいつに教えてやる」

ゲイルムンドは全員に聞こえるよう声を張りあげた。「おまえが負けたときは?」

レクはゲイルムンドをにらみつけたあと、まわりを見回した。「剣を返してやる」

エスキルはレクの要求を思案するかのように弟を見おろし、それからゲイルムンドに向き直った。「これを許可したら、どんな結果になろうと剣の所有権については決着がついたものと考えるんだな?」

自分の剣を取り戻すのに戦わなければならないのは理不尽だが、いまはゲイルムンドとレクの名誉をめぐる問題に変わっていたので、戦いを回避できなくなっていた。「いいだろう」

「よし」エスキルはまわりの男たちに指示した。「場所を空けろ！」

男たちは広がると、一辺に九人から十人が並んで四方を囲い込んだ。ゲイルムンドはスタイノルフュルとシャルギを引き連れ、片方の隅へと大股で向かった。

スタイノルフュルが耳打ちした。「傷は大丈夫なのか？」

「問題ない」確信はないがそう言った。血で汚れた布を頭からほどいて放り捨て、ふいに頭がぐらぐら揺れるのを無視しようとする。「シャルギ……盾と剣を持ってきてくれ」

シャルギはうなずき、集まってくる男たちと天幕のあいだをすり抜けて走り去った。冷気がゲイルムンドの頭に染みる。頭上の空は灰色で、切れ切れの雲に覆われていた。近くの川の音が聞こえ、岸へ引きあげられた船の船首がずらりと並んでいるのが男たちの頭越しに見えた。

「ゲイルムンド」スタイノルフュルがささやきかける。「いまは辛抱するのが得策だ」

「なぜだ？」ゲイルムンドは尋ね、盾と彼自身の剣で武装するレクをにらみつけた。正当な持ち主に対して刃を振るい、こちらをさらに侮辱するつもりか。いますぐ思い知らせてやる。

「傷が完全に癒えるまで決闘は待て」スタイノルフュルが言った。「負傷しているんだ、先延ばしにしても不名誉にはならない――」

「いいや」ほかの戦士の前でレクが堂々と自分の剣を携えているのに、おめおめと天幕へ引きさがることは考えられない。「いま決着をつける」

スタイノルフュルはまだ心配そうにしながらも口出しをやめ、やがてシャルギがアヴァルズネスでゲイルムンドからもらった剣とリーベで手に入れた盾のひとつを抱えて戻ってきた。ゲイルムンドはそれぞれを手に持って敵に向き直った。男たちに取り囲まれた空間の中央にエスキルが出てくる。

「この決闘は最初の血が地面を濡らしたら終わりとする」エスキルは宣言した。「血が流されたあとも戦いを継続した場合、ヤール・グスルムの裁きに従い、銀貨の没収、自由の剝奪、もしくは死刑が課される」両者を交互に見据える。「ふたりとも準備はいいか？」

「いいとも」レクが言った。

ゲイルムンドはうなずいたものの、頭の動きよりも遅れてものが見える気がした。

「始め！」エスキルはあとずさり、背後に並ぶ男たちの壁に加わった。

レクが奇声をあげて思いも寄らない俊敏さで襲いかかるのを、ゲイルムンドは盾をあげてかろうじて防いだ。相手の凶暴な連打の一撃一撃が、ゲイルムンドの骨をきしませ、痛みと衝撃に頭をふらつかせる。レクは本当にここまで敏捷なのか、それとも自分の体力がまだ戦えるほど戻っていないのか。スタイノルフュルの忠告を聞き入れるべきだったかという不安が頭をかすめた。いずれにしても始まったからにはもう遅い。ゲイルムンドは身をかわしてレクの猛攻から逃れると、視界と思考を落ち着かせようと目をしばたたいた。

レクが次の攻撃を仕掛けたときには、ゲイルムンドも少しは準備ができていた。盾でレクの一撃を払いのけると同時に、自分も斬りかかる。しかし、レクは自分の盾を掲げてそれを受け止め、そのままゲイルムンドを突き飛ばした。

ゲイルムンドはよろよろと後退し、尻もちをつきかけた。頭痛でいまや目の前が暗くなり、勝機がないのはわかっている。とはいえ、降参する気はなかった。盾を落として両手で剣を握り、レクに向かって闇雲に突進する。

破れかぶれの攻撃にレクはつかの間たじろいだが、すぐにわれに返った。無我夢中で振りおろした剣が宙を斬ってバランスを崩したゲイルムンドを、思いきり突き飛ばす。

ゲイルムンドは仰向けに倒れて頭をしたたか地面にぶつけ、視界が真っ暗になった。胸を膝で踏みつけられるのを感じたあと、レクが自分にのしかかってくるのが見えた。そのあと、レクはゲイルムンドの剣を彼の頬に滑らせた。

「最初の血だ」レクが言い放つ。「だが覚えておけ、貴様を殺すこともできた」

レクが離れるのと同時に、ゲイルムンドの胸を押しつぶさんばかりの重さが軽くなって息ができるようになった。ゲイルムンドはその場に横たわったまま、かたわらにやってきたスタイノルフュルとシャルギに起こされて立ちあがった。よろめきながら野営地を通って自分の天幕へ戻ると、疲労と痛みと屈辱のあまり倒れ伏した。

14

　敗北の代償は誇りと剣だけではすまなかった。回復しかけていた容態は悪化し、ゲイルムンドは数日間ふたたび床に伏せた。その後スタイノルフュルがやってきて、サクソン軍と戦うため、デーン軍はベイズ（現在のハンプシャー）と呼ばれる場所へ移動することを報告した。

　それを聞いてゲイルムンドは体を起こした。「おれたちも行くぞ――」

「あなたはここに残るんだ」スタイノルフュルは彼を押し戻した。「今度はわたしの言うことを聞いてもらう」

「だが行かねば――」

「戦《いくさ》はほかにもある。戦いたいなら、力が戻るまで待つことだ」

　ゲイルムンドは歯ぎしりした。それが頭痛を引き起こす。「臆病者は戦いを避けていれば永遠に生きられると考える」

「しかし、賢者は戦うべき戦《いくさ》を知っている」スタイノルフュルが言った。

「おれの父のような口振りだな」

「お父上は欠点もあるが愚か者ではない。どんな戦士でも傷を負い、どんな戦士でも傷を癒す必要がある」

　ゲイルムンドは目をつぶり、今回はスタイノルフュルの意向に従うことにした。自分にだけは認めるが、剣を振るう力がまだないからだ。「シャルギはどこだ？」

「女のところだ」

驚きのあまり、ゲイルムンドは起きあがった。「女？」

「その手の相手ではない」スタイノルフュルが説明する。「名前はビルナ、女戦士だ。ヤール・オズベルンの戦士の中でも傑出してる。数年前に亡くなった自分の弟に似ていると言って、シャルギの訓練を手伝ってくれている。シャルギも彼女に惚れ込んでいるが、恐れをなしてもいる」

ゲイルムンドがビルナに会ったのは、ハルフダンにグスルム、そしてほかの首長《ヤール》たちが野営地を出発した翌日のことだ。彼より六歳年上の女戦士は、屈強で上背があり、もつれた赤毛にグリーンの瞳が印象的だった。鼻がわずかに曲がっているのは骨折のせいだろう。ゲイルムンドは彼女と並んで立ち、スタイノルフュルがシャルギに槍の扱い方――上段の構えは盾の上からの攻撃、それに必要ならば投擲にも有効なこと、防御には腰を落として逆手に握ること、石突《いしづき》を突き刺し地面も利用できること――を教えるのを眺めた。

「オズベルンに忠誠を誓っていたそうだな」ゲイルムンドはビルナに話しかけた。「いまは誰のために戦ってるんだ？」

「ヤール・オズベルンの戦士だった者たちの大半は、いまではハルフダンのために戦っている」彼女は言った。「生き残った者たちはね」

「それなら、なぜハルフダンとともに出発しなかった？」

「ハルフダンはあたしらのことなんて知りやしない。あたしらはほかの者たちと残り、野営地と船を守るよう命じられている」ビルナは彼を上から下へと見おろした。「負傷者と病人も守るようにとね」

ゲイルムンドは自分の胸に手をやった。「あなたがいるなら安心して眠れるよ」

彼女の片方の眉と口の片端がくいとあがる。「あたしをばかにしてるのか？　レク相手に歯が立たなかったんだろう？　あんたはまさにお守りの必要な負傷者だ」

おどけた声音にも、ゲイルムンドは腹立たしさを覚えなかった。とはいえ、面目は丸つぶれだ。「おれもシャルギのあとで、あなたに鍛えてもらうべきかもしれないな」

「待つ必要がある？」ビルナはシャルギが剣と盾を置いたところへ行くと、両方を拾いあげ、ゲイルムンドのもとへ持ってきた。「手加減してあげる」

ゲイルムンドは笑って受け取ったものの、打ち合いを始めるなり笑いは消えた。噂にたがわず、ビルナは俊敏で手ごわい戦士だ。すばやい動きは恐ろしく効率的で、単に威嚇や威圧狙いの無駄な動作はいっさいない。彼女がどれほど手加減しているのかは定かでないが、ゲイルムンドを倒すのは赤子の手をひねるようなものだとわかる。それは彼の傷のせいばかりとは言えないようだ。

「あなたがいるなら安心して眠れるよ」ゲイルムンドは乾いた地面にへたり込み、ぜいぜいと息を切らした。

「あたしもあんたが全快するのが楽しみだ」彼の隣に座るビルナも息があがっている。「負傷していても、いい戦いっぷりだ」

「鍛えられたからな」ゲイルムンドはスタイノルフュルのほうへ顎をぐいとあげた。

「ああ、彼は誇りのために戦うことをしない優秀な戦士だ」

「どういう意味だ？　スタイノルフュルには名誉も――」

「違う、名誉ではなく誇りだ。このふたつはまったく別のものだ」

「別のもの？」

「名誉ある戦士は、たとえ神々しか見ていなくとも名誉ある行動を取る」ビルナは腰にさげた小袋から砥石を取りだすと、ゲイルムンドとの手合わせでできた刃こぼれを研いだ。「人の口にのぼらなくても名誉ある戦士の価値はさがらないから、ヴァルハラへ招かれる」

「誇りは？」

「誇りは観衆を求める」砥石を滑らせるたび、ビルナの剣が鳴る。「誇りとは、戦士が他者にひけらかしたがる名誉。そして誇りは戦士を脆弱にする。勝利へ導く武器のごとく誇りにしがみついて戦う戦士もいるが、誇りは往々にして戦士を油断させ、無分別にする重荷だ。スタイノルフュルはそれを心得ている」

　ゲイルムンドはうなずいた。「スタイノルフュルはレクとの戦いを先延ばしにするようおれに忠告した」

「それを聞くべきだったたな」ビルナは剣身を見おろして刃先を調べた。「誇りは戦士の誰もが持つ弱点だ。ハルフダンですら、アッシュダウンでの敗北後、誇りを取り戻そうと躍起になっている。サクソン軍はそれを知っている。連中はハルフダンを挑発して戦いへ誘いだした」

「ベイズまでここからどれぐらいだ？」

「南へ一日の距離」

「南？」ゲイルムンドは困惑した。「本営のウェリンフォードがあるのは北だろう。サクソン軍はこの野営地を避けて大きく遠回りしたことになる」

「そのようだな」

ずいぶんお粗末な戦略だとゲイルムンドは首をひねった。それだとサクソン軍は本営から完全に切り離され、ベイズで旗色が悪化したら、撤退するにも本営とのあいだにこの野営地が陣取っている。ウェセックスの王とその弟が、ジョンの言うとおり賢いなら、あえて危険を冒す理由があるに違いない。そうだとすれば、その理由は何か？

遠目にウェリンフォードを見たときに何を目にしたか。要塞化された街、たくさんの船、テムズ川に架かる橋。ガリングスで橋から落ちたあと、ゲイルムンドはあの川を流れてここへたどり着いた。だとしたら、ウェリンフォードから船でここまで来るのも可能ではないか？　デーン軍の大半が正反対の方角へ出払っていて、戻ってくるのに一日かかるとなれば、野営地を落とすのはわけない。

「あなたの考えでは、サクソン軍はハルフダンを挑発して誘いだしたと？」ゲイルムンドは尋ねた。

「あれが挑発でなければ何さ？　敵はわざわざこの近くに出没してみせたんだ」

　ゲイルムンドは立ちあがった。

「どうした？」ビルナが尋ねる。

「敵襲に備える」

「敵襲？　どこが襲われるんだ？」

「ここだ」ゲイルムンドは川を指さした。「サクソン軍はこの野営地を船で襲おうとするかもしれない」

「確信があるのか？」

「いいや。だがウェリンフォードに船が集結してるのを見かけた。取り越し苦労だとしても、備えておいて損はない」

「どうする？」

　橋や海門を築く時間はない。ゲイルムンドは沼沢地で目にした板張りの岸を思いだした。「いい手がある」

　野営地の責任者として残されていたのはアフカーという名の指揮官で、もとはヤール・オズベルンに仕えていた。有能ながら野心のない戦士だったため、説得する必要はあったが、ビルナを信頼していたので耳を傾けてくれた。ウェリンフォードに船が集結していたというゲイルムンドの話に注意を払い、敵襲を警戒し備えておくことを選択した。

「だが、どうやって川に壁を築く？」アフカーが尋ねた。

「サクソンの船は重く、喫水が深い」ゲイルムンドは説明した。「おれはサクソンの舟を漕いだことがあるから知ってるんだ。杭を川床に打ち込んで壁を築く。船が航行する部分だけを堰き止めればいい」

アフカーは完全には理解していない様子だった。それでも、ビルナにせかされてやれやれと頭を振ると、ゲイルムンドに防壁建設を一任し、野営地に残った全デーン人を作業に当たらせた。

壁を築くのに適した場所はすぐに見つかった。水路がせばまるその地点は西へほんの一休息《ラスト》の距離で、敵が襲ってくればすぐに応戦できる。しかもそれだけ離れていれば野営地には被害が及ばない。川の向こう側は岸からすぐに水深が深まり、こちら側は砂利と石の幅広い浅瀬だ。

ゲイルムンドは若木を切り倒し、先を尖らせて長い杭を作るよう男たちに命じ、錨で河川上に固定した船上から杭を川床深くへ打ち込ませた。そして革紐と縄でそれぞれを結びつけて補強する。まだ頭がくらくらし、倦怠感も残っていたが、ゲイルムンドはそれを表に出さず、のろのろすることもなくデーン人たちとともに働いた。

その日一日かかって完成した防壁は、頑強ないばらの茂みを連想させた。川中央の流れは完全に堰き止められ、北側は急傾斜の川岸まで壁が続いているものの、南側の岸は空けてある。船はそこを通るしかなく、サクソンの船は浅瀬に底がつかえて座礁するが、軽量で小回りの利くデーン人の船なら、やすやすと浅瀬を回り込んで通過できる。

　夕暮れどき、スタイノルフュル、シャルギ、ビルナとともに防壁のそばにたたずむゲイルムンドは、疲労困憊しながらも満足感を覚えていた。

「あなたが野営地を救うことになるのか、われわれに一日無駄働きをさせたのか……どちらになるか」スタイノルフュルが言った。

「どうせ何もしてなかったんだ、いい暇つぶしになっただろう」ゲイルムンドは返した。

ビルナがうなずく。「サクソン軍の攻撃がないとしても、これはいい防壁だ」

「ハルフダンとグスルムも同意してくれるよう願おう」スタイノルフュルはぼやいた。

「防壁を試されることがないよう願うよ」シャルギがぼそりと言う。

　デーン軍は防壁の見張り番を置いたあとは、野営地へ戻って食事をし、アフカーがその日の労をねぎらうためにふるうサクソンのワインを味わった。焚き火を囲むデーン人たちは打ち解けた様子で物語を語り合い、アヴァルズネスを発って初めて、ゲイルムンドは彼らに本当に迎え入れられたと感じた。作業を命じられたときは不満そうだった男たちでさえ、完成した防壁に満足顔で、いいものができたとビルナに同意した。

　ほどなくゲイルムンドはまぶたが勝手に閉じるのを感じ、スタイノルフュルとシャルギ、それにビルナに先に寝ると告げて焚き火を離れた。自分の天幕へ戻り、くたびれ果てて眠りに落ちる。遠くで角笛が聞こえたときは、ついさっき目を閉じたばかりに思えた。半醒半睡で天幕の外へ転がりでると、野営地は彼とともに目覚めたばかりらしく、まだしんとしていた。

「サクソンの襲撃だ！」ゲイルムンドは声を張りあげた。「川へ行くぞ！」

とたんに槍、斧、弓、剣を手に持ち、デーン人たちが飛びだしてくる。彼らは闘志をみなぎらせ、川沿いを防壁へと急いだ。そこではすでに四、五隻の船が防壁に行く手をふさがれて立ち往生し、サクソン兵が大声を張りあげて非常事態を知らせていた。さらに十数隻の船が川をくだってくるものの、角笛と前方に待つ未知の危機に混乱し、速度をゆるめているようだ。

「矢を放て！」アフカーが怒鳴る。

月明かりを頼りに弓兵が防壁のサクソン軍めがけていっせいに矢を放ち、闇の中で悲鳴と水音があがった。敵の弓兵も射返してきたが、数が少なく、揺れ動く船上からではまるで当たらない。一番手前の敵船は槍まで浴び、サクソン兵の中には川へ飛び込んで逃げる者もいた。杭の隙間を無理やり通り抜けようとする者はあいだにはさまり、デーン人の矢の的にされた。戦って道を切り拓くつもりか、浅瀬へと泳いでくる者たちには、斧と剣が襲いかかった。

ややあってデーン軍は松明をともし、川岸にそろった自軍の数を露わにした。その明かりに浮かびあがる防壁とサクソン兵の無残な屍を目にした後続の船は、野営地の奇襲作戦が見破られていたことを悟る。このときサクソン軍は引き返すか、攻撃を続行するかの選択を迫られた。ゲイルムンドは脚がふらつくのを感じながらも、敵が後者を選択した場合に備えて身構えた。

ところが、サクソン軍は櫂を川へ突き入れて上流へ退却し、戦闘は開始するなり終了した。デーン軍側はひとりの死傷者もなしだ。アフカーは敵の撤退をせかし、サクソン軍が引き返してきてふたたび攻撃を試みないよう弓兵に追い討ちをかけさせたあと、ゲイルムンドのもとへ来た。

「おまえの読みが当たったな、ヘルハイド。おまえが防壁を提案してくれたおかげで野営地は救われた。このことはハルフダン王に報告しておく」


朝日がのぼり、最初の鳥がさえずる野営地では、大勢のデーン人がゲイルムンドを見つけてはアフカーと同様の賛辞を贈ってきた。その中には、ビルナやアフカーと同じく、故ヤール・オズベルンに忠誠を誓っていたが、いまは遠い異国の地で、褒美を与えてくれる誠実な指導者もいない者たちもいた。アスレフは、年はゲイルムンドと変わらないものの、男ぶりでははるかに勝る。ムーリはスタイノルフュルの年に近く、数年前にノーザンブリアの戦《いくさ》でひとり息子を失っている。トルグリムは見た目も気質も岩のごときデーン人、巨漢のラフンと筋骨隆々のヴェトルは長年の相棒で、前者はその黒髪から、後者はほぼ真っ白な髪と青白い肌から、鴉《ラフン》と冬《ヴェトル》と呼ばれている。ゲイルムンドは彼ら全員と馬が合った。

　二日後、サクソン軍に勝利をおさめ、エゼルレッド王とその弟アルフレッドの軍勢を戦場から蹴散らしたハルフダンが帰還した。しかし、ベイズの戦いではデーン人も大勢が命を落とした。ほどなくグスルムが王との謁見のためにゲイルムンドを迎えに来た。

「見事に名を成したな」ハルフダンの天幕に向かいながらヤールは言った。「次に来るものに対して覚悟はできているか」

「それはどういう意味だ？」

「おまえもすぐに知ることになる、名声は報酬とともに代価を運んでくるとな」

「代価とは？」

「王は――」グスルムは立ち聞きする者はいないかと確かめるようにあたりを見回した。「アッシュダウンでの敗北により、ハルフダンの権力と名声は下落している。ベルシ王に率いられてやってきたヤールたちは不満を募らせ、軍内におけるハルフダンの統率力は弱まりつつある」

「あなたもベルシ王の船団の一員だ」ゲイルムンドは言った。「あなたも不満なのか？」

「不服ではある。自分の留守中に野営地が襲撃されたのを知ったときのハルフダンのようにな」

「だが、サクソン軍はおれたちで追い返し――」

「ああ、そうだ。その結果、おまえの名声はうなぎのぼりだ」ハルフダンの天幕が見えてくると、グスルムの声は聞こえるか聞こえないかの大きさになった。「足元に気をつけろ、ヘルハイド。王もほかのヤールたちも、大惨事をまぬがれたのはおまえの機転のおかげだと重々認識し、おまえに一目置いている。だがな、これをハルフダンの失策と見なす者もいる。おまえの存在はその失敗をより浮き彫りにするんだ、特に王からすればな」

　天幕にたどり着いたので、中へ入る前にそれ以上グスルムに質問することはできなかった。グスルムがほかのヤールたちが立っているところに向かう一方で、ゲイルムンドは王座へと進みでて頭《こうべ》を垂れた。

「ようやく会えてうれしいぞ」ハルフダンが言った。黒髪のデーン人は、フランク鋼のごとく冷ややかなブルーの瞳だった。「ローガランの王、ヨール・ハルフソンの息子か。アフカーから聞いたぞ、おまえの働きがなければ、この野営地に加え、すべての船を失うところだったと。しかも、おまえは海で溺れて地獄から戻ってきたというではないか。おまえの噂はいろいろ耳に入っている、ゲイルムンド・ヘルハイド」

　王は侮辱ではなく賛辞としてヘルハイドの名を口にした。「自分ひとりの手柄ではありません」ゲイルムンドは言った。

　ハルフダンは王座を離れて彼のほうへ大股で進みでた。「しかし川に防壁を築いたのはおまえであろう？　サクソン軍が船でテムズ川をくだって襲撃すると言い当てたのはおまえであろう？」

「はい」

「なぜわかった？」王が尋ねる。

　ゲイルムンドは会話が危険な方向に向かっているのを感じ取ったので、ウェセックスの罠にはまってハルフダンがベイズまで引きずりだされたという事実にはいっさい触れずに、なんとか自分の考えを説明した。聞いたところによると、サクソン軍の戦いぶりは熾烈で、デーン軍は辛くも勝利をおさめている。ベイズの戦いは単なる陽動ではなく、もうひとつの戦線だったのだ。「自分を信頼してくれたビルナとアフカーのおかげです」ゲイルムンドは言った。「野営地にいたデーン人全員の多大な努力がなければ、防壁を築くことはできませんでした。だから、彼らの功績でもあります」

「たしかにそうだろう」王は言った。「しかし、おまえなしではそのどれも成しえなかった。おまえには銀とわしからの感謝を授けよう」

ゲイルムンドは頭《こうべ》を垂れた。「恐れ入ります、ハルフダン王」

「おまえには戦士も与えられる」今度はグスルムが進みでた。「おまえ自身の隊だ。おまえとともに戦いたいと申しでたデーン人たちがいる」

ゲイルムンドはまさか今日、こんなにも早く指揮官に任ぜられるとは予期していなかった。実際の戦闘経験はほとんどなく、レクとの勝負に敗北したことはグスルムとハルフダンの耳にも入っているはずだ。「おれとともに戦いたいというのは誰です？」

ハルフダン王は腕組みをした。「多くはヤール・オズベルンの戦士だった者たちだ。彼らはおまえと一緒に防壁を築いた」

「光栄です」ゲイルムンドは言った。

グスルムがハルフダンの隣に立った。その腕にはヴェルンドの腕輪が輝いている。「アヴァルズネスを出立するときに言ったな、おまえが自分を証明するまではひとりたりともデーン人を率いらせないと。いま、おまえは自分を証明した」

ゲイルムンドはふたたび頭をさげた。「感謝します、ヤール・グスルム、ハルフダン王」

「行け。自分の戦士たちを集めてこい」ハルフダンが命じた。「すぐにひと働きしてもらうことになるやもしれぬ」

ゲイルムンドは最後にもう一度頭をさげ、どこか狐につままれたような気分で退出した。だが、この知らせをスタイノルフュルに伝えたかった。年嵩の戦士はビルナとともに斧での戦い方をシャルギに指南している最中で、ゲイルムンドから報告を受けても、三人とも少しも驚かなかった。

「ずっとあなたの噂で持ちきりだった」スタイノルフュルが言った。「戦士の不死者《ドラウグル》のようになって海から戻ってきたんだ、指揮官に任命されて当然だ」

「野営地を救ったのも評判を高めるのにひと役買ったしね」ビルナが言い添える。「あたしもあんたと戦わせてくれとハルフダンに直訴したひとりだ」

「あなたが？」ゲイルムンドは驚いて彼女を見た。「あなたならオズベルンの戦士たちをおれより立派に指揮でき――」

「できるだろうし、いずれそうする。それがあたしの運命なら。けど、いまはあんたのために戦う」

「どうして？」

言わずもがなだとばかりにビルナは顔をしかめた。「あたしはまだその栄誉をハルフダンから授かっていないから。あたしはまだ王の信頼を得ていない。いまは、ハルフダンとグスルムの信頼を得ているのはあんただ。あんたとともに戦うことで栄誉を分かち合い、信頼を得られる。次の戦闘では野営地の留守番を命じられることもないかもしれない」

「そういうことか」ゲイルムンドは笑った。「おれに心酔して、ともに戦いたいと申し出たわけではないんだな」

「誇りについてあたしの言ったことを肝に銘じておきなさいよ、ヘルハイド」ビルナは彼の背中をどんと叩いた。「あんたには少しばかり感心させられた。足ることを知って、しっかり導いてくれ。さもないと、あたしは栄誉と富をほかで探す」

「隊の戦士を集めに行こう」スタイノルフュルが言った。「ハルフダンに言われたように」

その言葉に従って、ゲイルムンドは彼らとともに、ヤール・オズベルンの戦士たちの多くが野営している場所へ向かった。アッシュダウンの戦いで命を落としたほかのヤールに仕えていた戦士たちもそこにいて、全員がゲイルムンドとともに戦うことを望んだ。ほとんどは川で防壁を築いた日に見知った顔で、うれしいことにアスレフ、ムーリ、トルグリム、ラフンとヴェトルもいる。合わせて二十を超える戦士を率いることになり、それはゲイルムンドが待ち望んでいた栄誉ではあるものの、突然の重責が肩にのしかかった。その後ともに夕食をとっているとき、ゲイルムンドは立ちあがり、彼らに向かって話した。

「おれはヨール・ハルフソンの息子だ。祖父ハールルフの偉業はノース人とデーン人の両方によく知られている。ここに集まったのは二十三人、ハールフが初めて大海原へ出たときに引き連れていたのとちょうど同じ数だ。おれはこれを運命と見なす。船はないが、おれとともに戦う者には名誉、富、そして土地が約束される。いつの日にか船団も」

ブラギが語ったハールフとその仲間の話を思い返しながら、ゲイルムンドは目の前の戦士たちを順に見据えた。

「忠誠はおれひとりに対して誓うのではなく、ハールフと彼が率いた英雄たちがそうしたように、ここにいる仲間全員に対して、おれの剣にではなく、自分自身の剣にかけて誓ってほしい。みんながおれのために戦ってくれるように、おれもみんなのために戦うと誓おう。だが、誓いを立てる前に言っておく。おれの隊では、おれたちに対して武器を振るう敵以外は絶対に傷つけない。これを守れる者の剣は歓迎しよう。守れない者はいますぐ去ってかまわない」

ゲイルムンドは言葉を切った。立ち去る者はいない。

「では、みんなで誓いを立てよう」そう言うと、ゲイルムンドはまずは自分から宣誓した。常に名誉をもって隊を率い、直面する敵からは栄光と銀を奪い取り、戦いから逃げず、隊の仲間のためなら戦って死ぬことを厭わず、仲間が殺されれば仇を討つ。輪になって座るすべてのデーン人がこの言葉を繰り返し、ひとつの誓いによって結ばれたあと、全員で酒を飲んだ。

それからの数日、ゲイルムンドは隊のひとりひとりと順に話をし、彼らの名前、出身地、持てる技能を把握した。全員が自分は凶暴な戦士だと胸を張り、事実、得意とする武器を持たせれば向かうところ敵なしの強者もいた。

鷹の目を持つアスレフの特技は弓だ。トルグリムとムーリは両者とも髭斧と長刃《サクス》のナイフで戦う。ラフンは二刀流で、一本はデーン族の普通の刃だが、もう一本ははるか東のミクラガルド（現在のイスタンブール）からもたらされたという片刃の奇妙な武器だ。槍使いのヴェトルは風のごとく死をもたらすからと、自分の槍を死の風《ダエダヴィンドル》と名づけている。

隊の中には数々の戦いを経験し、その証拠となる傷跡を持つ者もいれば、戦《いくさ》に出た数はゲイルムンドと変わらない者もいる。ゲイルムンドはスタイノルフュル、ビルナ、ムーリをはじめとする歴戦の戦士たちに命じて武器の扱い方と〝盾の壁〟を数日かけて訓練させた。しばらくして、ゲイルムンドを訪ねてきたハルフダンとグスルムは、自分たちが見たものに満足した様子だった。

「さっそく隊を統率したようだな」ヤール・グスルムが言った。「いいことだ」

「みな屈強な戦士です」ゲイルムンドは返した。

「どれだけ屈強か見せてもらおうか」ハルフダンが言う。「ひと働きしてもらうと言っただろう。そのときが来た」

ゲイルムンドはうなずいた。「具体的には？　どうあれ、やり遂げてみせます」

「ウェセックス王国を倒すにはイクニールド・ウェイとテムズ川を支配せねばならん」ハルフダンが言った。「おまえの隊でウェリンフォードを落としてこい」

15

ゲイルムンドはハルフダンの命令が理解できなかった。「ウェリンフォードへ行軍するということですか？」

ハルフダンは首を横に振った。「行軍するのではない。おまえの隊を単独で送りだすのだ」

相手の意図がまだよくつかめず、どう返すべきかとゲイルムンドは躊躇した。「ウェリンフォードは要塞です。攻め落とすには軍隊が必要だ。自分には戦士が二十三人いるだけで――」

王は片手をあげてゲイルムンドを黙らせた。「あのバークシャーの土地のサクソン軍は太守《エアルドルマン》を含む大勢の兵を失っておる。エゼルレッド王と弟アルフレッドは失った兵を新たに補充すべく、より守りのかたい南へ移動した」

「なるほど」ゲイルムンドは言った。「ウェリンフォードの要塞に残っている戦力の規模は？」

ハルフダンは顔をしかめた。「たいした規模ではない」

あんな川沿いの要所の守りをエゼルレッドがゆるめるはずはない。「二十三人以上ではあるでしょう」ゲイルムンドは言った。

「そうかもしれぬし」ハルフダンは青い目をすっと細めた。「そうでないかもしれん」

　この計画に賛同も反対もせず、無言でハルフダンの背後にたたずむグスルムに、ゲイルムンドはちらりと目をやった。

「おまえはウェリンフォードを見てきたのだろう」ハルフダンは言った。「そこから船団が送りだされることも予測し――」

「見たと言っても遠目にだ」ゲイルムンドは反論した。

「それはどうでもよい、ゲイルムンド・ヘルハイド」王が怒りに声を尖らせ、まなざしを険しくする。「わしはおまえに任務を与えた。おまえはそれをやり遂げてみせろ。おまえは川に防壁を築いてサクソンの攻撃を防いでみせたゲイルムンド・ヘルハイドではないのか？　おまえに小隊を授けたわしの目が狂っていたと申すか？」

「いいえ、狂いはありません」たとえ無理でも、ハルフダンの命令に従うしか道はないのだとゲイルムンドは悟った。「やってみせましょう。ただ、ひとつお願いがあります」

「なんだ？」

「要塞を陥落させた暁には、ウェリンフォードにある銀はすべてわれわれにお授けいただきたい。本当に要塞がもぬけの殻も同然なら、たいしたものは残ってないはず。しかし、少なくとも隊の戦士にとってはささやかな報酬になる」

　グスルムがにやりとする一方、ハルフダンは表情を変えず、しばらく黙り込んでいた。

「いいだろう」少し間《ま》を置いてからハルフダンは応じた。「明日の日の出とともに出発しろ。神々のご加護があるよう祈っている」

グスルムはゲイルムンドに何か言いたそうに見えたが、それを口にすることなく去っていった。一方、ハルフダンに与えられた任務をほかの者たちとともに聞かされたスタイノルフュルは言いたいことを大いに口にした。

「死地にやるようなものだ！」年嵩の戦士は叫ばんばかりだった。「王はあなたを殺す気なのか？」

「そうかもな」ビルナが口をはさんだ。

「グスルムから警告はされていた」ゲイルムンドは言った。「名声は代価を運んでくるそうだ」

「それがあなたの命だと？」スタイノルフュルが憤慨する。「代価としては重すぎる」

「それが運命ならば受け入れるしかない」ゲイルムンドは言った。

ラフンとともにゲイルムンドのそばに座っていた白髪の戦士ヴェトルが口を開く。湖面を覆う氷に亀裂が走るさまを思わせる鋭い声だ。「ハルフダンはあんたを殺すわけにいかない。あんたが野営地を救ったのはみんなが知っているからな。しかし、あんたの名声は脅威だ、そこで逆にそれを利用してあんたを排除する別の方法を見つけたのさ」

「これからどうするの？」シャルギが小声で問いかける。

敗北は必至だ。命がおしければ己の無力さを認め、ハルフダンに許しを乞うしかない。だがゲイルムンドは、ヴェルンドに〝おぬしは敵に屈する〟と断言され、決してそんなことにはならないと言い返したときのことを思い返した。「答えはひとつしかない。ウェリンフォードを落とすぞ」

「どうやって？」ビルナが尋ねる。「あれだけの要塞を攻め落とすには人数が少なすぎる」

川面に視線を落としていたラフンがゆっくり振り返り、口を開く。「夜襲に失敗したサクソン軍が残していった船がある。サクソン兵の亡骸《なきがら》から服と鎧をはぎ取って使うのはどうだ？」

「サクソン兵に変装するのか」スタイノルフュルが問う。年嵩の兵士がこの戦略に賛成なのか反対なのか、いまはまだわからない。

ラフンは肩をすくめた。「そうすれば要塞の中に入れる可能性はある」

「だが中に五十人や百人残っていたらどうする？」ゲイルムンドは言った。「こっちは二十三人だ、砦の中へ侵入できても勝算が高くなるわけではない」

「ほかにいい案があるとでも？」ヴェトルが問い返す。

ゲイルムンドはしばらく考え込んだ。これまでサクソン人について学んだことをすべて反芻し、攻撃に利用できそうな弱点を探す。そして、ようやく口を開いた。「サクソン兵のほとんどが農夫だ。こんなところで戦うよりも畑に戻りたがっているはずだ。だったら帰してやればいい」

「帰してやる？」スタイノルフュルはいぶかった。「何もこっちが引き止めているわけではないぞ」

ゲイルムンドはかぶりを振った。「帰る理由を与えてやるんだ。エゼルレッド王はすでに南へ移動した。デーン軍が門前まで迫っていると言っても過言ではない状況で、ウェリンフォードを見捨てたんだ。残された兵は喜んではいないだろう、川の防壁で敗北を喫したあとではなおさらだ。万事休すとなれば尻尾を巻いて去っていくかもしれない」

「こっちはたいした人数もいないのに、なぜやつらが万事休すとなる？」ラフンが尋ねた。

「人数は関係ない」ゲイルムンドは説明した。「キリストに見捨てられたと敵に思い込ませさえすればいい」

「いったいどうやって？」スタイノルフュルが質問する。

「やつらは異教徒を恐れている。その恐怖心を利用する」ゲイルムンドが続けた。

隊の者たちは納得していないようだったが、それでもゲイルムンドの指示に従った。巨大な十字架を三つ作り、サクソンの船三隻に帆柱のように垂直に立てた。次にゲイルムンドは油に浸したサクソン兵の死体を三つの十字架にくくりつけさせた。そして朝まで待たずに、日没とともに出発した。

十字架つきの船三隻に加え、総勢六隻でレディンガムからモールスフォードへ川を遡上する。アッシュダウンの近くでは腐敗と死のにおいがいまだに漂っていた。隊のほとんどはそこで船をおり、陸上の移動となる。一方ゲイルムンドはひとり船に残り、鴉につつかれた青白いサクソン兵の死体に見おろされながら船を漕いだ。重量のあるサクソンの船を漕ぐには腕力が必要なうえ、ウェリンフォードはまだ五休息《ラスト》も北にあるため、この役目を志願したラフンとトルグリムが残り二隻を漕いだ。

夜も深まった頃、三隻はついに要塞に近づいた。塁壁の上に見張りがいるのはわかっている。三隻の船が街から見える距離まで接近したところで、ゲイルムンドは十字架にだらりとさがるサクソン兵の死体に火を放った。ラフンとトルグリムもそれにならい、三つの十字架の炎が川面に乱反射し、闇をまぶしく照らしだす。ほぼ同時に塁壁から警告の叫び声があがった。深夜のこんな光景に、見張り番が恐慌をきたしたのは容易に想像できた。

火が船体に移る前にゲイルムンドは要塞近くの岸へと漕ぎ寄せ、ラフンとトルグリムが続く。船を一列に並べてつなぎ止めると、要塞から見えるところに燃えるがままに放置する。これが森の南側にいる残りの戦士たちへの合図だった。東から西へ次々に吹き鳴らされるデーン軍の角笛が夜のしじまを破った。あたかも巨大な軍が突如として出現し、いま闇の中で待機しているかのようだ。

ゲイルムンドはウェリンフォードの門へと進みでた。角笛が鳴りやんだところで要塞の見張り番たちに向かって声を轟かせる。

「おれはゲイルムンド・ヨールソンだ！　おまえたちは川でおれに負けた。この要塞はおれのものだ！　これからわが軍がおまえたちを蹂躙する！　おまえたちは王に見捨てられた！　神にも見捨てられたのだ！」

言葉を切り、要塞内で恐怖がふくれあがるのを待つ。

「いっときの猶予を与えてやろう！」ゲイルムンドは声を張りあげた。「日がのぼるまでにウェリンフォードから出ていけ！　ここで殺されるのを待つこともなかろう！　家族のもとへ戻してやる！　いいか、これは五体満足で自分たちの畑へ帰る最後の機会だと思え。銀と武器を置いていけば、危害は加えないし、追いかけもしないと約束しよう！」

　ふたたび言葉を切る。

「だが、朝までに去っていなかった者に容赦はしない！　われらの神々への生贄として、要塞内にいるサクソン人はひとり残らず生きたまま焼き殺す！」

　塁壁の上からのぞく無数の人影をじっと見あげ、ゲイルムンドは一拍置いてからくるりと背を向けた。ラフンとトルグリムを引き連れて、要塞と燃えあがる船から離れ、仲間の待つ南側の暗がりへと身を投じた。

「上出来だ」ラフンが言った。服も黒髪も夜とひとつになり、顔だけが生き霊のようにぼんやり浮かびあがっている。

「あれで逃げないなら、肝の据わった手ごわい連中だ」トルグリムは不安そうだった。

「逃げだすさ」ゲイルムンドは言った。

「本当に何もせずに逃がしてやるのか？」ラフンが尋ねる。

「そうだ、こっちの条件に従うならな。それがおれの約束だ」

　ラフンは暗がりの中でうなずいた。そのあとは自分たちの姿と実際の人数が夜陰に紛れるよう、いっさい火を灯すことなく一晩を過ごした。

　朝日がのぼると、ゲイルムンドたちは薄い朝靄のかかる森を出た。野原を横切り、注意深くウェリンフォードへ近づいた。

前方に見えてきた塁壁をシャルギが指さす。「門が開いてる！」

「おまえの読みが当たったな、ヘルハイド」トルグリムが言った。「サクソン人たちは逃げたようだ」

そう言いながらも、戦士たちは武器を握る手の力をゆるめることはなかった。罠を警戒し、要塞の中へ慎重に入っていく。

しばらく前から住人の多くは退去していたようで、家畜の囲い場の地面は乾燥してひび割れ、鍛冶師の炉は冷えきっている。だが橋近くの第二砦に行ってみると、サクソン兵が慌てて逃げたかのようにまだ焚き火がくすぶっていた。彼らはいくばくかの銀を残していき、ほかにも斧に剣に刃物が全部で十四本、何本もの槍に熊手、そのほか間に合わせの武器が散らばっている。もしハルフダンの軍勢が大挙していたら、これだけの要塞を守るにはとうてい足りなかっただろう。

「エゼルレッド王は本当に連中を見捨てたんだな」ラフンがつぶやいた。

あっけない勝利だった。ゲイルムンドの戦士たちは信じられないかのように、ただ無言でその場にたたずんだ。

ゲイルムンドは彼らに向かって声を張りあげた。「ウェリンフォードはおれたちのものだ！」彼が長刃《サクス》のナイフを天に突きあげると、戦士たちはようやく歓声をあげた。「金と銀を見つけたら全部持ってこい。みんなで山分けにする。だが、ほかのものはなんでも自由にしていい」

戦士たちはふたたび歓呼し、探索のために散っていった。ゲイルムンドは調理用の炉の前で木の切り株に腰をおろした。太陽は屋根と街の壁の上までのぼっている。シャルギは戦利品を漁りに行ったが、スタイノルフュルとビルナはゲイルムンドの隣に腰かけた。

「これであなたのもとに集まる戦士はますます増えることだろう」スタイノルフュルが言った。

「この勝利はおれの名誉にはならない」刃をぬぐう必要も研磨の必要もなしに、ゲイルムンドはサクスを鞘に戻した。「たやすすぎる」

ビルナはあきれ顔で天を仰いだ。「あんたはまたも誇りにこだわってる、ヘルハイド。名誉は悪戦苦闘でなければならないのか？」

「そうではない。だが……やはり、名誉は勝ち取るものだ」

「まわりを見てみろ！」スタイノルフュルは両腕を大きく広げた。「すべてあなたが勝ち取ったものだ。機転を利かせ、ひとりの犠牲者も出すことなく、二度もデーン軍を勝利へ導いた。どうしても戦いたいなら、逃げたサクソン兵たちを追いかけ、ここへ戻ってくるよう頼むことだ」

「おまえの言うことも一理あるな」ゲイルムンドは言った。「これからウェリンフォードの陥落をグスルムとハルフダンに知らせなければならない」

「あたしが行こう」ビルナが立ちあがった。「知らせを耳にしたときのハルフダンの顔を拝ませてもらう」

ゲイルムンドはうなずいた。「では頼む。だが、ハルフダンに伝える前にグスルムに報告してくれ。おれは彼に忠誠を誓ってる。この勝利に名誉があるなら、それは彼のものでもある」

ビルナがうなずいて立ち去ると、スタイノルフュルはゲイルムンドに顔を寄せた。「すでに自分の父親を超えたのはわかっているか？　ヨール王は街も要塞も攻め落としたことはない」

「その必要がなかったからだろう」

「ここをあなたのものにできるのではないか？　いい場所だ。強固な塁壁。川という交易路。アヴァルズネスに似ていなくもない」年嵩の戦士はあたりを見回した。

「いいや、おそらくハルフダンかグスルムが自分の領土にするだろう。それにサクソンも取り返そうとするはずだ。だから仮にこの要塞を下賜《かし》されたとしても、今度は失わないよう戦うことになるはずだ。それとも例外があると思うか」

「侵略の心配がなく、戦わずにすむ土地という意味か？」スタイノルフュルはほとんど引っ張るようにしてひげをこすった。「存在はするだろう。だがどこにいようと、常に戦う準備を整えておくのが賢明だ。たとえその危険はまったくなくとも」

「父上と母上はその準備を整えていると思うか？」

「どうだろうな」スタイノルフュルはひげをこすっていた手を膝に落とした。その答えはゲイルムンドにもわからないし、そもそも思案しても意味のないことだろう。

　ゲイルムンドは腰をあげると、デーン人たちとともにウェリンフォードの探索を楽しむことにした。二本ある大通りは小さな街の中央で交差し、工房や店が道路沿いに軒を連ねている。スタイノルフュルの言うとおりいい場所だが、サクソン人たちは価値のあるものをほとんど残していかなかった。穀類の蓄えを除けば、屋内には少々の道具と家具があるだけだ。しかし、デーン人のひとりが鍛冶屋のそばで厩舎の片隅に銀屑の小さな塊が埋まっているのを発見し、全員の喜びが増大した。

　ゲイルムンドは平等に報酬が行き渡るよう、分配する役目をスタイノルフュルに任せた。サクソン兵の残していった武器から、新たな武器を得た者も少なくない。ゲイルムンドも斧と、柄が細くて柄頭と同じ幅のランバダランド（現在のイタリア）製の古い剣を手に入れた。これでシャルギはゲイルムンドから与えられた剣を返す必要がなくなった。

　午後もなかばを過ぎた頃、ハルフダンとグスルムが少なくとも百人の軍勢を引き連れてウェリンフォードに到着した。ゲイルムンドは街の南門で彼らを迎えた。グスルムとビルナは大きな笑みを浮かべているが、ハルフダンはなんらかの小細工を疑うかのように渋い顔であちこちに視線を走らせている。

「命令どおり砦を攻め落としました」ゲイルムンドは言った。

「どうやったのだ？」王が問いかける。

「機転であると」グスルムはそう言うと、ハルフダンの横を通り過ぎて門へ向かった。

王が何も言わずに首長《ヤール》に続くと、ビルナは彼らの後ろに従うゲイルムンドと並んだ。

「王に嘘つき呼ばわりされた」彼女がささやく。「王はここへ来るのも拒もうとしたが、グスルムが譲らなかったんだ」

ゲイルムンドはビルナと笑みを交わしたあと、街や橋、それにこのときまで王とヤールは遠くからしか見たことのなかった砦を彼らに見せて回った。ゲイルムンドは見れば見るほどウェリンフォードの重要さを理解した。デーン軍はレディンガムの守りを弱めることなくここを占拠でき、川とイクニールド・ウェイは交易と増兵の経路を提供して、デーン軍にこの地域の支配権をほぼ無制限に与える。

「銀はあったのか?」王がようやく尋ねた。

「ありました」ゲイルムンドは言った。ハルフダンは前言をひるがえすつもりだろうか。

「隊の戦士のあいだですでに山分けにしています」

「約束を覚えておられますかな」グスルムが念を押す。「見つけた銀はすべてゲイルムンドに与えると――」

「覚えておるわ」王が言った。「その銀が本日ここでの働きに対する報酬だ」

ゲイルムンドは頭《こうべ》を垂れた。それで王からの褒美はおしまいということか。

グスルムがサクソンの第二砦を身振りで示した。「ここにわたしの兵を残そう。そして、さらに送り込む。サクソン軍による奪還を阻まねばならないからな。ここからわが軍は北を目指し、エバズ・ダンの富をわれらの――」

「ならぬ」ハルフダンははねつけた。「ウェリンフォードを守るのはいい、だが兵を北へ進めるのはエゼルレッドを刃にかけてからだ。サクソンの王冠を追うため以外、兵をひとりたりとも失うわけにいかん。ウェセックス王国攻略がすべてに優先する」

「ゲイルムンドの隊はさっさとここまで送りだしたが……」グスルムが皮肉めいた口調で言う。

「それは勝つとわかっていたからだ。神々から勝利の吉兆を授かっていた」ハルフダンのブルーの瞳は氷に変わったかのようだった。

グスルムは長々と考え込んだあとでうなずいた。それからハルフダンはレディンガムへ戻ると告げると、二十人ほどのデーン人を引き連れてただちに出発し、グスルムは残りの戦士と一緒に街にとどまった。ヤールはふたりきりで話せる場所を求めてゲイルムンドとともに橋まで歩き、その中央に立つと、足下を流れるテムズ川の音に耳を傾けた。冷たい風と曇った空が雨の到来を予期させた。

「エバズ・ダンにはサクソンの豪奢な大聖堂がある」グスルムは川の北のほうの上流に目を向けて語りだした。「市場街だ。ここにとどまるようハルフダンがわたしに命じた真の理由は、兵を失うのを心配しているからではない。わたしにこれ以上の富を与えたくないからだ」向き直ってゲイルムンドに、次にウェリンフォードに目をやる。「王はこうなることは予期していなかった。わたしもだ」

「王はおれの失敗を望んでいた」ゲイルムンドは言った。「おれが死ぬことを」

「うぬぼれるな。ハルフダンがおまえをここへ送りだした理由はおまえではない。おまえはわたしに仕える者であることを忘れているぞ」

ゲイルムンドは川の南のほうの下流へ視線を向けた。「あなたを弱体化させるのが狙いだったと?」

「おまえはわたしの下で戦っている。おまえの名声があがれば、それはわたしの名声に加算される」グスルムは腕のフニチューズルを見おろした。「王はおまえの噂を耳にしている。そして、その噂が真実である証を目の当たりにした。地獄から舞い戻り、自分の失策から野営地と船を救ったのはわたしの戦士であるのを知っているのだ」ひとりで小さく笑う。「アヴァルズネスで、わたしは危うくおまえを拒絶するところだったな。おまえは銀も船も戦士も、なんの利益もわたしにもたらさなかった。だが、わたしはおまえが気に入っていた。だからこそ船に乗せた。いまでは、あれは運命だったとわかる。おまえはどう思う?」

「すべては運命だ」

グスルムは腕を振って街全体を指し示した。「陥落に成功したことにより、おまえはわたしをハルフダンにとって無視も追放もできない対抗相手にした。その噂はたちどころに広まっている。わたしがそう仕向けたからな」

「おれの勝利はあなたの勝利だ」ゲイルムンドは言った。

「それはわかっている。だが、おまえが忘れていないのは何よりだ。おまえは忠誠を貫いている。感心なことだ。その報いは与えよう。おまえは誉れ高き男だ、ゲイルムンド・ヘルハイド」グスルムの顔に笑みが戻った。「ほかのヤールや戦士たちがいまやおまえの隊をなんと呼んでいるか知っているか？」

「いいや」

「地獄《ヘル》から逃れてきた者たち《ハイド隊》だ。おまえの隊は死をも凌駕すると評判になっている」

「死を凌駕することは誰にもできない」

グスルムは両手を開いてゲイルムンドを示した。「だが、おまえはこうして生きている。しかし調子に乗って油断してはならん。ここでの武勲により、ハルフダンはなおいっそうおまえを厭うだろう。いまやわたしの庇護には限界がある。戦《いくさ》では誰が死んでもおかしくない。デーン軍もこれから増強する」

「これからとは？」

「ほどなくだ。エゼルレッド王と弟のアルフレッドはレディンガムの南西、ベドウィンにまで退いた。ハルフダンとヤールたちはそこの攻撃を狙っている。テムズ川からイースト・アングリア王国へ使者を送り、兵を募らせている最中だ」

「おれの隊も準備万端に整えておこう」

「頼むぞ」グスルムが力強く肩を叩く。「ヘルハイド隊には最高の働きを期待している」

ヤールの音吐《おんと》は誇らしげだった。その声を聞いたゲイルムンドは、己の隊に与えられた名にようやく満足した。

16

それからの数週間、ゲイルムンド隊はウェリンフォードを拠点に、そこから近隣の集落へ食料や銀を求めて襲撃を続けた。村でも農地でも刃向かってくるサクソン人は皆無に等しく、あの夜に要塞から逃げていった者も中にはいるのだろうかとゲイルムンドは思った。だとしたら、今度は自分の家からも逃げだしたのだろう。ほとんどの住居や教会、厩舎は空で、住人たちは丘や森に身を隠し、ゲイルムンド隊は好きなだけ自由に略奪した。サクソン人が逃げも隠れもしなかったとき、ゲイルムンド隊は誓いを守り、武器で反撃してくる者だけを倒した。

「どうして決まりを作ったの?」ある日、ウェリンフォードの西にある小さな集落を襲った帰り道にシャルギが尋ねた。「普通は決まりなんて作らないってデーン人たちは言ってるよ」

「理由はふたつある」ゲイルムンドは言った。「ひとつは、おれの祖父とその仲間が守り通した決まりだからだ。戦えない者を殺しても名誉や名声は得られない」

「ふたつ目は?」少年が尋ねる。

「ウェセックス王国を打ち倒したら、デーン軍が王国を支配することになるが、土地を耕すのに農夫が必要なのは変わらない。手当たりしだいサクソン人を殺して敵に回していたら、農地の管理が難しくなる。いかにすれば共存できるかを彼らに教えるほうが効率的だ」

シャルギはうなずいた。ゲイルムンドはつかの間《ま》少年を眺めたあと、これまで相手が話すのを避けてきたことを思いきって尋ねた。

「おまえの父親は襲撃には行ってたのか？」

シャルギの視線は、ふたりが歩くわだちと草だらけの細い道へ落ちた。「ううん、剣は苦手だし、自分の斧は木を切るためだけのものだって昔から言ってた」

そういう者たちをゲイルムンドはほかにも知っていた。ローガランにも略奪に行かない者は大勢いる。ゲイルムンドの父親ならシャルギの父親と多くの共通点を見いだしたことだろう。「正直で立派な男だったと聞いてる」ゲイルムンドは言った。「勤勉で雄牛のごとく強かったと」

シャルギは長いこと黙り込んでいた。頭の中にある考えに抗うかのように、あちこちへ視線をさまよわせて落ち着かない様子だ。そのままにしておいてやると、やがて少年は口を開いた。「木の下敷きになって死んだとき、父さんは武器を手にしてなかった。斧さえもだ」

ゲイルムンドはその言葉について慎重に考えてから言った。「たしかにオーディンは気難しいと言われている。無情で容赦なく、誰でもヴァルハラへ招くわけではない。立派な男や女でも招かれない者は大勢いるだろう。だからといって、彼らが名誉と敬意に値しないわけではない」

シャルギは目をそらして涙を隠した。

「おまえはいまや一人前の戦士だ」ゲイルムンドは続けた。「勇敢で誉れ高き男。おまえの父親もきっとおまえを誇りに思うはずだ。だがな、父親がどこにいるのであれ、おまえを誇りに思う気持ちではおれやスタイノルフュルには勝てないだろう」

シャルギは洟をすすってうなずき、顎をあげて前方の道を見た。「ありがとう」

要塞へ戻ると、三日後にベドウィンへ向けて出発するとグスルムに知らされた。それまでの期間をゲイルムンドは次の戦いに向けた準備に費やした。三日後、総勢八十人をウェリンフォードの要塞に残して、グスルムの軍勢は南のガリングスへ向かい、そこでハルフダンとほかの首長《ヤール》が率いるレディンガムからのデーン軍に合流した。

そこからは古い尾根道沿いに、南西を目指して荒れ地や湿地を急行軍で進み、途中からは暴風雨に見舞われた。樺の木やハンノキが生い茂る森林が濃くなり、雨が木々を霧で包み込む。

午後になってようやく嵐が通り過ぎ、デーン軍は東から西へと延びる一帯を見おろす白亜質の小高い丘に着いた。丘の尾根道をたどって西へ向かうと、小山の頂上に野営するサクソン軍がついに見えてきた。急斜面の北側が敵の襲撃を阻む一方で、防壁は築かれていなかった。つまり、エゼルレッド王が撤退することはできない。それは、アッシュダウンと同様に、開けた場所での戦いとなることを意味していた。

デーン軍が陣取る丘からは四方が見渡せた。重たい雲は南へ移動し、通り道にある畑に野原、低い山々、谷間に雨を降らせている。一方、軍の後方に当たる東側と前方の西側は広大な深い森林地帯だ。日が刻々と傾く中、ハルフダンとヤールたちは攻撃計画を練り、ゲイルムンド隊は待機して指示を待つ。

協議から戻ってきたグスルムは、満足とはほど遠い表情だ。「われわれは側面から突撃しろとハルフダンから命じられた」

「軍を二手に分けるということか？」ゲイルムンドはエスキルやほかの指揮官たちとともに集まって尋ねた。「ハルフダンとほかのヤールたちはどうするんだ？」

「彼らは東側からエゼルレッド王を攻撃する。交戦開始後、われわれが敵陣の北から攻め込む」

「北から？」エスキルが繰り返した。「しかし、突撃と言ってもこちらは山をのぼっていくことになる。それがどういうことなのかは……」

「わかっている」グスルムはかぶりを振った。「アッシュダウンの二の舞になるやもしれない。だが、われわれに選択肢はない」

グスルムは断腸の思いで自軍に命じた。ハルフダンが自分の軍勢を尾根道沿いに敵陣へと進ませる一方で、グスルムは自分の兵たちを山裾に沿って前進させた。ゲイルムンドは己の隊を極力グスルムに近づけて配置し、みずからは濡れた地面を歩き、山上のサクソン軍に動く気配はないか見張った。

ほどなくデーン軍の作戦が明白になるや、サクソン軍は応戦のために前回同様に自分たちも軍を二分した。いまやグスルム軍は、山の急坂だけでなく正面に盾の壁を作って待ち構える敵と相まみえることになった。

　これも、対抗相手のグスルムをヘルハイド隊ともども排除するハルフダンの新たなやり口ではないか。ゲイルムンドはそう思わずにいられなかった。もしや、ヴェルンドが預言した裏切りとはこのことだろうか。ゲイルムンドがわかっているのは、自分が決して屈しないということだけだった。

　南を向いて小山をのぼるようグスルムが命令を発したとき、アッシュダウンの戦いの記憶がおのずとゲイルムンドの脳裏によみがえった。あの戦場が、ヤール・シドロックの兵たちの姿が目に浮かぶ。この場にいるかのように彼らの断末魔の叫びが耳にこだまし、自分の血にむせる戦士ケルドを抱え込んだときの感触が思いだされる。ゲイルムンドの心臓が轟いたのは、未知への恐れからではなく、いまや戦《いくさ》を知っているからだった。

「容赦するな！」ゲイルムンドが雄叫びをあげた。「敵を押し返せ！　山頂まで押し戻して殲滅する！」

　サクソン軍の最前線が近づいてきたとき、グスルムは突撃命令を発し、自身も剣を掲げ、殺気だった咆哮をあげてみずから最前線を率いた。その光景とヤールの叫びに恐れが吹き飛び、ゲイルムンドはヘルハイド隊とともに突進していった。

　山頂から矢の雨が降り注いでも、デーン軍は足をゆるめなかった。不運にも射貫かれて倒れる者もいたが、大半は盾で矢を受け止めた。グスルムは死の雨に対して盾を掲げもしないのに、矢が一本も当たっていない。

充分に接近したところで、デーン軍は頭上に構えていた盾をおろして体の前に構え直し、サクソン軍も同様に盾を構えた。ついに槍と槍が交わり、両軍がぶつかり合う。濡れた草にブーツが滑るものの、ゲイルムンドは腰を落として足を踏んばり、盾を押し込んだ。衝撃が腕にじんと響く。

背後の二列目、三列目の兵たちは最前列の頭上に盾を掲げ、ゲイルムンドを日陰と、盾を叩く斧と剣の響きの中に閉じ込めた。彼は盾の隙間を見つけては剣を突き入れ、やわらかな肉を刺そうとした。金属が自分の盾に叩きつけられる衝撃が伝わってくる。左手にはスタイノルフュルが立ち、その奥にトルグリム、ビルナと続くのが見えるが、そこから先は誰だか見分けがつかない。

サクソン軍を押し戻せとグスルムが怒鳴るものの、小山の斜面では踏んばりきれず、敵を後退させることができない。デーン軍はその場に釘づけになり、やがて盾の砕ける音がし、血のにおいが漂った。

このままではグスルムが予期したとおりアッシュダウンの二の舞になる。ゲイルムンドは戦慄した。だが、シドロックとは違い、グスルムは退却を命じない。勇敢なヤールは焦燥と憤怒に顔を真っ赤にし、骨を震動させんばかりの叫びをあげると、盾を投げ捨てるのがゲイルムンドのところからも見えた。ついには、たったいま自分で作った盾の壁の隙間から単身で飛びだし、サクソン軍の盾二枚のあいだにまっすぐ突っ込んで敵の最前線を破った。

ゲイルムンドはあっけに取られたが、そのとき敵の盾の壁がわずかに乱れたのを見逃さなかった。グスルムの突進に敵が混乱し、一瞬の隙が生まれたのだ。

「押せ！」ゲイルムンドは声を張りあげた。「押すんだ、ヘルハイド隊！」

戦士たちが押しまくると、敵の最前線が崩れはじめる。だが、まだ完全な崩壊には至らない。ゲイルムンドとスタイノルフュルとトルグリムの前にいるサクソン兵たちは列を崩してあとずさり、何人かは地面に倒れた。ゲイルムンドはつまずきながら敵兵たちを踏み越え、グスルムを追って突き進んだ。

グスルムが斧と剣を振るい、サクソン兵を次々と倒して道を切り拓いていく一方、相手の刃は彼に触れることもできない。

ゲイルムンドはトルグリムとスタイノルフュルに向き直った。「敵の盾の壁を開くぞ！」

そしてみずからはランバダランドの剣と長刃《サクス》のナイフで刺しては斬りつけ、敵の最前列の裏手に無理やりに回り込んだ。敵兵は血を流して盾とともに倒れるか、ゲイルムンドに応戦するために盾をおろすかして、いずれも壁を脆弱にし、ついにはデーン軍に完全に撃破された。

そこからは白兵戦になり、ゲイルムンドはヘルハイド隊を両脇に従え、たちまちのうちにサクソン兵を三人斬り倒した。ビルナが同時にふたり片づけ、ヴェトルが槍を手に旋風のごとく回転するのが見えた。シャルギはスタイノルフュルに背中を預け、剣と盾で戦っている。ゲイルムンドは戦闘が潮の流れのごとく変化するのを肌で感じ取った。その後サクソン兵は、あたかもより大きな力と再結合するかのように、多くが引き返して小山を駆けのぼった。

「いまいる場所を死守せぬか！」怒鳴り声が聞こえたのに続いて、敵の指揮官が姿を現した。男は輝く黄金の兜に重厚な鎧をまとっている。そのまわりをしっかり取り囲んだ十数人の戦士たちは、攻撃してくるデーン人に応戦することで精いっぱいだった。

グスルムも敵将に気づき、死体がまわりに山と積み重なる中で剣を相手に向けた。「エゼルレッド！」

ゲイルムンドは敵の王へふたたび視線を戻した。「グスルムに続け！」そう叫び、王のまわりにサクソン兵がさらに群がる中を戦いに加わろうと急いだ。

先にグスルムがサクソンの王を守る一団に単身で攻めかかったので、たちどころに斬り捨てられるのではないかとゲイルムンドはひやりとした。だがどういうわけか、サクソン兵たちは自分たちの王へと直進してくるグスルムを食い止めることができず、ばたばたと倒されていった。

王の護衛隊のもとにたどり着いたゲイルムンドは、何かが太股に食い込むのを感じたものの、脚はしっかり持ちこたえていたので戦い続けた。一番近くにいたサクソン兵の喉めがけて剣をなぎ払うも、切っ先はわずかにずれて男の口から頰を裂いた。だが、相手は致命傷と錯覚したのか、顎を押さえてくずおれた。

ゲイルムンドが顔をあげたちょうどそのとき、グスルムの投げた槍がエゼルレッド王の脇腹に突き刺さり、王がよろめくのが見えた。敵軍はおおっとどよめくとともに、みずからの体を盾にして王のまわりを囲んだ。その一部が捨て身で反撃し、残りは王を運び去っていく。

グスルムは敵に怒声を浴びせたが、すぐに自軍を振り返った。「頂上へ行け！　ハルフダンと合流するのだ！」

その指示にデーン軍は雄叫びで応えて小山を駆けあがり、ついにハルフダンの命令どおりサクソン軍の側面から襲いかかった。その攻撃に意表をつかれ、加えてエゼルレッドが倒れたという知らせに震撼し、サクソン側の主軍はほどなく崩れた。撤退の角笛が吹き鳴らされてサクソン兵は小山から逃げ散り、戦場はデーン軍に明け渡された。

彼らから勝ち鬨《どき》があがり、ゲイルムンドも喜びの叫びとともに武器を夕空へ突きあげた。もっと日が残っていれば、追い討ちをかけてサクソン兵を殺せるだけ殺すようハルフダンから命令がくだるところだが、闇が落ちても戦い続けられるほどデーン軍に地の利はなかった。

代わりに、彼らはこの場で野営し、負傷者の手当てに取りかかった。ゲイルムンドは倒れている者たちの中を歩き、薄れゆく夕明かりを頼りにヘルハイド隊の戦士や助かる見込みのあるデーン兵を探し、可能なときはみずから手当てを施した。生きてこの小山から帰ることのない者には、彼らを敬ってヴァルハラへ送りだしてやることしかできず、彼らが苦しみを終わらせることを望めばそうしてやった。ゲイルムンドは多くのサクソン兵にも同じ情けをかけた。

レクを見つけたのは日が沈んだあとのことだった。敵の刃に脇腹を斬り裂かれ、腸がこぼれでた姿で地面に仰向けになり、首と頭以外は動かすこともできずにいた。ゲイルムンドはレクのかたわらに膝をついた。膝が血で濡れる。

「痛みはねえ」レクは言った。「腹を裂かれる前に背骨を切断された。だが……命が消えていくのがわかるんだ。鼓動がどんどん弱くなっていく……」

ゲイルムンドはレクが手に何も持っていないことに気がついた。見回すとすぐそばにレクの剣――このデーン人がゲイルムンドから勝ち取った剣――が落ちている。ゲイルムンドは拾いあげるとレクの手のひらにのせ、もはや使いものにならない指を曲げさせて握らせた。だがゲイルムンドが手を離すと、レクの手から剣はこぼれた。

ゲイルムンドはもう一度レクの手に剣を握らせ、今度はそのまま手を離さなかった。

「おれが握っておこう」

レクは目をつぶり、涙が押しだされた。「すまない。だが、長くはわずらわせないはずだ」

「おれたちは勝利した」ゲイルムンドは言った。「今夜は――」

「おれが代わる」近づく人影が静かに告げた。ややあって、ゲイルムンドは声の主がエスキルだと気がついた。「行っていいぞ、ヘルハイド」

ゲイルムンドはうなずき、立ち去る前にレクに声をかけた。「今夜、オーディンの館へ招かれんことを」それから立ちあがり、兄弟ふたりきりにした。最期の別れために——。

頂上の野営地で隊の戦士を探す。スタイノルフュルとシャルギはともに生き延びていて、三人で無事を喜び合った。シャルギは手に深い切り傷を負い、スタイノルフュルもあちこち怪我をしていたが、どれも命にかかわる傷ではないようだ。

そのときになってゲイルムンドは自分も負傷したのを思いだし、見おろすと、剣か槍の穂先で太股を刺されていた。まだ出血しているが勢いはなく、深い傷ではない。早く手当てをしろとスタイノルフュルがうるさいものの、隊の戦士二十三人の安否を確認するほうが先決だった。

その夜見つかったのは二十人、うち四人はすでに死亡したか瀕死の状態だった。残る三人は翌朝冷たくなって見つかった。ヘルハイド隊は合計七人を失った。そのうちのひとりはムーリで、彼をもっとよく知りたかったとゲイルムンドは哀惜した。

戦場となった場所を離れる前に、デーン軍は命を落とした仲間を火葬するため、小山の頂に薪の山を築いた。ゲイルムンドは山裾に広がる森林から木を切りだして集めるのを手伝った。どれほどきつく布を巻いても脚に力を入れると傷口から血が滴ったが、午前中はずっと小山をあがったりくだったりを繰り返した。レクの火葬の番になると、エスキルの隣にたたずみ、肉のにおいのする煙に巻かれて炎を眺めた。

しばらくはどちらも黙っていた。やがて、エスキルが顔を振り向ける。その表情もまなざしも空虚そのものだった。「おまえが弟のためにしてくれたことに感謝する」

ゲイルムンドは目をそらし、薪の山の中心を見据えた。「おれは何もやってない」

「いいや。おれは見ていた。剣を持ち去ることもできたのに、おまえは弟の手に持たせてくれた」

あのとき、剣を取り戻すことなど思い浮かびもしなかった。「あの剣は彼のものだった」

エスキルはうなずいた。そして炎へ目を戻して嘆息した。「ハルフダンのせいで、この戦いでは大勢が死んだ」

エスキルの怒りは理解できるが、レクの死、ムーリの死、ほかのすべての戦士の死はハルフダンの責任なのか、それとも結局は運命の三女神《ノルン》が決めたことなのか。ゲイルムンドはその疑問を胸にとどめたまま、命を落とした隊の戦士ひとりひとりに敬意を表した。

レディンガムへ戻ったデーン軍は全員そこにとどまり、ヴァルハラでオーディンの酒を飲んで宴を楽しんでいる友と同胞を称えて、エールを傾けた。だが、空になった天幕や、調理用の炉のまわりにできた空席が目立ち、沈んだ空気が漂った。野営地に残っているデーン兵はあまりに少なかった。ゲイルムンドが初めて来たときより大幅に数が減っている――ハルフダンは二度続けて勝利をおさめているにもかかわらずだ。最終的なウェセックス王国攻撃を前にいい状況とは言いがたかった。

「いま頃ムーリは息子と一緒だ」ビルナは自分のエールを見つめて言った。「少なくとも、それは喜ばしい」

「グスルムの戦いぶりを見たか？」アスレフが尋ねた。鼻から頬にかけてと目のすぐ下を横切る傷が青く腫れあがり、せっかくの男ぶりを台なしにしている。「あんなのは見たことないぜ。この戦いを勝利へ導いたのはグスルムだ」

「鉄も鋼も自分には触れることはできないとばかりだったな」トルグリムが言う。「そして実際にそうだった」

その姿をゲイルムンドも自分の目で確かめた。スタイノルフュルと視線を交わし、ヴェルンドの腕輪は単に金以上のものをヤールに授けたのかもしれないと、暗黙の考えを分かち合った。もっとも、それについて自分がどう感じているかを言葉にするのは難しい。どんな力も技も運命の三女神《ノルン》が定めた運命を覆すことはできないとわかっている。いつの日か自身も滅びる運命にある神々の力をもってしてもそうなのだから、鍛冶師ヴェルンドの匠の腕で変えられるものでは決してない。グスルムが生き延びたのはそれが彼の運命だったからだ。もしフニチューズルの力のおかげだとしたら、腕輪を手に入れたのもまた彼の運命なのだろう。

「グスルムは王になるな」トルグリムが言った。

「そう思うか？」アスレフが問い返す。

「エゼルレッド王を倒したんだ」ビルナが言う。「ヤールの多くはハルフダンよりグスルムに従うことを求めるだろう」

「エゼルレッドが死ぬのを見たのか？」アスレフが尋ねた。

「まだ生きているとしても、長くはない」ゲイルムンドは答えた。「グスルムの槍が腹に刺さっていたからな」

「おれはグスルム王に従うほうがいい」ラフンが言い、その隣でヴェトルがうなずく。

そのときゲイルムンドから奪った弟の剣を手にエスキルが彼らの輪に近づいてきた。ヘルハイド隊がいっせいに振り返る。エスキルはひるむことなく、全員に聞かせるかのように大声で言った。

「おれは弟に成り代わって話すつもりはない。弟のために謝罪する気もない。いまや弟はヴァルハラへ行ったのだから。とはいえ、自分の考えを言おう。弟の剣はおれの手に渡った。だがゲイルムンド・ヘルハイド、おれはおまえの名誉と勇気を知っている。やはり、この剣の持ち主はおまえ以外いない」エスキルは戦士たちの輪を突っ切り、ゲイルムンドに剣を差しだした。

ゲイルムンドはいっとき躊躇したが、ゆっくりと立ちあがった。それから敬意を込めてうなずき、剣を受け取る。「おれがこれを受け取るのは自分に正当な権利があると考えるからではない。これはレクのものだ。おれがいまこれを受け取るのはエスキルの寛大さを称えるためだ。そしてレクを称え、この剣で大勢のサクソン人を倒そう」

歓声があがり、カップや角杯が掲げられる。エスキルはゲイルムンドにうなずき返すとその場を離れ、自分たちの喪失に向き合うため、彼自身の隊へと戻っていった。

ゲイルムンドは腰をおろして剣を眺めた。自分の手を長く離れていたわけではないが、旧友と再会を果たしたような感慨を覚える。金象嵌の車輪はエスキルが血をぬぐって磨きあげていた。ゲイルムンドは鞘から剣を抜き放って切っ先を炎に向け、火明かりが波打つ鋼の剣身を見おろした。

「これだけの運命をたどった剣は名前を与えられるのがふさわしい」スタイノルフュルが言った。

「おれも同じことを考えていた」ゲイルムンドは同意した。

「なんて名前にするの？」シャルギが尋ねる。

ゲイルムンドはつかの間《ま》思案した。「おれはこの剣を兄上から授けられ、そして今度はレクの兄エスキルから受け取った。二度も兄から授かったのだ。おれはふたりの兄を称える意味を込め、この剣を兄の贈り物《ブロウドィルヨフル》と命名する」

「敵を震えあがらせる名前ではないが、いい名だ」トルグリムが言う。ヘルハイド隊のほかの戦士たちも同感のようだった。


明くる朝、一同はトルグリムの予期したとおり、一部のヤールはハルフダンのもとを離れてグスルムを自分たちの新たな王として選んだことを知らされた。レディンガムからウェリンフォードへ引きあげるとき、グスルムは船の見張り役だけを残して、いまや数ではハルフダンのそれを上回る自分の軍勢のほとんどを引き連れていった。そしてウェリンフォードへの行軍の途中、ゲイルムンドを見つけ、しばらく彼と並んで歩いた。

「腰に自分の剣をふたたびさげているな」グスルムが言った。

「そちらは腕にフニチューズルが見えないな」ゲイルムンドは返した。

「身につけてはいるが、袖の下だ」

「なぜ隠す？」

グスルムは声を低めた。「噂は聞いただろう」

「おれは自分の見たものを信じる」ゲイルムンドは言った。「耳に入ってくることではなく。そして、おれは自分が見たものを知っている」

グスルムは渋い顔をして腕に手をやった。そこに腕輪が隠れているのだろう。「おまえがわたしに何を与えてくれたのかはわかっている、これを与えたときにおまえ自身はわかっていなかったとしてもだ。それに昨日のおまえの戦いぶりも知っている、だから褒美をたっぷり授けよう、ゲイルムンド・ヘルハイド。しかるべきときが来たらおまえをヤールにする」

ゲイルムンドは驚いて目をしばたたいた。首長《ヤール》ともなれば、グスルムが征服した土地を分け与えられる権利を持つ。これまで通ってきて、すばらしいと思ったウェセックスやマーシア王国のまさにその土地を授かるかもしれないのだ。「痛み入るよ、わが王」

「だが、わたしは王になったばかりだ」グスルムは言った。「いまではハルフダンと肩を並べるが、それは彼の敵にも味方にも容易になりうることを意味する。いま友好を保っているのは、争ったところでどちらのためにもならないからだ」

力と富が増せば危険と脅威も増すのをゲイルムンドは改めて思い知った。

「わが支配を確立するまでは、腕輪の力によって王になったと言われたくない。わが王冠は自分の力で得たものでなくてはならない、そして王冠はわたしのものだ」

「王冠はあなたのものだ」ゲイルムンドは言った。「腕輪とは関係なしに。だが気持ちは理解した。腕輪の話は二度と持ちださないようにしよう、隊の者たちにもそうさせる」

グスルムはうなずいた。「ヘルハイド隊のことだが、おまえに忠誠を誓いたがっている者がほかにもいる」

ゲイルムンドは驚いた。「だが、おれは二十三人中七人も失った。所詮ヘルハイド隊も死を凌駕することはできないと今度の戦でわかったはずだ」

「おまえがわたしのかたわらで戦ったことを彼らは知っている」グスルムは言った。「わたしの槍がエゼルレッドを突き刺したとき、おまえがその場にいたことを彼らは知っている。おまえと一緒に戦えば、偉大な名誉と報酬がもたらされると彼らは信じている」

ゲイルムンドの逡巡はほんの一瞬だった。「彼らを受け入れよう」

「そうしないのは愚か者だ。高まる名声を受け入れろ、ヨールの息子よ。いずれはおまえの故郷ローガランだけでなく、北の道《ノールウェグ》全土にその名が知られることになろう」

17

ベドウィンの戦いからひと月後、エゼルレッドが死に、弟のアルフレッドが王になったという知らせがウェリンフォードに届いた。サクソン人が弱気になると考えたデーン人たちはこの知らせを喜び、ウェセックスに対する最後の攻撃を仕掛けるべく計画を練り始めた。グスルムの奇襲隊は川や小道、ローマ街道に沿ってレディンガムの南の奥深くへと入り込み、アルフレッドがいるウィンタンセスター（現在のウィンチェスター）から一日以内の距離にあるウィルタンという街の近くに、セレスブリ（現在のソールズベリー）と呼ばれる場所があるのを発見した。

かつては牢固たる砦であったと思われるセレスブリは、幅が二百尋《ファゾム》以上、急斜面の高さが五十尋《ファゾム》にわたる平らな丘の上に鎮座していた。深い堀が丘を囲んで防御を強固にし、その内側にある二番目の堀が大きな館を守っている。丘の頂上にはローマ人かブリトン人のものと思われる陣地の痕跡と証も残っていたが、サクソン人は愚かにもこの場所を放置し、いまはその砦をまったく役立てていなかった。

グスルムとハルフダンは、それぞれの軍勢を合流させ、アルフレッドの鼻先に位置する新たな陣地となるセレスブリを占領するために進軍することにした。だが、アルフレッドに狙いを見破らせないためにも、綿密に計画を立て、かつ迅速に動かなくてはならない。その準備のため、進軍を始めるまでに数週間かかった。

軍勢は銀色の光を発する月が満ちるまでにウェリンフォードとレディンガムを出発し、まずはゲイルムンドが聖職者のジョンと一緒に通り過ぎたのと似たローマの遺跡を目指す。夜間に可能な限り南へと進み、日中はサクソン人がカッレウァと呼ぶ遺跡で休むためにいったん足を止め、遺跡の残骸や建物が崩れて残った基礎に身を隠した。

ゲイルムンドの兵たちは、街の崩れた防壁の外、幅三十五から四十尋《ファゾム》ほどの石で作られた大きなすり鉢状の遺跡の底に天幕を張った。遺跡の中とまわりには木々が生い茂っていて、部分的にその本当の大きさを隠すとともに、おそらくは実際以上に大きく見せる効果も生みだしている。ゲイルムンドはこのような建築物に屋根がついているところが想像できず、もともと吹き抜けだったに違いないと思うことにした。崩れつつあるすり鉢の斜面は、まるで巨人に合わせて設計されたかのような大きな階段状になっていて、それが一番上まで続いている。

シャルギが顔をあげ、大きく見開いた目で周囲を見回した。「ローマ人たちはここで何をしていたんだろう？」

「戦いだよ」ラフンが答える。「それを見るために銀を出す人間はいる」

「なぜ知っているんだ？」スタイノルフュルがきいた。

「ヴェトルとおれは南へ襲撃に出て、フランク王国に行ったことがある」ラフンは言った。「ここみたいな場所がたくさんあるんだ。ランバダランドじゃもっと大きいものがあったと言われている。ずっとな」

「これよりも大きいだって?」シャルギが尋ねた。「ローマ人というのはどれだけ大きかったんだい?」

ラフンが声をあげて笑う。「デーン人よりは小さいさ」

「ノース人よりもな」スタイノルフュルが付け加えた。

「あれは座席だぞ、シャルギ」ラフンが説明する。「階段じゃない」

「それにしても、いまローマ人たちはどこにいるんだ?」ビルナがきいた。「あたしたちと同じで命に限りがあるから、死んでいなくなったわけだが」

「本物の戦いとは縁遠かったんだろう」ヴェトルが言う。「そうでなかったら、わざわざ銀を払って戦いを見物するために、こんなものを建てたりしないだろう?」

その言葉は、否が応でもゲイルムンドにこの先に待ち受ける戦いのことを考えさせた。戦士たちがそろって陰気な表情で黙り込んだところを見ると、みんなも同じだったのだろう。やがて全員の気分に合わせるかのように、雷鳴がゆっくりと轟いて冷たい霧雨が降り始めた。しだいに雨足が強くなり、戦士たちは休憩するわけにもいかなくなった。彼らが目指すセレスブリまで南西に延びるローマ街道も闇に沈み、夜の行軍の足取りにも悪影響を及ぼした。

真夜中を過ぎてすぐに雲がようやくまばらになったものの、あたりの空気と戦士たちの衣類は湿って冷たいままだった。ゲイルムンドは歩き続けたおかげで両脚と両腕があたたまっていることに感謝した。雨で小川が増水し、彼らが越えなければならない湿地のぬかるみるみもひどくなっている。だが、ローマ街道のおかげでほぼ乾いたところを歩くことができた。道が水に沈んでいたのは三箇所だけで、それも簡単に渡ることができた。

夜明けを迎えたとき、デーン人たちはあらかじめ決めていた休息の地にまだ到着できていなかった。そこはセレスブリと同じように敵の攻撃に備えて堀で囲まれた丘だったが、堀の斜面はさほど急ではなく、広さも深さもなかった。それでも、戦士たちが一日滞在するには充分な場所だ。それゆえ、彼らは太陽に照らされてサクソン人たちに発見される前に休息の地に到着しようと、先を急いだ。

到着した丘の頂上は、イチイや樺やトネリコの木々に囲まれていて、木々の中はゲイルムンドの胸を圧迫する重苦しい空気を漂わせていた。彼はそこで深い眠りに落ち、海の波がヒース（荒野に群生するツツジ科の植物）の波に変わり、血と金の輪が猛烈な勢いで降り注ぐという奇妙な夢を見た。

その夜、戦士たちはようやくセレスブリにたどり着いた。夜明けまで充分な時間があったので、砦を強化する作業を始める前にしばしの休息を取ることができた。ゲイルムンドは配下の戦士たちにまじって地面に横たわり、星を見あげた。星の光は、彼を知っていて見守ってくれているかのように近く感じるときもあれば、まったく彼を気にかけていないかのように遠く冷たく感じるときもある。その夜は、海が砂のひと粒を気にもとめないのと同じく、彼をまるで気にしていないように感じられた。短い眠りでは疲れた体はほとんど回復せず、じきに朝日が敵の姿を照らしだした。

サクソン軍は西に三休息《ラスト》と離れていないところ、ウィルタンの村の北側にある丘の頂上に集まった。何人かの隊長と首長《ヤール》たちはセレスブリの端でグスルムとハルフダンと合流し、これからどう打って出るべきかを話し合った。

「どういうわけか、アルフレッドはこちらの策を読んでいたらしい」グスルムが言った。

「そうとしか考えられない。ひょっとしたら、やつは兄よりも頭が切れるのかもしれないな」

「アルフレッドは丘の上にいさせればいい」ハルフダンが応じる。「こちらのほうが優位な場所にいるんだ。守りを固めれば、絶対にやつらに引っ張りだされることはない」

「敵はわれわれを待ち構えていたんだぞ！」グスルムはサクソン軍を指さした。「アルフレッドは穀物の蓄えと家畜を丸ごとわれわれの手の届かないところまで運びだす気だ。こちらにも少しばかりの蓄えはあるが、すぐにもっと必要になるだろうし、そのために略奪をしようにもできそうにない」

「では、どうしろと言うんだ？」ハルフダンが尋ねた。

「われわれはアルフレッドがウィンタンセスターにいると考えていた」グスルムが答えた。「壁の後ろに隠れているとな。ところが、やつはここにいる。しかしだ。これは戦いにけりをつける好機かもしれない。いま、今日この日にやつを攻撃する。そして、すべてを終わりにしよう」

ハルフダンは腕を組んだ。「それは計画にない――」

「当初の計画ではアルフレッドの意表をつくことが前提だった」グスルムが言った。「すでにそれには失敗し、われわれはいまやウェセックスの真ん中に陣取っている。誓ってもいいが、動くのを先延ばしにしてこの場にとどまれば、勝ち目がなくなるまで敵の数が増えるのを突っ立って眺めていることになるぞ。攻めるならいまだ」配下のヤールと隊長たちに体を向ける。「わたしの戦士たちは準備万端整っている。そちらはどうだ、ハルフダン王？」

その問いかけは疑う余地なくグスルムが狙っていた効果をもたらし、ハルフダンが組んでいた腕を解いて胸を張った。「こちらも準備はできている」

「よし」グスルムが言った。「では、戦士たちに木ではなくサクソン人どもを斬り倒させるとしよう」

ハルフダンが配下のヤールと隊長たちに視線を送ってから同意した。

その後、ヤールと隊長の命に従い、軍勢がセレスブリの高台を出る。そして、ウィルタンにある川の浅瀬を渡って見捨てられた村を通り過ぎ、アルフレッド軍が集結している丘へと向かう。

高所への突撃は危うく打ち負かされそうになったベドウィンでの戦いを否が応でも思い出させた。だが、デーン人たちは敵を上回る数を頼りに攻撃を開始する。グスルムとハルフダンは、前回同様に軍勢を二手に分け、グスルムが北から、ハルフダンが東から攻めあがった。ヘルハイド隊は、攻撃を率いるグスルム王の近くにいたが、サクソン人はそれに応じて兵力を分散させることはしなかった。その代わり、最後のひとりまで死守すると言わんばかりに、丘の上の守りを固めている。

　デーン人たちがサクソン軍の弓の射程に入ったとたん、矢が錯綜しながら降り注ぎ、前進する彼らの足を鈍らせた。ゲイルムンドは配下の戦士たちと盾の下で身をかがめていたが、じきにラフンのふくらはぎに矢が刺さっているのに気づいた。ヴェトルがラフンのかたわらに飛んでいき、自分の盾を相棒の頭上に構える。

「歩けるか？」ゲイルムンドは叫んだ。

　ラフンが矢をつかみ、引き抜いて投げ捨ててから、ゲイルムンドを見てうなずいた。

「盾の壁を築け！」ゲイルムンドが大声で命じると、戦士たちが彼を囲む列の間隔をせばめ、正面の守りを厚くした。矢が雹《ひょう》のように、頭上に構えた盾に降り注ぐ。「ここがおれたちのヴァルハラだ！」ゲイルムンドは叫び、大声で笑った。「槍の垂木に盾の屋根。まるでオーディンの館じゃないか！」

　続けて一歩前進を命じたゲイルムンドは、一歩丘をのぼるたびに同じ命令を繰り返した。隊が一丸となって一度に一歩ずつ、敵に向かって隊列を乱すことなく進んでいく。

　昼までにゲイルムンドはグスルムの姿を見失ったが、運命が王にフニチューズルを身につけることを許している限り、その身は無傷であると確信していた。やがてサクソン人たちの矢筒が空に近づくにつれ、飛んでくる矢が減ってきて、本格的な突撃を再開するときがやってきた。

「みんな準備はいいか?」ゲイルムンドは戦士たちに向かって叫んだ。「今日、おれたちはウェセックスをわがものにする!」

ゲイルムンドたちは雄叫びをあげて丘を駆けのぼった。だが、いざ頂上に着いてみると、すでに敵の姿はなく、東からのハルフダンの攻撃を受ける前に西へ退却していた。しかし、ゲイルムンドの見たところ、この退却は恐れをなして無秩序に行われたものではない。現にデーン人たちが何度突進して攻撃を仕掛けても、サクソン軍の隊列は乱れていなかった。

「ウェセックスの悪魔どもも、ようやく勇気を奮い起こしたらしいな!」ゲイルムンドの隣で、グスルムがいきなり大声をあげた。

「このまま行かせる気か?」ゲイルムンドは丘の下を指さした。「おれの戦士たちなら、回り込んでやつらを食い止め――」

「行かせてやるさ」グスルムが答える。「もっとも、簡単に逃がすつもりはないが」

ゲイルムンドは当惑し、眉をひそめた。「だが、わが王、おれたちはやつらをとらえているも同然で、いまなら仕留められる。アルフレッドとやつの――」

「アルフレッドは和平の条件を話し合いたがっている」

またしてもゲイルムンドは当惑し、頭を左右に振った。「なぜそんなことがわかる?」

「やつと話した」グスルムがにやりとして答え、両腕を横に広げて自分の体に目をやる。「傷ひとつないぞ。わたしが防御線を越えてひとり現れたのを見て、サクソン人たちは背を向けて逃げだしたんだろう」

　眼前では戦いが激しくなっている。ゲイルムンドは驚きと恐れ、そして羨望に圧倒され、言葉を返せなかった。グスルムはいまや無敵の存在になったようだ。しかも運命が王にその力を与えたのは、ゲイルムンドが腕輪を渡したおかげだ。

「アルフレッドには平穏のための代償をたっぷりと払わせてやるさ」グスルムが言った。「おまえも金持ちになるぞ、ゲイルムンド・ヘルハイド」


　サクソン人たちがデーン軍からようやく逃げおおせたのは夕方近くなってからで、グスルムとハルフダンは戦士たちにセレスブリへの帰還を命じた。ヘルハイド隊は戦死者を出さなかったが、ラフンをはじめとする数人が怪我を負った。負傷者が手当てを受けたのを見届けると、ゲイルムンドは戦場からずっと頭にまとわりついている疑問に答えてもらおうと、グスルムを探しに行った。

　王はハルフダンやヤールたちと一緒にいて、ウェセックスの安全を確約する代わりにアルフレッドに要求する条件と賠償金について話し合っていた。ゲイルムンドが近づいていくのを見たグスルムは、ふたりきりで話すためにその場から離れた。

「動揺しているようだな」王が言った。

「なぜサクソン人どもと和平について話し合うのか、おれにはわからない」ゲイルムンドは返した。「アルフレッドは王になったばかりだ。おれたちに勝てないのを知っているからこそ、軍を立て直して力を結集するための時間を稼ごうとしているんだ」

「もちろん、そうだろう」グスルムが認める。「アルフレッドはばかじゃない。狡猾な男だと思っている」

「だが、おれたちはウェセックスを奪うためにここへ来た」ゲイルムンドは言った。「父上の館に来たとき、あなた自身がそう言っていた。ウェセックスをほぼ手中にしたいまになって、引きさがるのか？」

グスルムは息をつき、ゲイルムンドの肩に手を置いた。「ヘルハイド、わたしの話をよく聞け。この陣地の戦士たち、わたしやハルフダン、おまえの戦士たちを見て、何を思う？」

どう答えるべきか思案し、ゲイルムンドが少しばかり躊躇していると、王が続けた。

「わたしは数が少なすぎるように思うのだ。おまえの言うとおり、今日にもウェセックスを手に入れられたかもしれない。だが、いつまで支配していられる？　いまのサクソン人たちは自分たちの領土のことしか考えていないが、それは永遠には続かない。やつらはわれわれに立ち向かうために団結するだろうし、われわれはそれに対抗できるほど強くはない。わかるか？」

ゲイルムンドはそこまで考えていなかった。「わかると思う」

「さらに、わたしの戦士たちは疲れているように見える。彼らは傷つき、剣を振るって血を流したことへの褒美に銀をほしがっている。実際のところ、戦士たちの多くは戦場よりも農場にいることを望んでいるし、わたしだってそうだ」王がゲイルムンドの肩から手を離す。「ウェセックスはわれわれのものになる。それは誓ってもいいが、あくまでも支配できる確信が持てたときの話だ。それまでは時を待ちながら力を蓄え、サクソン人どもにそのための金を払わせる。おまえは――」

「グスルム王！」天幕の中から何者かが呼んだ。「アルフレッドが使者を送ってきました。野営地の入口にいます」

「連れてこい！」グスルムが返事をし、ゲイルムンドに顔を向けた。「残るといい。黙って話を聞いていろ。わたしの言ったことが、おまえにも理解できるだろう」

ゲイルムンドは疑問をひとまず横に置き、天幕に戻る王のあとを追った。ハルフダン王が数人のヤールたちとともにゲイルムンドを横から見た。なぜグスルムが配下のヘルハイド隊長をこの合議の場に呼んだのかをいぶかしんでいるのだろうが、彼の同席に異議を唱える者は誰もいなかった。

少しすると、ふたりのデーン人がゲイルムンドのよく知る男を連れて天幕の中へ入ってきたのを見て、彼は考え直す間《ま》もなく口を開いた。

「ジョン！」ゲイルムンドは大声で呼びかけた。「あんたが生きているかどうか気になっていたんだ」

天幕の中のデーン人全員がゲイルムンドに顔を向けた。彼がアルフレッドの使者を知っていることに何人かは驚いた顔をし、ほかの者たちは困惑した表情を浮かべる。中にはグスルムのようにおもしろがっている者たちもいた。聖職者もゲイルムンドに会って同じように驚いているのかもしれないが、十字架を握りしめて天幕内に視線を泳がせている様子を見る限り、不安のほうが勝っているのは明らかだった。

グスルムがゲイルムンドを見て、頭を傾けてジョンを示した。「この使者を知っているのか?」

「ああ」ゲイルムンドは答えた。

ハルフダンが厳しい視線を聖職者に送る。「信用できる男か?」

「もちろん」ゲイルムンドは答えた。「おれはこの命を賭けて彼を信じる」

彼の強い言葉に、天幕の中にいる何人かが驚いてささやき合う。ジョンはゲイルムンドに向かってうなずき、感謝の意を示した。

「それを聞いて安心した」グスルムが言う。「ならば、話してみるがいい」

ジョンが咳払いをした。「その……はい、わかりました。ウェセックスのアルフレッド王は、明後日の正午にウィルタンの村にて和平の条件について話し合うため、グスルム王、ハルフダン王との会談を所望しておられます。どちらも供の者の数は十二人を超えないようにとのことです」

「なぜ明日ではないのだ?」グスルムが尋ねた。

ジョンが口を開く前に、ゲイルムンドをちらりと見る。「明日はアルフレッド王が毎週行っている祈禱と賛美の日になります。王はその日の平穏を戦争という現世の問題に妨げられたくないとお考えです」

しばし時間が流れ、それから天幕の中にいたデーン人たちが笑い始めた。ジョンの頬が赤く染まっていく。

「アルフレッドに会談は明日だと伝えよ」ハルフダンが言った。「やつの神は待たせて――」

「ハルフダン王」グスルムが口をはさんだ。「失礼ながら申しあげる。こちらが待ってやるべきだとわたしは思う。だが、われわれが待つのはやつの神のためではない。そのことはアルフレッドに知らしめておくべきだろう。われわれが待つのは、祈る時間を与えれば、アルフレッドも平穏の対価についてよりはっきりとした答えが出せると思うからだ」

ジョンはふいごのように大きな息をついた。「それを理解しておられるとは、グスルム王はさすがに賢明であらせられる」

グスルムに意見を覆されたハルフダンがどう反応するのかを見ようと、ゲイルムンドは視線を送った。デーン人は怒りのあまり青い目を見開いて身を震わせると、前触れも言葉もなく身をひるがえして天幕から出ていった。そのあとを彼のヤールたちが慌てて追いかけていく。グスルムはいっさい感情を出さないままハルフダンたちが出ていくのを見送り、ふたたびジョンに顔を向けた。

「ほかに何かあるか？」グスルムが尋ねる。

「これ以上は何もありません」ジョンが答えた。

グスルムは神父に手を振ってさがるよう伝えた。「では、行くがいい」

ジョンが天幕を出ようと振り返るのと同時に、ゲイルムンドは前に進みでた。神父と話をするならハルフダンと彼のヤールたちがいなくなったいましかない。「野営地の外れまで、神父を送ってきてもかまわないだろうか?」王に願いでる。

驚いたのか興味をそそられたのか、グスルムはその申し出に片方の眉をぴくりとあげたが、結局はうなずいた。「いいだろう」

「感謝する」ゲイルムンドはそう言うと、頭をさげた。ジョンのほうに振り返って行き先を身振りで示し、天幕を出てすぐ笑みを浮かべる。「また会えてうれしいよ」

ジョンが額に浮かぶ大量の汗を袖でぬぐった。「わたしもだ。信じられないかもしれないが、あなたがここにいるよう祈っていた。デーン人たちに囲まれるのは覚悟のうえだが、ひとりは友好的な顔を見られればいいと思ってね」

「信じるさ」ゲイルムンドは返した。「だが、運命で定まっていることをなぜ祈るのか、相変わらず理解はできないがな」

太陽が沈もうとする中、ふたりはセレスブリの広大で開放的な頂上を歩いていった。四方が遠くまで見渡せるその高地からだと、ゲイルムンドが今日デーン人のものにしたいと願っていた国の、緑と金色の豊かな大地を望むことができる。

「和平の条件が決まったあと、グスルム王とハルフダン王がそれを守るかどうか、アルフレッド王は案じておられる」ジョンが言った。

　ゲイルムンドはうなずいた。「グスルムは必ず守る。ハルフダンも守るだろう。彼がマーシアとの和平を守っているのは、あんたも知っているはずだ」

「いまのところはね」ジョンが認める。「グスルム王は腕の立つ優れた戦士のようだ。どんな武器でも彼には触れられないと言われている。アルフレッド王は、グスルム王の力が異教の聖遺物か悪魔から得たものではないかと考えているんだ」

　それには答えず、ゲイルムンドは問いを返した。「アルフレッドはグスルムに何を要求するつもりだ？」

　ジョンが日の沈みゆく大地を眺めた。「デーン人がひとり残らずウェセックスから出ていくよう求めるつもりだ。それと引き換えに金銀を払う。それから、グスルム王とハルフダン王に洗礼を施すことも提案するかもしれない」

「洗礼？　キリスト教徒になるために？」ゲイルムンドは大声で笑った。「それは絶対に無理だ」

　ジョンも微笑み、肩をすくめた。「神の審判は人間には計り知れない。それに、神の道は人の画策を超えたところにある」

「それはどの神にも当てはまるな」ゲイルムンドは言った。「ところで、あんたが去る前にこれだけはきいておきたい。おれと別れたあと、どうなったんだ？」

　神父が声を落として答える。「わたしはシドロックに命じられたとおり、荷馬車と一緒に行動していた。そこへ戦場から退却するデーン人たちが向かってきたんだ。サクソン人たちがそのあとを追ってきて、戦いが始まった。その結果サクソン人たちがデーン人たちを殺し、わたしを彼らの野営地へ連れ帰った。戦いが終わったあと、アルフレッドがわたしに目をとめたんだ。少しのあいだ異教徒と行動をともにしていた経験が、王と神にとって何かの役に立つかもしれないと考えたらしい」ジョンはほんの少しだけ笑った。「あなたのほうはどうなったんだ?」

「おれはいま自分の隊を指揮している」ゲイルムンドは答えた。「戦いにも加わって、いい働きをしたよ。たくさんのサクソン人の戦士を殺したことは、あんたにも言っておくべきなんだろうな」

「わたしも何人かのデーン人を殺した」神父が返した。

「戦いに加わったのか?」

「いいや、戦闘でではない」ジョンが視線を落として地面を見る。「荷馬車と一緒にいたとき、デーン人たちが逃げてくるのが見えたんだ。わたしを殺そうとしているか、連れ去ろうとしているんだと思ってね。だから……自由のために戦った」

同胞たちの死を聞かされ、ゲイルムンドは神父も感じているに違いない葛藤を感じた。つまり、デーン人たちの死には怒りと悲しみを覚えるが、ジョンの生還には喜びが込みあげてくるという葛藤だ。

「どうやら、あんたにはおれが気づいた以上の何かがあるみたいだな」ゲイルムンドは言った。「それも、ずいぶんたくさん」

ジョンが顔の前に両方の手のひらを持っていった。「自分に戦う力があるなどとのたまうつもりはないよ。実際、戦士としてはひどいものだろうからね。ただ、どうしても戦わなければならないのなら、キリストのための戦士になるだろう」

野営地の端に到着したので、ゲイルムンドはジョンに別れを告げた。配下の戦士たちのもとに戻ると、戦士たちもゲイルムンドと同じように今日の戦いの結末をめぐって混乱し、いらだっていた。彼はできうる限り丁寧にグスルム王の策を説明したが、内心の疑念まで払拭できたかどうかはわからない。だが、大半の戦士たちは銀が与えられ、心身を癒してその銀で楽しむ休息の時間が得られることに納得したようだった。

二日後、王たちはそれぞれ数人のヤールだけを連れて野営地を出発し、夜になって満足した様子でウィルタンから戻ってきた。アルフレッドは大量の金銀を支払うことに同意し、その代わりとして、デーン人たちはサクソン人がエイヴォンと呼ぶ川を渡り、年内にウェセックスから完全に撤退する。さらにグスルムとハルフダンは、レディンガムとウェリンフォードを引き払い、それぞれの船でテムズ川をくだってルンデン（現在のロンドン）に向かうことになった。

セレスブリを発つ前に、ゲイルムンドはスタイノルフュルとビルナとともに並び、丘の頂上からウェセックスをじっと見つめた。

「ハルフダンは強力な王になる道を歩んでいる」年嵩の戦士が言った。「あなたと、ヘルハイド隊のおかげだと言う者たちもいるだろう」

「それなら、ハルフダンがよき王になることを祈ろう」ビルナが応じる。

「彼は運命が定めたとおりの王になるさ」ゲイルムンドも口を開いた。「この先どうなるかを知っているのは運命の三女神《ノルン》だけだ。おれ自身は、またここに戻ってくる運命だと信じている。そして、息が続く限り誓う。必ずウェセックスを手に入れると」

第四章

ヨルヴィック

Jorvik

ゲイルムンドはルンデンのようなところを見たことがなかった。ひとつの街ではなく、テムズ川北岸の互いに一休息《ラスト》ほど離れたところにあるふたつの街から成り、それぞれの街がまわりの土地へと広がりを見せている。ゲイルムンドの乗った船がまず通り過ぎたひとつ目の街は、ルンデンウィッチと呼ばれる防壁のないサクソン人の開拓地だった。川の上から、木で作られた低い住居や高い館、たくさんの船が出入りしている波止場を眺める。船は旅人や商人、それに商品を運んでいて、まるで巣箱に出たり入ったりしている蜂のようだった。

ゲイルムンドの隣に立つグスルムが、頭を傾けてルンデンウィッチを指した。「川の北側はマーシアだ。平和な土地だよ。いまのところはな」

「おれはマーシアを歩いたことがある」ゲイルムンドは返した。「見たところ、簡単に奪えそうな土地だ」

「たぶんな」グスルムが言った。「だが、それはアイヴァーとウバが決めることだ。マーシアの王から貢物を受け取っているのは彼らだからな」

「ウバ?」

「ああ。ハルフダンの兄弟だ」

そのデーン人の名を聞き、ゲイルムンドはファスティを思いだした。ファスティはウバの縁者だから、おそらくはハルフダンの縁者でもある。小舟でアンケアリグを去ったときの、手についたファスティの生あたたかい血の感触と、彼が足をばたつかせる音が脳裏によみがえってくる。「ウバはルンデンに？」

「いいや」グスルムが答えた。「最近は北でピクト人と戦っているか、西へ出向いてアイルランドで略奪をしていることが多いらしい」

ゲイルムンドは表情を変えないまま、ほっとした心境でうなずいた。

船がルンデンウィッチから離れて少し進み、壁に囲まれたルンデンのデーン人の街に到着した。ゲイルムンドは、ここもローマ人たちによって作られ、サクソン人たちが空にした遺跡のひとつなのだとすぐに理解した。石を三尋《ファゾム》の高さに積んだ砦がすでにあり、街を守れるようになっていて、デーン人たちにとってはそれが役に立つ。街の大きさはルンデンウィッチの倍ほどもあり、波止場の動きも同じく倍くらいはあった。そこには商人も大勢いる。誰が銀を持っているのかを理解している彼らは、ゲイルムンドたちの到着を心待ちにしていることだろう。

グスルムとハルフダンの軍が到着すると、大船団が川を埋め尽くし、さながら陸上のふたつの街に匹敵する水上の街ができたかのようだった。戦士の多くはレディンガムから地上の道を行軍してきたが、それでもルンデンに入った船の荷おろしには数日を要した。

六つの門がある街の防壁は、広さにして三百エーカーを優に超える範囲を囲んでいる。ヘルハイド隊を含むグスルムの軍勢の大半は、一番東にある門とゲイルムンドがジョンと一緒に歩いたアーニンガ・ストリートにつながる門のあいだの場所を占有し、ローマ人が作った柱、壁の残骸、中庭の跡地の中に陣地を築いた。

　グスルムはそこで冬を越すつもりだったので、ゲイルムンドと彼の戦士たちは何もなかったところに壁を、頭上に屋根を作り、ルンデンを半分ローマ風、半分デーン風の街に見えるように仕立てあげた。グスルムの軍勢が到着してから何週間が経った頃、街の首長《ヤール》を務めるトリグというデーン人が戦士たちの作業の出来栄えを見にやってきた。

　トリグは年嵩の男で、年齢はおそらくスタイノルフュルと同じくらいだろう。髪には白いものがまじり、長年太陽と風と塩気にさらされ、海のしぶきを浴びてきた顔面の皮膚がかたくこわばっていた。

「どこも上出来ですな」ゲイルムンドたちの整えた区画を歩きながらトリグが言う。

「承認が得られて何よりだ」グスルムが答える。

　グスルムのヤールと隊長たち数人がトリグのあとに続き、そこにゲイルムンドも加わった。それにしても、なぜトリグの承認が必要なのか？　序列で言えばグスルムのほうが街の指揮官よりも上であり、ハルフダンと対等な立場にあるはずだ。ただし、ふたりの王がいずれも土地を持っておらず、ルンデンでは客人扱いであることもゲイルムンドは知っていた。グスルムが下手《したて》に出るのはそれが理由かもしれない。

　トリグが振り返ってグスルムの背後にうなずきかけた。「あなたの戦士たちはよく仕えているようですな。彼らの功績はここにも伝わってきている」ヤールと隊長たちに視線を走らせていたが、ゲイルムンドのところでぴたりと止まる。戸惑っているような表情をしていたものの、次の瞬間には険しいまなざしになり、敵意を露わにした。

「これ以上勇敢で強い戦士たちは望めまい」グスルムが答える。「さて、ヤール・トリグ、わたしの館に招待しよう。話し合わねばならん問題がたくさんある」

トリグはしばらくゲイルムンドをにらみつけていたが、ふいに目をそらし、グスルムと一緒に去っていった。あのデーン人のあからさまな敵意はいったい何が原因だろうと、ゲイルムンドはいぶかった。人から疑念のまなざしを向けられることには慣れている。それでも、トリグの目はそれ以上の何かがこもっていた気がした。悪いことが起きる前兆でないのを祈るばかりだ。


グスルム王は約束どおり褒賞をふるまってくれたから、ゲイルムンドの懐もあたたかい。仕事のないときには、存分に楽しめる銀を持って街を歩き回るのが日課となった。ルンデンの通りを歩いていると、この街自体が世界を引き寄せているように見える。角を曲がるたびに新たな商人の姿と品物が目に入ってきた。よほど遠くから来ているのか、商人たちの言葉も名前もゲイルムンドは耳にしたことのないものばかりだ。スパンランド（現在のスペイン）から来たワインを飲み、フランク王国の鎖帷子を買い、ランバダランドとグリックランド（現在のギリシャ）のオリーブ油や、アッフリカ（現在のアフリカ）とインディアランド（現在のインド）のスパイスを味見して回る。ティルクランドとペルシディアランド（現在のイラン）、それよりもさらに東の土地から入ってきた絹を指先で撫でると、織物があまりにもやわらかく、触れている感覚すらないので、そこにあるのを目で確かめなくてはならなかった。ゲイルムンドが渡す銀を商人たちは量り、ルーン文字が渦巻く蔓植物のように刻印されたセルクランドの硬貨でお釣りを返される場合もあった。

その夜はフリージア人の女と一緒に過ごし、さまざまな肌の色の者たちからサイコロやそのほかの新しい遊びを教わった。デーン人たちと最初に会ったときと違い、旅人や商人たちはゲイルムンドを二度見したりしなかったし、彼がフィンランドかビャルマランドの出身だと当たりをつけた者たちすらいた。世界中から人がやってくるが、賢い者は積み荷をすべて売って、来たときよりも金持ちになって帰っていく。ルンデンとはそういう場所だ。

あっという間《ま》に数週間が過ぎ、やがて数カ月が過ぎた。体の傷が癒えたいま、ウェセックスがまだ彼らを待っている以上、ヘルハイド隊の戦士たちがやわになってしまうのは避けなくてはならない。ゲイルムンドは戦士たちの準備が整っている状態を保つため、街のどこかほかの場所で眠り、生活しているときを除いて、彼らに普段寝起きしている中庭で日々の作業や鍛錬をさせることにした。

ある日、ゲイルムンドはビルナとアスレフと一緒に座り、ラフンとヴェトルの模擬戦を見守っていた。ひとりが槍、もうひとりが二本の剣を持ったふたりの戦士は、空を旋回しながら戦う鳩と鴉をゲイルムンドに思い起こさせるほどすばやく機敏な動きを見せた。色とりどりの小さなタイルを張った床の上で繰り広げられる戦いは、離れては打ち合って、ねじれたりつながったりする複雑な線を描きだす。床の中央に描かれた輪の中からは、白い衣を身につけて頭に葉の冠をかぶった男の像が見つめている。その男がすべてのローマ人たちと同じく現実の存在だったのかどうかはわからない。いずれにしても、神などではなく、限りある命の持ち主にしか見えないとゲイルムンドは思った。

「おれはここでなら残りの人生を満足して暮らせそうだ」アスレフが言った。鼻と頬に負った怪我は治ったものの、傷跡が優れた容貌を損なっているのは否めない。

ビルナがあたりを見回した。「ここはいいところだ」そう言ってから、アスレフを肘で小突く。「あたしはいずれ隊を移りたくなるかもしれないけど」

「おれが言っているのはこの街のことさ」アスレフが答える。「ルンデンだよ」

ゲイルムンドにはアスレフの考えが理解できたし、自分も心のどこかで同じ望みを持っている。だが、心の別の部分では、これ以上平穏に甘んじるなど考えられないと思っていた。「銀がなくなったら、それほど楽しくはないかもしれないぞ」ゲイルムンドは言った。

アスレフがうなずく。「それはそうだ」

「あたしは退屈すると思う」ビルナが言った。「本当のところ、もう退屈している。でも戦場に戻る前に、平和を楽しんでおこうと思って」

「おれはもう戦争にうんざりしているんだよ」アスレフが応じる。「名誉か家族のために必要なら戦うさ。だが、むしろ落ち着きたい」

「へえ、農民にでもなるのか？」ビルナが尋ねる。

「わからん。少なくとも女房と子どもはほしいな」

ビルナがゲイルムンドに顔を向けた。「あんたは？」

「おれもいつかは妻と子を持ちたい」

「そう。ふたりとも、妙な目であたしを見るなよ」ビルナがそう言うと、声をあげて笑った。「あんたら子犬どもが一人前になるまでは」

ゲイルムンドは微笑んで言葉を続けた。「自分のものだと言える土地もほしい。農民としてではなくな。兄が王国をわがものにするから、おれも兄と同じものを手に入れる」

「王になりたいのか？」アスレフが少しばかり驚いた口調できく。

「王と呼ばれる必要はない」

ビルナがにやりと笑った。「そう見られたいってわけか」

「おれは祖先の名誉と評判に恥じない生き方をしたい。ヴァルハラにある彼らの長椅子に座る場所を得るに値する人間だと自覚したいんだ」

ビルナがゲイルムンドの背中を叩いた。「友よ、それならあんたは順調にその道を歩んでいるよ」彼女はすっくと立ちあがった。

「どこへ行くんだ？」アスレフが尋ねる。

「狼を探しに行く」ビルナが立ち去りながら答え、肩越しに振り向いた。「成長した一人前の狼を！」

アスレフがビルナの背中に声をかける。「その狼が二本の髭斧で戦うデーン人だってことはないのか？」しかし、彼女はその問いには答えなかった。

アスレフとゲイルムンドは声をあげて笑ったが、それからしばらくはどちらも無言で、静寂の中、ラフンとヴェトルの戦う音だけが響いた。やがてアスレフが言った。「おれの親父も王を目指していた」

ゲイルムンドはアスレフに顔を向けた。「彼はいまどこに？」

「ヴァルハラだよ。そう願っている。ユトランドで王冠を得るために戦い、死んだ」

ゲイルムンドは敬意を込めてゆっくりうなずいた。「おれと初めて会ったとき、グスルムがデーン人は数多くの戦いを経験してきたと言っていた」

「そのとおりだ」アスレフが返した。「おれは親父の敵と距離を置くために西へ来た。戦いから離れるために」中庭から見える四角い空を見あげる。「おれはルンデンに残ったほうがいいかもしれない。あんたが解放してくれるならだが」

「解放だと？　そいつは些細な頼み事じゃないぞ」

「わかっているさ」アスレフが認めた。「でも、おれは誓いを破る男じゃない。解放されるか死ぬまで、あんたのために戦う」

「おまえは戦士だ、アスレフ」ゲイルムンドは言った。「そして、おれは運命や意思に反して戦士を自分のもとにとどめておく気はない。いまはおれたちと一緒にいればいいさ。

グスルムが出兵するときになったら、おれたちと一緒に戦うか残るか決めればいい」

アスレフは頭をさげた。「あんたの言うとおりにしよう」

「ふたりでなんの話だ？」ラフンが息を切らしながらきいた。模擬戦を終わりにした彼とヴェトルは、汗まみれでぜいぜいと息をしつつ中庭の中央に立っている。

「運命の話さ」ゲイルムンドは答えた。

「なんだ」ラフンが手を振って聞き流した。「運命について話すなんざ、天気について話す程度にしか役に立たない」

ヴェトルが汗の光る額と顔をぬぐう。「行くぞ、ラフン。体を洗わないと」

「同感だ」

ふたりの戦士は中庭を出ると、ルンデンにいくつもあるローマ風呂のひとつに向かった。浴場の多くは乾いたままだが、何人かのデーン人と商人たちがいくつかの浴場に湯を張る方法を探り当て、小銭を取って儲けている。

「ここにはエールしかない」アスレフが言った。「蜂蜜酒が飲みたいんだ。一緒にどうだ？」

「よし、行こう」ゲイルムンドは応じると、腰をあげた。

ふたりはアーチ状の門を通り過ぎて中庭をあとにし、狭い道を何本か抜けて石を敷いた広い通りに出た。その通りを南へ進む方向に曲がり、波止場や市場通りのほうに向かう。西の遠方には数々の廃墟があり、たくさんの木とローマの瓦屋根が並んでいて、その向こうには、カッレウァの野営地よりもさらに大きな石のすり鉢の平らな上部と、まっすぐな壁の残骸が見える。ゲイルムンドがランバダランドの商人から聞いた話では、ローマ人はこうした建物を大競技場《コロシアム》と呼んでいたらしい。

「グスルムの出兵はいつになると思う？」アスレフが尋ねた。

「わからない」ゲイルムンドは答えた。「だが、ノーザンブリアの情勢が不安定になっていると王が話しているのを聞いた。おれたちもトレント川沿いのタースシーゲの野営地に行くことになるかもしれないな」

通りの前方の騒ぎがゲイルムンドの気を引いた。荷車が横転し、通りをふさいでしまっているようだ。商人やデーン人たちがこぶしを振りあげて怒鳴り散らし、牛が鳴き声をあげる中、数人の男たちが荷車を道からどかそうとしている。

ゲイルムンドは騒音と厄介事を避けるために立ち止まり、いまいる表通りから外れた土の脇道を顎で示した。その道を進み、建物の間隔が狭く、影がより高いところに届く場所へと入っていく。少しばかり歩いたところで、ふたりのデーン人が彼らの前に飛びだしてきて道をふさぎ、いまにも襲いかかろうと武器に手をかけた。

「どけ」アスレフが言った。「この方はゲイルムンド・ヘルハイド、グスルム王の隊長のひとりだぞ」

「そいつが何者なのかは知っているよ」デーン人の片割れが答えた。鼻に輪をつけ、首には蛇が巻きついているような入れ墨を入れている。「ずっと前からおまえを見張っていた。ここで待ち伏せしていたんだよ」

ゲイルムンドが肩越しに後ろを振り向くと、武器を構えた戦士たちがさらにふたり現れた。ゲイルムンドとアスレフは武器こそ持っていたが、街歩きに必要のない鎧は身につけていなかったので、守りは心もとない。

「おれを知っていると言ったな」ゲイルムンドは話をした主導者とおぼしき男に顔を向けた。「そう言うおまえは何者だ？」

「クロクだ」蛇の入れ墨をしたデーン人が答える。「ハルフダンの隊長のひとりだ。じきにヤールになる」

「いったいなぜ、ハルフダンはおまえみたいなくそったれにそんな栄誉を与えるんだ？」アスレフが言った。「おまえの名前なんて聞いたこともないぞ」

デーン人が剣を抜き、剣先をゲイルムンドに向けた。「ウバの縁者、ファスティを殺したノース人を成敗した功績でだ」

ゲイルムンドが口を開く前に、敵の戦士たちが攻撃を仕掛けてきた。

アスレフが戦士の本能で身をひるがえし、ゲイルムンドと背中を合わせた。人数では劣るものの、ふたりはすさまじい獰猛さで襲撃者と戦い、相手を押し戻した。だが、それで生まれた余裕はほんの少ししか続かない。ふたりはなんとしても表通りに出なくてはならなかった。表通りにいれば敵も人目を気にして攻撃の手をゆるめるだろう。その隙を突けば脱出できるはずだ。

「北へ向かえ」ゲイルムンドはささやいた。

その直後、彼自身は荒々しい咆哮をあげて南へと飛びだした。剣と斧を振り回して敵をあとずさりさせ、同時に大声でアスレフの相手もひるませる。そこですぐに踵を返してアスレフと一緒に走り、ふたりのデーン人が立ちはだかる北へと向かった。敵の反応は遅れ、ふたりを止めることはできなかった。それでも敵のデーン人たちが武器を振りあげたので、ゲイルムンドは頭めがけて斧を打ち込んでくる左側の戦士と相対した。クロクたちが南側から追いかけてくる中、ゲイルムンドは身をそらして斧をかわすと、肘を敵の側頭部に叩き込んで大きくよろめかせた。

「行け！」ゲイルムンドは叫んだ。

アスレフはちょうど相手の剣を持つ腕を深く斬りつけて距離を取ったところだった。すぐさまゲイルムンドとともに来た道を駆け戻り、西に曲がって表通りに出ると、そこにはひとりで見張りをしているクロクの配下のデーン人が待ち受けていた。アスレフが肩から男の胸にぶつかっていき、猪が犬に突撃したかのごとく男を吹き飛ばす。男はとっさに持っていたナイフでアスレフを刺し、それからローマ人が敷いた石の上に倒れ込んだ。

通りにいた人々の何人かが争いに気づき、真っ赤な顔で怒鳴りながら脇道から出てくるクロクと配下の戦士たちを指さした。敵はあたりを見回し、選択肢を探るかのようにしばし攻撃をやめた。表通りでの大っぴら争いは目撃者がいるばかりでなく、相手に味方が現れることもあるからだ。

ゲイルムンドはよろめいたアスレフをつかみ、彼の腕を自分の肩に回して体を支えた。

「おまえは怪我人を攻撃するのか?」その場の全員に聞こえるよう、クロクに向かって大声で問う。

クロクが改めて人々を見回し、さらに注目が集まっているのに気づいて武器を鞘におさめた。ほかの戦士たちも彼にならう。「いつか必ず殺してやるぞ、ヘルハイド」クロクは言った。

「おまえこそ、必ず今日の行いの代償をその血で払わせてやる」ゲイルムンドはそう告げると北に振り返り、道を歩きだした。「辛抱しろ」アスレフに声をかける。

「してるさ」

ふたりでふらつきながらグスルムの力が及ぶ地区までたどり着き、ゲイルムンドはすぐに助けを呼んだ。タイル張りの庭まで来ると、ヘルハイド隊の者たちとほかの戦士たちがふたりのもとに駆けつけてきた。その中にいたトルグリムとビルナがゲイルムンドのかたわらへと急ぎ、アスレフを陽光であたたまった床に寝かせるのに手を貸した。

「何があった?」トルグリムが尋ねた。

「待ち伏せされた」ゲイルムンドは答えた。「その中のひとりがアスレフをナイフで刺したんだ」

「どこを?」ビルナがアスレフの胸と腹を調べる。「深さは?」

「深い」アスレフが顔をゆがめて傷を指さした。「脇腹だ」

トルグリムが心配そうな視線をゲイルムンドに送り、それから近くの者にリーキ（西洋ねぎ）と玉ねぎを用意するよう指示を出す。そして、ゲイルムンドとビルナがアスレフの服を脱がせているあいだに、それらでスープを作った。細いナイフで刺された傷口は小さく、そこからどす黒い血がゆっくりと流れ続けている。トルグリムがアスレフにスープを飲ませ、ビルナが出血を抑えようと傷口を押さえているあいだ、その場の全員が固唾をのんで怪我人の様子を見守り続けた。

　やがて待ち伏せの報告を聞いたグスルム王がやってきて、誰にも聞かれないところで話すために、ゲイルムンドを脇へと連れだした。

「おまえを狙った襲撃だな？」王が尋ねる。

「そうだ」

「相手は？」

「クロクと名乗っていた。ハルフダンの戦士のひとりらしいが、おれは知らない」

「その男なら知っている」グスルムの瞳に墓の中のように暗い影が差した。「ハルフダンには必ずこの件について釈明させる」王はアスレフにもう一度目をやったあと中庭から出ていった。

　それから少しして、トルグリムはアスレフの横にひざまずき、傷から流れる血から玉ねぎのにおいがするかどうか確かめた。

「それで？」アスレフがきく。「おれは死ぬのか？」

トルグリムがゲイルムンドとビルナを見あげた。「ナイフの刃で内臓が傷ついている」声を落として言う。「残念だよ、アスレフ」

アスレフは黙り込んでため息をついた。「こんな終わりになると思っていたんだ。ルンデンにいれば死から逃げられる気がしていたが、結局は見つかってしまったな」ゲイルムンドを見あげて続ける。「おれの親父は内臓の傷で死んだ。あんなふうに何日も何カ月も、死のにおいをまき散らして長らえるのはごめんだよ」

「黙ってろ」トルグリムがアスレフの胸に手を置いた。「神々だってこれでおまえを召すつもりはないかもしれん。それよりいまは、もっと快適な場所におまえを移すことが先決だ」

彼らはヘルハイド隊の中庭に面した静かな部屋を見つけ、そこに藁と毛皮で寝床を作った。寝かされたアスレフを見たゲイルムンドは、父の館でこれとよく似た寝床に横たわっていた兄の姿を思いだした。自分の戦士の身に起きた悲劇に対する自責の念が、ハムンドのときと同じように込みあげてくる。ファスティを殺したのはゲイルムンドであり、隊長の行いに対してアスレフが命をもってその代償を支払うというのは筋が通らない。

恥辱を感じながらアスレフのそばに立つゲイルムンドを、ビルナが腕を取って中庭へと連れだした。そこへラフンとヴェトルがスタイノルフュルとシャルギと一緒にやってきて、そろって胸に復讐の炎を燃やしながらビルナと一緒に立った。

「どこに行けばそのデーン人たちを見つけられる?」ビルナが静かな怒りをたぎらせて尋

ねた。「股ぐらから喉まで切り裂いてやる」

「グスルムがハルフダンと話をしに行った」ゲイルムンドは答えた。「戻ってくれば事情がもっとよくわかるだろう。それまでは剣を研いでおけ」

ゲイルムンドの戦士たちの多くは交代でアスレフに付き添った、汗をかいてうなりながら眠る彼に声をかける者、物語を聞かせる者、あるいは寄り添うようにかたわらで見守る者もいた。その夜、アスレフが高熱を出してがちがちと歯を鳴らしていると、ようやくグスルムが戻ってきて、またしてもゲイルムンドを脇に連れだした。

疲れた様子の王が目を伏せて言う。「本当かどうか教えろ」

その言葉の意味が、ゲイルムンドにはきかずともわかった。「本当だ。だが、ファスティを殺さなかったらおれが殺されていた。それが真実で、立法集会《アルシング》でもそう言う――」

「アルシングだと？」グスルムが笑いだしそうになりながら、頭を左右に振った。「おまえはいまどこにいると思っているんだ、ヘルハイド？　ここはルンデンで、おれたちは戦争の真っ最中なんだぞ。アルシングなど開かれない」

「だが、真実を――」

「真実は問題じゃない。トリグがウバの友人であることが問題なんだ。ウバの縁者を殺したゲイルムンドという名の醜いノース人の話がトリグの耳に入り、そのノース人がハルフダンと一緒にルンデンにやってきた。そして、いまやこの一件はハルフダンの耳にも入っている。こいつは血讐だ」

「贖罪金なら払える」

「それでは向こうが満足しない」グスルムが言った。

「それなら、アスレフの死で充分に血の代償になる」怒りが込みあげてきたゲイルムンドは言った。「あいつはもうじき死ぬ。そしておれは――」

「おまえはヘルハイドだ」グスルムがいらだちを滲ませて小声で言った。「ハルフダンはおまえを忘れていない。わからんのか？　これが名声の対価だ。おまえのために他人がそれを支払うのも、これが最後じゃない」

「それなら、トリグとハルフダンと戦わせてくれ。決闘で――」

「それは無理だ」グスルムがさえぎる。「向こうはおまえがその名誉にふさわしい男だと思っていない」

「では、おれはどうすれば？」

「ルンデンを出ろ」

「なんだって？」

「向こうはおまえが死ぬまで追い続けるだろう」

ゲイルムンドは信じられない思いで言葉を詰まらせながら言った。「あなたは……あなたはやつらのせいでおれが逃亡者になってもかまわないのか？　おれが森の獣になりさがってもいいと？」

「わたしがだと？」グスルムがゲイルムンドの胸に指を突きつけた。「この事態を招いたのはおまえ自身だ！　青二才を殺したのはわたしじゃないし、おまえのためにウバとハルフダンに戦争を仕掛けるつもりはない！」いったん言葉を切り、大きく息をつく。「ハルフダンが今夜おまえを引き渡せと言ってきたのを知っているか？　明日まで待つということで話をつけたが、わたしがおまえを守るためにしてやれるのはそれで精いっぱいだ」

「死にかけているアスレフを置いて、どこへも行く気はない。あいつがこうなったのも、おれが――」

「それで、おまえの隊の戦士たちがあと何人死ぬのを見送るつもりだ？　もしルンデンに残れば、おまえは死ぬ。おまえの戦士たちをさらに何人も道連れにしてな。あるいは、ひとりでここを去り、戦士たちがおまえのために戦う理由自体をなくしてやるかだ」

名誉を取るか、友や戦士たちの命を取るかを選ばなければならない。街のひび割れた古い壁がいまにも自分の上に崩れ落ちてくるような恐怖を感じた。そういうことであれば、ゲイルムンドはグスルムの提案する道を選ぶ。「おれはどこへ行けば？」

「自分の同胞と縁者を探せ」グスルムが答えた。「デーン人に囲まれていたら安全な隠れ場所は見つからないだろう。だから北へ向かえ。それから、これを持っていくといい」銀の入った小さな包みをゲイルムンドに手渡す。「わたしはずっとハルフダンと行動をともにするつもりはない。われわれの軍が分かれたと聞いたら、わたしを探せ。そのときは歓迎しよう。一緒にウェセックスを奪うんだ」

ゲイルムンドは頭をさげた。「ありがとう。おれは荷物をまとめる」

「急げよ。朝が来る前にここから充分に離れたほうがいい」グスルムがゲイルムンドの腕をしっかりとつかむ。「決して用心を怠るなよ。クロクはハルフダンとウバのためにおまえを殺すと誓っている。五体満足でわたしのもとへ戻ってこい」

ゲイルムンドがもう一度頭をさげると、グスルムは彼の腕を放した。

「行け」王は言った。「これ以上暗くなる前に」

ゲイルムンドはグスルムに別れを告げ、荷物を置いて寝所として使っている部屋へ向かった。注意を引かないよう気をつけていたつもりだったが、鎖帷子を身につけて間もなく、しかめっ面をしたスタイノルフュルが部屋の入口にやってきた。その後ろにはシャルギとビルナもいる。

「あなたがどこかへ行こうとしていると疑う者たちがいるんだ」年嵩の戦士が言った。「だが、それはわたしではない。あなたは一度われわれを置き去りにした。あなたが同じ過ちを繰り返す愚か者ではないのを、わたしは知っている」スタイノルフュルは振り向いて肩越しに言った。「わたしはそう言ったよな?」

ビルナがうなずく。「たしかに言った。でもあたしが見るところ、あんたは間違っていたらしい」

スタイノルフュルが部屋に入ってきて、両腕を組んでゲイルムンドをにらんだ。「さて、あなたはわたしを嘘つきにするつもりか?」

ゲイルムンドはため息をつき、頭を左右に振った。「おれは行く」信じられないという表情を浮かべた年嵩の戦士が怒りで顔を赤くするのを見て付け加える。「行かねばならないんだ。おれとウバ、ハルフダンとのあいだで血讐になった」

「血讐?」ビルナが尋ねる。「何が原因で?」

「アッシュダウンの戦いより前の話だ。岸に流れ着いたあとでウバの縁者のひとりを殺した。やらなきゃやられる状況だったんだ。だが、目撃者はいないし、この件に審判をくだすアルシングも開かれない」

「それにしたって、なぜ出ていこうと?」ビルナに続いてシャルギがきいた。怒るというより混乱しているようだ。

尋ねたのは少年だったが、ゲイルムンドはスタイノルフュルのほうに一歩踏みだし、彼の目をまっすぐ見つめた。「すでにアスレフがおれの選択の代償を支払ったからだ。ほかの戦士たちをそんな目には遭わせられない。ハルフダンは明日おれをとらえにやってくる。もしおれがここにいれば、争いになるだろう。これ以上おれのために誰も死なせはしない」

ビルナが笑う。「あたしたちはまさにそれを誓ったというのに?」

「おれがその男を殺したのは誓いの前だ」ゲイルムンドは答えた。「この件については、おまえたちが誓いに縛られることはない」

「では、われわれも一緒に行こう」スタイノルフュルが言った。「シャルギとわたしだ。われわれ選択を理解したせいか、声音がやわらかくなっている。「シャルギとわたしだ。われわれはずっと前からあなたに誓いを立てている」

「だめだ。それは許さない」ゲイルムンドは拒絶した。「ハルフダンの戦士はおれを殺すと誓っている。おまえたちがついてくれば、血讐に巻き込まれることに――」

「そんなことはわかっている」スタイノルフュルが組んでいた腕をほどいた。「わかっているに決まっているじゃないか。わたしをばかだとでも？」

ゲイルムンドは笑みを浮かべた。「おれと一緒に行くということについてだけはな」

スタイノルフュルがふんと鼻を鳴らす。「わたしを置いていったら、あなたのほうこそ大ばかだ。それに、どのみちわたしはついていく」

「あたしも行く」ビルナが言った。

ゲイルムンドとスタイノルフュルがそろって彼女に顔を向けた。ビルナの忠誠心に、ゲイルムンドは少なくともいくばくかの驚きを覚えた。「どうしてあなたまで一緒に来るというのか？」

「あんたに誓いを立てたから」彼女が答える。「それに、アスレフの仇を討ちたい。彼をあんな目に遭わせたやつらがあんたを追っているのなら、あんたのそばにいるのが、仇討ちの一番の近道だ。それにルンデンはもう充分に堪能したしね」

自分がどうすべきかをゲイルムンドは思案し、選択の余地はほとんどないのに気づいた。スタイノルフュルは彼を脅したとおり、シャルギと一緒についてくるだろうし、ビルナも同じだ。それならば、彼らを置いていこうとするのは意味がない。「よかろう。だが、アスレフはどうする？　あいつは――」

「アスレフはわかってくれる」ビルナが答える。「あんただってそう思っているでしょ。それに、トルグリムは最後までアスレフのそばにいることを望むはず。頼まれれば、あたしたちが戻るまでヘルハイド隊を率いてくれる」

ゲイルムンドは扉のほうへ歩きだした。「では、おれが頼みに――」

「あたしが行く」ビルナが制止する。「事は素早く静かに進める必要がある。それに、トルグリムには……個人的にお別れをしないといけないし」

「ラフンとヴェトルは？」スタイノルフュルが尋ね、彼を含めた三人がゲイルムンドに顔を向けた。

「あいつらに選ばせろ」ゲイルムンドは答えた。「だが、それ以外の者たちには何も話すな」

ビルナがうなずいてその場を去ると、シャルギが部屋の中に入ってきた。

ゲイルムンドは荷作りを続けながら言った。「おまえも自分の荷物をまとめに行ったほうがいい」だが、しばらく経っても年嵩の戦士と少年に動く様子がないので、顔をあげて尋ねる。「まだ何か言いたいことがあるのか？」

「あなたは黙って行こうとした」スタイノルフュルが頭を左右に振る。年嵩の戦士がそのことに対する怒りを簡単に水に流すつもりがないのは、ゲイルムンドの目にも明らかだった。「ほかの連中の話じゃない。われわれにだ」シャルギを見て続ける。「あなたはわれわれを置いていこうとした」

「ほかにどうしようも――」

「いや、方法ならあった」スタイノルフュルがゲイルムンドの胸を指さした。「あなたがわれわれに背を向けるのはこれが二度目だ。もし三度目があれば、あなたがわたしの誓いをないがしろにしていると判断する。そのときは、わたしももう誓いには縛られない。わかったな?」

ゲイルムンドは荷作りをやめ、スタイノルフュルの問いにふさわしい敬意を示した。彼のような名誉を重んじる男が誓いを破る話をするのは尋常なことではない。「わかった。おれはもう二度と、おまえたちに背を向けたりしない」

「いいだろう」年嵩の戦士がうなずいた。「では、荷物をまとめてくる」

「ここで待っている」ゲイルムンドは言った。それからしばらくして、ビルナが小さな一団に加わる決心をしたラフンとヴェトルと一緒に戻ってきた。「トルグリムは?」女戦士に尋ねる。

「残ってヘルハイド隊の力を維持してくれる」ビルナが答えた。「アスレフはいま眠っている。起きたらトルグリムがすべて説明するわ」

「では出発する時間だな」ゲイルムンドは言った。

やがてスタイノルフュルとシャルギが戻ってくると、ゲイルムンドたちは出発した。

19

ゲイルムンドはジョンと旅をしたときに自分の目で見ていたので、アーニンガ・ストリートに多くのデーン人がいることも、街道がウバの支配するイースト・アングリアの西端近くを通っていることも知っていた。そこで彼と五人のヘルハイド隊の戦士という小さな一団は、慣れた道を通る代わりに、より敵と遭遇する可能性が低いと思われる、ルンデンを出て北西の方向にあるウォセリンガという別のローマ街道を通ってマーシアの中央に向かうことにした。

細い月がいくらか光を発し、前方に延びる砕石を敷きつめた街道をどうにか青白く照らしだしていた。だが、道の両側に茂る木々の下の影に脅威が潜んでいるかどうかがわかるほど明るくはない。一団はテムズ川沿いの街々に食料を供給する農地を数休息《ラスト》歩いた。そうした街々の館や家の明かりと薪を燃やす煙が、道から遠く離れたところに見える。やがて、田畑と牧草地を分断するように深い森が広がり始め、彼らはその中に分け入った。ゲイルムンドは夜のこの時間に盗賊と遭遇することを恐れてはいなかった。待ち伏せしている旅人や、これほど武器をそろえた一団を襲おうとする者がいるとは思えない。それでも、目をしっかりと見開き、耳をそばだてて進み続けた。

真夜中過ぎ、一団はヒースと沼から成る低地に入っていった。樫と樺の森にハシバミとシデが茂っているせいで道は深すぎる闇に包まれ、このまま旅を続けるのは安全とは言いがたい。ルンデン、そしてハルフダンとの距離が十五休息《ラスト》ほど離れたこともあり、ゲイルムンドはここで夜を過ごすことにして、戦士たちに立ち止まるよう命じた。

一団は街道から少し離れ、両腕で抱えられないほど太い大きな樫の木が三本密生している場所をねぐらに選んだ。道と反対側の幹の下、ねじれた根のあいだに全員で落ち着き、交代で見張りを務めつつ眠りにつく。横になっているところから道は見えないが、それはつまり路上の誰からも見つけられる心配はないということだ。だが、そこまで用心しているにもかかわらず、ゲイルムンドは青い早朝の光の中で聞こえてくる雑音に驚かされ、警戒心と不安から夜明け前に何度か目を覚ました。光が金色に変わる前に一団が出発するときには、彼の体は震え、骨は頭上の枝のようにきしんでいた。

それほど進まないうちにヒースと木ばかりだった地面が開け、ようやくのぼった怠惰な太陽が、彼らの進む道が通っているローマ人の街の遺跡を照らした。ゲイルムンドはこうした気宇壮大《きうそうだい》な街の壊れた壁や建物を見ても、かつてのように動揺することはなかった。そこに死者が巣くっているとはもう思わなくなったからだ。しかし、ほかの戦士たち、少なくともそのうちのひとりは不安を覚えているようだった。

静かな街道を歩いて寺院とコロシアムを通り過ぎ、幅十五尋《ファゾム》の開けた広場を横切るあいだ、シャルギの見開いた両目はずっと泳ぎっぱなしだった。「少なくとも、死者たちはおとなしくしているみたいだ」少年がささやく。

「ローマ人は不死者じゃない」ゲイルムンドは言った。「彼らは去ったんだ。恐れる必要はないぞ、シャルギ。ここにやってきたローマ人はイングランドを征服したものの、失った。いまこの地はサクソン人のものだが、いずれはおれたちがやつらからイングランドを奪うことになる」

その言葉を聞いた少年は、いくらか安心したようだった。

じきに一団は遺跡をあとにし、正午にはサクソン人の街に到着した。畑と農場を抜け、その端にある何軒かの家を通り過ぎると、ゲイルムンドの前方に建物が集まっている街の中心部と十字路が見えてきた。パン屋と酒場らしき建物には人の気配がなく、たくさんの屋台も放置されている。みんな隠れてしまったかのようにサクソン人たちの姿はなかったが、ようやくサクソン人の男がひとり、彼らの前に立ちはだかり、片手をあげて止まるよう求めた。

「マーシアは和平が成立している」サクソン人は言った。革の防具と剣を身につけた男がゲイルムンドの後ろにいる連れを見る。「ここに何をしに来た？」

「北に向かっている」ゲイルムンドはさらに三人の男が近くに立っているのに気づいた。それぞれ武器を持ち、ひとりは弓と矢筒を体の脇に携えている。「ここにとどまるつもりはないし、和平を破るつもりもない。ただ通り過ぎたいだけだ」

「どこから来た？　ルンデンか？」

ゲイルムンドの背後で、スタイノルフュルがくつくつと笑った。「このサクソンの豚野郎はいい度胸をしている」

「おまえになんの関係がある?」ゲイルムンドはきき返した。

サクソン人が肩をすくめる。「どこから来たのか、どこへ行くのか、人の行き来を知るのがおれの義務だ。旅人はよく厄介事を持ち込んでくれるからな」

最後のひと言を発するとき、男の目がすっと細くなった。男の首には赤くなり始めたばかりの新しいあざがあり、口の端に乾いた血がわずかにこびりついていることに、ゲイルムンドは気づいた。まるで、つい先ほど行われた戦いに参加していたかのようだ。

「今日、おれたちの前にもデーン人を目にしているな」ゲイルムンドは言った。

「なんだと?」男がごくりと唾をのみ込んで顔をしかめる。「なんのことだか、おれにはさっぱり――」

「後ろを見るな」振り向こうとするサクソン人を、ゲイルムンドは鋭い言葉で制止した。

「おれに目を向けていろ。収穫の話でもしているみたいにな。言うとおりにしないと、そのあとどうなろうと、おまえをこの場で殺す」

「なんてことだ」男が目を閉じ、こわばった唇のあいだから長い息を漏らす。「おまえら異教の悪魔全員を呪ってやる」

「そのデーン人たちを率いているのは鼻に輪をつけた男だろう」ゲイルムンドはきいた。

「クロクという名ではなかったか?」

「名前は聞いてない」サクソン人が答えた。「だが、そうだ。鼻に牛のような輪をつけている」

ゲイルムンドの戦士たちは彼の背後でささやき合った。だが、武器を抜いたり、奇襲をかけようと見張っているに違いないクロクと配下のデーン人たちを警戒させるようなそぶりを見せたりはしなかった。

「何人だ？」ゲイルムンドは重ねて尋ねた。

「十八人、もしかしたら二十人はいるかもしれない」サクソン人が自分のブーツを見る。

「夜明けとともに現れて、ルンデンから来たデーン人たちを見たかときいてきた」

「おれたちが寝ているあいだに追い抜いたんだな」ラフンが言った。「それに気づいて、待ち伏せをしていたんだろう」

　続けてビルナが口を開いた。「こっちを見るんじゃないよ、サクソン人。そのままで質問に答えな。やつらの矢はここまで届くのか？」

「あと少し」サクソン人が答える。「ほんの数ペース（一ペースは約七十五センチメートル。古代ローマの二歩を単位とするパッススに由来）でな」

「やつらはどこにいる？」スタイノルフュルが尋ねた。

「何人かは酒場にいる」涼しい朝にもかかわらず、男は額に大量の汗をかいていた。「通りをはさんだ酒場の向かいにも何人か。残りは弓を持って散っている」

　ゲイルムンドは敵の弱みと味方の好機を探ろうと無人の街道の前方を見たが、何も見つけられなかった。「なぜおれたちを止めた？　どうしてそのまま罠に飛び込ませなかったんだ？」

「おまえたちに、何かがおかしいと感じさせないためだ」サクソン人が答えた。

「ほかのサクソン人たちはどこにいる？」ヴェトルがきいた。

男はわずかに頭を東に傾けた。「おまえたちデーン人が全員いなくなるまで、湿地に隠れている」

「われわれも湿地に身を潜めるという手もあるな」スタイノルフュルが言った。

「撤退するっていうの？」ビルナが嘲るように問う。「アスレフをあんな目に遭わせたやつが目の前にいるんだ。あたしは――」

「向こうはこちらの三倍もの人数だ」ゲイルムンドはさえぎった。「それに地の利もやつらにある。復讐はこちらが有利に戦えるようになってからでも遅くはない」

「もしおまえたちが逃げれば」サクソン人が言う。「おれが裏切ったことがあの男にばれる。あいつらはわれわれを皆殺しにして街を焼き払うだろう」

「おれたちがそれを気にするとでも？」ラフンがきいた。

男の顔がさっと青くなる。「おまえたちデーン人はどいつもこいつも――」

「おまえの名は？」ゲイルムンドは尋ねた。

サクソン人がためらってから答える。「エルウィンだ」

「エルウィン、湿地に入る一番の近道はどこだ？」

「すぐそこだ。鍛冶師の工房の北に道があって、そこから湿地へ通じる小道に入れる」

鍛冶師と聞いて、ゲイルムンドの頭にある策略がひらめいた。「エルウィン、あのデーン人たちはハルフダンに誓いを立てている。ハルフダンは、クロクを動かしているアイヴァーとウバの兄弟だ。それに、おまえたちの王であるバーグレッドと停戦協定を結んでいる。おまえたちがよほどのことをしない限り、デーン人たちは略奪をしてはいけない決まりになっているんだ。おれの言うとおりにすれば、おまえもこの街も助かるぞ」

サクソン人がそわそわした様子を見せる。「話を聞こう」

「おれたちは鍛冶師の工房に行ってそこで待つ。おまえはクロクのところに行け。やつはおれとおまえが何を話したか尋ねるだろう。そうしたら、おれたちがこの街に一日か二日滞在するつもりで、鍛冶師を呼ぶよう頼まれたと言え。いいか、おまえはまだ味方だとクロクに信じさせられるかどうかの重要な局面だ」

「おまえたちはどうするつもりだ？」エルウィンがきいた。

「待つ」ゲイルムンドは答えた。「クロクはきっと自分の戦士のひとりに鍛冶師のふりをさせて送り込んでくる。そのあいだに、残りの戦士たちを集めて態勢を整え、おれたちをここで攻撃してくるか、あるいは偽の鍛冶師におれたちを誘導させ、やつらが攻撃するのに都合のいい場所で待ち構えているか。どちらであっても、おれたちが逃げおおせた場合にクロクが責めるのは偽の鍛冶師だ。それに、おそらくクロクは即座にこの街をあとにして、おれたちを追ってくるはずだ」

話を聞いて納得したらしく、サクソン人がゆっくりとうなずいた。そのまま振り返り、身振りで道を示す。「鍛冶師の工房へ連れていこう」

ゲイルムンドが配下の戦士たちに目を向けると、彼らは同意してうなずき、静まり返った街道を移動し始めた。敵の弓兵が射かけてくる可能性はある。しかし、クロクがみずからの剣でゲイルムンドを殺すのを名誉だと考え、ヘルハイド隊を十字路で待ち伏せている可能性のほうが高い。それでもゲイルムンドは、弓の弦をはじく音がしないかと感覚を研ぎすませつつ、警戒心や不安があからさまにならないよう用心しながら歩いた。

鍛冶師の工房は簡素なあずまやで、東南と東側には木板の壁が立てられていたものの、道に面した北と西には壁がなかった。中央には高熱の炉が赤く光り、そのまわりをいくつかの長椅子と鉄床が囲んでいる。鉄床の上には、一方の先端が叩かれて平らになった重たい鉄の棒と、それをつかむはさみが置いてあった。どうやらデーン人たちがやってきたとき、仕事中だった鍛冶師は慌ててこの場から逃げていったらしい。

最後にゲイルムンドにうなずきかけたあと、エルウィンと彼の戦士たちは酒場に向かって歩き始めた。

ヴェトルがあずまやの柱に寄りかかる。「いい戦略だ」

「サクソンの豚野郎がクロクの側に寝返らない限りはな」ラフンが応じた。

「その可能性はある」ゲイルムンドは妙な動きがないかと、酒場の扉と周囲の道に視線を走らせた。「だが、エルウィンの選択も運命もやつのものだ。いずれにせよ、やつはクロクをおれたちの前に引っ張りだしてくれる」

「いまなら湿地まで行ける」スタイノルフュルが言う。「そうしよう」

ゲイルムンドは年嵩の戦士に顔を向けた。「行け。シャルギとラフン、ヴェトルも一緒だ。湿地までの小道を偵察して、街の裏手にも目を光らせておいてくれ。ビルナとおれはもう少しここに残る」

　スタイノルフュルはしかめっ面をして、そんな任務は意味がないと言わんばかりだったが、ほかの三人とともに鍛冶師のあずまやのすぐ北にある脇道へ入っていった。ビルナがゲイルムンドの隣に来て、一緒に酒場を見張る。しばらくのあいだは何も起こらなかった。

「あたしたちはなぜここに残っているんだ？」ビルナがようやく尋ねた。

「サクソン人との約束を守るためだ」

「サクソン人のほうが約束を破ったとしても？」

　ゲイルムンドは彼女を見てにやりとした。「名誉について、あなたはなんと言っていたっけ？　たとえ神々しか見ていなくとも名誉ある行動を取る、だったな？」

　ビルナが笑う。「そういうことなら、クロクがあんたの考える程度のおつむを持っていることを祈ろう。それ以上の切れ者でないことをね」

「やつもルンデンではいくらか狡猾なところを見せていた」ゲイルムンドは返した。

「気づかれずにあんたに近づいたものな」

「あんなことはもう二度と起こらない」

「クロクよりも頭がいい何者かと戦う羽目になるまでは」彼女が言った。「まず間違いなく――」

「見ろ」

　酒場の扉が開き、茶色の髪の女戦士が身をかがめて道へ出てきた。周囲を見回してから鍛冶師の工房に目をとめ、ゆっくりと一定の歩みでふたりのほうに向かってくる。

「武器は持ってないようだ」ビルナが言った。

「鎧も身につけていない」ゲイルムンドは口の端をあげてかすかに微笑んだ。「鍛冶師になりきっているからだ。忘れたか？」

「クロクという男、いくらかの狡猾さは持ち合わせているみたいだ。あの女、見た目はほぼサクソン人だ」

　近づいてきた女戦士があずまやに差しかかったところで、ゲイルムンドは相手と同じくらい落ち着いて見えるよう意識しながら尋ねた。「おまえが鍛冶師か？」

　女が工房の影に足を踏み入れる。「そうよ」

「本当に？」ビルナが芝居がかった様子で、女の頭から足まで視線を走らせた。「サクソン人の男が女に許しているのは料理と祈り、それからサクソン人の子どもを産むことだけかと思っていたけど」

「知らないわよ。わたしはブリトン人だもの」女が腕を組んだ。充分に鍛冶師らしい、力強い仕草だ。「仕事の依頼ですって？」

「ああ」ゲイルムンドは言った。「直してほしい鎧と武器がある」

　女があずまやの中に視線を走らせる。「ほかの人たちはどこに？」

「ほかの人たち？」

「六人いたはずよ。エルウィンはそう言っていたわ」

「おれは戦士たちを縄でつないでいるわけじゃない」

デーン人の女はどうすべきか熟考するかのようにためらいを見せ、それから頭を傾けて酒場のほうを示した。「ついてきて。一杯やりながら話しましょう」そう言ってその場を離れようとする。

「話ならここでもできる」ゲイルムンドは返した。「おまえも仕事中だったようだしな」

「なんですって？」

彼は鉄床の上に残されていたはさみと鉄の棒を身振りで示した。

「仕事の邪魔はしたくないんだ」ビルナが付け加えた。

「あら」デーン人の女が応じる。「いいのよ。行きましょう。あなたたちに――」

「何を打っているんだ？」ビルナがきいた。

ビルナもゲイルムンドも動こうとしないまま一瞬が過ぎた。

女が肩をすくめる。「自在かぎよ」

「それにしてはずいぶんと大きな鉄だ」ビルナが言った。

女戦士は無言のまま両方のこぶしを握った。

「おまえはブリトン人じゃない」ゲイルムンドは頭を横に傾けた。「背の高さからしてデーン人だろう」

近くにいるビルナが斧を抜くと、女は思わず腰に手をやった。だが視線を落としていまは武器を携えていないことを確認すると、嘘をかなぐり捨てて本性を現し、怒りに唇をゆがめてゲイルムンドを見つめた。

ゲイルムンドは長刃《サクス》のナイフを抜いた。「教えろ。クロクは――」

鈍い音がして、女戦士の頭が首の部分からがくんと横に傾いた。投じられた斧が女の耳の上部を切り取り、頭蓋骨に食い込んでいる。女は両目を開けたまま崩れるように地面に倒れた。ビルナが歩み寄り、骨がきしんで割れる音とともに斧を引き抜くあいだ、ブーツと指がびくびくと痙攣していた。女の割れた頭から流れでる血と脳が鍛冶師の工房の黒く油っぽい土の上に広がっていく。

「アスレフのためだ」ビルナが斧の刃を鍛冶師の布でぬぐった。「言わせてもらうけどね、やつらは全員、この手でヴァルハラに行けないように殺してやる。これでひとり減ったわけだ。あたしたちも――」

「ゲイルムンド！」

工房の東のほうから、スタイノルフュルの声がした。

「やつらが向かってくるぞ！」年嵩の戦士が叫ぶ。

前方で酒場の扉が開き、戦士たちが咆哮をあげて街道へ躍りでてくる。ゲイルムンドとビルナは視線を交わし、あずまやを出て脇道へと駆けだした。離れの建物を何軒か通り過ぎると、前方で人が争う音がして、ふたりは東の方向――からみ合う木々に囲まれた狭い草地へ飛びだした。

　ふたりのデーン人が、赤く染まった槍を持つヴェトルの足元でのたうち回って死にかけている。三人目が苦悶の悲鳴をあげてスタイノルフュルの剣の前に倒れると、さらに多くの敵が北と西から突進してきた。怒りのこもった叫び声が街中に響き渡る。

「行け！」スタイノルフュルが森の裂け目を指さした。「道だ！　ラフンがシャルギを連れて偵察に行っている」

　ひゅっと音をたてて矢が飛んできて、ヴェトルのそばの地面に突き刺さった。彼は弾かれたように振り返ると、次の矢を槍で叩き落とし、身を隠そうと木々の中に駆け込んだ。ビルナ、ゲイルムンド、スタイノルフュルもそのあとに続く。四人が小道を駆けていくと、森が深くなるにつれてあたりの地面はぬかるんでいき、やがて水と泥をはねあげながら走ることになった。

　後ろのほうから敵が必死に追いかけてくる音が聞こえる。だが、狭い道とぬかるんだ湿地のおかげで、少なくともしばらくはクロクの戦士たちに背後と側面を突かれることはないことをゲイルムンドは確信していた。泥水でいっぱいの穴に、背の高い草が茂る島。このあたりはアンケアリグ近くの湿地を思い起こさせる。

「ラフンはどこだ？」ゲイルムンドはそう尋ねたが、ミクラガルドの細い剣を手にしたラフン本人が道の前方にどこからともなく現れた。

「全員いるか？」ラフンがきく。

「全員無事だ」ビルナ、ゲイルムンド、スタイノルフェルが追いついてから、ヴェトルが答えた。

「そのか細い剣でかすり傷以上の傷を負わせられるのか？」年嵩の戦士が問う。

「実際に見たら驚くぞ」ラフンが答えた。「鷲の目の小僧がこの先にもうひとつ道を見つけた」

そう言うと、彼は身をひるがえして草とキイチゴが生い茂る中へ飛び込んだ。一同があとに続き、ざらつく葦を強引にかき分けて進み、獣の蹄や足で踏まれてできた、さっきよりもわかりづらい小道に出た。曲がりくねった小道の先は深い湿地になっていて、百尋《ファソム》と行かないうちに途絶えているようにも見える。

そこにシャルギが待ち構えていた。「どこまで続いているのかはわからないよ」少年は言った。

「いまはそれでもかまわない」ゲイルムンドは返した。クロクの戦士たちに見つかったとしても、少なくとも木々が矢を防いでくれると思いながら先頭を歩く。

彼らは小道を進み、柳やハンノキが密生し、空気が重く立ち込めて腐った葉と草のにおいが充満する湿地へと入った。よそ者に怯えて、くちばしと脚の長い鳥は空へ逃げ、蛙は水の中へ飛び込んだ。立ち止まって耳を澄ますたびに、クロクの戦士たちが発する音が小さくなったので、ゲイルムンドはひとまず逃げきったと確信した。獣道を抜けて乾いた浮島に到着しところでひと息つく。ゲイルムンドは休息を指示し、考えをまとめようと虫が食ってやわらかくなった倒木の幹に腰をおろした。

「クロクは四人の戦士を失った」ゲイルムンドは言った。「エルウィンの話が本当なら、配下の戦士たちは十五人程度まで減ったことになる」

「それに、あんたはクロクの裏をかいた」ヴェトルが地面にあぐらをかき、死の風《ダエダヴィンドル》と名づけられた槍の手入れを始める。「やつはいまハルフダンのもとに戻るわけにはいかないだろう。自分の評判を気にするならなおさらな」

ゲイルムンドは同意した。「クロクはルンデンで、おれを殺せば首長《ヤール》になれるという話をしていた」

「そいつはすごい」ラフンがくすくす笑い、荷物から干し肉を出して嚙み始めた。「ご褒美のためにも、やつは憎しみを燃やしておれたちを追ってくるぞ」

「しかも、クロクのほうがまだ倍以上も人数がいる」スタイノルフュルが付け加えた。

「今日はついていたが、いつもそうなるとは限らない」

「死ぬのが運命なら、おれは死ぬ」ゲイルムンドは言った。「だが、クロクの手で殺されるのはおれの運命じゃない」

「なら、あんたの手でやつを葬ればいい」ビルナが応じる。「でなきゃ、あたしの手でやる。やつらは全員死ななきゃならない」

彼女の言い分はもっともで、クロクか自分が死ぬまで追跡は終わらないことは、ゲイルムンドにもわかっていた。だが、正面切っての戦いに必要な兵力がなく、敵を破るには策略に頼るしかないのも事実だ。

「ここを熟知していれば、ぬかるんだこの場所で戦うのも悪くない」ゲイルムンドは言った。「とはいえ、この湿地はクロクの動きを妨げるのと同じように、おれたちの動きも妨げるだろう。地の利を得られる別の戦場を探す必要があるんだ。それを見つけるまでは敵から離れていたほうがいい」

シャルギがみずからの頰を平手で打った。「それが蚊のいないところだったらいいけどね」

湿地には不快でいかにも体に悪そうな空気が漂っていたので、休まず歩き続けることをゲイルムンドは提案した。彼らがぬかるみから抜けだし、ヒースが茂る乾いた地面にたどり着く頃には昼になっていた。そこからはローマ街道とサクソン人が作った道を歩いて大自然の中を進み、二日のあいだ、斧やサクスで切り開かなくてはならないほどキイチゴが茂った深い森を出たり入ったりし、さらに湿地や沼地を抜け、冷たい小川を渡った。

初めのうちは水場を見つけるのに苦労しなかったが、食べ物はそうもいかなかった。ビルナが野生の果実がなっている茂みをいくつか発見し、全員でラフンが知っているキノコを集めたほか、ヴェトルが柳の枝で作った籠を使って川の魚を捕ったりしたが、ゲイルムンドが野ウサギとリスをつかまえようと仕掛けた罠は空のままだった。やがて、ヒースもほとんど生えていない広大な土地を横切る頃になると、小川もなく、大地からの収穫も見込めず、飲み水さえも手に入りにくくなった。

ゲイルムンドは長い夜のあいだ身を震わせていた。乾いた枝が充分に集められ、敵に見つからないという確信が持てたときだけ細い火を熾して焚き火を囲み、配下の者たちと身を寄せ合った。

三日目になると、ゲイルムンドは空腹のあまり痛みを覚えるほどになり、足取りも思考力も鈍くなった。ここのところ眠りも浅く、弱気な自分を払拭できずにいる。ひたすら眠り続けたいのに、真夜中になると、この僻地に棲む精霊《ヴェッティル》につきまとわれ、見捨てられて死んだ恨みを晴らそうとするアスレフの戦士の不死者《ドラウグル》によたよたと追いかけられる光景が頭に浮かんでしまう。ゲイルムンドが進み続けたのはひとえにヘルハイド隊への義務感からで、戦士たちもただただ彼への忠誠心から不平を口にせずにいるように見えた。

四日目、彼らは新たな森林にたどり着き、そこで薪を燃やすにおいをかぎつけた。砦なのか野営地なのか、においの源を突き止めようと散開して森の中を探る。ゲイルムンドが木々のあいだから様子をうかがいつつ、できるだけ足音をたてないように歩いていくと、やがて一行は森の中にある広大な開けた場所にたどり着いた。その中央には石で作られたサクソン人の修道院が立っている。その場所はミードシャムステッドで見た光景、あるいはミードシャムステッドがデーン人の焼き討ちと破壊からまぬがれていた場合の光景を、彼に想起させた。

目の前の修道院の建物は高さが十五尋《ファゾム》ほどあり、幅は少なくとも三十尋《ファゾム》ほどありそうだった。屋根は尖っていて、片方の端にはてっぺんの丸い塔がそびえている。修道院の南の側面から延びた壁がいくつかの大きな離れの建物を囲っている一方で、たくさんある牛舎と工房はその壁の外にあった。その場所を囲むように広がっている畑や庭では、ゆったりした服を着た男たちが汗を流している。ジョンが修道士と呼んでいた聖職者だろう。耕したり植えたりする道具以外は武器を身につけていない。ヘルハイド隊の面々はしばらくのあいだ、物陰から修道士たちの様子をうかがっていた。

「クロクをおびき寄せられれば、この場所を利用できる」ラフンが言った。

「ここを奪えればの話だ」スタイノルフュルが応じる。

ビルナが声をあげて笑った。「奪えるさ。聖職者たちは弱い」

「多くの聖職者は弱いだろう」ゲイルムンドはたしなめた。「だが、少なくともおれはアッシュダウンで数人のデーン人を殺した聖職者をひとり知っている」

「それに、マーシアとは和平を結んでいるよ」シャルギが付け加える。

少年が話に加わるのは珍しいことだったので、ゲイルムンドとスタイノルフュルも含めた残りの全員がいっせいに振り向いて彼を見つめた。

仲間たちの驚きとは裏腹に、シャルギは落ち着きと確信に満ちた口調で答えた。「サクソン人のエルウィンがそう言ってたじゃないか」

「そのとおりだ」スタイノルフュルが皮肉っぽい笑みを浮かべてゲイルムンドを見た。「だが、われわれはその協定を守る必要があると思うか？」

ゲイルムンドはしばらく考え込んだ。「停戦協定を破れば、ウバとハルフダンにこちらを目の敵にする別の理由を与えてしまう。そうなったら、おれたちはさらに大きな危険と向き合わなくてはならなくなるかもしれない」

「じゃあどうする?」ラフンがきいた。「クロクとやり合うのに、あの壁の内側以上に有利な場所をほかで見つけられるとは思えんが」

ゲイルムンドはふたたび修道士たちに目をやった。イングランドに来て出会ったふたりの聖職者がどんな性質を持っていたかを思いだし、和平を破らずにヘルハイド隊が修道院を利用する方法がないか思案した。そういえば、初対面のときジョンは神に命じられたからという理由で石みたいにかたいパンを恵んでくれた。その瞬間、修道士たちの顔を見つめていたゲイルムンドの目が何かをとらえ、彼は思わずにやりとした。

「おれに考えがある」ゲイルムンドは切りだした。

壁に囲まれた修道院と離れの建物から数尋《ファゾム》ほど離れたところに、大きな玉ねぎの形をした窯がある。その上空の空気が熱せられてさざ波のように揺れている。窯が使われているのは間違いない。あたたかいパンを頭に思い描くだけで、口の中に唾があふれてくる。

「この策略は、わたしには理解しかねる」スタイノルフュルが言った。

年嵩の戦士とほかのヘルハイド隊員は顔をしかめ、戸惑いといくらかの心配が滲む表情を浮かべて、鎧と武器を外すゲイルムンドを見た。

「おれを信じろ」ゲイルムンドは返した。「ただ修道士たちの前に出ていくわけにはいかない。以前そうしたことがあるんだ。彼らのデーン人に対する恐怖や憎悪は絶大だ。和平を崩さずにおれたちの望みを実現する方法はただひとつしかない。そのためにはおれが本当に切羽詰まっていると、彼らに信じさせなくてはならない。だから約束してほしい。おまえたちは何を見ても身を隠したままでいて、おれが呼ぶまでじっとしていることを――」

ゲイルムンドの戦士たちが疑わしげに互いの顔を見て、結局はスタイノルフュルのほうを向いた。年嵩の戦士が全員に向かってやれやれとばかりに頭を振り、肩をすくめる。

「われわれはあなたの策略を信じよう」

ゲイルムンドはうなずいてその場を離れた。開けた空間の端に沿って南へと忍び足で進み、身を隠したままで窯に一番近づけるところまで進んでいく。一番近くといっても、パンを焼いているであろう窯までは少なくとも十五尋《ファゾム》ほどあった。

ちょうどそのとき、近くの建物から肩幅の広い修道士が衣についた小麦粉を払い落としながら出てきて、窯に歩み寄って蓋を開け、長い木の棒で濃い茶色のパンを引きだした。取りだしたパンを分厚い両手のあいだで行き来させつつ長椅子まで持っていき、冷ますためにそこに置く。

ゲイルムンドは大柄な修道士がいなくなり、近くにいるほかの修道士たちが背を向けるのを待って、熱いパンめがけて飛びだした。この姿を見て、ヘルハイド隊の面々はばかみたいだと思っているかもしれない。そんなことを考えながら、ゲイルムンドはブーツと両脚に緑の葉が当たるのを感じつつカブの畑を駆け抜けた。だが、パンが置いてある長椅子までたどり着いて両手にひとつずつつかみ、森へ引き返そうとした瞬間、棒で顔面をしたたかに殴りつけられた。

ゲイルムンドは大きなうなり声をあげて仰向けに倒れた。目がうるんで鼻から血が噴きだす。これは予定にはなかったことだ。パン職人の動きは思っていたよりもすばやく、ゲイルムンドは胸元に棒の先端を突きつけられた。それから、地面に押さえつけられると、両手のパンを放した。

「よく考えてから口を開けよ、この盗人め」修道士が立ったままゲイルムンドを見おろして言う。「でないと、後悔することになるぞ」

修道士はその言葉どおりにできるだろう。「頼む」ゲイルムンドは返した。「もう何日も食べてないんだ」

「盗もうとするのではなく、まずそう言うべきだったな」

何があったのか確認しようと、ほかの修道士たちが近づいてくる。大柄な修道士に棒の先で肋骨のあいだを突かれた状態のまま、ゲイルムンドは修道士たちの中に知った顔がないか探した。木々のあいだから目にしたのがあの男に間違いなかったことを願いつつ、鼻から喉の奥へと流れ落ちる血を少しばかりのみ込む。

「おまえは何者だ?」大柄な修道士が尋ねる。「デーン人か?」

「ゲイルムンドだ」彼が答えると、集まった修道士たちのあいだから、ひとりの男が進みでた。

「ゲイルムンドなのか?」その男が尋ねる。「まさかそんな——アルムンド、その人を立たせてあげなさい。さあ、もっとよく顔を見せてくれ」

アルムンドと呼ばれた大柄な修道士は一瞬ためらったものの、すぐに指示に従った。

「はい、神父様」そう答えて棒の先端をゲイルムンドの胸から離し、両手で彼の体を引っ張りあげてやすやすと立たせる。

アルムンドに命じた神父がゲイルムンドに歩み寄り、まばたきを繰り返す彼の目をのぞき込んだ。ゲイルムンドは手と袖で鼻の下の血をぬぐって修道士をじっと見つめ、やはりあの男に間違いなかったことに満足した。とはいえ、棺同然の木の小屋の窓越しに初めて会ったときよりも、彼はずいぶんと若々しく見える。

「トスレッド?」ゲイルムンドはゆっくり口を開いた。

その名を呼んだせいでほかの修道士たちがざわつき始め、笑みを浮かべるトスレッドにこぞって顔を向けた。「喉が渇いていたわたしに飲み物をくれた人だ」彼は言った。

「会えてとてもうれしいよ」ゲイルムンドは周囲を見回した。「だが、まさかこんなところで会うとは驚きだ」

「アンケアリグにいたデーン人たちがいきなり怒りだして去ってしまったので、ここへ来た。付け加えるなら、あなたが出発してすぐのことだったよ。閉じこもっていたわたしを忘れるほどの何かがあったのだろう。でも、それだけではない。あなたに言われた言葉が胸に響いたからこそ、わたしはいまここにいる」

「ほう?」

「そうだとも。わたしはあなたが正しいと思った。わたしがあそこにとどまり、孤独なまま飢えて死ぬことは神の思し召しではない」

「この盗人はパンをくすねようとしたのです、神父様」大柄な修道士はまだ棒を武器のように握りしめている。

「お腹が空いていたのだろう」トスレッドが言う。「腹を減らした者に食べ物を与えるのがキリスト教徒の義務でなかったとしても、わたしはゲイルムンドに対して、以前に彼がわたしに示してくれた親切を返さなくてはならない。それに、兄弟たちよ、デーン人とマーシア王国のあいだで和平が成立しているのを思いだしてほしい。さあ、彼にパンを、アルムンド」

　大柄な修道士が肩から力を抜き、頭をさげて礼をした。身をかがめてゲイルムンドの手から落ちたパンをひとつ拾いあげ、汚れを払って彼に渡す。ゲイルムンドは差しだされたパンを受け取ったが、空腹にもかかわらずかぶりつきたい衝動を抑え込んだ。

「ここで再会できるとは。自分の幸運がまだ信じられない」ゲイルムンドはふたたび口を開いた。

「わたしにとっては、それほどの驚きはない」トスレッドが答える。「遠くまで来たわけではないからな。アンケアリグから四十マイルも離れていない。この修道院はミードシャムステッドの大修道院が管轄する地区にあり、わたしが院長をやらせてもらっている。だが、あなたのほうは、わたしが最後に会ったときからずいぶんと旅をしたようだ」

「ずいぶん長い距離を旅した」ゲイルムンドは認めた。「ただ、結局はイングランドの旅が始まったところに戻ってきてしまったわけだが」

「もしかしたら、神の御手があなたをここへ導いたのかもしれない」

「おれをここに導いたのは運命だよ」

　トスレッドが微笑む。「あなたはひどく疲れているようだ、ゲイルムンド。しばらく休むかね?」

　ゲイルムンドはうなずいた。「そうしよう」

「客人や旅人のための離れがあるから、そこを使うといい」

「銀ならある」ゲイルムンドは言った。「それを払うから――」

トスレッドが手をあげてさえぎった。「銀はいらない。どんな方法で手に入れたかわかったものじゃない、と考えているからではないぞ。来るといい」

トスレッドはゲイルムンドを壁沿いに西へといざない、開いている門を抜けた。好奇心旺盛な修道士が数人、後ろからついてくる。彼らが聖堂の下にある小さな四角い中庭に入っていくと、ニワトリがコッコッと鳴きながら建物の影の泥をつついていた。中庭に出入りする扉はふたつあり、ひとつは聖堂へ、もうひとつは修道院のほかの部分へつながっている。中庭の中央には石の井戸があり、聖堂に寄り添うようにトスレッドがこもっていた木の小屋より少しばかり大きい小屋が立っていた。

「まさか、おれを閉じ込める気じゃないだろうな?」ゲイルムンドはきいた。

トスレッドがにやりと笑う。「あなたは洗礼を受けてキリスト教徒になったとしても、隠遁所に入るようなことはしないだろう」

「あれはどこに通じている?」ゲイルムンドは頭で北西にある扉を示した。

「寮と食堂だ」トスレッドが答える。「われわれは世界から隔絶されて眠り、食事をとる。あなたにはこちらの世界にとどまっていてほしいが、もし望むのであれば行き来してもらってかまわない」

「ありがとう」ゲイルムンドは礼を言った。「だが、ひとつ話しておかなくてはならない。実はひとりじゃないんだ」

トスレッドが固まった。「どういう意味かね?」

「五人のデーン人が一緒なんだ。いまは森で待っている」

「何を待っているのかね?」

「ここでおれと合流することをあなたが許してくれるのを。全員おれと誓いを交わした連中だ。名誉を重んじる戦士たちだから、あなたたちに決して危害は加えない」

最初こそいくらか驚いたようだったが、それを別にすればトスレッドの顔にはどんな感情も考えも浮かばなかった。しばらくのあいだ、ただゲイルムンドを見つめる。「許可してもいいが、まず兄弟たちにそのことを話さなくてはならない。ひょっとしたら彼らがあなた方に――」

「おれたちは洗礼を受けてキリスト教徒になったりはしない」ゲイルムンドはさえぎった。

トスレッドが微笑む。「それを頼むつもりはない。ここで待っていてくれるか?」

「ああ」

トスレッドはうなずき、修道士たちを従えて角の扉を抜けて庭をあとにした。ゲイルムンドは離れの小屋に行き、扉の枠に寄りかかって頭だけ中に入れた。部屋はひとつきりで、藁を敷きつめて毛布と毛皮をかぶせた箱形の細長い寝台が置かれている。小さなテーブルと椅子がひとつずつあり、寝台の上には十字架が吊りさげられていた。それを見てゲイルムンドは、ジョンとひと晩泊まった集会所のことを思いだした。

ゲイルムンドは神父を待つあいだ休むことにして、ベッドで仰向けになり、両手を頭の下に入れた。低い草葺きの天井を見あげながら、己の運命に思いを馳せる。アンケアリグでくだした数多くの決断により、ルンデンを追われたばかりか、こうして身を隠す場所へといざなわれた。ここへやってきたのが運命の導きなのは間違いない。

それほど時間が経たないうちに、トスレッドが満足げな顔で戻ってきた。「あなたと戦士たちの滞在を認める。われわれの食べ物も生き方もつましいものだが、あなた方がこの修道院を広げる作業を手伝い、守ってくれるならば分かち合おう」

「守る?」ゲイルムンドはここを復讐のための戦いの場として選んだわけだが、トスレッドからそれを予見するかのようなことを言われたので驚いた。「マーシアでは和平が成立しているのではないのか?」

「ミードシャムステッドとアンケアリグでも和平は成立していた。それを守ろうとしない者がいるのを、あなたもわたしも知っているではないか」

「おれはそういうデーン人たちと戦い、やつらを敵に回してきた。もしやつらがここに来るのなら、おれはまた戦う」

「あなたが戦わずにすむことを期待しよう」

ゲイルムンドはトスレッドの条件を受け入れ、状況を伝えるためにヘルハイド隊のもとへ向かった。戦士たちは、洗礼を受ける必要はないと約束されたにもかかわらず、修道士と一緒に暮らすことに大きな不安を抱いた。

「あいつらは弱い」ラフンが言った。「おれは修道士どもに敬意なんぞ持ってないぞ。やつらはまるで……まるで……」

「羽根も生えてないひな鳥だ」ヴェトルがあとを引き受ける。「現に頭に毛もない。もっと悪いかもしれない。飛ぶことも狩ることも学ばずに、巣の中にいることを選んだ鳥だ」

「修道士たちは問題じゃない」ゲイルムンドは返した。「クロクと対決するのに、ここ以上の場所はないと同意したはずだぞ。バーグレッドとのあいだに結ばれた停戦協定を守るともな。両方を実現するには、この方法しかない」

「そのとおりだ」ビルナが言った。「気に入らないけど、ゲイルムンドの言っていることは正しい」

「わたしもそう思う」スタイノルフュルは内心は反対だと言わんばかりの口調で同意した。するとラフンとヴェトルも不満を引っ込めた。

ヘルハイド隊は修道院に入り、中庭の小屋のまわりを小規模な野営地に変えた。といっても野営地は男だけが寝起きする。ゲイルムンドの一団に女性がひとりいると気づいたトスレッドが、ビルナは小屋を使うよう進言したのだ。トスレッドは女戦士を見て衝撃と恐怖を露わにしたので、もし修道士たちが彼女の存在を知っていたら、ヘルハイド隊を拒絶したかもしれない、とゲイルムンドは思った。どうやら修道士たちは女性を見ることはほとんどなく、口を利いてはいけないという規律を守って生きているらしい。トスレッドだけが院長として、その自由を認められている。ビルナはそれを気にしていない様子で、むしろ修道士と話をしなくてすんで感謝していた。ゲイルムンドの見るところ、小屋と寝台を独占できることにも満足しているようだ。

ゲイルムンドは横にさえなれればどこでも眠ることができる。だが、初日は頭が混乱して真夜中過ぎに目を覚まし、どこにいるのかを思いだすのにしばらくかかった。近くで修道士たちが声を合わせ、聞いたこともない言葉を詠唱している。高くなったり低くなったりする陰気な声は、永遠に凪が来ない海の波を思わせた。ゲイルムンドは上体を起こして手のひらで目をこすり、すぐそばにいるシャルギが起きていることに気づいた。暗闇の中で少年の白目が見える。

「キリスト教の魔術か何かかな?」シャルギが尋ねた。

「わからない」ゲイルムンドが聖堂を見あげると、窓の色つきガラス越しにあたたかい光がわずかにちらついた。詠唱はこの中から聞こえてくるようだ。「だが、そうかもしれないな」

「不吉な感じには聞こえないな」ラフンがつぶやいた。眠っていないのは明らかだったが、体は起こしていない。

ゲイルムンドも同感だった。どういうわけか、その詠唱は心を落ち着かせてさえくれる。つまり、修道士たちが癒しのまじないを行っているのかもしれない。詠唱のせいで起きている者たちがしばらく聞き入っていると、まじないがやんで窓の光が消え、少しして聖堂の扉が開いた。

　ランタンを持ったトスレッドがまず姿を現し、ほかの修道士たちが列を作って無言でそのあとに続いた。みな修道服のフードを深くかぶっているせいで顔が隠れている。ゲイルムンドが起きているのに気づいたトスレッドが歩み寄ってかたわらに膝をつくと、修道士たちはそのまま滑るように中庭を横切り、北西の扉へ向かった。

「みんな元気かね？」神父がそう尋ねてランタンを高く掲げると、炎に近い側の顔が照らしだされた。

　ゲイルムンドは口の中が乾いていたので唾をごくりとのみ込んだ。「元気だ。ありがとう」

「さっき唱えていたのは、どんな魔術なんですか？」シャルギがひそひそ声できく。

　トスレッドがランタンを少年のほうに向け、躍る影を投げかけた。「魔術？」

「あなたたちのまじないだよ」ゲイルムンドは言った。

「ああ、われわれの祈りのことかね？」

　ゲイルムンドはうなずいた。「何を祈っていたんだ？　真夜中のこんな不吉な時間に」

「不吉な時間か……だが、だからこそわれわれはこの時間に祈るんだ」トスレッドが立ちあがる。「われわれは神の慈悲を乞う。あなたたちは自分たちの神に何を乞うのかね？」

「充分な収穫と食料の蓄え」ゲイルムンドは答えた。「それから穏やかな海だな。だが、たいていは戦場での強さと勝利を乞う」

「多くのキリスト教徒の戦士たちもそれと同じことを祈る」神父が言った。

「それなら、いつかどっちが強いかがはっきりする」ラフンが割って入る。「おれたちの神か、あんたたちの神か」

「かもしれない」トスレッドが返した。「だが、強さにもいろいろある」そう言うと、彼は就眠の挨拶を口にして中庭から出ていった。

ゲイルムンドはそれからの数日で知るようになった――修道士たちがさまざまな場所から、たいがいは少年かまだ若い青年のときに修道院へやってきたことを。多くはマーシア人だが、ウェセックスやノーザンブリアから来た者もいて、モーカントという名の修道士はウェールズ生まれだった。彼らは同じ神を信じ、祈りを唱えているとはいえ、ほとんどが子だくさんの太守《エアルドルマン》の末息子で、ずいぶん前から自分たちが父親から何も相続できないであろうことを知っていた。家族はその代わりに彼らを修道院に捧げて修道士としての人生を歩ませ、身内の争いを避けると同時にキリスト教の神の恩寵を得ようとしたらしい。

ゲイルムンドは二番目の息子の境遇を身をもって知っている。もしローガランがキリスト教国であれば、彼自身もまた修道士になっていたかもしれない。そう考えると、自分と配下のデーン人が修道士たちとともに畑仕事をし、建物だけでなく家畜や庭も守るために木の外壁を作るのを手伝うというトスレッドとの取引もすんなりと納得できた。

修道士たちは労働の対価として、ヘルハイド隊に食事をたっぷり提供した。肉はほとんどなかったものの、充分な卵とチーズ、それにアルムンドが焼いた芳醇なパンを食べることができた。ドレファンという修道士が作る蜂蜜とセイヨウノコギリソウで味をつけた強いエールは、ゲイルムンドのお気に入りとなり、生涯の友となる。ルンデンでは銀貨でたいていの楽しみを手に入れられる生活を送り、数日、数週間、数カ月があっという間に過ぎ去った。一方、修道院では非常に誇りを感じられる単純な重労働をこなす生活を送り、同じように時が過ぎていった。

ラフンとヴェトルは毎日偵察に繰りだして遠くまで出かけたが、クロクの痕跡はいっこうに見つからず、まれに修道院の森で盗人を追いかけ回すくらいだった。しかし、じきに戦士たちがいるという話を聞いて恐れをなしたのか、侵入者やそのほかの脅威はほとんどなくなった。

修道士たちが首長《ヤール》やエアルドルマンと同じく土地を持っていることにゲイルムンドは困惑し、ある日トスレッドに切りだした。「おれの国では、預言者はヤールや王たちを支配しない。それどころか、土地や富を望む預言者なんて見たことも聞いたこともないぞ」

ふたりは修道院のリンゴ園を歩いていた。果実が熟しているかどうかを確かめていたトスレッドによると、収穫にはまだ数週間早いらしい。

「自身の栄誉などというむなしいもののために土地や富を欲しているわけではない」トスレッドが答えた。「われわれは修道院で上に立つ者たちにではなく、修道院の所有物に仕えているにすぎない」立ち止まり、両腕を大きく広げる。「この木々になるすべてのリンゴは、われわれの神への愛と、神のわれわれへの愛を示しているんだ。われわれはこの地上に神の王国を作っているのだ」

「なぜあなたたちの神は、人間界《ミズガルズ》に土地や王国を必要とする？　自分の土地や館を持っていないからか？」

「ち、違うとも」トスレッドが顔をしかめ、首を横に振った。「神は天国にいる」

「それはヴァルハラのようなものか？」

トスレッドがくすくすと笑った。「わたしがヴァルハラについて知っていることと照らし合わせると、まるで別物だ。あなたがヴァルハラを探し求めているのなら、天国に行ったらさぞがっかりするだろう」

ゲイルムンドは頭を左右に振った。「あなたたちの神は、おれには理解できない」

トスレッドがいきなりにっこり微笑んでゲイルムンドを見た。「一緒に来てくれ」

「どこへだ？」

「すぐにわかる」トスレッドはそう言うと、先に立ってヘルハイド隊がたむろしている中庭に戻り、さらに聖堂へと歩を進めた。「この中に入りたいとは言ってこなかったな、ゲイルムンド」

「たいてい鍵がかかっている」ゲイルムンドは返した。「おれたちのような異教徒に入ってほしくないいんだろうと思っていたんだ」

「あなたのその敬意には感謝する」トスレッドが言う。「だが、いまはわたしがあなたを招いている。もしも、あなたが望むのであればの話だが」

ゲイルムンドはここに来た日からずっと、修道士たちが祈りを唱えるこの場所に興味はあった。だが、受け入れてくれた彼らの気分を害する危険を冒してまでのぞき見ようとは思わなかった。「わかった。入ろう」

トスレッドがうなずいてゲイルムンドとともに門口に近づくと、ベルトにさげている鍵を鍵穴に差し込む。鈍い音とともに解錠され、トスレッドは扉を開けた。そのままふたりで中に入る。

足音が響く聖堂内には、湿った石と蜜蠟のにおいが漂っていた。色つきガラスを通ってやわらかくなった光が室内をあたたかく、頭上の垂木が影に溶け込む程度の薄暗さで照らしだしている。反対端には、さまざまな色と形のガラスを組み合わせて男の姿をかたどった大きな窓があり、その下に祭壇が据えられていた。祭壇の上には、銀で作られたのか覆われているのかは定かではないが、繊細な飾りの彫刻を施し、宝石をちりばめた背の高い十字架が置かれている。

「もしキリスト教の聖堂がすべてあれほど贅沢なものを置いているのだとしたら」ゲイルムンドの声が石壁に当たって大きくこだました。「デーン人が略奪をもくろむ理由はよくわかる」

「金と銀は、われわれに神から授けられる心の豊かさを思い起こさせるために存在する」

祭壇の両側には、ひしめくように木の長椅子が何列も並んでいる。修道士全員が色つきガラスと堂々とした堅固な壁に囲まれたこの場所で一体となって祈りを唱えているところを想像し、ゲイルムンドはこの場に感じる力を認めることができた。トスレッドが魔術と呼ぶか呼ばないかはさておき、聖堂内で行われるキリスト教の魔術は、預言者が環状列石《ストーン・サークル》の中で行う魔術とは、神の名と祈りの対象以外の点においても、いささか異なるらしい。

「われわれはここで、聖遺物を所有する恩恵にもあずかっている」トスレッドが言った。「聖ボニファティウスの喉の骨だ。その骨を通して聖なる話者が発した数多くの祈りや説教のことを、わたしはよく考えるんだ」

「それが、あなたたちが彼を敬う理由なのか？　祈りや説教を発したから？」

「聖ボニファティウスの教えは多くの魂をキリストのもとへいざなった」トスレッドがゲイルムンドのほうに体を傾けた。「それに、彼は異教徒が崇拝するトールの樫の木を切り倒したりもした」

　ゲイルムンドは頭を左右に振った。「トールを怒らせる危険を冒すなど愚の骨頂だ。ボニファティウスはそのあとどうなった？」

「信仰のせいで殺されたよ」トスレッドの言葉には確固とした誇りが感じられた。「彼を殺した者たちは金を探したが、見つかったのは箱におさめられた何冊もの聖なる本だけだった」

「本？」

「金よりもはるかに価値のある聖なる書物だ」

「それを読める者にとってはそうなのだろう。デーン人はあなたたちの金を奪って本を燃やすぞ」

トスレッドはうつむいてため息をついた。ゲイルムンドが聖堂内を見た瞬間にキリスト教徒になるとでも思っていたのか、がっかりしているように見える。だが唐突に視線をあげて言った。「あなたさえよければ、ほかにも見せたいものがある」

ゲイルムンドは肩をすくめた。「いいだろう」

トスレッドが鍵をかけ、ふたりは聖堂をあとにして中庭の反対側にある北東の扉に向かった。ゲイルムンドが見たことのない場所に通じる入口を通り過ぎる。そこはふたつ目のもっと広い中庭で、屋根のある通路と生い茂る花や灌木に囲まれていた。ゲイルムンドを見て何人かの修道士が手を止めたが、院長が一緒であることを知ると、それぞれの作業に戻った。トスレッドは回廊と呼ぶその通路の端をゲイルムンドとともに歩き、二番目の扉へいざなった。

「この部屋の中で行われている作業は非常に繊細で、しかも費用がかかっている。彼らの目と手には巧緻さが求められる。どうか作業の邪魔にならないようにしてもらいたい」

好奇心をかきたてられ、ゲイルムンドはうなずいた。「あなたの頼みを尊重しよう」

トスレッドが扉を開けると、中では四人の修道士が傾斜のついた机の前に座っていた。彼らのつぶやく声がミツバチの群れの羽音よろしく室内に充満していたが、ゲイルムンドにはひと言も理解できなかった。どうやら、それぞれが違う国の言語をささやいているらしい。修道士たちは本や羊皮紙に覆いかぶさるようにして読み、書き、そして明るい色の顔料や金さえも使って絵を描いている。彼らが羊皮紙に描くしるしはトスレッドの言ったとおりとても巧緻で、中には男や女、子どもや獣の形をしたものや、一見したところ何かわからない複雑な文様などもあった。修道士たちは作業に集中しきっていて誰ひとり顔をあげようとせず、彼らのつぶやきは途切れることなく続いていた。

トスレッドがゲイルムンドの肩を叩き、頭を傾けて扉を示した。部屋から出て中庭へ戻り、背後の扉を閉じる。

「あれが修道院の写本室だ」トスレッドが言った。「われわれが自分自身と人々のために聖なる言葉を読み、書き写す場所だよ」

「あの者たちは何を話していたんだ？」ゲイルムンドはきいた。

「天使や使徒、そして聖人たちと話をしていたんだ」

ゲイルムンドはもう一度扉を見た。「あの中にはほかに誰も――」

「紙に書かれた言葉を通じて話していたのだ」トスレッドが答える。「聖アウグスティヌスや聖パウロの言葉を読むとき、彼らの言葉はわれわれを通じて生き返る」

「あなたたちの本には声がおさめられているのか？」

「すべての本には声がおさめられている」

「死者の声もか？」

トスレッドが微笑んでうなずく。「わたしに教えてほしいか？」

「読み方をか？」

「そうだ」

ゲイルムンドはふたたび写本室の扉に目をやった。ジョンはシドロック軍に加わるために読み書きができることを売り込んだ。ああした能力は役に立つかもしれない。「そうだな、もしあなたに教えてくれる気があるのなら」ゲイルムンドはそう付け加えた。

この答えにトスレッドは満足したようだった。それから数週間のあいだ、ふたりは毎日夕食のあとに中庭で椅子に座り、ほかのデーン人たちがおもしろがって眺める中、トスレッドがゲイルムンドに字の読み方を教えた。最初、彼らは棒を使って足元の土にさまざまなしるしを描いていたものの、ひと月ほど経つと、トスレッドがゲイルムンドのために古いよれよれの羊皮紙の切れ端を一枚持ってきた。これまで教えてきた者たちに比べての み込みが早いと院長から褒められたが、ゲイルムンドにとって学ぶことは競争ではなかった。読み書きが利用価値の高い技術だとわかったので、自分のために習得したいと考えたにすぎない。

ある夜、いつものように授業が行われている最中に、ひとりの神父が修道院の門にやってきた。肋骨と歯を折る重傷を負っているにもかかわらず、伝言を運ぶためにタムワースの街から四十マイルほど歩いてきたのだった。

デーン人たちがマーシアに戻ってきた。どうやら、和平が終焉を迎えたらしい。

21

修道士たちが傷ついた旅人を北東の扉の向こうにある自分たちの世界に運び入れてからしばらくして、トスレッドが庭に戻ってきた。困惑した表情で、デーン人たちがマーシアのバーグレッド王を戦いに追いやったと説明する。和平のために支払う銀が尽き、いよいよ斧が振りおろされたのだ。アイヴァーとウバがタムワースを攻撃し、その後、ハルフダンとグスルムが北西にあるレオパンデューン（現在のレプトン）と呼ばれる場所に野営地を展開したという話だった。

「バーグレッドは逃げたのか？」ゲイルムンドは尋ねた。「エゼルレッドとアルフレッドと戦った身としては、サクソン人の王たちのほうがバーグレッドよりも勇気と誇りを持ち合わせていると言いきれるな」

「そういう王もいれば、そうでない王もいる」トスレッドが返した。

ゲイルムンドは頭を左右に振った。「デーン人たちがマーシアに来たとなると、ここにいるあなたも修道士たちも安全ではない。おれたちが一緒に作った壁は何人かの戦士が相手なら持ちこたえられるが、軍勢が相手ではそうはいかないぞ」

「ああ」トスレッドが言った。うなずいてはいるものの、何かに気を取られているのか、両方の目と心はどこかほかの場所に向いているようだ。「そうだな。あなたの言うとおりだろう」

しばらくのあいだ、ゲイルムンドはトスレッドを見つめた。「ほかにもっと困っていることがあるみたいだな」

トスレッドがゲイルムンドを一瞥してからすぐにうつむき、キリスト教徒が祈るときのように両手を顎の下で合わせ、指先を唇に押しつけた。「アンケアリグにわたしの兄がいた。タンクレッドという名だ。デーン人たちに殺された」

前にジョンがその名を口にしていたのを、ゲイルムンドは思いだした。「兄弟を失うのはつらいことだ」

「妹もそこにいたんだ」トスレッドが続ける。「トヴァという。だが、デーン人たちがいなくなるまで、どうにか湿地に身を隠していた」

女の顔なら葦の中で見た。そのときは川の精霊かと思ったものだ。「彼女はいまどこに？」ゲイルムンドはきいた。

トスレッドが目を閉じた。「襲撃のときはタムワースにいた。ここに来るためにそこを発ったといま聞かされたよ」

「それはいつの話？」ビルナが尋ねた。

庭にいるほかの者たちも話を聞いていたが、彼らがそこにいるのを忘れていたとばかりに、トスレッドはいきなり背筋を伸ばして周囲を見回した。「数日前だ」頭を傾けて角の扉を示す。「さっきここに来た神父よりも前にタムワースを出発したそうだ。いま頃はもうここに着いていているはずなのに。妹の身によくないこと起きたのではないかと心配だ」

　ゲイルムンドがラフンとヴェトルを見ると、ふたりのデーン人は命令されるまでもなくうなずき、武器を手にした。ゲイルムンドはトスレッドのほうに振り返って言った。「おれの戦士たちが彼女を探しに行く。運が味方すれば、彼らが見つけるだろう」

　トスレッドが顔をあげた。「告白する。その提案を期待していたが、頼むのをためらっていた」

「なぜだ?」

「あなたは……あなたは異教徒だ。そして和平が破れたいま、わたしはそれを……恐れていた」

　ゲイルムンドはトスレッドの肩に手を置いた。「おれたちの王のあいだで和平が破られたのは事実だ。だが、だからといって、互いと戦うよう命じられない限りは、おれたちが敵同士ということにはならない」

　トスレッドが笑いにも似た短いため息をついた。「ユダヤ人を助けたサマリア人のように、異教徒が神父を助けるわけか」さまざまな考えと不安をぬぐい去るように、片方の手で顔をごしごしとこする。「感謝するよ」

「準備ができたぞ」ラフンが声をかけ、ゲイルムンドが黙ってうなずくの待ってから、ヴェトルとともに修道院をあとにした。

　ふたりの戦士が出ていった門を、トスレッドはしばらくのあいだ見つめていた。どうすることもできず、首にさげた十字架をきつく握りしめている。ゲイルムンドは院長を哀れに思った。何カ月か前にヴェトルが修道士たちについて言ったように、トスレッドは飛ぶことも狩ることも学んでいないので、家族を守るために何もできないからだ。だが、院長が臆病者でないのはゲイルムンドも知っている。崇拝している神が彼を弱くしているだけだ。

「寝所に行って休むといい」ゲイルムンドは告げた。「今夜これ以上あなたにできることはない」

「祈ることはできる」トスレッドがまばたきもせずに返した。

「では、そうするといい」祈りなど役に立たないだろうと思いつつ、ゲイルムンドは言った。

その夜の残りの時間は恐怖がもたらす不安と重苦しい空気に包まれて過ぎていき、次の日の午前中になってようやく、ラフンとヴェトルが戻ってきた。ふたりはトスレッドの妹を連れてくることはできなかったとはいえ、彼女を見つけただけでなく、クロクと配下の戦士たちの姿も確認していた。

「彼女はクロクたちにつかまっている」その言葉にトスレッドはひどく落ち込んだが、ラフンはさらに話を続け、彼女が傷つけられてはいないようだと教えてやった。

「どうもやつらはここを目指しているみたいだ」ヴェトルが言う。「たぶん彼女が何者かを知っていて、身代金を取ろうとしているんだろう。だから危害は加えていない」

「なぜそんな面倒なことを?」スタイノルフュルがきいた。「どうしてこの修道院を奪いにこないんだ?」

「頭数が足りないんだろう」ヴェトルが答える。「数えた限りでは十三人しかいなかった」

「ということは、さらにふたり死んだわけだ」ビルナがにやりと笑った。「それに、やっぱりハルフダンのところへは戻っていない。クロクのやつ、自分の手下に金を与えるためにも、王を喜ばせるためにも、略奪に躍起になっているんだ」

ゲイルムンドも彼女と同じ考えだった。「姿を見られたか?」

ラフンが鼻で笑う。

「まさか」ヴェトルが答えた。

彼らの近くで、トスレッドが手をもみ合わせながら中庭をうろうろしていた。「もし彼らが銀をほしがっているのならくれてやる。わたしは絶対に――」

「落ち着け」ゲイルムンドは言った。「銀をくれてやらなくとも、妹を助ける方法があるかもしれない」

「どうやって?」トスレッドが尋ねた。

「彼には策略がある」スタイノルフュルがゲイルムンドを横目で見ながら答える。「そうだな?」

たしかに策略はあった。修道院を手放すことになるが、それはゲイルムンドにとって大きな犠牲ではない。デーン人の王たちが近くにいて、間違いなくここを焼き払うことが予想されるなら、いまやこの場所に長居する必要はないだろう。

「あなたと修道士たちはこの場所を放棄するつもりはあるか？」ゲイルムンドはトスレッドに尋ねた。

「わたしは――」トスレッドがまばたきをして頭を左右に振る。「この修道院を離れる？」

「そうだ」

「だが――」

「マーシアはいまやデーン人のものだ」ゲイルムンドは言った。「ここに残れば死ぬぞ、トスレッド。修道士たちも死ぬ。しかも、簡単には死なせてもらえない。そうしたいというなら銀をくれてやればいいが、クロクたちが去ったあとは軍勢が門に押し寄せてくるぞ」

トスレッドは黙り込んだ。

「猶予はどのくらいある？」ゲイルムンドはラフンにきいた。

「クロクたちがおれたちの読みどおりここへ来るとしたら、明日には門の前に立っているだろう」

ゲイルムンドはトスレッドに視線を戻した。「修道士たちと話し合う必要があるのはわかっている。だが、夜が明けるまでに決断しないと手遅れになる」

トスレッドはうなずき、重い足取りで中庭から出ていった。肩を落とし、顎が胸につきそうなほどうなだれている。

「彼らが残ることを選んでも、驚いてはいけない」トスレッドが去ったあとで、スタイノルフュルが言った。「彼らの多くは愚か者だ」

「たぶんな」ゲイルムンドは応じた。

トスレッドはかつて棺同然の木の小屋から出る決断をした。今度も同じように修道院を出る決断をしてくれるかもしれないと、ゲイルムンドは期待していた。それでも院長はすぐには戻ってこなかった。ゲイルムンドと戦士たちはとうとう待つのをあきらめて眠りについたが、ほどなくして修道士たちの深夜の祈りが聞こえてきて目が覚めた。ゲイルムンドは祈りが終わるまで聖堂の扉の前で待ち、トスレッドが出てくると、その前に立ちはだかった。

「どうするか決まったか？」ゲイルムンドは尋ねた。

トスレッドがまばたきをした。「ああ」振り向いて肩越しに修道士たちを見る。「われわれはここから出ていく」

「よかった」ゲイルムンドはその答えに安堵した自分に驚いた。「どこへ行く？」

「友人がウェセックスのサーンで修道院の院長をしている。多くの者たちはそこに行くことになるだろう」

「その言葉を聞いて安心した」ゲイルムンドはほかの修道士たちが寝所に戻れるようトスレッドの前からどき、みずからも寝床に向かった。

昼を過ぎた頃、ラフンとヴェトルが言ったとおり、クロクが修道院の壁の前に姿を現した。ただし、配下の戦士たちが勢ぞろいしているわけではないようだ。ゲイルムンドが木の壁の細い隙間からのぞくと、西門の前にクロクとトスレッドの妹をはさんで立つふたりの戦士が確認できた。湿地でちらりと見たので、彼女の顔はかすかに覚えている。縛られてさるぐつわを噛まされているものの、ゆったりとしたドレスが泥だらけになっているくらいで、怪我はしていないようだ。トスレッドは安堵しているに違いない。トスレッドは壁の上に立ち、ゲイルムンドと配下の戦士たちはクロクから見えないようにしゃがんで聞き耳を立てていた。ゲイルムンドはトスレッドに何をどう言うべきか説明しておいたが、院長が自分の言葉としてうまく伝えられるかどうか不安だった。

「何が望みかね、異教徒よ？」トスレッドが尋ねた。

「おれはクロクだ」デーン人が答える。「おまえがここの指導者か？」

「そうだ。わたしが院長をやっている」

クロクがトヴァを指さした。「おまえがこの女を知っていると聞いた」

恐怖や怒りとは折り合いをつけなければならないと、ゲイルムンドはトスレッドに忠告した。自分のためにも妹のためにも、毅然と振る舞え。恐怖を抱いているのが伝われば、それを隙と見なしたクロクが修道院を攻撃するかもしれない。一方で怒りをもって応じれば、クロクの怒りをもかきたてることになりかねない。

「知っているとも」トスレッドは平坦な声で応じた。「わたしの妹だ」

「では、とっとと片をつけよう。おれが何を手にしているかも、おれが何を望んでいるのかも、おまえにはわかっているはずだ」

「銀だ」トスレッドが言う。「あなたたちデーン人はみな同じだ」

クロクが笑った。「銀をほしがらないやつがいるか？」

「妹を解放すれば、銀をくれてやる」トスレッドが返した。

「よし！」クロクが手を打ち鳴らした。「では、額を決めないと」

「いくらほしいんだ？」

「いくら出すつもりだ？」

「われわれは裕福ではない」トスレッドが計算しているかのように顎を撫でる。「銀二十ポンドなら出せる」

ゲイルムンドは修道院に二十ポンドの銀があるかどうかは知らなかったが、それだけ提示されれば、クロクも満足してそれ以上は欲をかかないはずだと思っていた。

「二十五ポンドだ」デーン人が言った。「それ以下は一ペニーも負けない」

「二十五ポンドもの銀はここには――」

クロクの笑い声が響く。「もっとしっかり探せば見つかるだろうよ」

トスレッドが動きを止めた。「わかった。明日の正午にまた来てくれ」

「いいだろう！」クロクが言う。「おれが要求したものを用意できなかったらどうなるか、説明する必要はあるか？」

顔面蒼白になったトスレッドを見て、余計なことを口走りやしないかと、ゲイルムンドは不安になった。だが、院長はなんとか冷静さを取り戻したようだった。「妹を傷つけたらどうなるか、説明する必要はあるか？」

またしてもクロクは声をあげて笑った。「明日また会おう。神父様」

それでふたりの会話は終わった。ゲイルムンドが視線を向けると、クロクの戦士たちがトヴァを引きずるようにして森へ戻っていく様子を、トスレッドは目で追っていた。院長は黙り込んで弱みを見せなかったが、壁からおりてきたとたん、ぶるぶる震えだし、怒りと苦悩と恐怖に目をうるませた。

「クロクたちは彼女に手は出さない」ゲイルムンドはトスレッドを落ち着かせようとして言った。「それほど彼女は重要なんだ。あなたはよくやった」

トスレッドは腰を曲げ、両方の手のひらを膝につくと、何度か大きく息をついてから、ふたたび体をまっすぐに起こして言った。「腹立たしいことに、これからしばらく待たなければならないというわけか」そして待っているあいだに、彼らは準備を整えた。

修道士たちが本や十字架、聖遺物、いくらかの家具と自分たちの分の食料、一緒に連れていく動物たちなど、ウェセックスに持っていくものを片っ端から荷車にのせようと動き回っている。ゲイルムンドは戦士たちに、置いていきたくないものはすべてまとめるよう命じ、それからトスレッドに頼んで大きなフードのついた修道服を六着、用意してもらった。どこか疑わしげながらも、院長は言われたとおりに服を渡してくれた。それからゲイルムンドはクロクが戻ってきたときに取るべき振る舞いを伝えた。最後にアルムンドが空の大きな木箱を運んできて、その中にトスレッドが数ポンドの光り輝く銀貨をじゃらじゃら入れた。これで準備完了だ。

翌日の明け方、彼らは西の門の裏手に待機した。ゲイルムンドはラフン、ヴェトルとともに修道服を身につけている。これに参加を志願したアルムンドが加わった。大柄のパン職人が武器の扱いに長けているのを知るゲイルムンドが反対しなかったのは言うまでもない。

クロクが戻ってきたとき、トスレッドは本物の修道士ひとりと、修道服を着た三人のデーン人を連れて開いている門を抜けた。ビルナ、スタイノルフュル、そしてシャルギを壁の内側に残して門が閉じる。アルムンドが銀の入った箱を運んで敵から数尋《ファソム》離れた地面に置いた。ゲイルムンドはそのあいだ、フードですっぽり顔を隠していた。計算どおり、のぼってきた太陽は彼らの背後に位置している。

「あなたたちの指揮官はどこだ?」トスレッドが尋ねた。「クロクは?」

院長の問いを聞いたゲイルムンドは危険を冒して顔をあげ、本当の敵が戻ってきていないことを確認した。代わりにいるのはトスレッドの妹を連れた四人のデーン人だ。クロクと残り八人の戦士の姿を探し、彼らの背後、開けた空間の端に当たる木々の境界線に視線を走らせる。

「クロクから命を受けて来た」敵のひとり、先が割れた長い顎ひげを生やしたデーン人が言った。「銀はあるな?」

「ここにある」トスレッドが身振りで地面に置かれた箱を示す。

「確かめさせてもらうぞ」顎ひげ男が言った。

トスレッドがうなずいて合図を送ると、アルムンドが箱を持ちあげて何歩か運び、ふたたび地面に置いた。蓋を開け、クロクの戦士たちから視線を外さずにゆっくりとあとずさる。アルムンドが戻ってくるまでのあいだ、ゲイルムンドはものすごい勢いで頭を回転させた。計画が大きく狂ったいま、どう動くべきか考えねば……。いずれにしても、クロクを手っ取り早く始末しなければならない。そうしない限り、自分たちは前よりも大きな危険に直面することになるだろう。

顎ひげ男が箱に近づいて中を見おろし、足蹴にした。銀貨がじゃらじゃらと音をたてる。「これはなんだ?」

「銀五ポンドだ」

「おまえらは二十五ポンドで手を打った――」

「そのとおりだ。だが、わたしはあなたたちを信用していない」トスレッドが箱を指さす。「その富は神のものであって、わたしのものではない。銀は妹の命と引き換えに渡してやるが、両方を失う危険を冒すつもりはない。残りの二十ポンドは後ろの門の内側にある。あなたたちが人質を解放して無事が確認できない限り、渡すつもりはない」

デーン人たちが神父のこうした反応を予期していなかったのは明らかだ。しばらくのあいだ言葉を失っていたが、やがてトヴァの近くにいるひとりがナイフを抜き、刃を彼女の喉に当てた。トスレッドが足を一歩踏みだしたので、ゲイルムンドは腕を伸ばして引き止めた。

「どっちを取るかよく考えるんだな」顎ひげ男が箱を見おろして言う。「おれたちはこの銀だけをいただいて女の喉をかき切ってもいっこうにかまわないんだ。だが、目当ての二十五ポンドをいただいて女をおまえらのところに置いて帰るに越したことはない」

トスレッドが口を開いたが、発する言葉を失っているようだった。もしクロクがこの場に来ていたら、すでに死体となって決着がついていただろう。それがいまや、院長はすっかりまごついている。収拾のつかない事態になる前に、ゲイルムンドは行動を起こす必要がある。

「いま銀を取ってくる、デーン人よ」ゲイルムンドが言うと、トスレッドが視線を向けてきた。それにうなずいて応え、続けてラフンとヴェトルに顔を向ける。「行こう、兄弟たち」

三人は門に向かって歩きながらささやき合った。

「クロクはどこだ?」ラフンが尋ねる。

「見当もつかない」ゲイルムンドは答えた。「森の中で見張っているのかもしれない」

「やつを殺せなきゃ、この策略は失敗だぞ」ヴェトルが言う。

「殺すとも」ゲイルムンドはデーン人たちを振り返りたい衝動を抑えた。「だが、あいつらが先だ」

彼らの到着を待って門が開き、内側ではスタイノルフュルがすでに最初のものよりも大きなふたつ目の箱を用意し、ゲイルムンドを待っていた。

「クロクがいないときには必要になると思ったんだ」年嵩の戦士が言う。「いかにも重そうに見えるから、少なくともふたりは敵に近づける」

「よし」ゲイルムンドは少人数のヘルハイド隊に目をやった。「まず、トヴァを奪還する。そのあとはなりゆきに任せるしかない。いつでも飛びだせるよう、準備しておけ」

戦士たちはうなずき、ゲイルムンドが箱の片側を、反対側をラフンが持ちあげた。ふたりの後ろにヴェトルが続き、三人で門を抜けてゆっくりと戻り、顎ひげ男とその仲間に近づいていく。トスレッドとアルムンドの横を通る瞬間、ゲイルムンドはささやいた。「妹を取り返したら、すぐ壁の向こう側に走れ」そのまま、さらに歩き続ける。

近づいてくる男たちに気づいた顎ひげ男はにやりとしたが、彼らがすぐそばを通り過ぎてまっすぐトヴァのほうへ向かうのを見て、戸惑った表情を浮かべた。

「待て」顎ひげ男が言う。

ゲイルムンドたちがその言葉を無視してさらに数歩進むと、顎ひげ男が彼らに向かって叫んだ。

「待て、みすぼらしい卑怯者ども！」

三人は敵に武器が届くところまで来て足を止めた。ラフンが一番トヴァに近い。彼女はほとんどつま先立ちになり、混乱も露わな目で味方の男たちを見つめた。喉にナイフを当てられているせいで、全身ががちがちにこわばっている。

顎ひげ男が三人の後ろから近づいてきた。「修道士ってのは、みんなおまえらみたいに頭が空っぽなのか？　銀を下に置け」

ゲイルムンドとラフンが箱をおろして地面に置いた。顎ひげ男が彼らを回り込んで仲間のもとに戻ると、中に二十ポンドの銀が入っているはずの箱に、敵全員の目が釘づけになる。そのときゲイルムンドの頭に疑問が浮かんだ。この男たちはクロクを裏切って銀をわがものにするつもりなのだろうか？　あるいは、なんらかの失態を犯した指揮官を殺したのかもしれない。それならクロクが来なかったことも説明がつく。ただ事実がどうあれ、この四人のデーン人が死ぬ運命にあることに変わりはない。

「開けろ」顎ひげ男が命じた。

ゲイルムンドが目を合わせると、ラフンは準備万端とばかりにうなずいて、箱のほうに身をかがめた。ゆっくりと蓋を開けて空っぽであることを種明かしするのと同時に、修道服をはためかせて突進する。トヴァをつかまえていたデーン人は事態をのみ込めず、口をあんぐり開けたまま一瞬のあいだ立ち尽くした。トヴァの頭のてっぺんをかすめた細いミクラガルドの剣が、デーン人の目に刺さっている。ラフンが剣を頭深くへと沈めると、男はどさりとその場に倒れ込んだ。

「走れ」ヴェトルがトヴァに言った。

彼女は瞬間的に動揺したものの、すぐに気を取り直し、両手を縛られたまま兄に向かって走りだした。

それとほぼ同時に、顎ひげ男と仲間たちも驚愕から立ち直り、怒りに任せて武器を抜いた。だが、ヘルハイド隊のほうが優位に立っている。ゲイルムンドが顎ひげ男に剣を突きたて、ヴェトルが斧で敵のひとりの肩を深く切り裂くと、男たちは倒れると同時に死体と化していた。ラフンも二本の剣で敵の腕と脚に深手を負わせ、たちまち相手を動けなくした。戦いは一瞬で終わったが、ヴェトルは木々のほうを指さした。数人の戦士たちが驚きの表情を浮かべて突進してくる。

「新手が来た」

「壁に向かうぞ」ゲイルムンドは答え、走る途中で小さいほうの箱を拾いあげた。

三人が門にたどり着くと、トスレッドとアルムンドがすでにトヴァを連れて壁の内側に逃げ込み、彼女を縛る縄をほどいていた。スタイノルフュルが門を閉じてかんぬきをかけ、全員で武器を手にクロクの攻撃を待つ。だが、攻めてくる者はひとりもいなかった。

「やつの手下は十三人だった」ビルナが言う。「これであと九人」

「ここを九人で攻め落とすのは無理だな」スタイノルフュルが続いた。

「攻めてはこないだろう」ゲイルムンドは壁に近づき、隙間から向こう側をのぞいた。森にいた戦士たちはいなくなったようだ。じきに、クロクはなぜ四人もの戦士が数人の修道士にやられたのかを考え始めるだろう。「これでクロクも慎重になる。味方になるデーン人を探しにタムワースへ向かうはずだ」

「そうさせるわけにはいかない」ラフンが言った。「やっと対等に戦えるようになったところだ」

「でも、どうやってクロクを引き止める？」シャルギが尋ねる。

「誰にやられたのかを知れば」ゲイルムンドは答えた。「つまり、やったのがおれたちだと知れば、やつは誇りにかけて、おれたちを追ってくるはずだ。修道院のことは忘れて」

修道服の裾で、剣についた顎ひげ男の血をぬぐう。「やつらをおびきだすぞ」彼はビルナに目を向けて言った。「それから皆殺しだ」

ヘルハイド隊はすでに荷物をまとめ終え、修道院をあとにする準備ができていた。ゲイルムンドは出発前に銀の入った箱をトスレッドに返そうとしたが、院長はそれを断った。

「その銀はわたしの感謝の証だと思ってくれ」トスレッドが言った。

トヴァが兄の隣に立っている。近くで兄妹ふたりを見ると、いきいきとした茶色の瞳や力強い顎の線などが似ていることがゲイルムンドにも見て取れた。若い娘が腕を伸ばして彼の手を取る。

「アンケアリグで会ったのを覚えています」トヴァが言った。「兄の分も合わせて、あのときのお礼を言わせてください。それから、今日のわたしの分も改めて感謝を――」

ゲイルムンドは一礼して銀を受け取り、スタイノルフュルに渡した。彼ならきちんと配分し、注意を引かないところに隠しておいてくれる。「あなたと修道士たちは、やはりここを離れるつもりなのか?」改めてトスレッドに尋ねた。

「ああ、そのつもりだ」

「道中に危険はないのか?」

「ローマ街道は避けて古い道を使う。ウェセックスまでそう遠くないし、ひとたびキリスト教区に入ってしまえば安全なはずだ」

「それでも一日か二日は待ったほうがいい」ゲイルムンドは忠告した。「おれたちがクロクと配下の戦士たちを充分に引きつけるまで。ただし、それ以上長くはとどまるな。遅かれ早かれ、ここはデーン人たちに見つかる」

トスレッドがうなずく。「あと本を何冊かまとめれば、準備は終わる」

本の話が出たところで、ゲイルムンドはこの数週間、疑問に思っていたことを尋ねる気になった。「出発する前に最後の質問がある」

「なんだね?」

「なぜおれに読み書きを教えた?　おれがキリスト教徒になるのを期待されていたような気がしてならないのだが」

トヴァが眉を少しあげて兄に顔を向ける。トスレッドは視線をそらし、気弱な笑みを浮かべた。

「まあ」院長が答えた。「わたしは……そうだな。正直に言うと、それも理由のひとつではある。神の言葉を読むことで、異教徒であるあなたの心がやわらぐのではないかと思ったんだ」顔にいっそうあたたかな笑みが浮かぶ。「だが、いま思えば不可能な望みだった」

「そう悲観するな」ゲイルムンドは言った。「負けを認めないといけない場面は何度でも訪れる」

トスレッドが含み笑いを漏らした。「良識であり、真実でもある」

「ほかにも理由があったの?」トヴァがきいた。

トスレッドは真剣な表情に戻り、ゲイルムンドをまっすぐ見つめた。「あなたと配下の戦士たちが図書室を見つけたとしたら、いまのあなたはそこにある宝を簡単には破壊できないかもしれない」

「たしかに」ゲイルムンドは敬意を込めてうなずいた。「それがあなたの策略だったわけだ」

「ゲイルムンド！」ビルナが壁の上から呼んだ。「森の中で動きがある」

「行ってください」トヴァが言う。「わたしたちはあなたのために祈ります」

「あなたたちの神を受け入れずに、祈りを受け取ることはできるだろうか？」

「それは、あなたしだいです」トヴァが答えた。「太陽と雨を受け入れずに、大地の小麦を受け取ることができますか？」

ゲイルムンドはくすくす笑ってふたりに別れを告げ、戦士たちと一緒に修道院の門を抜けて出発した。アルムンドが門を閉じる。ゲイルムンドは修道服のフードを目深にかぶり、森を視界に入れたまま、矢が届かない場所まで来た。そして、無言のまま修道服を脱ぎ捨て、森の中をにらみつけた。クロクに配下の戦士たちを修道院の前で打ち負かしたのが何者か知らしめるために。それからゲイルムンドは踵を返し、仲間とともに開けた場所から東へ向かった。デーン人たちがあとを追ってこられる程度にゆっくりと進む。

「あの糞野郎は見ていただろうか？」スタイノルフュルが尋ねた。

「クロクが見ていなくても、配下の戦士たちが見ていたはずだ」ゲイルムンドは前方のそう遠くない丘を指さした。「あの高台まで行こう」

彼らは速度をあげて木々のあいだを走り抜け、枝を折ったり葉を蹴ったりして騒がしい音がたつのも気にせずに、高台の頂上まで駆けあがった。ここからなら、西には自分たちがいま来た道が見え、遠くには木々に囲まれた修道院の建物の屋根が一望できる。加えて、クロクたちが森をかき分けて追いかけてくる様子も余すところなく確認できた。

「ここでやるか？」ラフンが尋ねる。「もってこいの場所だと思うが……」

「いいや」ゲイルムンドは答えた。「やつらの人数は、まだこちらのほぼ二倍だ」

「それがなんだっていうんだ？」ビルナはすでに斧を手にしている。「こっちのほうが倍は手ごわい」

「おまえの言うとおりだ」ゲイルムンドは北から南、東へと視線を走らせ、条件のいい戦場を探した。「だが、開けた場所で戦うときは、囲まれる危険がある。おれはあのデーン人ごときを相手に、おまえたちを誰ひとりとして失うつもりはない」

「それならどうする？」ビルナがきく。「あたしたちは――」

「あそこを見ろ」ヴェトルが槍の先で丘のふもとのほうを指した。

ゲイルムンドは彼の槍が示すほうに目をやり、半休息《ラスト》ほど離れた木々のあいだを数人の戦士たちが向かってくるのを視界にとらえた。つまり、クロクたちがじきにここへやってくるということだ。もう一度東を向き、二休息《ラスト》ほど先にある南から北へ流れる川を見つめた。あの川を背に陣取れば、少なくともそちら側からは攻撃されない。運がよければ堤防か低い崖を見つけてさらに守りを固め、狭い場所でクロクとの正面対決に持ち込めるかもしれない。

ゲイルムンドは川へ向かうよう戦士たちに命じた。丘をおりきったところで後方の追手の声が初めて聞こえた。ヘルハイド隊はいっせいに駆けだして一休息《ラスト》ほど進み、苔むした樫の古木が立ち並ぶ暗がりへと入った。曲がりくねった重そうな枝の下では腰をかがめ、太く入り組んだ根でつまずかないよう飛び越えた。やっとの思いで川岸へ抜けると、眼前に突如として川に浮かぶ大きな船が現れた。船は草や葦に面してつながれ、船員たちが岸に集まって火を囲んでいる。

ヘルハイド隊の面々が驚いて足を止めた。一方、船員たちも闖入者に仰天したらしく、数人が大声をあげ、慌てて武器を手にした。

ゲイルムンドは船員たちの顔を観察した。配下の戦士たちを罠に飛び込ませてしまったのだろうか？　だがすぐに、この見知らぬ者たちはクロクの仲間ではないと悟った。何人かはデーン人のようにも、ノース人のようにも見える。

「ゲイルムンド？」

船員たちの中にいたひとりの女性が前に進みでた。金色の髪と顔の傷跡を見て、ゲイルムンドはすぐに彼女のことを思いだした。

「エイヴォル？」彼は言った。

「驚いた。ゲイルムンド・ヨールソン、あなたか！」エイヴォルが両腕を大きく広げ、にこやかな表情で彼に歩み寄った。「ここで何をしている？　グスルムと一緒だと聞いたが。あなたがどうなったか、ずっと気になっていた」

「おれは――」エイヴォルと再会した驚きは即座にかき消された。樫の森から叫び声があがり、クロクの戦士たちの襲来を告げたからだ。それに気づいてエイヴォルも森に目をやると、デーン人の戦士たちが木々のあいだから川岸へ飛びだしてきた。ヘルハイド隊と同じように、クロクたちも船と船員たちを見て驚いたようだ。

しばらく何も起こらないまま時が流れた。クロクが岸辺を探るように見て、ゲイルムンドに目をとめた瞬間に剣を高く掲げた。

「ヘルハイド！」クロクが叫んだ。

「あれは何者？」エイヴォルが尋ねる。「友だちではなさそうだな」

「ただの使い走りだよ」ゲイルムンドは答えた。

クロクが剣先をゲイルムンドに向けたまま、岸を歩いて近づいてきた。その後ろに八人の戦士が続く。エイヴォルがゲイルムンドの横に並び、船員たちがヘルハイド隊とともにふたりの後ろに立った。

「ここに何をしに来た？」女戦士が問う。

クロクが嘲笑した。「おまえこそ何者だ？」

「わたしはエイヴォル・ヴァリンスドター」彼女が答えた。

クロクは急に立ち止まり、鼻にぶらさがっている輪を揺らした。彼女の名前に聞き覚えがあったらしく、剣をおろす。

「わたしの館はこの川沿いの北のほうにある」エイヴォルが言った。「あなたの名は？」

クロクが姿勢を正すと、わずかに背が高く見えた。「おれはクロク・イクシブロドだ。ウバを通じてヘルハイドと血讐の争いをしているハルフダン王に誓いを立てている」

「ラグナルの息子たちならよく知っている」エイヴォルが言った。「少し前にタムワースで一緒だったから」ゲイルムンドをちらりと見て問いかける。「贖罪金の額は？」

「ハルフダンは贖罪金を受け取らない」ゲイルムンドが答えた。

「それは嘘だ！」クロクがふたたび剣を掲げた。「ハルフダン王が決めた贖罪金の額は十八ポンドだぞ！」

「十八ポンド？」エイヴォルが舌打ちをする。「いったい誰を殺した？　すごい額じゃないか」

クロクがふたりをにらみつけた。「死んだのはウバの縁者だ」

「誓ってもいい。贖罪金があるなんて初耳だ」クロクが嘘をついているようには見えないことに当惑し、ゲイルムンドは腕を組んだ。「ハルフダンが血の対価について話したいなら、戻ってこう伝えろ。アスレフというおれの戦士の死に対して、銀を支払ってもらいたいとな」

「そんなのはおれが払ってやる」クロクがばかにしたように腰に結びつけた小さな袋に手を伸ばした。「そいつの命はいくらだ？　二、三ペニーか？」

ビルナが声をあげて笑った。「アスレフの命はおまえと、おまえに従う愚かな戦士たちを合わせた以上に価値がある」切れ味を確かめるように、親指を斧の刃に走らせる。「血の対価の半分は簡単にいただいたけれど、おまえたちの最後のひとりが死ぬまで、全額返してもらったことにはならない」

その言葉に、クロクの後ろにいたデーン人たちは動揺した。クロクが剣先をビルナに向ける。「おまえなどただの野良犬にすぎない。おれは必ず——」

「そこまでだ」エイヴォルが額をこすりながら言った。「あなたはなぜここにいる、クロク？　これはあなたの血讐じゃない。ラグナルの息子たちはどこだ？」

「もっと重要な戦いに臨んでいる」クロクがにやにやしながら答える。「ハルフダン王がみずからの代理として、この臆病で男らしさのかけらもない青二才を殺すためにおれを送りだしたんだ」

それを聞いて、ゲイルムンドの胃がきりきり痛んだ。背後にいる戦士たちがざわめき始める。誇りではなく、名誉を傷つけられていた。

クロクが続ける。「ヘルハイドはルンデンから逃げだしたんだ。まるで——」

「黙れ！」スタイノルフュルが怒鳴った。首がこわばって赤く染まっている。

「好きなようにしゃべらせておけばいいさ、デーン人め」ヴェトルの声は凍土を吹き抜ける風のようだ。「おれが喜んで舌を切り取ってやる」

だが、その場にいた戦士たちはみな、クロクを黙らせたところで意味はないとわかっていた。デーン人がゲイルムンドを〝男らしくない〟と侮辱してしまった以上、なかったことにはできない。反論できるのはゲイルムンドただひとりなのだ。

「おれは名誉を守る」ゲイルムンドは剣を突きつけられる危険も顧みず、相手の目を射貫かんばかりに鋭い視線を向けてクロクに近づいていった。敵の戦士たちの何人かが気圧されてあとずさりする一方、クロクはなんとか踏みとどまった。「贖罪金を払うつもりだったのに」ゲイルムンドは言った。「自分の代わりに戦わせようと牛の糞みたいな男を送り込んで、みずからの名誉を捨て去ったのはハルフダンだ。だが、こうなった以上、おれはどちらかが死ぬまでおまえと戦うぞ」

沈黙が流れる。

「おれがおまえと戦ってやるんだ」クロクがごくりと唾をのみ込んだ。「だが、おまえのほうこそ――」

「ふたりとも落ち着け」エイヴォルが進みでてゲイルムンドとクロクのあいだに立った。「わたしは首長《ヤール》だ。この決闘は法に従って行われる。まず時間と場所を決めないと」

「いま」ゲイルムンドは言った。「この場でだ」

エイヴォルが初めて会うような顔で彼を見た。彼女の目に映る自分は父親の館で会った二番目の息子からどれほど変わったのだろうと、ゲイルムンドは思った。「あなたは？」

彼女がクロクに顔を向けて尋ねた。

「いま、ここで戦う」デーン人が答えた。

「死ぬまで戦うことを望むか？」エイヴォルはゲイルムンドを見つめたまま、ふたりにきいた。

「望む」ふたりとも同じ答えだった。

「武器は何を？」彼女が問う。「斧か？　槍か？」

「剣と盾を」ゲイルムンドが答えると、またしてもクロクは同意した。

　エイヴォルがため息をつく。「では、決闘を行う」

　戦士たちが広がって四角い決闘の場を作り、ヘルハイド隊はゲイルムンドの近くに集まった。最後にレクと一対一で戦って敗れたときのことを思いだしたのか、戦士たちは心配そうな顔をしている。だが、ゲイルムンドは彼らの懸念に腹を立てたりはせず、やるべきことに集中した。クロクは自分よりも年上で、力も技術も、そして手ごわさでも上回っているかもしれない。剣以上のもので武装する必要があるのはわかっていたが、法によって決闘に勝つために策略を用いることは禁じられていた。

「あの便器野郎は汚い手を使ってくる」スタイノルフュルが忠告する。「お返しに汚い手を使う準備をしておけ。嚙みつくのは雄馬並み、蹴るのは雌馬並み、引っかくのは猫並みだ。だが、クロクがそういう手段に出るなら、あなたもそうしなくては――」

　ゲイルムンドは決闘の場の反対側に目をやり、上半身裸で戦うために鎧を外して服を脱いだクロクを見た。デーン人がぶるぶると頭を振り、関節をほぐすために剣を振ると、剣は鋭く長い弧を描いて空気を切り裂いた。

同じくクロクを見ていたビルナがゲイルムンドに言った。「あたしのためにやってもらいたいことがある」

「言ってみろ」

彼女がふたたびクロクを見る。「あの輪っかをやつの鼻から引きちぎって」

ゲイルムンドは声をあげて笑った。そういえば前にビルナは、誇りのために戦う戦士は優秀とは言えないと語っていた。クロクはまさしくそういう男だ。

「両者とも、盾は三枚まで使えるものとする」エイヴォルが四角い決闘の場の中央に立って宣告する。「戦いは致命傷が与えられるまでとし、ここにいるすべての戦士は結果を受け入れる。結果を拒絶したり妨げたりした場合、その者は命をもってあがなう。双方いいな？」

「同意する」ゲイルムンドはシャルギから最初の盾を受け取り、剣を手にエイヴォルとクロクのほうへ歩きだした。

クロクが両足に交互に体重をかけ、体を前後に揺らす。「おれも同意する」

エイヴォルが順番にふたりを見た。心なしかゲイルムンドのほうに長く視線をとどめたあと、ふたりから距離を取る。

「では決闘を開始する。始め！」

クロクがすばやく動き、激しい攻撃を仕掛けてくる。ゲイルムンドは一撃を受け止めようと盾をあげたが、強い衝撃に後ろへよろけそうになった。決闘の場を囲む戦士たちが叫び声をあげる。彼を応援する声も、敵を鼓舞する声もあったが、ゲイルムンドには聞き分けることができず、すべての言葉がひとつの咆哮のごとく耳に響いた。

ふたたびクロクが攻撃してきたが、今度はデーン人の一撃を受け止めたあと、ゲイルムンドも剣を振って応戦した。ふたりで円を描くように動きながら攻撃を仕掛けては退き、攻めては引きつつ、互いに相手の弱点を探り合う。すぐにゲイルムンドの盾が壊れそうになったので、使いものにならなくなって腕を刺される前に中断の合図を送った。シャルギのもとに戻って新しい盾と交換すると、その様子を見ていたクロクが唾を吐いた。

戦いが再開すると、デーン人は三度続けざまに、さらに激しく剣を繰りだした。しかしゲイルムンドはすべての攻撃をかわし、反撃に出てクロクの盾の中央突起より上の部分を打ち砕いた。デーン人が盾を交換するために戦いを中断する。

クロクがまたしても襲いかかってきたとき、ゲイルムンドは盾で攻撃を受け止めるのではなく、横に飛んで剣をかわした。デーン人が勢い余って体勢を崩し、前のめりになる。その隙を突こうと、ゲイルムンドはクロクの首に斬りかかった。だが、敵はかろうじて盾をあげて防ぎ、飛びのいて距離を取った。

それからクロクはもっと慎重に剣を繰りだすようになり、じきにゲイルムンドの二枚目の盾が砕かれた。顔は汗にまみれ、激しい呼吸が胸を焼く。脚にはまだ力が残っているもののの、腕は骨がきしんでいる気さえする。剣が重く感じられ、最後の盾を取りに向かう途中で、自分のほうが相手よりも疲れているのではないかと思い、ゲイルムンドは不安になった。配下の戦士たちも、同じ不安を抱えているような表情で彼を見つめている。

「ヘルハイド」ラフンが言った。「何か策略があるなら、隠しておく理由はない」

「そうだな」ゲイルムンドは答えた。口の中で鉄の味がする。

シャルギが三枚目の盾を手渡した。「策略があるの？」

「あの輪っかを鼻から引きちぎるなら、いつでもできる」ビルナが言った。

ゲイルムンドは笑いたかったが、策略などない以上、とても陽気にふるまうことはできなかった。せめてクロクの誇りを傷つけるだけのためにも、ビルナの言うとおりにしてやりたい。そう思った瞬間、敵の鼻をへし折る別の方法が頭に浮かんだ。誇りを傷つけられれば、あの戦士とて力が弱まるかもしれない。

「クロクのことを笑ってくれ」ゲイルムンドはヘルハイド隊に言った。

「笑う？」スタイノルフュルが尋ねた。

ゲイルムンドは説明しようとはせず、すべての自信と強さをかき集めてクロクに顔を向けた。ほとんど演技と言ってもいい。「ひとつ教えろ、この糞野郎」改めて向かい合って尋ねる。「おれを殺そうとして、何人の戦士を失った？」

デーン人がうなる。

「どこかの女に産ませたガキどもに、配下の戦士に対するのと同じぞんざいな扱いをしていないことを祈る」

「黙れ！」クロクが叫んだ。

「おまえのところの糞ガキどもは、醜くて臆病なところまでおまえに似ているのか？」ヘルハイド隊がゲイルムンドの後方で大笑いし、エイヴォルの船員たちの何人かも声をあげて笑った。クロクが周囲を見回して激しく剣を振ったが、闇雲な動きだったので、ゲイルムンドはさっと脇によけてかわした。

「みんなに教えてくれ、糞野郎」挑発を続ける。「ビルナがおまえの偽鍛冶師の頭をかち割ったとき、酒場からのぞいていたのか？　おまえと違って、あの女には脳みそがあったぞ」

クロクが吠えて攻撃を繰り返す。ゲイルムンドが剣を盾にぶつけるのではなく、言葉でデーン人の誇りを打ち砕くたびに、相手の攻撃は冷静さを失っていった。意外にも、自分の策が効いているらしい。ゲイルムンドは驚いた。

「女戦士の名はなんだ？」ゲイルムンドは尋ねた。「あの女はおまえのせいでヴァルハラにはいない。武器を持たせず死に追いやったおまえが愚かだったんだ」

その言葉を聞いたクロクは配下の戦士たちをちらりと見てから叫んだ。「くだらん真似はやめて戦え！」口から唾が飛ぶ。「おまえの喉を噛みちぎってやる！」激しく振った剣先が地面を削り、跳ねた土が草をちぎり飛ばして宙に舞わせた。

「おまえの戦士たちが修道士に切り刻まれていくさまを見ていたか？」ゲイルムンドはクロクの剣が届かない距離を保って円を描くように動き、攻撃の機会を探った。誇れる策略ではないが、クロクと違って、誇りのために戦っているわけではない。「おれたちは壁の後ろでおまえを笑っていたぞ。キリスト教徒どもまで、おまえを笑っていた」

クロクが咆哮をあげ、盾を投げ捨てて剣を両手で握った。

「考えてみろ」ゲイルムンドは追い討ちをかけた。「おまえの名を聞いて修道士どもが笑っていたんだ」

クロクが凶暴なまでの怒りとともに突進してきたので、ゲイルムンドはかろうじてかわしたものの、手に切り傷を負った。

「ハルフダンにも知られるぞ」さらに挑発し続け、ゲイルムンドも盾を投げ捨てた。「デーン人もキリスト教徒も含めた中で、おまえはずば抜けた愚か者だとな。人々の記憶に愚か者として刻まれる、永遠にな」

「黙れ！」眼球が飛びださんばかりに目を見開いたクロクが突っ込んできた瞬間、ゲイルムンドは反撃の機会を見いだした。

くるりと身をひるがえして敵をよけると、体を反転させる。そして体勢を立て直すやいなや、剣をクロクの脇腹に突き刺した。両手で深々と剣を突きたてる。クロクのむきだしの腰に刺さった剣先が背中の上のほうから突きでるまでのあいだ、肉の層を切り裂く感触が伝わってきた。そのひと突きでデーン人が横に何歩かよろめき、困惑した顔で自分の胸を見おろしてから、血のまじった咳を一度だけして両膝をついた。

クロクの手から剣が離れ、音をたてて地面に落ちる。その光景を、すべての戦士たちが目にし、耳にした。全員が静まり返り、ゲイルムンドが次に何をするのか固唾をのんで見守っていたが、そのとき彼の頭にあったのはアスレフのことだけだった。友を殺した者をみずからの手でヴァルハラに送るわけにはいかない。とはいえ、まだ生きているクロクの戦士たちともめごとを起こさないために、そのうちのひとりを手招きした。

男が自分たちの隊長のかたわらに駆け寄り、落ちた剣をふたたび手に握らせた。クロクの口から血が飛び、泡になってぶくぶくと音をたてながら鼻の輪を濡らす。頭はがっくりと垂れていた。配下の戦士がクロクを仰向けにしようとしたものの、ゲイルムンドの剣が刺さっているせいでまっすぐ寝かせることができず、顔は横を向いたままだ。ほどなくしてクロクは事切れた。

疲れきったゲイルムンドは、エイヴォルとヘルハイド隊のほうにゆっくりと顔を向けた。「終わりだ。この決闘の終わりを――」

「危ない！」スタイノルフュルが叫ぶ。

ゲイルムンドが振り返るより先に、エイヴォルが彼のほうに向かって斧を投げた。斧は音をたてて回転しつつ宙を切り裂き、クロクの戦士の胸に深々と突き刺さった。短剣を手にした戦士が、ゲイルムンドまであと一歩のところに倒れ込んだ。残ったクロクの戦士たちが武器を抜く。だが、ゲイルムンドが戸惑いと疲労のあまり、四角い決闘の場の中央に立ち尽くしているあいだに、エイヴォルの船員たちとヘルハイド隊が全員を切り伏せた。

戦いはほんのわずかな時間で終わった。エイヴォルがゲイルムンドのほうに歩いてきて、そのまま通り過ぎる。「こうなるんじゃないかと思っていた」身をかがめて戦士の胸から斧を引き抜くと、クロクがうなり声をあげて身を震わせながら絶命した。「そんな顔をしていたから」

「どんな顔だ？」

「名誉より誇りと怒りが先に立つ戦士の顔――。だからこそ警告した」

ゲイルムンドはまだ息苦しかった。体はすっかり熱を失い、寒さのあまり手足が震えている。

「文句なしの戦いぶりとは言えないぞ、ゲイルムンド・ヨールソン」エイヴォルが言う。

「だが、法にはのっとっていたし、何よりあなたが生き残ってよかった」

「同感だ」彼は返した。

エイヴォルがゲイルムンドのほうに身を乗りだす。「あなたが言った侮辱について、いくつかききたいことがある。もちろん、いますぐにではない。旅のあいだに話してもらうことにしよう」

「旅？」

「そう、わたしの船に乗ってもらう」彼女が頭を傾けて川につないである船を示した。

「あなたと戦士たちは、わたしの客人になる。アヴァルズネスでわたしがそうだったように」

「どこへ行く？」

「わたしの館だ」エイヴォルが答える。「レイヴンズソープへ向かう」

23

　ゲイルムンドの剣は、刺したときほど容易にはクロクの体から抜けなかった。なんとか引き抜き、デーン人の血を洗い流す。ゲイルムンドが刃に油を塗っていると、スタイノルフュルから背中を叩かれ、手入れが行き届いていると褒められた。

　灰色の空の下で浅い溝を掘って死者を埋めたあと、彼らは出発した。川の流れがエイヴォルの船を北へ運んでいく。畑や牧草地が広がる豊かな低地を通り抜け、流れがゆるやかなところでは速度をあげるために櫓で漕いだ。

　旅のあいだ、エイヴォルとゲイルムンドはヘルハイド隊から少し離れた船尾の近くに立っていた。ゲイルムンドは彼女に、最後に会って以来の出来事を語って聞かせた。特に、ファスティを殺してしまったことが発端となり、クロクと配下の戦士たちが死に至るまでの詳しい経緯を。

「もしハルフダンが贖罪金の額をきちんと示していたら、あなたはそれを払ってこの血讐を終わらせるくらいの賢さを持ち合わせているはず」エイヴォルは言った。

「払うとも。だが、ハルフダンは示していなかった。決まっていれば、グスルムが教えてくれたはずだ」

「グスルムは狡猾な男だ」エイヴォルは、視線を船からヘルハイド隊へと向けた。「決闘のあとで彼らに話を聞いたところによると、あなたも狡猾なことで有名だそうだな」

「おれは使える武器はすべて使う」ゲイルムンドは言った。「最も強力な武器の多くは鍛冶師が作ったものではないと悟ったんだ」

「それは真実だと思う」

ゲイルムンドの目には、エイヴォルがアヴァルズネスで会ったときよりも力強く見えた。身のこなしからして、彼女が苦労を重ねてきたことがわかる。こぼれては研ぐことを繰り返して名刀ができあがるように。

「思いがけない場所であなたと再会して驚いたよ」ゲイルムンドは言った。「ローガランにいるものと思っていたが」

エイヴォルは怒りに表情を曇らせ、どこか遠くを見るように川に目をやった。「ハーラルに屈従することができなかった」

「ソグンの王のハーラルか？」エイヴォルがこんなことを言う理由はひとつしかないと、ゲイルムンドは思った。「やつが攻めてきたのか？」

エイヴォルは彼に視線を戻して顔をしかめた。「知らないのか？」

「何をだ？」

「ハーラルが――」彼女は眉間にしわを寄せて言葉を切った。「あなたは両親と話をしていないのか？」

「どうやって話すというんだ？」ゲイルムンドは早くも頭に浮かんだ答えに怯えた。

「おふたりはヨルヴィックにいる」エイヴォルが答える。「このイングランドにいるんだ」

ゲイルムンドにもそれが何を意味しているのかわかっている。それでも、きかずにはいられなかった。「アヴァルズネスはどうなった？」

　エイヴォルがしばらくのあいだ黙り込んだので、櫓が水をかき、水が船底を撫でる音だけをゲイルムンドは聞いていた。

「北の道《ノールウエグ》の全土がソグンのハーラルの手に落ちた」エイヴォルがようやく言った。「ほとんどの王と首長《ヤール》が戦いを避けて、みずからハーラルの支配を受け入れた。受け入れなかった者たちは、逃げだしたか戦いに負けて命を落としたかのどちらかだ。だから、わたしもレイヴンズソープへ行った。リュビナとヨールも同じ理由でヨルヴィックへ渡った」

　ゲイルムンドはその事実を知って、クロクからどんな攻撃を受けたときよりも深く打ちのめされた。たとえデーン人の剣で体を貫かれたとしても、これほど痛みを感じなかっただろう。アヴァルズネスの父の高座に陣取るハーラルの姿を想像しただけで、怒りで体が震える。だが、誰を一番憎んでいるのか、自分でもはっきりしなかった。ハーラルはたしかにゲイルムンドの祖父が建てた館を奪った。一方、父が戦わずして領土を譲り渡したのは明らかだし、ゲイルムンドもその場にいて故郷を守ることができなかった。

　もし両親と言い争ったり、反抗して飛びだしたりしていなければ、どうなっていただろう。故郷にとどまっていたら、こんな結果にはならなかったのかもしれない。これこそヴェルンドがゲイルムンドの未来に起こると預言した〝裏切りと敗北〟に違いない。

エイヴォルがため息をつく。「この事実はあなたの縁者から知らされるべきことだ……」

「語る者によって真実が変わるわけじゃない」今度はゲイルムンドが川のほうに視線をそらす番だった。とはいえ、エイヴォルのように過去を振り返って悲嘆に暮れていたわけではない。館を奪われたことを思い、怒りと疑念に駆られていた。「アヴァルズネスをあとにしたとき、二度と戻ってくることはないとは思わなかった」ゲイルムンドは言った。「運命はそうした警告をめったに与えないものだ。でも、こうなることを知っていたとして、あなたの決断は変わっていたのか？」

「わからん」

「それが唯一の正直な答えだっていうこともある」

ゲイルムンドは視線と意識を船に戻した。「おれの両親に会ったのか？　元気なのか？」

「お元気だった……」エイヴォルの口調には、わずかにためらいが滲んでいた。「だが、ヨルヴィックで生きていくのは簡単じゃない。イングランドのどこでもそうだ。そこかしこに敵が潜んでいる。それがよく見知った相手の場合もある。あるいは……人目を忍んでいる者、嘘や仮面やキリスト教徒の修道服で真の目的を隠している者の場合もある。信用できる相手かどうか見極めるのは難しい」

ゲイルムンドは腰に手を伸ばし、ブラギから授けられた青銅のナイフの柄に触れた。

「ここでの同盟関係は脆いし、簡単には勝ち取れない」エイヴォルが続ける。「それでも、リュビナもヨールもわたしが最も信頼する仲間のひとりだということを知ってほしい。おふたりは苦労なさっているし、敵に直面してもいるが、とにかく元気だ。会いに行くだろう？」

「そうしなくてはならないようだ」

エイヴォルは彼から少し離れた。「会いたいとは思わないのか？」

「別れたとき、いい関係だったわけではないからな」ゲイルムンドは評議の間で両親と言い争ったことを思いだした。「互いに怒りに任せて言葉を投げつけた」

「わたしはその手のことに口出しをする立場にない。だが、これだけは言わせてくれ。傷を放っておくと、たいていの場合、きれいには治らない。きちんと洗って布を巻いておかないと、膿んでしまうものだ」エイヴォルはゲイルムンドの肩に手を置き、彼の目をのぞき込んだ。「あなたがどんな選択をしようとも、こうしてまた会えてよかった」そう言い残すと、船員のひとりと話をするために船首のほうへ向かった。

船尾に残ったゲイルムンドのもとに、スタイノルフュルがやってきた。ゲイルムンドがたったいま聞かされた話を伝えても、年嵩の戦士は動揺した様子をほとんど見せなかった。もっとも彼はローガランではなく、アグデルの人間だ。

「ヨールにとっては大きな損失だ」スタイノルフュルが言う。「だが、あなたは自分の土地を探し求めてアヴァルズネスをあとにしたのではなかったか」

「たしかに、父に背を向けたときにはそう言った。だが、結局はまだ自分の土地を手に入れることができていない」

「だからといって恥じることはない」スタイノルフュルが続ける。「あなたはあなた自身の道を歩んでいる途中だ」

だが、ゲイルムンドには自分が歩んできた道が本当に進むべき路次であったのかどうかわからなくなっていた。突然、道に迷い、さまよっている気分になっていたのだ。しかし、川をくだって目的地にたどり着くまでのあいだ、そのことを誰にも打ち明けなかった。

夕方近くになって、船はレイヴンズソープに入った。二十以上はある開拓地の家々の中で、エイヴォルの青い館がひときわ高くそびえている。それらの建物は敵の攻撃を避けるかのように、川沿いの小高い尾根の上に連なっていた。北側には、肥えた土壌に恵まれているのだろう、豊かな農地が広がっている。川には港があり、交易船が行き来する。

エイヴォルが川から館までゲイルムンドたちを案内するあいだ、街のそこかしこから鍛冶師が金槌を打つ音や、馬のいななきが聞こえていた。一行が家々や工房を通り過ぎると き、男たち、女たち、子どもたちは疑いや恐怖ではなく、好奇心のこもった目でゲイルムンドを見つめた。全員がノース人のように見えるわけではなく、何人かはサクソン人らしい。ひとりの男はルンデンで見たシルランド（現在のシリア）から来た商人によく似ている。濃い色の肌と髪をしていて、サクソン人ともノース人ともデーン人とも違う服装だ。男は自分の家のそばに立って両手を後ろで組み、ゲイルムンドと目が合うと、うなずきかけてきた。

やがてゲイルムンドとヘルハイド隊は、船首を飾る竜の頭を備えた竜骨が屋根に取りつけられた館に到着した。エイヴォルの案内で中に入ると、アカシカの毛皮と同じ色に輝く髪の女性に出迎えられた。鎧を身につけていないのに、武装しているかのような身のこなしだ。エイヴォルは彼女を戦闘指揮者のランヴィだと紹介し、ゲイルムンドも自分の戦士たちを紹介した。

「お腹が空いて、喉も渇いているでしょう」ランヴィが食べ物と角杯とエールの入った水差しがのった長いテーブルを身振りで示した。「お座りなって……。遠慮なさらず、召しあがってください」

エイヴォルの館はゲイルムンドが見た中で一番大きいわけではなかったが、ヤールが望みうる限りの富と快適さを備えていた。もしそれが運命ならば、いつか自分も手に入れたいと思うような館だ。「よく頑張ったな、エイヴォル」ゲイルムンドは言った。

「いろいろなところで運が味方してくれた」エイヴォルがランヴィを見る。「でも、いまあなたたちが見ているすべてを得るために、われわれは必死で戦ってきた」

「それを疑う余地はないな」ゲイルムンドは返した。

ヘルハイド隊はテーブルにつき、そこにあるものを自分で取って次々と平らげた。ラフンはエールを飲んだあと、角杯をのぞき込んでにんまりした。

「腕のいい醸造職人がいますね」

「その褒め言葉をテクラに伝えておく」エイヴォルが言った。

「〝狼傷〟（エイヴォルの異名）！」

ゲイルムンドが振り返ると、シルランドの男が館に入ってきたところだった。

「あなたの客人として自己紹介をさせてもらいに来た。かまわないか？」

「もちろん」エイヴォルが男に近づいた。ゲイルムンドもヘルハイド隊をテーブルに残してあとに続く。「こちらはローガランのゲイルムンド・ヨールソン」彼女が言う。「ゲイルムンド、彼はハイサム、わたしの助言者のひとりだ」

「お会いできて光栄だ、ゲイルムンド」男が一礼した。助言者にしては若く見える。おそらく二十歳くらいで、濃い色の髪を短く刈り込み、耳輪をつけている。「それとも、ゲイルムンド・ヘルハイドと呼んだほうが？」

エイヴォルが驚いてハイサムを見つめ、それからゲイルムンドに視線を戻した。

「そう呼ばれても、以前よりはずっと前向きに応じられるようになった」ゲイルムンドは答えた。「なぜおまえがその名を知っている？」

ハイサムが腹のあたりで両手の指先を合わせて下に向けた。「デーン人とサクソン人が何をしているのかを知るのがわたしの仕事だ。あなたの評判は、このレイヴンズソープにいるわたしのところまで届いている」ゲイルムンドがルンデンで見たシルランドの男と同じ話し方だ。「とても聡明だと聞いている」ハイサムが付け加える。「とりわけグスルム王があなたに感謝しているとか」

「ずいぶんと褒めてくれるな、ハイサム」ゲイルムンドは言った。「質問させてくれ、おまえはシルランドから来たのか？」

「そうだ」

「なぜ故郷から遠く離れたこの地へやってきた？」

「わたしは知識の探究者だ」ハイサムが答える。「知識を得られるなら、どこへでも行く。失われたり、忘れ去られた知識であればなおさら」

「おまえは預言者なのか？」ゲイルムンドは尋ねた。「それとも、本に書かれている内容について話しているのか？」

「わたしはレイヴンズソープの預言者ではない」ハイサムが答える。「それに、知識や知恵を伝えるには、本に書き記す以外の方法もある」

「だが、ここにも巫女《ヴォルヴァ》はいるんだろう？」アヴァルズネスにいるのであれば、知恵を授けてもらうためにイルサを探すだろう。あるいはブラギでもいい。だが、レイヴンズソープの預言者でも事足りるはずだ。「彼女と話したい」ゲイルムンドは言った。「向こうにその気があればの話だが」

「話してくれるかもしれない」エイヴォルが言った。「彼女なら、開拓地の外れに住んでいる」

「わたしが案内しよう」ハイサムが申しでて、館の扉を身振りで示した。「いますぐに行くか？」

「ああ」ゲイルムンドは戦士たちを見た。みんなここにいることに満足しているようだ。続けてエイヴォルに顔を向ける。

「行くといい」彼女は優しげな笑みを浮かべた。「またあとで話そう。それに、今夜はあなたたちの歓迎の宴を催す」

「感謝する」そう言ってゲイルムンドはハイサムとともに館をあとにした。

ふたりは何本かの木の下を北へ進んだ。木々の向こうにはローマ人が作った装飾柱のてっぺんが見える。ゲイルムンドは野生の花の甘い香りをかぎ、開拓地のどこか遠くからきこえる子どもの笑い声を聞いた。屈託のない楽しげな声を聞いたのは、いつ以来だろうか？　ここには平和と繁栄の気配が満ちている。この分だとノールウェグのどこかではなく、まだマーシアにいるという現実を、じきに忘れてしまうかもしれない。

「グスルム王の話はたくさん聞いている」ハイサムが言った。「ウェセックスのエゼルレッドを殺したと言われているな」

「それは本当だ」ゲイルムンドは返した。「彼が槍を投げるところを見た」

「あの方は無敵の戦士になった」ハイサムは手を背中で組んで歩いている。その姿を見て、ゲイルムンドはトスレッドを思いだした。「とはいえ、ずっと無敵だったわけではないと、わたしは思っている」

「どういう意味だ？」

「ただ、どうもグスルム王は……何かを得たのではないかと」

ゲイルムンドはフニチューズルを思い浮かべ、疑わしげにシルランドの男を見た。「たとえば何を？」

ハイサムが小さく肩をすくめた。「勇敢さだろうか？　心の中に新たな野心の火がともったとか？」

「グスルム王が臆病だったことなどない」ゲイルムンドは答えた。「単に彼の運命のことを、おまえは言っているのかもしれないな」

ハイサムが微笑みを浮かべて返した。「そうかもしれない」近くの木々のあいだに現れた小屋を身振りで示す。「預言者はあそこにいる」

わざわざ教えてもらうまでもなく、ゲイルムンドにもすぐにわかった。濃い煙のにおいが感じられるし、小屋の周囲を猫がうろつき、ハーブとキノコが日干しにされ、人や獣の骨が小屋の前の柱にくくりつけられていたり、壁にぶらさげられている。ここが預言者の住処であることは間違いない。

「ここで失礼する」ハイサムが口を開く。「でも、その前にひとつ言っておく、ゲイルムンド・ヘルハイド。もし失われたか忘れられたものを見つけて、それについて理解したいと思ったら、わたしを探してくれ。すぐに駆けつける」その言葉を最後に、シルランドの男は踵を返して去った。

ゲイルムンドはハイサムを見送りつつ、フニチューズルについて彼が何を知っているのか、どうやって知ったのかをもう一度考えた。それから預言者の小屋に注意を戻し、重い足取りで扉に近づいていく。気が進まないのは、預言者は神と話をする者なので、神が出入りする場所へ出向くのは大それたことだからだ。

ゲイルムンドがこぶしで叩こうとする前に扉が開き、若い女性が顔をのぞかせた。深海を思わせる色のゆったりとした服を着て、大青《ウォード》で薄い眉、鼻、頬を染めている。真夜中のような漆黒の長い髪を何本かの太い束に編み、いくつもの骨、枝角、金属を飾っている。ゲイルムンドを見あげる彼女の瞳は、色とは関係のない深みと輝きが感じられた。若さ、美貌、預言者としての恐るべき力をすべて持ち合わせている女性に圧倒され、ゲイルムンドはしばらく黙り込んだ。そのあいだ、彼女はゲイルムンドの目をのぞき込んでじっと待っていたので、彼は視線をそらすこともできなかった。

「おれは――」ゲイルムンドは切りだそうとして口ごもった。「おれの名はゲイルムンド・ヨールソン。ときにヘルハイドとも呼ばれている」

なおも女性は黙ったままだ。

「あなたさえよければ、話がしたい」彼は言った。「あなたに見える、おれの運命を教えてほしい。望むなら銀を支払おう。ただし、ほかに渡せるものはない」

「それは真実ではない」彼女は背中に伝い落ちるあたたかな雨のような声で応じた。「失うものがある限り、与えられるものもある」

ゲイルムンドは自分の体を見おろした。「あなたに見えているものが、おれの持っているすべてだ」

「サクソンの刃が見える」

女性が扉をさらに開き、外へ出てゲイルムンドに近寄った。彼はあとずさって離れたい衝動を抑え込んだ。彼女は目を合わせたままゲイルムンドの腰に手を伸ばしてくる。長刃《サクス》のナイフの飾り気のない柄頭に手のひらで優しく触れ、それからサクスを握って鞘から引き抜いたので、ゲイルムンドはたじろいだ。

「もしあなたが運命の三女神《ノルン》の意思を知りたいなら」女性が言う。「この刃を差しださなければならない」

「なぜだ？」ゲイルムンドは尋ね、自分の口調がいかにも渋々で早口になっているのに気づいた。「あなた……あなたが望むのであれば差しだすのはかまわない。対価はいらない。だが……なぜこのサクスなんだ？　ありふれた武器なのに」

「そちらの上物の剣を取りあげられたほうがよかったと？」

「いや、そういうことでは――」

「神々は理由を教えてはくださらない。ただ、これは神々を憤慨させるものであり、あなたが持っているべきものではないとわたしにおっしゃられただけだ」彼女が手にしたサクスをくるりと回し、刃を上から下まで観察した。「誰の血を吸っている？　あなたはどのように手に入れた？」

そのとき、ゲイルムンドはなぜ神々がこの武器を取りあげようとしているのか理解した。その神々の意思を、この預言者はすでに聞いているに違いない。でなければ、こんなことを言うはずがない。「サクソン人の神父からもらった」彼は言った。「そのとき、おれは武器を持っていなかったんだ。以来、重宝して——」

「キリスト教徒の刃か」彼女が嫌悪感をむきだしにして、吐き捨てるようにサクスを嘲る。「これがなくなれば、今日からあなたはもっと強くなる」

「それなら、差しだそう」ゲイルムンドは空になった鞘をベルトから外そうとしたが、預言者が手に触れて制止した。

「いや」彼女が言う。「おさめる武器が見つかるまで、そのままにしておくがよい」

ゲイルムンドはうなずくと、鞘から手を離した。預言者がサクスを手に小屋の中へ消える。

「入りなさい」彼女が呼んだ。

ゲイルムンドはごくりと唾をのみ込んで彼女のあとに続いた。しかし、薄明かりしか射さず、煙のにおいが鼻を突く室内では、ほとんど何も見えなかった。天井の中央にある屋根の開口部から土の床にかけて陽光の筋が走っているものの、ほかの部分は影になっている。部屋の隅で何かがうごめいている気がしたが、彼は目を凝らして確かめようとは思わなかった。生者が見るべきではないものかもしれないからだ。

「火の前に座るがいい」預言者は言った。

ゲイルムンドはまばたきをすると、陽光の筋が照らす土の上に石が円を描くように置かれているのに気がついた。数歩進んで円の前の土の上に座る。赤く燃える石炭の熱が顔に感じられた。預言者が円の反対側に座って身を乗りだし、ほとんど影に隠れていた姿を陽光の筋の中に現す。その瞬間、恐怖と畏敬の念に駆られて、ゲイルムンドの心臓は早鐘のようにけたたましく打った。彼女のこちらを見据える目は煌々と輝き、空虚でありながら激しさを秘め、夏空を思わせるような熱気を感じさせた。預言者がサクスを火の中に投げ入れると、少しのあいだは何も起きなかったが、やがて木の柄が煙をあげてくすぶり始め、ついには発火して燃えあがった。

「神父を殺して奪ったのであれば、神々もあなたがこれを持ち続けるのを許したかもしれない」彼女が言った。

「そうか」ゲイルムンドは喪失の悲しみをいくらか感じつつ、黒く焼け落ちていくサクスを見つめた。この武器を奪うためにジョンを殺したりはしなかっただろうし、神父が示した信頼と優しさにはいまでも感謝している。だが、それは過去の出来事であって、ゲイルムンドの未来のことではない。

「自分の運命について、どんなことを知っている？」預言者が尋ねる。

刃の上で躍っていた炎がサクスそのものを灰と化していく様子を、ゲイルムンドはじっと見つめた。「以前、運命がおれを裏切りと敗北にいざなうと言われた。その両方が現実となったいま、この先に何が待ち受けているのかを知りたい」

「本気で知りたいと望んでいるのか？　神々はあなたが何を聞きたがっているかなどいっ

さい頓着しないということを肝に銘じたうえで、答えを聞かせてほしい。神々は真実しか語らないし、自分たちが語りたい真実しか語らない」

ゲイルムンドは深く息を吸い込んだ。この小屋の空気は灰と乾いた血の味がする。「知りたいとも」

預言者がうなずいて身を引き、光から逃れるように影へと戻っていく。だが、ぼんやりと輝く彼女の瞳がゲイルムンドにも見えていた。彼女は長いこと彼を凝視していた。じきにその瞳はもはやゲイルムンドの外見ではなく内面を、それすらも通り越して、彼自身は決して行きたくない危険な場所——狂気と知恵の両方の波が立っている場所——まで見透かしている気がした。

「裏切りと敗北」預言者が言う。「そのふたつはいまだあなたの運命の一部だ」

ゲイルムンドは両方が過去のものとなったことを望んでいたので、ため息をついた。

「だが」彼女が続ける。「あなたはすでにそれを克服する方法を与えられている」

「どんな方法だ?」

「それはあなたが自分で見つけなくてはならない」預言者は目を閉じ、次に開いたときには、ふたたび光の中に身を乗りだし、小屋の扉の隙間からそうしていたように、ゲイルムンドをじっと見つめていた。いろいろなものが見えているが、神ほどは見えていない、といったまなざしだ。「あなたは答えを得た」彼女は言った。

「たしかに」煙が目に染みて涙目になる。「だが、あなたの警告どおり、おれが期待した答えではない」

「あなたは自分の中に戦いを抱えているのだ、ゲイルムンド・ヘルハイド。そういう意味では、狼傷ことエイヴォルによく似ている」預言者が火の中のサクスを見おろした。「だが、以前は味方しなかった神々が、これからはあなたに味方するかもしれない。神々があなたを見守ってくださりますように――」

　ゲイルムンドはうなずいた。「感謝する」礼を言って立ちあがり、ふらつきながら扉へと向かう。太陽の下に出た瞬間にまばたきをして目をこすり、自分の足でしっかり立てていると感じられるまで胸に新鮮な空気を吸い込んだ。それから館に戻ってエールを飲み、夜になるまで戦士たちと一緒に体を休めた。そのあとエイヴォルが約束どおりに宴を開き、ゲイルムンドはたっぷり肉を味わった。修道院で修道士たちと暮らしていたあいだに見た肉の量よりも多かったかもしれない。猪、山羊、ガチョウをむさぼり、そのあいだにもはや数えられないほどエールと蜂蜜酒の角杯を重ねた。大声で笑い、レイヴンズソープの者たちとトーガ・ホンク（綱を引き合う力比べ）で競い合う。しかし、ターベンという熊のような大男がいるチームが必ず勝つことに、ゲイルムンドはすぐに気づいた。ターベンはかつて恐れられた獰猛な戦士だったが、エイヴォルと彼女の開拓地のために剣を握る手をパンをこねるために使うようになり、パン職人となった男だ。

　宴の客たちが眠気に誘われ、ある者はふらふらと自分の寝床へ戻り、またある者は館の長椅子や床の上で、それぞれ眠りに落ちた。エイヴォルがゲイルムンドの隣に座り、満ち足りため息をついた。おそらく、彼女がそんなことをするのは珍しいのだろう。

「いい宴だ」エイヴォルが言った。

「アヴァルズネスを出て以来、一番自分の家にいる感覚に近い」ゲイルムンドは返した。

「いまとなっては、どこが自分の家なのかわからなくなってしまったが」

「ビャルマランドは？」

「行ったことがない。母が言うには、海の近くに街と館があって、人々はフィンランド人のように暮らしているのに、見た目はまったく違うそうだ。おれたちの神々に供物を捧げている者たちもいるが、彼らはヨマリと呼ばれる神も信仰しているらしい」

「船でそこへ行こうと思ったことは？」

「父はおれに船を与えてくれなかった」彼は答えた。「だが、いつか行ってみたいとは思っている」

エイヴォルがしばらくのあいだゲイルムンドを見た。「本当なのか？」

「何がだ？」

「あなたと兄上について語られていることだ。リュビナはあなたたち兄弟を奴隷の子と交換したのか？」

最後に誰かが勇敢にもその質問をしてきたときのことを、ゲイルムンドは覚えていなかった。とはいえ、口に出すかどうかはともかく、多くの人の頭にその疑問が浮かんでいることは、常に感じてきた。「相変わらず、舌がよく回るな」

「たっぷり飲んだからかな。もし答えたくなければ――」

「ああ、話の大部分は真実だ。だが、まったく噂のとおりというわけではない。事の発端は、兄とおれが早く産まれてしまったことだった」

「双子ではよくあることだ」エイヴォルが言った。

「まあな。だが、母はそれを恐れた。まだ若くて、結婚したばかりだったからな。父が使う言葉のほとんどを理解できなかった。そのうえ、海に出ることが多かった父と一緒に過ごす時間はごく限られたものだった。母にとって父はまだ、ほとんど他人も同然だった。自分にまったく似ていない息子たちを見た父親が何を考えるのか、どんな行動にでるのかわからない。母は恐れていた。結婚したとき、すでにほかの男の子を宿していたのではないかと嫌疑がかかるのを恐れたのだ」

徐々に状況がのみ込めてきたので、エイヴォルはうなずいた。「奴隷の話は？　本当なのか？」

「アガダ……彼女の名だ」彼女のことを考えると、息が苦しくなる。「アガダも自分の息子を産んだばかりだったから、その恐怖に共感できる程度には母の気持ちを理解していた。だから、母を助けたいという思いはあったのだろう。とはいえ、母の要求に快く応じたとは思えない」

エイヴォルは頭を左右に振った。「なんてこと……それじゃあ、本当だったのか」

「母はまともに考えられる状況じゃなかったと言うだろう。難産のあとで、恐怖と痛みからあんなことをしてしまったと」ゲイルムンドは視線をあげ、垂木のあたりに漂う煙に目を向けた。心の目は記憶に向けられている。「母がここにいれば、アガダのもとに長々と息子たちを置いておくつもりはなかったと言うはずだ。おれたちに安全でいてほしかっただけで、決断した次の瞬間からいまに至るまでずっと後悔していると。父を信用すべきだったのに、そのことを悟った頃にはもう手遅れだったとも」

「どのくらいのあいだ、あなたたちは――」

「四年だ」そう答えるあいだにも、ゲイルムンドは心に冷たい空洞ができあがっていくのを感じていた。「おれたちはアガダのところに四年いた」

「彼女のことをよく覚えている？」

空洞が大きくなるにつれ、ゲイルムンドの心が失われていった。「ああ」

「その秘密を暴いたのが吟唱詩人《スカルド》だったというのも本当？」

「いいや」彼は答えた。「ブラギは、誰にとっても明らかだったことを最初に口にした勇敢な男というだけだ」

「ヨールにとっても？　彼もそれを理解していたのか？」

「父は愚か者じゃない。真実を知っていたと思う。おれは何度となくこう考えているんだ――父が嘘をついた母をあっさり許したのは、事態をずっと問題視しなかった自分も同罪であるという自覚があったからだと」

「なぜヨールはそんなことを？」

ゲイルムンドは肩をすくめた。「父は母を愛していて、自分の見たいものしか見ていなかった。ブラギが息子たちに目が行くよう仕向けるまではな」

「奴隷の子はどうなった？」

「肺が弱かったんだ。本当の家に戻って三年後に死んだ。生まれつき体が弱くて、よく病気になっていたらしい」

「その子の母親は？　彼女はどうなった？」

「真実が明らかになったとき、母はアガダを奴隷の身から解放し、父は彼女と夫に土地を与えた。両親は状況を正したかったからと言っていたが、アガダをおれたちから遠ざけたかったというのが本音だと思う。それから長いこと、おれは彼女と会うのを禁じられた」

「会いたかった？」

空洞が完全にゲイルムンドの心を食い尽くした。「息子は母親に関心を向けるものだ。おれもそうだった」

エイヴォルはしばらく黙り込んでから口を開いた。「誰が語っても真実は変わらないかもしれないが、あなたからすべてを聞けてよかった」

「こんなにも躊躇なく告白した相手は、数えるほどしかいない」

ふたりは飲み続けた。ゲイルムンドがもう飲めなくなると、エイヴォルは毛布と毛皮が積まれた心地よさげな片隅に連れていった。ふたりで歩くあいだずっと、ゲイルムンドは彼女に体重を預けていた。

「明日、ヨルヴィックに向かう船が出る」エイヴォルが言った。「乗っていくか？」

「ああ」ゲイルムンドは答えた。「だが、おれは酔っている。明日の朝、船が出る前に改めて言ってくれたほうがいいかもしれない」

エイヴォルが声をあげて笑う。「わかった」

「それから、おれはヨールとリュビナに会いに行く」

寝床にたどり着くと、ゲイルムンドは倒れ込んだ。ぐったりとした腕と脚が木の根のようにねじれている。

エイヴォルは彼を見おろし、頭を左右に振ってにやりとした。「もうヘルハイドという名は気にならないのか？」

「ならない」ゲイルムンドは答えた。「グスルムが新しい意味をくれたから」

「たいがいのものは、人が与えないと意味を持たない」エイヴォルはふたたび笑い声をあげ、ゲイルムンドを軽く蹴った。「ぐっすり眠るんだ、ゲイルムンド・ヘルハイド」

24

冷たい雨の中を上流へと船を漕ぎ進み、フォス川がより大きなウーズ川に合流する南のほうからヨルヴィックへ近づいていった。雲が靄となって地面に低く垂れ込め、街の大部分を覆い隠す霧になりかけている。だが、その陰気な雰囲気はゲイルムンドの気分に似合っていた。

ヨルヴィックへはひとりで行くべきだと確信し、ゲイルムンドは戦士たちをレイヴンズソープに残してきた。今回ばかりはスタイノルフュルも賛成してくれた。両親に、あるいは兄に何を言ってしまうか、ゲイルムンドにはわからなかった。屈辱感と怒りがせめぎ合い、心と言葉を支配しようと争っているからだ。自分の運命を全うするために誇りと怒りに任せて家族のもとを去り、土地も充分な銀も手に入れないまま、デーン人の王の縁者を殺したせいで糾弾されているという評判だけをぶらさげて家族のところへ戻ってくることになった。しかし一方で、激しい怒りが込みあげてくる。アヴァルズネスの戦士をただのひとりでも連れていくことをゲイルムンドに許さなかった父が、戦うことなく王国を明け渡してイングランドに逃れたからだ。

川の合流地点で、フォス川は東から流れ込んでくるが、船はウーズ川を西へとのぼっていった。ヨルヴィックはふたつの川にはさまれたくさび形の土地だ。レディンガムと同じように堅固な砦に守られているとはいえ、川の向こうの西側の土手まで建物が広がっている。ルンデンと同じく壁がローマ人の手で作られていることにゲイルムンドは気づいた。その壁がデーン人によってさらに強化されているので、ヨルヴィックはゲイルムンドがイングランドで見た中で最もすばらしい要塞と言えた。

船は間もなく石の橋に近い波止場のひとつにつながれた。びしょ濡れで不機嫌そうなデーン人が荷物の積みおろしを監督しているのに、ゲイルムンドは目をとめた。彼はファラヴィドという名で、ヨールとリュビナの住まいを教えてくれた。両親の家は北側のローマ人の壁のすぐ内側にある丘の上に建っているという。

ゲイルムンドは礼を言い、教わった方角へと街を進んだ。マントのフードを深くかぶったままでいるのは、濡れるのを防ぐためと同時に人に気づかれないためでもある。彼の噂がルンデンまで届いていたとなると、ヨルヴィックにも伝わっているかもしれないからだ。通りに並べられた木の板はブーツで踏みしめてもびくともせず、雨水が地面の溝に流れ込んでたまっていても危なげなく進むことができた。だが、板のない道はぬかるみ、動物とデーン人の大小便のにおいを放っている。ゲイルムンドは、悪天候のせいで商人がひとり残らず店じまいしてしまった大きな市場を横切り、狭い脇道を通ってデーン人の家とローマの遺跡が混在する場所を抜け、靄に覆われた丘の頂上を目指してゆっくり坂をのぼった。

街の高台にある壁の内側の古い砦までたどり着くと、霧と雨の中から黒っぽい木の家が現れた。急勾配の屋根は地面に接していて、その鋭い頂上には竜の飾りが据えられている。家のまわりを取り囲むローマ人の作った装飾柱は、石の森に立つ死んだ幹のようだった。小屋ではないものの、王の館や首長《ヤール》の長屋に比べれば控えめな建物だ。両親がこんな場所と引き換えに堅固で美しいアヴァルズネスをあっさり明け渡したことが、ゲイルムンドには信じられなかった。低い位置にあるふたつ目の屋根の下の正面扉のほうに不安な気持ちで歩いていき、戸口の前で足を止めた。しばらく立ち止まっていたが、頭を振って迷う気持ちを振り払い、ノックをしながら声をかけた。

しばらくすると扉が開き、母が姿を現した。

母はすぐに息子に気づいて、大きく目を見開いた。「ゲイルムンド！」大声をあげると息子を抱き寄せ、彼の胸に顔をうずめてさらに何度か名前を呼び、すすり泣きながら腕に力を込めた。「これは現実なの？　本当にあなたなのね？」

「おれはここにいるよ、母上」母に抱きしめられる感触を味わっていると、ゲイルムンドも涙が込みあげるのを抑えられなかった。「おれはここにいる」

母が体を離してゲイルムンドを見あげた。微笑んで笑い声をあげたかと思うと、また泣きだして頭を振る。「ヨール！　わたしたちの息子が帰ってきたわ！」彼の手を取ってさらに続ける。「さあ、中に入って！」

ゲイルムンドは母に手を引かれて家の中に入った。船で川を渡り、雨の中ヨルヴィックを歩いてきたので、室内はあたたかく乾いて感じられる。木の床には厚手の敷物が敷かれ、炉床には穏やかに火が燃え続けている。頭上から足音がしたのでゲイルムンドが顔をあげると、父が狭い階段をおりてくるのが見えた。記憶にあるよりもやつれたようだ。

「信じられん」ヨールはゲイルムンドに駆け寄って母と同じように抱きしめた。「おまえを失ってしまったのかと思っていたぞ、息子よ」

「ご無沙汰しております、父上」ゲイルムンドは言った。

「神々のおかげだ」ヨールが後ろにさがり、手の甲で涙をぬぐう。「神々に感謝を」

「また会えてうれしい」ゲイルムンドは頭をさげた。息子に会えて喜ぶ両親の姿を見て気分が高揚し、つい先ほどまで感じていた怒りを忘れそうになる。「ハムンドは？」

「海へ出ている」ヨールが答える。「交易をして味方を募っているのだ。自分の人生を歩みたいと言ってな」

ここで兄に会えないのはいささか残念ではあったが、ハムンドがヨルヴィックで暮らすことに甘んじるのではなく、自分の道を探しに行ったのは喜ぶべきことだ。それでも、イルサの言ったとおり兄弟の運命が結びついていて、いつの日か再会できることを願った。

「元気だといいが」ゲイルムンドは言った。「海で安全にいられるよう女神ラーンに貢物をしよう。幸運と富を得られるよう海神ニョルドにも」

「乾かせるところにマントをかけさせてちょうだい」母がゲイルムンドが外したマントをばさばさと振って炉床近くの椅子の上に広げた。それから息子を手招きし、近くのテーブルにいざなう。「さあ、座って」

ゲイルムンドは言われるまま椅子に座り、エールのピッチャー、チーズ、パン、魚の燻製をテーブルに並べる母の姿を眺めた。最後に会ったときよりも黒髪にまじる白髪が多くなり、目のまわりのしわも増えて年を取ったように見える。息子の右側に母が、左側に父が腰をおろした。ヨールも以前より目の輝きが失われ、うつむきがちで肩を落としているので、年老いて見える。しばし時が流れたが、誰も料理に手をつけようとはしなかった。

「それは傷なの？」母が急にゲイルムンドのほうへ身を乗りだし、こめかみに触れた。彼は微笑んで頭を母に近づけた。母が傷をよく見ようと髪を優しく払いのける感触が伝わってくる。

「ガリングスというところでサクソン人の戦士につけられた」ゲイルムンドは答えた。

「そのすぐあとにテムズ川に落ちて、ひと泳ぎする羽目になったよ」

「ずいぶんひどい怪我だったみたいね」母が先ほどより少し荒っぽく傷をつついた。「治療師の腕がよかったら、これほど傷跡が残らなかったでしょうに」顔をしかめて手を引いた。

「母上に治療してもらえたら、そうだっただろう」ゲイルムンドは返した。「でも、傷は治っている。心配はいらないよ」

母が顔をしかめたままピッチャーに手を伸ばし、それぞれの杯にエールを注いだ。

「ウェセックスにいたのか？」父が尋ねる。

「ああ」ゲイルムンドは杯のひとつを手に取った。

「ハルフダンとグスルムと一緒にか？」父がさらにきいた。

ゲイルムンドはうなずいてエールをひと口飲んだ。「あそこには充分な土地がある。それもすばらしい土地が」

母が杯を父のほうへ差しだした。「すばらしい土地ならここにもあるわ」

「それは間違いない」ゲイルムンドは応じた。「だが、ウェセックスはそのうちグスルムのものになる。彼がエゼルレッドを倒したとき、おれは隣にいたんだ。グスルムはいまや王で、おれをヤールにして土地をくれると約束してくれた」

「それならば、グスルムについていったおまえは正しかったのだろう」ヨールの声は皮肉っぽく、怒りさえもこもっていた。だが、何に対して怒っているのか、誰に怒っているのかは、はっきりしなかった。母が向かいに座る父を見て心配そうに眉をあげ、目を合わせたがっているようだったが、ヨールはじっとエールをのぞき込んでいた。

「だが、ウェセックスはまだ落ちていない」ゲイルムンドは言った。「エゼルレッドの弟のアルフレッドが王になったんだ。狡猾な男だよ」

「狡猾さによって勝利がもたらされることはよくある」父が顔をあげないまま口にした。「強さや名誉ではなく、狡猾さによって土地を獲得し、王へとのしあがるんだ」

雨が強まって屋根を叩く音が大きくなるにつれ、家のあたたかさがいくらか失われていった。ゲイルムンドが両肩を湿り気の多い冷気で包まれたように感じたのは、服が濡れているせいが大半だったが、この場の陰気な雰囲気のせいでもあった。他人が聞けば、ヨールはアルフレッドが最後にはデーン人に勝利をおさめると預言したように思うかもしれない。しかし、ゲイルムンドは父がそういう意味で言ったわけではないことを願った。

「おれはレイヴンズソープから来たばかりなんだ」ゲイルムンドは話題を変えた。「エイヴォルがふたりに友情と敬意を伝えてくれと言っていたよ」

「エイヴォルを味方として頼れるのは本当に幸運なことよ」リュビナが返した。「わたしたちとヨルヴィックの人々の力になってくれているわ」

「どうしてだ？」

母は首と手を振って、質問を受け流した。「いま話すようなことではないわ。でも、あなたがエイヴォルの開拓地を訪れたのはうれしいことね。聞いた話だとレイヴンズソープは――」

「わしはもう行かなくては」父が立ちあがると、大きな音とともに椅子が床に倒れた。頬を赤くして身をかがめ、椅子を起こしてテーブルに寄せる。「評議会で処理すべき問題が多くてな。だが、暗くなる前には戻る」ゲイルムンドの肩に手を置く。「おまえがわれわれのもとへ戻ってきてよかった、息子よ」

「おれもここへ来られてうれしいよ」ゲイルムンドは返した。

それを最後に、父は足早に家から出ていった。父がいなくなると、母は大きなため息をついて椅子に深く座り直した。「食べなさい、ゲイルムンド」母が言う。

彼は言われたとおりにし、その間ほとんど口を利かなかった。リュビナはエールを飲み、ゲイルムンドは食べ物を咀嚼し、雨は降り続ける。互いに話すことがない他人同士のあいだの空虚な沈黙とは違い、母とのあいだの沈黙には言葉にならない思いが耐えがたいほど充満していた。溶けかけていた氷河が夏に洪水を起こすのと同じく、ひとたび言葉があふれれば、大変なことになるだろう。いまのところ、それらの思いは心にしまっておいたほうがいいとゲイルムンドは結論づけた。

「父上が向かった評議会というのは？」ゲイルムンドはきいた。

「リシエ王の評議会よ」母が答える。

「リシエ？」

「ノーザンブリアの王よ」

「ノーザンブリアを統べているのはハルフダンのはずだが」

「そうよ。リシエを通じてね」母が指先でテーブルの上の杯をゆっくりと回した。「サクソン人を平和的に支配するにはサクソン人を王座に据えておいたほうがいいと、デーン人は学んだの。椅子に座らされたサクソン人の王が真の支配者が誰かを理解している限りはね。リシエの前はエグバートという男が王だったけれど、彼はハルフダンの言うことを聞かなくなったのよ。ヨールが一員になっている評議会は、ハルフダンとデーン人たちの希望をリシエに叶えさせるために作られたものなの」

「つまり、父上はサクソン人の王に仕えているわけだ」

「ええ、たぶんそういうことね」

「父上はヨルヴィックを出ようとは思っていないのか？」ゲイルムンドは尋ねた。「母上は？」

「わたしたちはここを出て、どこへ行けばいいというの？」

「ウェセックスだ」ゲイルムンドは答えた。「父上がグスルムのために戦えば、おれたちは――」

「グスルムのためですって？」母が背筋を伸ばした。瞳には、アヴァルズネスでゲイルムンドが見慣れていた怒りの炎が燃えあがっている。いまこの瞬間まで母の瞳にそれを見ることはなかったのだと、彼はようやく気づいた。「わたしたちから息子を奪ったデーン人のためにわたしたちを戦わせるつもりなの？」

「グスルムがおれを奪ったわけじゃない」ゲイルムンドは答えた。「おれが自分で――」

「あなたは自分が何者だったのか忘れてしまったのよ。あなたが何者なのかをね。あなたの父親はヨール・ハルフソン、ローガランの正統な王。あなたは彼の息子なのよ」

「それを忘れたことはないよ」ゲイルムンドは怒りに駆られつつも淡々と言った。

「でも、グスルムのためにウェセックスで戦うと言ったわね。彼のところに戻るつもりなの？」

「おれはグスルムに誓いを立てている」ゲイルムンドは答えた。「そのおれに誓いを立てている戦士たちもいる。グスルムがハルフダンと決別したとしたら、おれは戻ってグスルムのために戦う」

　ふたりのデーン人の王が決別するまで息子が待たなくてはならない理由に疑問を抱いた

のだとしても、母は何も言わなかった。その代わり、袖が羽ばたいたかと思うほどの勢いで口元を手のひらで覆い、頭を左右に振った。「あなたは家に帰ってきたものと思っていたわ」

「ここはおれの家じゃない」ゲイルムンドは室内を見回した。「ヨルヴィックはおれの家じゃないんだ」

「これからそうなるかも――」

「いいや」

「でも、わたしたちがいるわ」母が言う。「だからここはあなたの家――」

「いいや、そういうことにはならない。実のところ、アヴァルズネスだっておれの家だったことはない。育った場所というだけだ」

母の目に涙が浮かんだ。「わたしたちのいるところでないとしたら……あなたの家はどこにあるの、ゲイルムンド？」

「わからない」

「もしかして――」母は話すのがつらいとばかりに長いあいだ黙り込んだあと、ようやくなんとか小声で尋ねた。「あの人のところなの？」

「誰だって？」

母の体が震え始める。「アガダよ」

最後に母がその名を口にしたのがいつだったかも、ほかの者が口にするのを許したのがいつだったかも、ゲイルムンドは思いだせなかった。母の声には苦悩と後悔が感じられ、喉が締めつけられる。母がいまアガダの名前を出したのは、アヴァルズネスにいた頃とは比べようもなく落ちぶれたことの証だ。

「違う」ゲイルムンドは応じた。

母が目を閉じて涙を落としたので、それが聞きたかった答えなのだと、ゲイルムンドは悟った。とはいえ、母を喜ばせたくて言ったわけではない。

「母上、おれは自分の運命を探してアヴァルズネスを出たんだ。いまもまだ探し求めている」

母はうなずき、手のひらで頬と目をぬぐった。「引き止めるつもりはないわ」

雨が弱まったことが音でわかったため、ゲイルムンドは外の空気を吸ってくることにした。「ヨルヴィックがおれの家でないにしても、母上と父上の家であるなら、おれはもっとよく知りたい。少し散歩に出て、あたりを見てくるよ」

母はふたたびうなずいて椅子から立ちあがり、彼のマントを取りに行った。「これが必要になるわよ。ヨルヴィックは雨でなくても寒くなることがあるわ」

ゲイルムンドはマントを羽織った。目の粗い生地はまだ濡れていたが、火のそばに置かれていたので、あたたかかった。「ありがとう、母上」

「行きなさい」母がゲイルムンドに背を向け、テーブルを片づけ始めた。「おかしなことに首を突っ込まないように気をつけるのよ」

ゲイルムンドは笑みを浮かべて家をあとにした。外に出てすぐ、灰色の空を見あげて何度か深呼吸をする。言葉にしていない思いが洪水となってあふれるのを避けようとしたものの、いくらかは吐きだしてしまった。おかげで、心が少し軽くなったような気がする。多くの思いはまだ心に秘められたままで、この先もすべてを言葉にすることはないのかもしれない。だが、しかるべき時が来るまでは、これらの思いを心に抱えていよう。

その高台からはヨルヴィックのほとんどを見渡せた。とはいえ、かなりの部分は相変わらず霧の中に隠れている。ウーズ川はその霧から抜けでて西へ延び、街の北側の壁に接するところで南へ向かっていた。陰になったローマの円形闘技場の遺跡が南の建物群の上に頭をのぞかせている。川の片側にはキリスト教の聖堂が街の半分を見守るように立ち、川の反対側にはデーン風の大きな館が街のもう半分を見守るように立っていた。

その館がリシエのものだと当たりをつけ、ゲイルムンドはそこまで歩くことにした。父に会えるかもしれないからだ。先ほどと同じ道をいくつか通ったが、雨足が弱まったせいで人出が増え、特に市場は混雑していた。ヨルヴィックではデーン人とサクソン人が隣り合って生活し、仕事をし、取引をしているらしい。もしこの平和がノーザンブリアにサクソン人の王がいるおかげだとしたら、母の言っていたことは正しいとゲイルムンドは思った。

石造りの橋を渡るとき、半壊したローマ人の女性像の下を通り過ぎた。その女性は薄い衣をまとい、年月や風や天候のせいで淡い色の顔が少しすり減っている。しばらく歩いて、ゲイルムンドはようやくリシエの館にたどり着いた。それはアヴァルズネスにあった父の館と同じくらい立派で高さのある建物だった。大きさでは上回っているかもしれない。まわりを強固な柵が取り囲み、その入口でサクソン人とデーン人の戦士たちが見張りをしている。ゲイルムンドが近づいていくと彼らに呼び止められ、訪れた目的を尋ねられた。

「おれはゲイルムンド・ヨールソンだ。父のヨールがここにいると聞いて来た」

「ヨールが？」戦士のひとりが応じる。「今日は姿を見ていないぞ」

「本当か？　評議会に出席すると本人から聞いたぞ」

別の戦士が首を横に振った。「今日は行われない。ひとつしかないこの入口で、おれたちは彼の姿を見ていない」

ゲイルムンドは戸惑いといらだちを感じながらうなずいた。「ありがとう」振り返って橋へと戻る。

「川岸に行けば会えるかもしれない」戦士のひとりが声をかけた。「北の壁を出てすぐだ」ゲイルムンドの右側を指さす。「ヨールはよくそこにいる」

「感謝する」ゲイルムンドは言った。

戦士が示した方向へ歩いていくと、川におりていく道があった。堤防や波止場に沿って北へ進み、ローマ人の作った壁に突き当たった。門のようなものはなく、川に近い場所の一部が崩れている。敵軍がここから街に攻め入ることは簡単ではないだろうが、こちら側から壁を乗り越えることは難しくない。

ゲイルムンドは壁を越え、深い堀の中を通って向こう側へ渡り、街の外に出た。前方には丘が連なる起伏の多い土地と、北から流れてくる大きな川が湾曲しているせいで急流に削られた谷が広がっている。森林に潜んでいた敵がいきなり壁を破って街に攻め込んでこないように、デーン人たちは森林と壁のあいだに広々とした牧草地を築いていた。それは川の近くで分厚い葦の茂みに変わっている。そう遠くないところに、不格好な古い波止場がいまだに川岸に残っていた。視線を北へ向けたまま、その場に立つ父は、ローマ人の彫像のように微動だにしない。

ゲイルムンドはため息をつき、牧草地の端を横切って父のほうへ歩いていった。足音が聞こえるくらい近づいてから声をかけると、父が振り返った。

「評議会で処理すべき問題があるんじゃなかったのか？」ゲイルムンドは尋ねた。ヨールは息子が隣に来るまで黙っていた。波止場がぐらついてきしむ音が、下を流れる川の水が打ち寄せる音と重なる。

「ああ」父は答えると、ふたたび川の上流に顔を向けた。「わしひとりで評議しなくてはならない問題があってな」

「どういう問題か、きいてもいいか？」

「おまえには察しがつくだろう」父は鼻から深く息を吸って顎をあげた。「ここだ。ちょうどこの場所だよ。ここに来ると狭いフィヨルドを思いだすんだ。ローガランに戻ったような気分になる」

　ゲイルムンドは改めて川と丘を見渡し、父の言葉に納得した。たしかにローガランと似たところが多い景色で、記憶を呼び覚まされる。とはいえ、北の道《ノールウェグ》そのものというわけではない。「イングランドにもいいところはある」ゲイルムンドは言った。

「たしかに」ヨールがため息をついて川に背を向け、息子と向き合う。「さあ、尋ねるといい」

「何をだ？」

「エイヴォルと話したときから頭にある疑問についてだ」

　父は息子の考えることをよくわかっている。父がなんのことを言っているのか、ゲイルムンドも承知していた。

「なぜ降伏した？」

「まさにその疑問だ」ヨールは南を向いてヨルヴィックの壁を見た。「わしもよくここへ来て、みずからにそれを問うている」

「なんと答えるんだ？」

　父はしばらくのあいだ黙り込んでから答えた。「ハーラルは狡猾だ。われわれの知る誰よりも。ほかの王やヤールたちは、兵を集めてハーラルを打ち破れると思っていた。ところが、あの男はただ一度の戦いのためにすべての兵と船をハフスフィヨルドに送り込み、われわれを驚愕させた」指を一本立てて空を指す。「ただ一度の勝利。結局は、それがハーラルの必要としたすべてだった。ハフスフィヨルドを掌握したあの男は、スタヴァンゲルとボクナフィヨルド、そしてカルムスンドへの入口を手に入れた。その後、すべての交易を支配することになったんだ」

ゲイルムンドの胃がぐっと締めつけられた。「父上を孤立させたわけか」

父がうなずいた。「ハーラルはすでに北と東の王とヤールたちの何人かの忠誠を取りつけていた。銀、結婚、交易を餌にな。ほかの者たちはやつの勝利を知るなり、取り入るために誓いを立てた」

「ハーラルと戦うことはできなかったのか？」

「戦士はいつだって死ぬまで戦うものだ」

「打ち負かすことは？」

ヨールが視線を北に戻して、しばらく沈黙した。「王国を明け渡す王とは、いったいどんな王だ？」ようやく口を開き、静かにきき返す。「よき王であれば、最後の戦士が命を落とすまで戦うのか？　それとも、不要な流血と死を避けるため、王の座を捨てる道を選ぶのか？」

ゲイルムンドはどう答えればいいかわからなかったが、自分もこれまで二度、似たような葛藤を経験したのを思いだした。最初はグスルムの船の上で、二度目はルンデンで。どちらのときも、配下の戦士たちのためにみずからの命と名誉を犠牲にする決断をした。そこまで考えて、いまはまだ父の判断を批判すべきではないのかもしれないと気がついた。

「おまえはグスルムのもとに戻るのだろう?」ヨールが横目でゲイルムンドを見る。「おまえの母親は気に入らないだろうが」

「おれがまだ彼に誓いを立てていることを、母上は承知している」

「そして、おまえは名誉を重んじる男だ。これまでもずっとそうだったように」

波止場に立ち、失った土地に対する後悔と切望を噛みしめている父の姿を、ゲイルムンドはじっと見つめた。もはや怒りは感じられなかった。少なくとも、父を前よりも理解できたことで怒りはやわらいでいる。

「おれと一緒に来てくれ」ゲイルムンドは言った。

「どこへ?」ヨールが振り返って息子と向き合った。「ウェセックスへか?」

「グスルムのところだ」ゲイルムンドは答えた。「おれとともに戦おう。父上はヨール・ハルフソンだ。サクソン人の王の世話人におさまる器じゃない」

その提案に魅力を感じたらしく、父は少しばかり肩をあげてにやりとした。「おまえの母親は気に入らないだろうな」

「母上だって、父上やおれと同じ戦士だ」ゲイルムンドは言った。

ヨールがくすくす笑う。「たしかにそうだ」

「父上はハーラルに敗れてヨルヴィックに来た」ゲイルムンドは続けた。「ウェセックスを勝利の地にすればいい。失ったと思っている名誉を取り返す機会にするんだ」

しばらく沈黙が流れるあいだ、ゲイルムンドは戦場でともに戦う自分たちの姿を想像した。盾の壁の内側に肩を並べて立つところを。父も同じ光景を思い描いていたようだ。だが、別の考えが浮かんだのか、顔から微笑みが消えた。

「おまえの隣で戦うのはさぞ誇らしいことだろう、息子よ。だが、わしはもう戦いに出るつもりはない。わしの望みは、グスルムがアヴァルズネスに来たときに望んだものと同じだ。土地と平穏――おまえの母親とわしは、ここでその両方を見つけた」

「わかった」衰えていく父を見るのは悲しかったが、その考えは理解できる。「以前のように、おれが旅立つのを阻止しようとするのか？」

「あのときはわしが間違っていた。おまえがグスルムに誓いを立てていなかったとしても、わしはおまえを運命から遠ざけようとはすまい」

ゲイルムンドは頭をさげた。「ありがとう、父上」

「だが、忘れるなよ。だからといって、おまえの向こう見ずな振る舞いを心配しないというわけではないぞ」

ゲイルムンドはにっこり微笑んだ。「わかっているさ」

雲がようやく晴れ始め、空気も半球の空も澄み渡っていく。ふたりは波止場にたたずみ、沈みゆく太陽の光が川を金色に染めていくのを眺めた。そして、完全に日が暮れて夜になる前にヨルヴィックに引き返して橋を渡り、リュビナの待つ家へ向かった。

第五章
ウェセックス
Wessex

25

ゲイルムンドは数日間、両親とともに過ごし、そのあいだにヨルヴィックでの彼らの生活について、さらに多くを学んだ。ヨールはさまざまな面でアヴァルズネスにいたときと同じ責務を果たし、この地で暮らす人々を率いている。商人と取引交渉を行い、街の銀や食料やエールの供給状況を監督し、リシエがかかわらない軽微な争いや犯罪で法官の役割を果たすといった具合だ。リュビナも前と同じ責務の大半をこなしている。だが、母の場合はヨルヴィックを出ていることもあるらしく、ときにはエイヴォルの求めに応じて手助けをしているようだった。

ゲイルムンドはといえば、多くの時間を父とともに働くことに費やし、以前はハムンドにしか任せられなかった責任を引き受けた。そうするうちに、高位にある者がどれほどの重責を担っているかを以前よりも理解できるようになった。ハルフダンやウバといった戦士たちがこうした日々の政務を配下の者たちに任せているのも納得できる。

グスルム軍と分かれて、ハルフダン軍がじきにノーザンブリアに戻るという知らせがレイヴンズソープからヨルヴィックに届いたとき、ゲイルムンドはようやくファスティを殺したせいでウバを通じてハルフダンとのあいだで血讐の争いになったことを両親に打ち明けた。ゲイルムンドはここを立ち去るものの、デーン人の帰還が両親にどんな影響を与えるのか心配だった。ところが、ふたりはまるで気にしていない。

「ハルフダンがわれわれに牙をむくことはない」一緒のテーブルで夕食をとりながら、父が言った。「われわれがいなかったら、彼が戻ってこられるヨルヴィックは存在しないのだから」

「エイヴォルがいなかったらの間違いでは？」母が父に向かって片方の眉をあげ、パンを小さくちぎった。

「エイヴォルはヨルヴィックのために何をしたんだ？」ゲイルムンドは尋ねた。

母がゲイルムンドにちぎったパンを手渡し、自分のためにもうひとつちぎる。「わたしたちの中に潜んでいた〈結社〉の人間を見つけだしてくれたのよ。リシエが信頼していた助言者の中にも何人か隠れていて、自分たちの策略をひそかに遂行しようとしていたの。彼らを放っておけば、内側からヨルヴィックを崩壊させたかもしれない」

「どんな〈結社〉なんだ？」ゲイルムンドはさらに尋ねた。

「それが、わたしたちもまだ完全には把握していないの」母はパンを椀に入った大麦と牛肉の粥に浸した。「わかっているのは強力な〈結社〉であること、活動範囲が広くて、エジプタランド（現在のエジプト）と同じくらい遠方から触手を伸ばしていること、北の道《ノールウエグ》より歴史が古いことくらい」

「なんてことだ」ゲイルムンドは母の説明を聞いて、ヴェルンドが語っていた海底に沈んだ古《いにしえ》の地のことを思いだした。「母上たちがその〈結社〉を食い止めたのか？」

「食い止めたのはエイヴォルだ」ヨールが答え、リュビナに向かった小さくうなずいた。

「われわれはできる範囲で手を貸しただけだ」

「わたしたちはエイヴォルに借りがあるのよ」母が言った。「ハルフダンもね。そして彼はわたしたちにも借りがある。血讐が果たされることよりも、定めているかもしれない贖罪金を手にすることよりも、今後わたしたちがノーザンブリアに貢献することのほうがずっと重要なのよ」

「だが、それじゃウバは納得しない」父が言う。「彼には気をつけてくれ」

「わかった」

「ハルフダンは何年も遠征しながら戦い続けてきた」父が続けた。「配下の首長《ヤール》や戦士たちは疲弊しているから、戻ってくれれば褒美を期待するだろう。そしてハルフダンは貢献が大きかった者たちに土地を与えるはずだ」

「父上には?」ゲイルムンドはきいた。

ヨールがうなずいてリュビナを見る。「ふたたび館を手にする」

ゲイルムンドは視線をさげて粥を見つめた。「平穏と土地か」そうつぶやいてから、粥を口に運ぶ。

母が息子に身を寄せた。「残るのであれば、あなたの居場所もあるわ」

ゲイルムンドはそれが真実だとわかっていたし、心のどこかでは両親とともにノーザンブリアにとどまることを望んでいた。ハムンドがいずれ戻ってきたら、ともに一族のため、子どもたちのため、そのまた子どもたちのために、永久に残る財産を築きあげることができる。だが心の大部分では、ここにとどまれないこと、あるいはとどまる選択をしないことがわかっていた。

「おれはグスルムに誓いを立てている」ゲイルムンドは言った。「配下の戦士たちにも誓いを立てたし、彼らもおれに誓いを立ててくれた。戦士たちはグスルムを探しにレオパンデューンへ行き、そこでおれを待っているんだ。それに、おれはウェセックスを奪うと自分自身に誓っている」

　母はがっかりしているように見えたが、何も言わずにうなずいて息子の言葉を受け入れた。

「名誉と運命のためにやるべきことは必ずやらねばならない。じきに出発するのだろう？」父が尋ねた。

「ああ。できるなら明日、出発する」

　父がエールをひと口飲んだ。「できない理由があるのか？」

「父上がまだおれに何かしてほしいんじゃないかと思ってね。前みたいな去り方はしたく――」

「今回は前とは違うわ」母がさえぎった。「わたしたちのために出立を遅らせたりしないで。わたしたちなら大丈夫よ」

　ゲイルムンドは感謝を込めて両親に頭をさげた。食事が終わると、食料やそのほか旅に必要なものを用意するのを両親が手伝ってくれた。その夜は三人で話をしたり、酒を飲んだり、ネファタフルに興じたりした。寝床についたあとになっても、ゲイルムンドは横になったまま眠れずにいた。グスルムと配下の戦士たちのもとへ戻ると思うと深夜まで一睡もできず、気づけば夜明けを迎えていた。

　両親のもとから盗人のようにひっそりと姿を消した以前とは違い、ゲイルムンドはふたりと一緒に朝食を味わった。このとき、両親は特別な贈り物を用意していた。戦場で駆る馬を旅立つ息子に授けたのだ。そのサクソンの雄馬は輝く栗毛に覆われ、淡い藁色のたてがみを生やし、額には真っ白な線が入っている。

「名はアンヴァル（神話に登場する魔法の馬。風より速く走り、海も陸も駆けることができ、乗り手の無事を守るとされる）という」ヨールが言う。「ピクト人が育てた馬だ」

「見事だな」ゲイルムンドは馬の筋肉と体つきを見て、力強さを感じ取った。アンヴァルに彼のにおいをかがせ、鼻面とたてがみを撫でてやると、馬の意思と穏やかな性格が伝わってきた。「戦場に出たことは？」

「ある」ヨールが答えた。

「あなたの役に立つことを祈っているわ」リュビナが言った。

　ゲイルムンドは堂々たる贈り物をくれた両親に感謝し、それからアンヴァルを引いて彼らとともにヨルヴィックを抜けて、街の入口の門へ向かった。そこでふたりを抱きしめながら静かに別れを告げ、手にしたばかりの愛馬にまたがってローマ街道を南西に向かって出発した。

旅を続けるうちに、ゲイルムンドとアンヴァルは互いの理解を深めていった。進むごとに、アンヴァルは新しい主人を背中に乗せることに慣れていき、ゲイルムンドも馬が最大限の力を発揮する御し方を習得していった。彼らは一日に二十休息《ラスト》ほど進み、まずローマ街道をくだってからトレント川沿いにレオパンデューンを目指した。アンヴァルは自分の餌を背中に乗せていたが、ゲイルムンドは毎日、馬が草をはむ時間を充分に取ってやった。旅を始めて五日目の夕方には広大な平野に出た。そこには死者を悼む塚が一面に広がっている。まだ完成したばかりのようで、草も生えていない。

落陽の光があたりに漂う塵と煙の靄を炎のように赤く染め、いくつもの塚に影を投げかけている。ある塚は土が高く盛りあげられ、ある塚はそれよりも低い。残された供物からして、デーン人が命を落とした戦士たちに敬意を表して作ったものだった。塚の中に名誉ある死者の遺灰が埋められている場合もあれば、何も埋められていない場合もあるのを、ゲイルムンドは知っていた。ここでこうして称えられている戦士たちの遺体の大半は戦場に残され、白鳥の餌となるか、積みあげられて焼かれているはずだ。

この塚にアスレフのものがあるのだろうか……。ゲイルムンドは思いを馳せた。

落ち着きのない雰囲気が漂っていて、まるで死者たちがまだこの世にとどまっているかのようだ。アンヴァルでさえ目をぐるぐると回し、早く通り過ぎたがっているようだ。だが、ゲイルムンドは立ち去る前に革袋に残ったエールを地面にまき、いまはヴァルハラで蜂蜜酒を飲んでいる名誉ある死者たちに祈りを捧げた。

いまいる高台から川の流れる谷を見おろすと、はるか西のほうにある街が目に入る。ゲイルムンドはその場所を目指して丘をくだっていくが、高台からは街で野営する戦士たちの姿は確認できない。それでも近づいてみると、そこがレオパンデューンだった。キリスト教の聖堂の両側に新たに木の壁を築き、聖堂を砦の門として利用している。壁は東西の川岸まで延び、守りを固めたデーン人の砦を囲んでいた。ゲイルムンドは砦に近づき、中に残っていたデーン人たちから、グスルム王が軍を率いて南東のグランタブリッジと呼ばれる場所に向かったと聞かされた。

　そこで一夜を過ごし、銀で自分と馬の食料を買ってからふたたび出発した。デーン人たちに教えられたとおり、ウォセリンガという名のローマ街道を目指して一日がかりで南へ進む。さらに二日にわたって馬で進み、煙のあがる廃墟となったいくつかのサクソン人の農場と街を通り過ぎ、十字路に行き当たったところで、東へと延びる古い道へ曲がった。

　それから三日間、平坦なローマ街道と違い、わだちが残る曲がりくねった道を、ゲイルムンドはそれまでよりも遅い速度で進み続けた。毎夜、睡眠とアンヴァルに草を食べさせるために止まるまでに、十から十五休息《ラスト》くらいしか進めなかった。それでも四日目には、ようやくグランタブリッジの外壁にたどり着くことができた。

　デーン人の野営地は壁の内側に築かれていた。グランタ川の岸辺にあるローマの遺跡がその中心になり、ひとつの街を形成している。ルンデンほど交易が盛んではないものの、市場には同じように異国の品がたくさん並び、鍛冶師やほかの職人たちも仕事には困っていないようだ。ゲイルムンドが大通りや脇道を進んでいくと、鉄を鍛えたり、革をなめしたり、何かを燃やしたり、料理を作ったりしている強烈なにおいに取り囲まれた。人間と動物の排泄物の臭気もまじっている。

ゲイルムンドはグスルムと彼の軍勢を探して馬を走らせ、やがて野営地の北側で彼らを見つけた。そこにはヘルハイド隊もいて、戦士たちはみんな隊長の帰還を喜んだが、アスレフを失ったばかりで、まだ悲しみに浸っていた。若き戦士はゲイルムンドがルンデンをあとにしたわずか二日後に、最後の眠りから覚醒することはなく、トルグリムに見守られながらこの世を去った。ヘルハイド隊はそろってアスレフのために酒を飲んだ。やがてゲイルムンドが帰還したという知らせが広まると、グスルムから呼びだされた。ゲイルムンドはスタイノルフュルを連れて王との会談に向かった。

「ヨールとリュビナは息災だったか？」年嵩の戦士が尋ねた。

「ああ」ゲイルムンドは答えた。「だが、たくさんのものを失った」続けて父から聞いたアヴァルズネスとソグンの王ハーラルの話をしたが、スタイノルフュルは何を聞いても驚かなかった。

「王位を示す指輪は、黄金の枷にもなりうる」スタイノルフュルが言う。「そこから自由になったほうがいいときもあるかもしれない。両親とは和解を？」

「わだかまりは解けた」ゲイルムンドは答えた。

年嵩の戦士がうなずく。「上出来じゃないか」

グスルムが館にしているサクソンの建物までやってくると、ゲイルムンドはスタイノルフュルを外で待たせて中へ入り、別人のようになった王の姿を目の当たりにした。白髪が増え、疲労のあまりみすぼらしい雰囲気で、気が短くなったように見える。グスルムがゲイルムンドを招き入れて座らせ、トスレッドの修道院の聖堂で見たものとよく似た銀の杯にワインを注いだ。サクソンのワインは質がいいはずなのに、革と金属の味がする。修道士ドレファンのエールか、あるいはレイヴンズソープのテクラのエールのほうがずっとおいしかったと、ゲイルムンドは思った。

「会えてうれしいぞ、ヘルハイド」王が自分のために角杯にワインを注いで高座についた。その椅子は狼の生皮で飾られ、その頭は肘掛けの一部と化している。「おまえがルンデンを出たときは、もう戻ってこないのではないかと思っていた」

「何度かそういう不安に襲われた。ハルフダンが一隊を差し向けてきたんだ」

王が片方の肘を肘掛けに置き、狼の耳のあいだの毛をむしる。「その一隊はどうなった?」

「死んだ」

「全員が?」グスルムの声には驚きと同時に喜びが感じられた。「おまえの評判はさらにあがっている」

いまこの瞬間ゲイルムンドが気にしているのは、評判でも、王の承認でもなく、贖罪金が定められていたのかどうかだった。「一対一の戦いで隊長を殺した。クロクという名の男だった。エイヴォル・ヴァリンスドターが証人だ」

王の手がぴたりと止まった。「その男の名は知っている。そいつと話したのか？」

「ああ。戦いの前、クロクはエイヴォルに、ハルフダンが贖罪金を定めていたと言っていた。十八ポンドだと」

グスルムが親指で狼の耳を撫でる。「それは事実ではない」

「では、なぜやつはそんな嘘を？」

王がさっと手をあげた。「ハルフダンに十八ポンドと言われたからだろう」

ゲイルムンドはあんぐりと口を開け、それから頭をぶんぶんと振った。「それならどうして――」

「ハルフダンが何を要求しようと問題じゃない。贖罪金を定められるのは立法集会《アルシング》だけだ」

その瞬間、ゲイルムンドはルンデンにいたときすでに、グスルムが真実を隠していたか、あるいは嘘をついていたことを悟った。デーン人に対して込みあげる怒りを冷まそうと、ワインをひと口飲む。「アルシングが定めたのであろうとなかろうと、知っていたら、おれは払っていた」

「いや、それはわたしが認めない。十八ポンドだぞ？」グスルムが前に身を乗りだし、怒りに声を荒らげた。「おまえが殺した男はウバの縁者だったな？　その男はヤールではないし、土地持ちの貴族《カール》でもない！　それだけの銀の半分も価値のない男だ。ハルフダンはおまえを、わたしの最も狡猾な戦士のひとりを罰することを望んでいて、ついでに自分も儲けようとしているんだぞ」

そう言われたところで、ゲイルムンドの怒りと困惑はおさまらなかった。グスルムはまだ真実をすべては話していないのではないだろうか？　だが、この件で王をどう問いつめればいいかわからなかったので、もっと重要な問題に話を向けることにした。「ウェセックスにはいつ侵攻する？」ゲイルムンドは尋ねた。

「ウェセックスか」グスルムはため息をついて狼の皮に深く身を預けた。

「そう、ウェセックスだ。いつ出発する？」

「じきにだ」

「何を待っている？」

王が角杯のワインをごくごくと飲み、勢いよく立ちあがった。あまりにも急な動きだったので、ゲイルムンドは危うくあとずさりするところだった。グスルムがテーブルまで大股で歩いていき、ワインをもう一杯注いだ。

「アイヴァーが死んだ」王は言った。

ウバと血讐の争いをしているゲイルムンドにとって、それは警戒すべきラグナルの息子がひとり減ったことを意味する。「それとウェセックスとどう関係が？」彼は尋ねた。

「ウェセックスとは関係ない」王がうろうろし始めた。室内にある彫刻やタペストリー、食器や長椅子は、デーン人の館ではなく、サクソン人の館にあるもののようだった。

「イースト・アングリアとマーシアに支配できる土地が充分にあるという話だよ。デーン人が支配するその土地のいくらかを、おまえのものにしてやれる」

　ゲイルムンドはワインの入った杯を脇に押しやった。「なんの話だ？」

「残るラグナルの息子はハルフダンとウバのふたりだけだ」グスルムが角杯を傾けてワインを喉に流し込み、手の甲で口をぬぐった。「アイヴァーの死を知らされたとき、ハルフダンが燃やしていた復讐の炎が消えてしまったらしい。彼は死ぬ前に獲得した富で人生を楽しもうと、兵を連れてノーザンブリアに戻ってきた。もうウェセックスに関心はない。彼の戦いの日々は終わったのだ。片をつけるべき相手はウバだけになった」館の内部に視線を走らせ、さらに続ける。「わたしにも厳しい戦いで手にした土地と財産がある。王になり、名誉も手にした。そこで、みずからに問うたのだ。もし死ぬことがわたしの運命なら、ここで死ぬことは不名誉なのだろうか、と」

「不名誉――」ゲイルムンドは怒りで声を荒らげそうになるのをこらえた。「ここを支配することで満足し、ウェセックスはこのまま放っておくと？」

　どう答えようか思案するかのように、王はひげを撫でた。ひげに編み込んだ銀の玉がぶつかり合う音がする。結局、グスルムはゲイルムンドの問いを一蹴した。「いいや。ウェセックスは倒さねばならん」

　ゲイルムンドは、グスルムの言葉が本気であることを願うしかなかった。

　それからの数週間、王はウェセックスを偵察するために南と西に人を送り、彼らが敵の情報を持ち帰ると、ヤールたちとともに最終攻撃の計画を立てた。ハルフダンの戦士たちがいなくなったいま、アルフレッドに勝利するには狡猾さと用心深さの両方が必要になる。北から来た戦士たちの一部は、エイヴォルと彼女の同志たちを含め、戦いに向けた召集には応じるはずだ。しかし、ウェセックスの王冠を確保するには、その人数では不充分だった。

ノーザンブリアとそのほかの遠く離れた地から集まってくるデーン人たちは、海路を使って最速でやってくる。グスルムは彼らの船が接岸する安全な港を用意しなくてはならなかったので、ウィルトシャーの南方の沿岸にあるウェアラムという街に目星をつけた。ここをデーン人たちの拠点にすれば、それほど離れていないウィンタンセスターのアルフレッドの玉座に奇襲をかけやすい。さらに退却する場合に備え、ローマ遺跡を第二拠点と定めた。そこはウェアラムからおよそ六十休息《ラスト》西に位置するエグゼ川沿いにあり、デフェナシャー（現在のデヴォン）の沿岸に近い。

出陣を間近に控えたある日、ゲイルムンドはふたたび王の館に呼び出された。作戦を決行するに当たり、話があるというのだ。

「戦士たちの一部は海から送り込む」王が言った。ふたりはテーブルにつき、今回はグスルムが銀の杯でワインを、ゲイルムンドが角杯でエールを飲んでいた。「だが、軍の大半は陸路でウェアラムへ向かわせる」

「到着までどのくらいかかる？」ゲイルムンドは尋ねた。

「早くて四日、五日かかるかもしれない。悪天候になれば、さらにかかるだろう」

「アルフレッドの準備が整ってしまう」

「いまだって、やつの準備はできている。偵察隊によると、アルフレッドはウィルトシャーとバロックシャー（現在のバークシャー）の民兵《フュルド》を指揮下に置き、テムズ川とイクニールド・ウェイを見張っている。われわれがそこから攻めると予想しているのだろう。だからこちらは夜に進軍し、アーニンガ・ストリートを南下してルンデンへ出る。それからローマ街道を西へ進んでカッレウァに行く。わたしとともにベドウィンに進軍したおまえなら、その場所を覚えているな。そこからウェアラムを目指す」

「かなりの長旅だ。アルフレッドがこの作戦を知ったら――」

「絶対に知られてはならない。サクソン軍には見つからずに移動せねばならん。そのためにおまえを呼んだ」グスルムが自分のワインをさらに注いだ。「ウェセックスの軍勢の目を北方に向け、われわれが進む道からそらしておく必要がある。おまえにやつらの注意を引いてほしい」

「どうやって？」

「テムズ川がマーシア王国とウェセックス王国の境界線になっている。ヘルハイド隊を率いて川を渡れ。南に進んでアルフレッドの王国に侵入し、周辺の街や村を襲うのだ」

ゲイルムンドはエールを口に運んだ。「たしかに向こうの注意を引くことはできる」

「迅速に動かなくてはならないぞ。五日間、激しい攻撃を仕掛け続けろ。アルフレッドも、まさかたったひとつの隊がそんなことをしているとは思うまい」

「アルフレッド軍に対して、こちらの人数が圧倒的に少ない。もしつかまったら――」

「つかまりはしないさ」王が腕を伸ばしてゲイルムンドの肩をつかんだ。「絶対につかまってはいかん。おまえにこの役目を頼むのは、この作戦に必要な策略を立てられる者を、おまえ以外に知らないからだ」

ゲイルムンドは動きを止め、グスルムに求められていることを熟考した。王の命令に従うということは、ヘルハイド隊を敵地深くに侵入させるということだ。援軍もいなければ、退却できる砦もない。サクソン人から身を隠すどころか、アルフレッドの激しい怒りを自分と戦士たちに向けさせるわけだ。判断を誤れば死はまぬがれない。それも、こうした作戦が成功するかどうかは策略ではなく運命にかかっていることを承知している。それでも、足の速さのおかげで生き延びられる可能性はある。

「おれの戦士たち全員に馬が必要だ」ゲイルムンドは言った。「新しい武器と鎧が必要な者もいる」

王がうなずく。「必要なものはすべて手配する」

「それから、生還した戦士にはひとり十ポンドの銀を与えてほしい」

グスルムが目を見開いた。「なんだと？　気はたしか――」

「現時点で戦士たちが受け取るはずの銀に加えて十ポンドだ」

信じられないとばかりに、グスルムが笑い声をあげた。「それはわたしが与える何倍もの――」

「戦士たちはこれから何度も危険に直面して、あなたにウェセックスを進呈するんだ。この作戦から生還したヘルハイド隊の戦士たちは、本人が望むのであれば土地と家畜を買うのに充分な銀を手にするべきだ」王が反論する前に、ゲイルムンドは言った。「欲得ずくで言っているわけではない、王よ。おれたちには略奪をする時間がない。あなたがこの作戦を成功させてほしいなら、おれは戦士たちにやり遂げるべき理由を与えてやらなくてはならない。あなたが考慮すべきは、この作戦を本気で遂行する気があるかどうかということだ」

王が顔をしかめる。ゲイルムンドはエールを口にして待った。

「おまえはどうなんだ?」グスルムがようやくきいた。「おまえは何を望む?」

「ウェセックスでヤールになることだ」ゲイルムンドは答えた。

少し間《ま》を置いてから、王がうなずいた。「準備を急がせろ。生還した者には十ポンドだ」

ゲイルムンドは一礼して王の館を出た。ヘルハイド隊のもとに戻り、まず銀について話すと、一同は焼けた石を鍋に入れたときのように熱く沸きたった。

「すごいな。十ポンドだとさ」ラフンが色白の相棒のほうを振り向いた。「それだけあれば、戦士も略奪をやめて落ち着ける」

「王はおれたちに何をさせようというんだ?」ヴェトルが尋ねた。「ただ親切になっただけとは思えんが」

ゲイルムンドは息を吸い、グスルムから命じられた作戦について説明した。話が終わる頃になると先ほどまでの熱は冷め、戦士たちは黙り込んでじっとしていた。

「そういうことか」ビルナが言う。「グスルムはあたしたちの誰ひとりとして生還するとは思っていないわけだ」

「王の思惑はどうでもいい」ゲイルムンドは応じた。「生還する運命であれば、おれたちは生還する。全員だ」

「では、あのろくでなしの蓄えを空にしてやるとしよう」スタイノルフュルが言う。「いつ出発する？」

「すぐだ」ゲイルムンドは戦士たちの顔を見回した。ヘルハイド隊には四十二人の戦士たちがいるが、多くは装備を整える必要がある。「剣を研げ。盾と鎧を新調しろ。王の鍛冶師が必要なものを用意してくれる。しっかり休んで準備を整えておくんだ。出陣したら最後、ウェセックスが落ちるまでは引き返せないからな」

26

グスルムがウェアラムに出陣する三日前、ヘルハイド隊はグランタブリッジを出発した。ゲイルムンドの戦士たちは四日目にマーシア王国とウェセックス王国の境界となっている川に到達し、そこの街を襲う予定だ。そして九日目にはエグゼ川沿いのローマ遺跡に向かって南下して、イースト・アングリアから来たデーン人の王、オクテルとアンウェンドが指揮する二百隻以上の船と合流することになっている。そこでグスルムから声がかかるのを待つ手はずだ。これでウェセックスにあるデーン人の拠点はふたつとなり、そこからデフェナシャーとウィルトシャーを襲い、ウィンタンセスターのアルフレッドの玉座を狙うのだ。さらに、アイルランドとウェールズで暴れているウバが戻ってきて、攻撃に加わるかもしれないと言われていた。ゲイルムンドはウバと顔を合わせたらどうなるか不安だったものの、配下の戦士たちはラグナルの息子の参戦を吉兆と信じている。

ヘルハイド隊は、ゲイルムンドが一度首長《ヤール》シドロックやジョンと一緒に通ったことのあるイクニールド・ウェイをくだっていたが、アルフレッドの偵察の目を避けるため、ウェリンフォードからやや離れたところでその道を外れて西に向かった。四日目の夕方、樺の森の端にやってきた一行が谷を見おろすと、テムズ川沿いに修道院と橋のある市場街が目に入った。

「ここからウェセックスに入るぞ」ゲイルムンドはアンヴァルをいたわるようにゆっくり

おりた。「暗くなってから襲撃して焼き払う。そのあとに移動だ」

「あそこに銀がありそうだ」トルグリムが言う。「修道士どもが――」

「略奪している時間はない」ゲイルムンドはさえぎった。「代わりに戻ったときの十ポンドのことでも考えていろ」

トルグリムがやれやれと言いたげに頭を振ってビルナを見た。彼女は肩をすくめ、数人の戦士たちはぶつぶつと不満をこぼした。ゲイルムンドは振り返り、白い木々の中で背を丸めて馬に乗っている戦士たちと向き合った。

「全員、聞いてくれ」ゲイルムンドは声に鉄のごとき強固な意志を込めた。「おれたちがここへ何をしに来たのかを忘れるな。ヘルハイド隊の仲間たちに立てた誓いを思いだせ。文句を吠える時間はとっくに終わった。もし名誉を手に入れるよりも略奪を望む気持ちのほうが大きいなら、ほかの臆病者どもとともにグランタブリッジに残っているべきだった。そうすれば、牛舎で酔っ払ったり、小便を垂れたりするのが自分の運命だとわかっただろう」

隊長の言葉を聞き、戦士たちはいっせいに背筋を伸ばした。一陣の風が吹くと、畑の穀物がいっせいにぴんと立つかのごとく。スタイノルフュルは組んだ両腕で口元の笑みを隠した。

「だが、いまおまえたちはここにいる」ゲイルムンドは続けた。「それがおまえたちの運命だからだ。そして、おれはヘルハイド隊の誰ひとりとして不名誉な姿をさらすようなことはさせない。さあ、馬をおりて、できる限り休んでおけ」振り返って遠くの街を指さす。「深夜になったら、おれたちは魔物《トロール》となり、サクソン人どもに死ぬ以上の恐怖を植えつけてやろう」視線の届くところにいる戦士たちひとりひとりと目を合わせていくと、彼らは順番にうなずいた。

「聞いたな」トルグリムはそう言って馬からおり、残りの戦士たちも彼にならった。

ゲイルムンドがアンヴァルを少し離れたところまで引いていくと、しばらくしてスタイノルフュルが隣にやってきた。

「トロールだって?」年嵩の戦士が尋ねた。

「悪魔でもいい」ゲイルムンドは樹皮のはがれかけた樺の木に寄りかかった。「サクソン人が悪夢で見るものならなんでもいいさ」木に目を移して大きくむけた樹皮を引きはがし、思案するように両手でそれを裏返した。「彼らはトロールを恐れているんだ。トスレッドが見せてくれた本に化物のことが載っていた」

「あなたのその目には見覚えがある」スタイノルフュルが言った。「何か策略があるんだな」

ゲイルムンドは丸まった樹皮を伸ばした。「おれたちがなぜここに来たのかはおまえも知っているだろう。おれたちはアルフレッドが無視できないようなことをしなくてはならない」

「やつの街を焼いても無視されると?」

「最初は気にするだろう」ゲイルムンドは頭を傾けて戦士たちを示した。「だが、襲撃を受けた街の住人がこちらの人数が少ないことを証言すれば、アルフレッドの軍はおれたちを追ってはこないかもしれない。それどころかグスルムの作戦を見抜いて、ほかの場所でデーン軍を探し始める恐れもある」

「何が言いたいんだ？　目撃者は皆殺しにすべきだと？」

ゲイルムンドは首を横に振った。白い樹皮の黒い節の部分を親指で押して穴を開ける。「目撃者が何を見たのかわからない状況を作るべきだと言っているだけだ」樹皮を持ちあげて仮面のように顔に当て、開けた穴から片目で向こう側をのぞいた。「アルフレッドは、恐ろしい咆哮をあげるトロールと悪魔の一団が深夜に領民を襲っているという噂を耳にする。狡猾なサクソン人の王は、いったい何が起こっているのか思い悩まなければならないというわけだ」

その策略を目に浮かべているかのごとく、スタイノルフュルはゆっくりとうなずいた。「仮面をかぶってしまったら名誉も何もないと言う者もいるかもしれない」

ゲイルムンドは樹皮をおろした。「恐怖や恥辱のために仮面の後ろに隠れるのは不名誉なことだ。だが、おれたちは恐怖も恥辱も感じる必要はない。仮面をかぶるのは、サクソン人の住民たちを欺くための策略にすぎない。いざ戦いとなれば、仮面なしで敵と対峙する」樹皮をスタイノルフュルに渡す。「自分の子どもが怯えるくらいのトロールになれと、みんなに伝えろ。馬もだぞ」

年嵩の戦士はしばらく樹皮を眺めたあと、こぶしで弾いた。「万事任せてくれ」

スタイノルフュルが立ち去ったあと、ゲイルムンドは青銅のナイフで木から樹皮をはがした。両目の穴とギザギザの口を切り取って髑髏のような仮面を作ると、頭に縛りつけるための革紐を取りつけた。さらに何枚かはがした樹皮を丸めて曲げ、アンヴァルの角にする。自分と馬のために身につける樹皮の皮膚を作り、そこに木片をいくつも貼りつけた。

準備が終わる頃には月がのぼっていた。ゲイルムンドがヘルハイド隊のほうを振り返ると、木の枝で作った角や牙をつけた悪魔、トロール、狼、竜、そのほか名もない恐怖の権化と化した戦士が闇に隠れるようにたたずんでいる。森の中で準備万端ながら落ち着かない様子の戦士たちは、古い骨の色をしてゆがんだ樹皮の仮面をはめ、まるで根から解き放たれて忌まわしい生を受けた樺の木の精霊のようだった。

「いまやおまえたちは地獄《ヘル》から来たものの皮《ハイド》をかぶっている」ゲイルムンドは言った。「父親だっておまえたちを見ただけで糞を漏らすだろうよ。今夜はサクソン人どもにせいぜい寝床を汚させてやろう」

戦士たちは満足げな低い笑い声をあげながら、危険な暗闇の中、馬を歩かせて谷へおりていった。街に忍び寄るにつれ、遠くから修道士たちの深夜の祈りが聞こえてくる。戦士たちは畑の端にとどまり、聖職者たちが祈りを終えて寝所に戻るときを待った。街にも修道院にも防壁はなく、見張りに立つ戦士は数人しかいない。

「サクソン人というのは、いつになったら警戒することを学ぶんだろう」シャルギが尋ねた。白狐を思わせる仮面をかぶっているせいで、声がくぐもっている。

「あんたがそうしたいなら、ばかどもが守りを固めるまで待ってもいいけど」戦士の不死者《ドラウグル》のような仮面をつけたビルナが言った。

「デーン人が来る前は、やつらの寺は壁なんぞ必要なかったのさ」ヴェトルが続ける。

「だが、やつらだっていずれ警戒することを学ぶ。いまも学んでいるところだ」

「だからこそ、いまウェセックスを奪わなくてはならないんだ」ゲイルムンドは言い、火打ち石を取りだした。「松明をともせ。散開して目に入ったものすべてに火をつけるんだ。風に乗って獣声が聞こえてくるかのように、吠えたり鳴いたりしろ。戦うのはあくまで離脱できないときだけだぞ」川のある南のほうを指さす。「それぞれ橋までたどり着け。おそらく橋は守られているから、矢が降ってきたり敵が襲ってくることは覚悟しておけよ。それから川を渡る」

「橋までたどり着けなかった者は？」スタイノルフュルが尋ねた。「どうすればいい？」

ゲイルムンドは闇の中から自分を見つめるいくつもの仮面に目をやり、その向こうにいる戦士たちを見ようとした。「おれは誰も置き去りにはしない。だが、ヘルハイド隊はグスルムとデーン人の国のために、おれがいなくても進まなくてはならない。橋までたどり着いた者は、街が完全に守りを固める前にここを離れるんだ」

戦士たちがすんなり納得したようには見えなかったが、誰も反対はしなかった。

ゲイルムンドは火打ち石で松明に火をつけ、息を吹きかけて火勢を強くした。アンヴァルの背にまたがり、戦士たちが全員松明をともすのを待ってから自分の松明を掲げ、咆哮をあげながら畑を横切り、中心街に向かって突進する。次の瞬間、背後で蹄の音が轟き、戦士たちが甲高い金切り声をあげた。血を凍りつかせ、どんなに勇敢な戦士も恐怖で顔色を失うほどの咆哮だ。ゲイルムンドは仮面の内側で笑い声をあげた。

一番近い小屋が目の前に迫ったとき、ようやく見張りの戦士から声があがったが、ゲイルムンドは戦うことはせず、踵を返して逃げだした。松明を掲げ、最初の建物の草葺き屋根に火をつけた。

ヘルハイド隊がゲイルムンドを追い越して中心街になだれ込んでいく。そのあいだ斧を振り回し、建物に火をつける。修道院近くの十字路までたどり着くと、何人かは脇道を西へ、そのほかの者たちは南へ進み、数人が残ってキリスト教の聖堂に被害を与えに向かった。街を守ろうと立ち向かってくる者がいないかと、ゲイルムンドは燃えあがる建物の扉を見張った。しかし、出てくるのは逃げようとする住民ばかりで、それもほとんどは女や子どもだ。誰もがそれ以外のことをするつもりはないようだった。

ゲイルムンドはアンヴァルを速歩で進ませ、川から市場に続いていると思われる道に入った。濃い灰色の煙がすぐさまあたりの空気を薄くし、赤く輝く煙霧が逃げ惑う人々の影を映す。その光景はまるで炎熱の国《ムスペルヘイム》のようで、ヘルハイド隊はさながら巨人族《ヨトナー》だった。動物たちの激しい鳴き声が響き、修道院のある方角から鐘の音がする。

ゲイルムンドは二百ペースほど進み、市場がある広場に入った。屋台や荷車が燃え、配下の戦士の何人かが罵声を発しながら駆けている。さらに二百ペースと少し進むと、すでに多くのヘルハイド隊が集まっている川に出た。そのまま戦士たちの前まで乗りつけ、スタイノルフュルを見つける。

「ウェセックスの街のすべてで、これくらい策略がうまくいくことを願おう」ゲイルムンドは年嵩の戦士に言った。

「われわれはまだ川を渡ってもいない。見ろ」

ゲイルムンドが橋のほうを向くと、ひとりの少年が立ちはだかっていた。飾りのない兜は子どもの頭には大きすぎ、斜めに傾いている。剣と盾もいかにも重すぎる。

「誰が橋を掃除する？」スタイノルフュルが尋ねたが、その真意をゲイルムンドは理解していた。ヘルハイド隊に、あんな子どもを殺して楽しむ輩はいない。

「おれが行こう」ゲイルムンドは答えた。アンヴァルからおり、橋へと歩いていく。

少年は両足を広げて立ち、剣の柄を握りしめていた。ゲイルムンドは武器を抜かないことにしたものの、若い戦士が見た目に反して剣の使い方を心得ている場合に備え、数歩離れたところで立ち止まった。

「おまえの名は？」ゲイルムンドは仮面の下で厳しい声音を作った。

少年は無言だった。

「名前だ、小僧！」

「エズ……エズモンド」少年が答えた。

「エズモンド、おれたちはおまえら住人を殺しに来たわけではない。もしそうなら、おれの戦士たちがとっくにおまえらの目から体液を吸いだし、骨から筋を噛みちぎっている」

少年が唾をのみ込むと、細い首が大きく上下した。

「おれたちは地獄から差し向けられてここへ来た」ゲイルムンドは続けた。「北からやってくる偉大なデーン軍のために道を掃除する」少年に向かって一歩踏みだす。「この場所の名は？」

「アビンドン」エズモンドが答えた。

「アビンドンの戦士たちはどこにいる？」

「王のために戦ってる。神の王、アルフレッドだ。そして……」エズモンドが剣先をあげる。「そして、おまえたちをやっつける」

ゲイルムンドはあたりを見回した。「ここに王はいない。この場所を守るために残ったのはおまえだけなのか？」

少年の目には敵意と大胆さが宿っている。「みんな逃げた」

「だが、おまえは逃げなかった」ゲイルムンドはさらに一歩近づいた。「おまえならヘルハイド隊の強い戦士になれるぞ、鉄のように強固な意志を持つエズモンドよ」少年の剣を凝視した。月光を浴びて柄が銀色に輝き、暗闇の中で鳥やほかの動物たちの文様が生きているように見える。「いい武器だな。もしその剣をこちらに向かって振りあげたら、おれはおまえを殺さなくてはならない。そして、おれの戦士たちがおまえの肉を食らう。だが、もしその剣をこちらに寄越せば、おれたちはこのまま通り過ぎ、おまえは生きていられる。どうだ？」

少年は黙り込み、身動きひとつしない。

「おまえの神も王も、おまえが今夜死ぬのを望んではいないぞ、小僧。おれもおまえを殺したくはない。おまえは死にたいのか？」

「デ……デーン人が来ると言ったな？」

「ああ、嘘じゃない」

さらにしばらくして、エズモンドがいきなり体の向きを変え、剣と盾を川に投げ捨てた。剣と盾が水に落ちる前に街から離れる方向に走りだし、闇の中に消えていく。ゲイルムンドは川を見おろし、にやりとしそうになった。

振り返るとヘルハイド隊の全員が集まり、燃える街を背景にゲイルムンドを見守りながらじっと待っていた。ゲイルムンドは炎で熱せられた風を顔に受けつつ、アンヴァルのもとに戻った。罪のない住人たちが逃げおおせたことを願って愛馬の鞍にまたがる。

「いい剣を無駄にしたな」スタイノルフュルが言った。

ゲイルムンドは肩をすくめた。「いい戦士を無駄死にさせるよりはいい」

「それがサクソン人であってもか？」トルグリムが尋ねる。「少年はほぼ間違いなく戦士になるぞ。おれが間違っていなければ」

「あの小僧がいずれ戦士になれば、自分の命を救われたことを思いだすだろう。だがその前に、おれが小僧に言った言葉がアルフレッドに伝わるかもしれない」ゲイルムンドはスタイノルフュルに顔を向けた。「全員そろっているか？」

年嵩の戦士がうなずく。「ああ」

「では出発だ」

一行はアビンドンからテムズ川を渡ってウェセックスに入った。人が踏み固めてできた道をたどって南へ進み、夜が明け始めるとともに東へ方向を変えて森に向かう。人目につかず野営できるところまでハンノキと樫の森深くに入り込み、万一のことを考えて火を使わずに冷えて乾燥した食べ物を口にした。その後、ゲイルムンドは戦士たちがいくらか休めるよう見張りを立て、それからラフンとヴェトルのもとに行った。

「アルフレッドが近づいてきたら、事前にそれを察知しておく必要がある」ゲイルムンドは切りだした。

「偵察に向かえと？」ヴェトルが尋ねると、ゲイルムンドはうなずいた。

「シャルギを連れていく」ラフンが言う。「あの小僧は鋭い目をしている」

ゲイルムンドは同意した。スタイノルフュルが心配するかもしれないが、シャルギはすでに自分が戦士であることを証明してきたし、彼をかわいがっているヘルハイド隊の面々が子ども扱いをやめるのはまだだいぶ先とはいえ、現実にはもう子どもではない。

ラフンとヴェトルがシャルギを探しに行った。ゲイルムンドはイチイの大木の下に、休むのにちょうどいい静かな場所を見つけた。伸びた枝が地面まで届き、まるで織って作った緑の壁と屋根のある小屋の中にいるようだ。そして、この木は幹に空洞ができるほど古い。幹の裂け目は戦士ひとりがなんとか入れそうなくらい広いものの、中は暗すぎて見えなかったので、ゲイルムンドはそこに近づかないことにした。これは預言者が耳を傾け、供物を捧げる木である。神々の記憶を宿し、神が首を吊って魔槍で刺された状態で九日九晩ぶらさがっていてもおかしくはない（オーディンがユグドラシルの木に九日九晩ぶらさがっていたという神話から）。枝に実る赤い実は飛び散った血を思わせた。

イチイの木の下は重々しい雰囲気が漂い、独特のにおいがする。根と根のあいだに落ちた針葉が何年もかけて作り上げたやわらかい自然の寝床に、ゲイルムンドは腰を落ち着けた。粗い樹皮に寄りかかって目を閉じ、ヴェルンドの夢を見る。

鍛冶師がいるのは海底の鍛冶場ではなく、緑の砦、木が茂る谷、白亜の尾根のあるウェセックスのような場所だった。ヴェルンドは立石に守られた細長い塚の入口に立っている。ゲイルムンドを無言で見つめていたヴェルンドの姿が急にかき消えると、とたんにウェセックスが炎と灰に包まれた。炎に包まれた樺の木の化物や牙のある子どもたちと、ヘルハイド隊が戦っている。次の瞬間、ゲイルムンドはひとりになり、アスレフとファスティのドラウグルから逃げていた。炎は消え、地面は霜でかたく滑りやすくなっている。白い息が分厚い霧に溶け、空には血の色をした月がのぼっていた。そして、彼は目を覚ました。

最初、ゲイルムンドは眠っているあいだに夜になったのかと思ったが、すぐにイチイの木の下にできた濃い影がそう思わせているだけだと気づいた。実際にはまだ夕方で、太陽も沈んでいない。

ゲイルムンドはまばたきをして頭をかきながら木から離れ、ラフンとヴェトルが戻ったかどうか確かめに行った。ふたりはスタイノルフュルと一緒にいななく馬に餌をやっていて、シャルギは彼らとともに行動した自分自身に満足しているような表情をしている。

「どこにいた？」年嵩の戦士が尋ねた。

ゲイルムンドは頭を傾けて木のほうを示した。「イチイの古木の下でひと眠りしていた」

「イチイはその下で眠る者に妙な夢を見せると聞いたことがある」ヴェトルが言った。

その言葉を無視して、ゲイルムンドは尋ねた。「何かわかったか？」

「アルフレッドについては何も」ラフンが答える。「だが、この森から三休息《ラスト》ほど西に行ったところに街があった。そこなら今夜、襲撃できる。終わったらここに戻ってくればいい」

「そうだな」ゲイルムンドは賛成した。「だが、襲撃のあとはまた移動すべきだ。おれが自分の街を襲ったやつらを見つけだしたいと思ったら、真っ先にここのような森を探す」

そこで一行は、沈んでいく太陽の光を頼りに森の中を西の端まで進んだ。闇に沈む街を横目にしながら松明を作り、夜の訪れを待つ。襲撃する街には修道院がないため、起きて祈っている修道士たちはいない。そして真夜中が過ぎ、ヘルハイド隊は仮面をつけて森を出発した。畑を越え、ニレの木の下を通って声が届く距離まで中心街に近づき、松明をともして突撃する。アビンドンと同じく応戦してくる戦士たちの姿はなかった。控えめな館のある小さな街はいとも簡単に燃えあがったが、残っていた住民はほとんどいなかった。何人かの女と子どもが半狂乱になって悲鳴をあげながら西に向かって逃げていく姿を見て、デーン人に追いかけさせるため、あらかじめ仕留めやすい獲物が用意されていたようにゲイルムンドには感じられた。

「何者かが住民たちに警告したな」ゲイルムンドは言った。

「橋にいた青二才かな？」トルグリムがゲイルムンドやビルナと馬を並べ、サクソン人たちが逃げていくのを見て尋ねた。

「どこかへ逃げるようだ」女戦士が言う。「あの方角のそう遠くないところに別の街があるに違いない」

「このまま襲撃を続けるべきかもしれない」トルグリムが応じた。「二度目といくか」

夜明けまでまだ充分な時間があったので、ゲイルムンドは賛成した。怯える住民たちを無視して追い越し、西へと駆ける。道をたどって百エーカー以上はある農地を越えると、やがて街ではなく牛舎や離れの建物に囲まれた大きな館にたどり着いた。明かりはどこにも見当たらない。

「太守《エアルドルマン》の土地かな？」シャルギが尋ねる。

ろうか？」

「そうらしいな」スタイノルフュルが答えた。「当主はアルフレッドの軍勢と一緒なのだ

ゲイルムンドはアンヴァルを前進させた。「はっきりさせに行こう」

一行は館に突進したものの、全員が松明を残していたわけではなかったので、持ってい

る者たちが前に出て進んだ。戦士たちが吠え、館まで二百ペースほどの距離まで近づいた

ところで、前方にある建物のひとつから男の影が飛びだしてきた。ゲイルムンドはそのサ

クソン人が逃げるものと思ったが、男はそこに踏みとどまっている。ヘルハイド隊に立ち

向かうのがどんな男かよく見ようと、ゲイルムンドは目を凝らした。

一瞬ののち、一本の矢が音をたてて飛んできた。ゲイルムンドの近くで馬がいないいて

倒れ、騎手を放りだす。暗くて誰がやられたのかは見えないが、いまやヘルハイド隊の全

員が射手の矢が届く範囲にいる。つまり、敵をすみやかに始末する必要があるということ

だ。戦士たちが射手のもとにたどり着く前に、敵はさらに二本の矢を放ち、最初の一本は

地面に刺さったものの、二本目がもうひとり別の戦士を倒した。

トルグリムが最初に射手のところに到達し、横を駆け抜けざまに斧を振った。その一撃

が弓を壊して射手の肩をとらえ、よろめいたサクソン人がビルナの前に出た。射手はそこ

で倒れ、彼女の馬の蹄に踏みつけられた。

ほかの戦士たちは牛舎のあいだや館のまわりを駆け、別の敵が物陰に潜んでいないかど

うか確かめた。ゲイルムンドはスタイノルフュルと数人を倒れた味方のもとに差し向け、

みずからはアンヴァルからおりてサクソン人のほうへ歩いていった。

射手は重傷を負って動けずにいるとはいえ、まだ息はあった。ゲイルムンドが思っていたよりも年嵩で、白いひげを生やし、ところどころ禿げている。男は最後の力を振り絞り、デーン人を異教の悪魔とののしった。

「アルフレッド王が貴様らを地獄に送ってくださる！」男は歯のあいだに血を滲ませながら、絞りだすように言った。

ゲイルムンドは男のかたわらにしゃがみ込んだ。「そこへならもう行った。だから地獄から逃れてきた者《ヘルハイド》と呼ばれている」

「なら、アルフレッド王が貴様をお似合いの場所に送り返してくれる」男は笑ったものの、その声は咳き込む音に近く、痛々しかった。「貴様らはばかだ。どいつもこいつもな。この地で生まれたアルフレッド王を冒瀆するような真似がよくもできたものだ。王が貴様ら異教の糞どもを殺し、肥料にしてくれるさ。貴様らのことなんぞ、みんな忘れ去る」

「おまえは何者だ？」ゲイルムンドはきいた。

「セウィンだ。わたしは――」男はいきなり咳き込んで苦しげな顔をした。胸に大量の血を吐いてなお言葉を続ける。「わたしはバロックシャーのエゼルウルフがエングルフィールドでデーン人どもを破ったとき、ともに戦った」サクソン人が目を閉じる。「わたしはじきに死ぬ。ただひとつの心残りは、いま一度アルフレッド王とともに戦うには年を取りすぎていて、もうおまえたちを切り刻めないことだ」

ヘルハイド隊の何人かがそれを聞いてくすくす笑った。だが、その笑いには多少の賞賛が込められていて、ゲイルムンドもその思いを分かち合った。「おまえの味方はどこにいる？」彼はきいた。

男がぐっと口を閉じる。

「警告を受けていただろう？」ゲイルムンドは続けた。「エズモンドという小僧から」サクソン人が目を開けた。両目は涙と憎悪でいっぱいだ。「ウェセックスの少年ひとりには、デーン人の一隊よりも価値がある。これ以上言うことはない」

ゲイルムンドは老兵が本気なのを見て取った。「では、おまえにはもう用はない」ナイフを抜いて男の心臓に正確に突きたて、苦しみを終わらせてやる。サクソン人の目が驚きに大きく見開かれ、開いた口がわずかに動いて最後のかすれた息を吐きだした。

ゲイルムンドは男の袖で刃をぬぐって立ちあがった。「この館は焼くな」

「なぜだ？」戦士たちのひとりが尋ねた。

「このサクソン人は王を慕っていた」ゲイルムンドは答えた。「アルフレッドもこの男を知っているかもしれない。館の扉の前に、この男を縛りつけておけ」

それから、ゲイルムンドは倒れた戦士たちの様子を見に行った。最初にやられた戦士は幸運が味方し、落馬で負った傷にもかかわらず生きている。ただし、彼の馬はそうはいかなかった。二番目にやられたレテルという名の戦士は胸に矢を受けており、それだけならあと一日かそこらは生きていたかもしれないが、地面と激突したときに首が折れていた。

ゲイルムンドは、死んだ馬は鞍と馬具を外したあと道に放置するよう命じ、死んだ戦士《レテル》の馬を生き残った戦士に与えた。

「レテルの遺体は一緒に連れていく」ゲイルムンドは指示した。「ここから離れたところで埋めてやろう」

館にいるヘルハイド隊のほうを振り返ると、扉の前に立たされたサクソン人の死体が見えた。頭はがっくりと垂れさがり、訪問者を抱擁しているかのように両腕を広げている。

「それでいい」ゲイルムンドは老兵のアルフレッドへの忠誠心が広く知られていることを願った。それでこそ、誰もが忠誠心の代償を思い知る。「あとは空腹の鴉に任せよう」

一行はその場を去り、夜明けと競争しながら森へと駆け戻った。森の奥深くまで入り込んだところで、ゲイルムンドはもう一度偵察を命じるため、ラフンとヴェトルのもとへ行った。

「少し休め」ゲイルムンドはふたりに言った。「だが、そのあとで知りたいことがある。もしおまえたちが何かつかめたらの話だが」

「何を知りたいんだ?」ヴェトルがきく。

「死んだ弓兵はアルフレッドがこの地で生まれたと言った。それがどこかを知りたい」

ラフンがすっと目を細くしたのを見て、ヴェトルはうなずいた。「おそらく、わかるだろう。サクソン人がどれだけ話したくないと思っていてもな」

27

ラフンとヴェトルがシャルギと一緒に戻る前に強い雨が降り、森には濃い霧が立ち込めた。木々の下にいたヘルハイド隊はびしょ濡れになりながら、レテルを古いイチイの木のそばに埋め、神々に供物を捧げた。その日は嵐の雲が一日中低く垂れ込めたまま夕方になり、ようやく戻ってきた偵察隊は海からあがってきたかのようなありさまだった。見れば、ラフンの片方の袖はちぎれ、腕に巻いた布には血が滲んでいる。

「戦ったのか？」ゲイルムンドはきいた。

ラフンが自分の腕を見て肩をすくめる。「こんなのなんでもない」

「深手だよ」ヴェトルが顔をしかめた。

シャルギが地面を見つめ、ぶるぶると身を震わせている。

「何があった？」ゲイルムンドは尋ねた。

「アルフレッドが出した偵察隊と鉢合わせした」ヴェトルが答える。「五人だったので、簡単に仕留めて生かしたひとりに尋問しようとしたんだ」

「仕留めるのは簡単だったんだ」ラフンも答えた。「ただ、ひとり残した男が予想外に手ごわかった。それに……意志も強くて」

「その男から何か聞きだせたか？」ゲイルムンドはさらに尋ねた。

「ああ」ラフンが自分の手をじっと見つめる。「おれの意志のほうが強かった」

ゲイルムンドはラフンの爪の下が血に染まっていることに気づいたが、とらえたサクソン人にどんな拷問をしたのかはきかないほうがいいと判断した。

ヴェトルがシャルギをちらりと見る。「この森の南西に王の館があった。ここから五、六休息《ラスト》の距離だ。広い尾根道の末端近くに立っている。そのワナティングと呼ばれる場所で、アルフレッドは生まれたらしい」

「アルフレッドの軍勢については？」ゲイルムンドはきいた。

「レディンガムからその尾根道を進んでいる」ラフンが答える。

それを聞いてゲイルムンドは満足した。ヘルハイド隊がまいた餌にアルフレッドが食いついたかもしれないからだ。ただし、同時に不安も感じる。万が一サクソン軍につかまれば、皆殺しにされるのはまぬがれない。

「ここからワナティングまでどれくらいかかる？」ゲイルムンドは重ねてきいた。

「二日」ヴェトルが答える。

「グスルムは三日後にはウェアラムに着くはずだ」ゲイルムンドは眉の上にたまった冷たい雨をぬぐった。「アルフレッドにはそのままこちらに向かってもらう必要がある」

ラフンが含み笑いを漏らした。「母親がアルフレッドを産んだ場所を攻撃すれば、やつの怒りをつなぎ止めておけるさ」

「そういう策略だ」ゲイルムンドはラフンの傷ついた腕を見て、ローガランにいた頃にスタイノルフュルに手当てをしてもらったおかげで片方の腕をなくさずにすんだことを思いだした。「腕の手当てをしておけ。おまえのミクラガルドの剣が寂しがるぞ。ほかには誰もその剣の扱い方を知らないんだからな」

「しっかり手当てするよ」ヴェトルが返した。

「スタイノルフュルのところに行け」ゲイルムンドは年嵩の戦士がいる木々の向こうを指さした。「あいつは少しばかり治療の心得がある。だがいいか、醜い傷跡が残るぞ」

「そのほうがむしろ自慢の種になる」ラフンがそう言い残してヴェトルと一緒に霧雨の降る森の中へ歩いていったので、ゲイルムンドとシャルギが残された。

少年は倒れた木の幹に座り、柱のようにまっすぐに立つ折れた太い枝に寄りかかっている。

ゲイルムンドは隣に腰をおろして言葉をかけた。「大丈夫か？」

シャルギがうなずく。「平気だよ」

少年が平気ではないのをゲイルムンドは知っていた。ラフンがサクソン人から必要な情報を引きだした方法に衝撃を受けているに違いない。少し間《ま》を置いてから、さらに問いかける。「誓いを破ったのか？　おまえに武器を向けていない者を殺したか？」

シャルギが首を横に振った。

「それならおまえは名誉を守ったんだ。何も恥じる必要はない。他人の行為の責任を取れる者などいない。自分の運命だけを見据えて、ラフンの運命は本人に任せておけ。いいな？」

少年が初めて顔をあげた。両肩が少しばかりあがっているように見える。「わかった」
「よし。いまのうちにしっかり休んでおけ」ゲイルムンドはそう言って、ほかの戦士たちにも嵐がおさまるまで休息を許した。その後、灰色の雲を残しつつ雨足が弱まると、一行はまだ明るいうちに森を出た。間《ま》もなく訪れた月も星もない暗闇の中で松明をともし、馬を南へ走らせる。道がぬかるんでいるため、馬が歩けなくなる危険を冒したくない戦士たちは速度を落として進んだ。四休息《ラスト》ほど進んだところでふたたび降り始めた雨は日中と同じくらい強くなり、ずぶ濡れの彼らは骨まで凍えた。

一行はようやくワナティングの館にたどり着いた。そこは高い木の壁を備えた砦になっていて、一、二フィート（一フィートは約三十センチメートル）の高さまで雨水がたまった深い堀に囲まれている。砦は小規模の軍勢を収容できるほどの大きさがあった。ゲイルムンドは壁の上部に何か動きがあるか目を凝らしたが、人影や明かりはまったく見えず、木を燃やすにおいもしなかった。

「誰もいないみたいだ」ビルナが口を開く。

「これだけ濡れていては燃やすのが難しい」スタイノルフュルが続ける。「どうにか火をつけても、雨ですぐ消えてしまう」

シャルギが指さして言う。「門が開いてるよ」

ゲイルムンドは少年の言葉を確かめようと、横殴りの雨が降る暗闇の中で目を細めたが、はっきりとはわからなかった。「本当か？」

「間違いないよ」シャルギが答える。

「あたしたちの噂を聞いて逃げたのかもしれない」ビルナが言った。

「中に入って確かめさせてくれ」トルグリムが提案する。

雨宿りができるという一点だけを取っても、魅力的な提案だ。道よりも乾いているわけではない以上、森に戻るのも理にかなっていないし、何よりゲイルムンド自身が森から出たいと考えていた。

「中に入ろう」彼は言った。「だが、サクソン人の弓兵には充分に注意しろ。どんな罠が待ち受けているとも知れない。そのことは忘れるな」

ヘルハイド隊はゆっくりと砦に近づき始めた。壁の上部に目をやりながら、ゲイルムンドは堀にかかる橋を先頭切って渡った。門を抜けると奥に館があり、北に空き地があるのが見えた。空き地を囲むように建てられた小さな建物、牛舎、物置などが防御の役目も果たしている。西側には井戸もあった。それぞれの屋根から流れた幾筋もの雨水が閉じられて暗い窓を伝い落ち、砦の隅にぬかるみを作っている。住人の姿は見当たらず、雨音以外の音はまったくしない。

ゲイルムンドはアンヴァルからおりた。「ラフン、ヴェトル、離れの建物に敵の気配がないか確かめてきてくれ。トルグリムとビルナはおれと一緒に来い。そのほかの者は戦う場合でも退却する場合でも、すぐに動けるよう準備しておけ」

空き地を横切り、館に向かって重い足取りで歩いていく。ビルナとトルグリムも馬をおり、ゲイルムンドのあとに続いた。隊長が建物に入る前に剣を抜くと、ふたりの戦士たちもそれぞれの武器を手にした。空き地の反対側で、長刃《サクス》のナイフを抜いたラフンとヴェトルが一番近い小屋の低い戸口から中に入っていく。ゲイルムンドも館の扉を押し開けた。トルグリムが手にした松明がなかったら、空き地よりもさらに真っ暗な館の中は何も見えなかっただろう。沈黙も先ほどより重々しく感じられ、雨が屋根を打つ音が遠くから聞こえてきた。

ゲイルムンドは心もとない松明の明かりを頼りに前へ進み、テーブル、長椅子、冷たい灰しかない炉床のそばを通り過ぎた。見えるものであろうとなかろうと、この場所に脅威と思えるものは何もない。

「本当に誰もいなくなったみたい」ビルナが言った。

トルグリムが火鉢を見つけて松明で火をともすと、炎で館の内部がさらに明るく照らされた。一番奥には高座が見える。その両側に扉があるので、それぞれの奥にはおそらく別室があるのだろう。二階にも部屋がありそうだった。

まずトルグリムが進みでて、高座の右側の扉から中に入った。少しすると、左側の扉からパンを持って出てきて、頭を振りながら戻ってきた。

「奥の食料貯蔵庫はいっぱいだ」彼は言った。

「住人がデーン人を恐れたおかげだ」ビルナが答える。「急いで逃げたらしい」

たしかにそう見える。しかし、ゲイルムンドは二階の部屋も見てみようと、トルグリムの松明を手に北側の壁に面した階段をのぼった。寝床や椅子やテーブルはあったものの、価値のありそうなものはなく、隠れているサクソン人もいない。南向きの窓から空き地を見おろすと、雨に打たれたヘルハイド隊が凍えながら待っている。

ゲイルムンドは一階に戻って指示を出した。「今日はここで夜を明かすぞ。門を閉じて固定しろ。馬を雨に濡れない牛舎と物置に入れるんだ。それが終わったら、全員入ってこい」

ビルナとトルグリムがうなずいて出ていった。ゲイルムンドは炉床の近くに薪が積んであるのを見つけ、それからトルグリムが見たものを確かめるために食料貯蔵庫へ向かった。そこにはチーズホイール、パン、卵、乾燥させたマッシュルームや果物の籠、そしてワインとエールの樽が、それこそ棚板が重みでゆがむほど置かれている。天井からは炙って塩を振った豚の脚が吊るされていた。

なぜサクソン人たちがほかのすべてを持って逃げ、これほどの食料を置いていったのかはわからない。しかし、大量の食料を目の当たりにして、ゲイルムンドは唾があふれるのを抑えられなかった。サクソン人はこれだけの食料を躊躇なく無駄にしたが、ヘルハイド隊はそんなことをしないだろう。

ゲイルムンドが豚の脚を持って広間へ入ると、最初に入ってきた戦士たちが飛び跳ねて髪とひげから雨滴を落とし、体を震わせていた。ゲイルムンドはどすんと大きな音をたてて中央のテーブルに肉を置いたので、塩の固まりが落ちた。戦士たちがいっせいに彼に顔を向ける。

「今夜はたらふく食えるぞ」ゲイルムンドが告げたあと、彼らはそのとおりにした。

日がのぼるずいぶん前に食料貯蔵庫は空になり、サクソン人の館にいる全員が食べ物と飲み物を腹いっぱい味わった。雨はやみ、雲の合間から星がのぞいている。つまり、出発の際にここを燃やすことができるわけだ。だが、ゲイルムンドは朝まで待つことにして、戦士たちにエールの酔いを醒ますために数時間の睡眠を許した。

やがて太陽がのぼってきたとき、ゲイルムンドは砦の防壁にのぼり、畑や草地、木々が広がるウェセックスの豊かな大地を眺めた。樫の木々の多くは高くまっすぐ伸びていて、船大工がいつでも斧で切り倒し、竜骨や肋材や張り板にできる。南の地平線は東西にかけて緑の尾根が連なり、斜めに射す陽光で照らされた頂がふもとにぼんやりとした影を作っていた。

キリスト教の聖堂や修道院と違い、ワナティングの砦は強固な守りを備えている。矢を射るための隙間やのぞき穴があり、門の上には狭い開口部が斜めに作られ、橋の上の敵を攻撃できるようになっている。空き地から木の階段をのぼってくる足音が聞こえたので、ゲイルムンドが振り返ると、シャルギが防壁をあがって近づいてきた。ふたりとも雨で湿った木に寄りかかり、木材の上に組んだ両腕をのせた。夜明けの黄金色に輝く鮮やかな光が、シャルギの青い瞳に反射している。少年の険しい表情から、何か悩みを抱えているのをゲイルムンドは見て取った。

「もうすぐ出発するぞ」ゲイルムンドは声をかけた。「尋ねたいことがあるなら、いまのうちだ」

シャルギがくすりと笑って目の上の傷をこすった。「おれのことをよくわかっているんだね」

少年が言葉を見つけるのを、ゲイルムンドは待った。

「森で」シャルギが言う。「あなたは他人の行為の責任を取れる戦士はいないと言った」

ゲイルムンドはうなずいた。「ああ」

「でも、誓いはどうなる？　戦士が王に誓いを立て、その王が戦士に不名誉な行いを命じたとき、戦士はどうすればいい？　誓いを破ることと、不名誉な行いをすること、どっちが悪いことなの？」

ゲイルムンドはどう答えるべきかわからず、視線を南の尾根に戻した。「おまえがヴァルハラに行けるかどうかを心配しているなら、オーディンがどう判断するか、おれにはわからない。おまえに答えてやれるのは預言者だけだ。だが、おれ自身のことを言うなら、どんな屈辱なら耐えられるのかはわかっている。誓いを破るのは些細なことではないが、不名誉な行いをしてそれを他人のせいにするほうがよほど悪いと思う」

「王であっても？」

「王はなおさらそうだ。もしすべての戦士が名誉な行いだけをしていれば、不名誉な王などどこにもいなくなる」

「そうだよね。おれが思うにグスルムは——」シャルギが言葉を止めて南東を指さした。

「あれはなんだろう？」

ゲイルムンドは目を細めてその方角を見ると、壁から数歩あとずさった。尾根に一本の黒い線が現れ、しだいに長く太くなっていく。「軍勢だ」

「アルフレッドかな？」

「見張っていろ！」

ゲイルムンドは踵を返して階段を数段飛ばしで駆けおり、空き地を横切って館へ向かった。中に入り、眠っているヘルハイド隊を起こそうと広間中を急いで歩き回り、寝ぼけまなこでぼんやりしている者たちを怒鳴りつけたり、蹴りつけたりする。

「アルフレッドが来るぞ！」ゲイルムンドは叫んだ。「武器を取れ。空き地に出ろ。全員だ！」

「アルフレッド？」トルグリムがぼんやりした目で上体を起こし、眠っているあいだに誰かに体の上に置かれた籠を押しのけた。中から捨てられていたリンゴの芯が転がりでる。

「やつが来るのは二日後じゃないのか？」

「おれもそう思っていた」ゲイルムンドは答えた。「おそらく、夜を徹して兵を進めたのだろう」

「あるいは、あのサクソン人はおれが考えていた以上に強い意志の持ち主なのかもしれない」ラフンが広間の反対側から言い、顔をしかめながら二本の剣を腰につけた。

ゲイルムンドもその意見に賛成だった。「いまそれは重要じゃない」振り返って館を出ると、空き地からシャルギに声をかける。「何が見える？」

「敵軍の列に終わりが見えない！」少年が叫び返した。

ゲイルムンドはみずからを愚か者とののしった。ワナティングに入って隠れている敵だけを探したが、いま考えてみればサクソン人が残していった食料は文字どおり餌であって、アルフレッドが殺しに来るまでデーン人を引き止めておくための罠だったのかもしれない。だとすれば、エズモンドの警告は予想外に早く広く伝わっていたことになる。こうなると、あの少年を生かしておいた判断に疑問を呈する者も出てくるかもしれない。とはいえ、今回の任務を考えれば、ゲイルムンドにあれ以外の選択肢はなかった。ヘルハイド隊はアルフレッドの注意を引きつけるために送り込まれたのであり、その役目をうまくこなしていることも事実だ。危険が伴うことは承知のうえだった。

太陽はまだ壁の上まではのぼっていない。ヘルハイド隊は館から冷たい朝の青い影の中に出ると、両のこぶしに白い息を吐きかけた。全員がそろったのを確めたゲイルムンドは、階段を半分までのぼったところで彼らのほうに向き直り、思いを正直に伝えた。

「おれたちはここで立ち向かう！　最後のひとりを倒すまで！　退却しようとすれば、尾根の上からアルフレッドに見られてこちらの人数を知られる。そうなれば、やつはおれたちを殺すために追ってくるだろう。だが、おれが恐れているのはそのことじゃない。こちらが軍勢ではないと知った狡猾なサクソン人の王が、だまされていたと気づくことだ」南を指さす。「グスルムはあとたった二日でウェアラムに入る！　死んでいった者たちのため、まだ戦っている者たちのため、おれたちはアルフレッド軍をここに引き止めておかなければならない！」南を示していた指を下に向け、雨でまだぬかるんでいる地面を指さした。「おれたちの人数が少なすぎると思う者もいるかもしれない。だが、サクソン人どもは壁の内側に何人の戦士がいるかを知らない。これから相手にするデーン人がどんな戦い方をするのかもだ！」〝兄の贈り物《ブロウドィルヨフル》〟を抜いて高く掲げる。「今日、やつらはおれたちを知る！　今日、イングランド全土がおれたちの名に震撼するのだ。おれたちヘルハイドの名に！」

　戦士たちが咆哮をあげて応え、多くの者が武器を頭上に掲げて上下に揺さぶった。ゲイルムンドは階段をおり、砦の中で見つけられる最も重い木材で門を固めるよう命じた。さらに、館の中で火を熾し、テーブルや長椅子に至るまであらゆるものを薪にして激しく燃やし、そこに石をくべて熱するよう指示を出す。

　じきにスタイノルフュルがやってきて、うなずいて準備が進んでいることを示し、大きな鉄瓶を指さした。「脂はあまりないが、代わりに水を熱している」

「馬の糞と泥もまぜておけ」ゲイルムンドは言った。「サクソン人どもの肌にへばりつくものを入れろ。もちろん脂もあるだけ溶かせ」

　年嵩の戦士がふたたびうなずくと、指示を実行すべく、その場を離れる。ゲイルムンドは空き地に戻り、正面の門が相当に激しい戦いにも持ちこたえられるよう強化されていることを確かめた。二日に及ぶ攻撃に耐えられるかどうかはわからないし、一日だって厳しいかもしれない。だが、それを決めるのは運命だとわかっている。食料が乏しく兵力も少ない中、きたるべき戦いでヘルハイド隊の誰が生き残るかを知っているのは、運命の三女神《ノルン》だけだ。

ゲイルムンドは数少ない弓兵を呼び、壁の隙間の前に配置した。それから壁の上にのぼり、アルフレッド軍の先鋒の騎兵が北に方向を変えて砦までの道を進んでいることを、そしてワナティングまであと一休息《ラスト》のところに迫っていることを確認した。その後ろに続くサクソン人の列は幅が五、六人で、尾根から一休息《ラスト》ほどの長さがある。

「何人いるのかな？」シャルギが尋ねた。

「少なくとも三千はいるな」ゲイルムンドは答えた。

「なんてこった」少年がぼそりと言う。「でも、アルフレッドの目がおれたちに向いたのは間違いなさそうだね」

「デーン人の軍勢がいるという噂がやつの耳に届いたんだろう。だからサクソン人の軍を動かした」ゲイルムンドは肩越しに振り向き、空き地を見おろした。「おれたちには軍勢と呼べるほどの兵力はない。だが、ウェセックスの王の期待には全力で応えてやらないとな」

シャルギが鼻で笑う。「たしかに王をがっかりさせたくはないもんね。たとえサクソン人の王でも」

ゲイルムンドは忍び笑いを漏らしながら、近づいてくる敵を少年とともにしばし見つめた。敵の先頭が砦の壁まで四分の一休息《ラスト》ほどのところで馬を止め、後ろの戦士たちがその左右に広がっていく。幅は百尋《ファソム》、奥行きは六人という隊列を組み、後方に同じ規模の隊列をもうひとつ作った。

「こちらが積極的に戦いを仕掛けるとは思っていないみたいだね」シャルギが言う。

「もしこちらが積極的に仕掛ければ、向こうは大喜びで応戦するだろう」ゲイルムンドは返した。「だが、単にアルフレッド軍はおれたちにもう逃げられないと思わせたいんだと思う」

「アルフレッドはあの中にいるかな？」

「いる」ゲイルムンドは断言した。「やつは臆病者じゃない」

それからほどなくして、数人のサクソン人の騎兵が一団を率いて隊列から離れ、ニレの木の林に向かった。木を切り倒して破城槌を作るつもりなのだろう。敵が攻撃準備を整えているあいだじっと待っているしかない。ゲイルムンドはいらだちを覚えた。斧が木を切る音が遠くから聞こえていたかと思うと、やがて騎兵が木の幹を馬に引かせて戻ってきた。もうすぐ戦いが始まることを、ゲイルムンドは悟った。

「壁に集まれ！」ゲイルムンドは叫んだ。「火と石を用意しろ！」

ヘルハイド隊が湯気をあげている桶を館から運びだす。その中は薪の燃えさしと焼けた石で満たされている。後ろから、鉄瓶を通した木の棒を肩に担いだふたり組が続く。沸きたって悪臭を放つ液体で満たされた鉄瓶の重みで、木の棒がたわんでいる。彼らは門まで来たところで、重い鉄瓶に縄を巻きつけた。鉄瓶を防壁の上まで引きあげているうちに、サクソン人の軍勢が破城槌をゆっくりとしたいかにも重そうな足取りで運びながら門に向かってきた。

ヘルハイド隊の矢が届く範囲に入る前に、敵は盾を頭上に構えた。しかしゲイルムンドの弓兵たちは、サクソン人の隙や弱点を射貫いてやろうと狙いを定めて弦を引く。

「まだだ！」ゲイルムンドは叫んだ。

破城槌のあとに、十人あまりが横に並んで作る盾の壁が続き、敵の弓兵と、やられた者の穴を埋める第二陣のサクソン人たちを防御している。門の前の橋が渡ってくる槌の重みできしみ、弓兵が矢を射るために盾の壁から少し離れた。

「隠れろ！」ゲイルムンドは命じた。

ヘルハイド隊が身を隠すと同時に、敵の矢がうなりをあげて彼らのまわりに降り注いだ。次の瞬間、破城槌の最初の一撃が門を襲い、砦全体を震わせるほどのすさまじい衝撃をもたらした。

「弓兵！」ゲイルムンドは叫んだ。

味方の弓兵が壁の隙間の前に出て、盾の壁めがけて矢を放った。サクソン人たちに少しのあいだ身を隠させて時間稼ぎをするのが目的だ。その隙に、ゲイルムンドは合図を送るために片手をあげ、もう一度破城槌で突かれたの同時に、鉄瓶を持つ戦士たちに〝始め〟

の命令をくだした。三人の戦士たちが沸きたつ鉄瓶の中身を壁の上部にある斜めになった穴に流し入れる。

壁の下にいた敵の男たちは、盾や鎧の隙間から入り込む熱い汚物に悲鳴をあげた。多くの者が堀に落ち、水の中でのたうち回る。彼らがいなくなったせいで破城槌の前部が傾き、もとに戻そうと盾の壁の後ろからサクソン人たちが駆けだしてきた。彼らを押し戻さなくてはならない、とゲイルムンドは思った。

「火を降らせろ！」彼は命じた。

ヘルハイド隊が壁の上で桶を傾け、熱い炭と焼けた石を転がした。門の上にある穴から降り注いだ灼熱の塊が敵軍の皮膚や骨を直撃し、盾の壁が崩れた。弓兵たちが橋の上の敵に向かって次々と矢を放ち、さらに多くの者を堀に落としていく。すかさず、アルフレッドの弓兵も同じように反撃してくる。

ゲイルムンドはすでに何人かの戦士たちを失ったのをわかっていた。味方の悲鳴が聞こえたし、数人が壁から落ちて地面に叩きつけられるのを視界の端でとらえた。しかし、立ち止まって彼らの名を呼び、嘆き悲しむのはまだ早い。

橋の上のサクソン人たちがさらに戦士を失って破城槌の重さを支えられなくなると、今度は槌の後部が大きな音をたてて橋の上に落ちた。生き残っている敵が慌てて退き、槌をその場に残して盾の壁の後ろに逃げ込む。

「脂だ！」ゲイルムンドは叫んだ。「破城槌にかけろ！」

近くの戦士たちが戸惑いの表情を浮かべた。火傷させる敵が下にいなければ、熱した脂が無駄になると思っているに違いない。しかし、ゲイルムンドの狙いは別のところにあった。アルフレッドが破城槌を突かせるために第二陣の戦士たちを送り込んでくるのは確実で、そのときに滑って持ちづらくするためだ。もっとも、そうしたところで攻撃をいつまでも食い止められるわけではない。

ウェセックスの王は三十から四十人ほどの戦士を失った。ヘルハイド隊とほぼ同じ数だが、向こうはまだ三千人近くの兵が残っている。いままでの攻撃は、アルフレッドが砦の守りがどれほどのものか試しただけのことだろう。これからが本番だ。

「もっと火と石を！」ゲイルムンドは命じた。「鉄瓶を満たせ！」

ヘルハイド隊は桶を持って壁から駆けおり、重い鉄瓶を紐でくくって地面におろした。だが、これだけでは足りないのではないかと、ゲイルムンドは不安になった。薪も矢も、じきに底をつく。太陽が沈む前にサクソン軍に門を破られる可能性はきわめて高く、その後の血みどろの戦いに備えて策略が必要だ。とはいえ、門を破られるまでの時間はできるだけ稼いだほうがいい。橋を破壊するのもひとつの手だろう。

ゲイルムンドは壁の上を門のほうへ歩き、下を見た。橋の両側の堀に、火傷を負ったり矢が刺さったりしたサクソン人たちが折り重なり、何人かはまだ動いている。破城槌は橋の上に残しておくべきだろう。若木なので火がつきにくいし、橋から堀に落としたとしても、敵が新しい木を切って持ってくるだけだ。しかし、橋もろとも燃やしてしまえば、アルフレッドが木を何本切り倒そうが関係ない。

「サクソン人どもが逃げるぞ！」ヘルハイド隊のひとりが叫んだ。

ゲイルムンドが南に目をやると、たしかにアルフレッド軍が急いで撤退していくのが見えた。敵が尾根のほうへ駆け戻っていく。だが、ヘルハイド隊が鬨の声をあげてもまだ、ゲイルムンドはそれが現実とは思えなかった。

壁の上にいるゲイルムンドのもとに、スタイノルフュルがやってきた。その胸は血だらけだったが、ゲイルムンドが尋ねるより先に、年嵩の戦士は首を横に振った。「わたしの血じゃない」

「シャルギか？」ゲイルムンドはきいた。

「あいつは傷ひとつ負っていない」

「では誰の――」

「トルグリムだ」スタイノルフュルが答える。「助かりそうもない。もっとも、われわれ全員そうだろうが。アルフレッドは何をしているんだと思う？」

ゲイルムンドは首を振った。「ここを去るみたいだ」

「去る？　小石を少しばかりぶつけられて馬の糞のスープをかけられただけで？　アルフレッドがそう簡単に引きさがるとは思えないが」

「おれたちをおびきだそうとしているのかもしれない」

「どうかな」スタイノルフュルが目を細めて尾根のほうを眺めた。「アルフレッドはこの砦に、どんなに多くても千人以上は入れないことを知っている。つまり、自分の兵力が少なくともこちらの三倍はあると認識しているわけだ。われわれが追いかけてくると予想しているなら、やつが愚かなのか、こちらを愚かだと思っているのかのどちらかだ」

「グスルムが進軍するという噂を聞きつけたのかもしれない」

「その可能性はある」スタイノルフュルが答える。「だが、南ではなく西に向かっているようだ」

「アルフレッドの行き先を知る必要がある」ゲイルムンドは撤退していくサクソン人の隊列を見つめた。「どうも気に入らない」

「わたしは自分の境遇を気に入っているよ」年嵩の戦士が言う。「運と神々はまだあなたの味方をしているみたいだ」

ゲイルムンドは賛同したかったが、ヘルハイド隊の運命の急展開に神々や運がかかわっているとは思えなかった。それどころか、胸に宿る不安が耳にささやきかけてくる――戦士たちは小手先のごまかしで一時的に死をまぬがれているにすぎないと。それゆえ、この先に重い代償が待ち受けているのではないかと恐れずにはいられなかった。

ヘルハイド隊はサクソン人の弓兵の矢によって三人の戦士を失った。さらに数人が負傷し、うちふたりはあまりにも重傷で、いつ息絶えるかわからない。特にトルグリムの傷は深刻だった。頑丈なデーン人は下のほうの肋骨のあいだに矢が突き刺さって肝臓まで達していたが、高ぶった感情に任せて矢をへし折り、矢じりが体に残ったまま戦い続けたのだ。スタイノルフュルは矢じりを体から取り除こうとしてトルグリムの血を浴びた。わずかでも治療の心得がある戦士たち全員と相談した結果、苦しみを味わわせるだけで効果を望めない治療をこれ以上施すのはやめ、トルグリムに武器を握らせてこの世から旅立つ準備をさせることにした。

その日、アルフレッド軍が撤退してからずっと、ビルナは傷ついた戦士のかたわらにいた。夕方になり、ゲイルムンドは館の高座の奥にある部屋にいるふたりのもとへ行き、腰を落ち着けた。トルグリムは床に毛皮と毛布で作った寝床に横たわっている。肌は色を失い、呼吸は浅く速い。近くには赤くなった水の入ったたらいがあり、その横に血のついた布と金属の道具が置かれている。ほんのわずかな動きがもたらす激痛に耐え、戦士は目を閉じていた。大量の出血がもたらす昏睡状態にはまだ陥っていない。

「ヘルハイド……おれのために、ひとつだけやってほしいことがある」トルグリムがつぶやいて歯を食いしばった。

「言ってみろ」ゲイルムンドは応じた。

「グスルムからもらえるはずの十ポンドを、おれの女が受け取れるようにしてくれ」

ゲイルムンドはビルナをちらりと見た。彼女が腕を伸ばしてトルグリムの手を握る。

「そんなことはどうでもいい。あたしはいらないよ」ビルナが言った。

「でも、おまえにもらってほしいんだ」トルグリムは目を開けてゲイルムンドを見つめた。「やってくれるか、ヘルハイド？」

このふたりの戦士がどれだけ親しくなっていたのかを、ゲイルムンドは知らなかった。ふたりが寝床をともにしていたことはなおさらだ。隊長として、友人として至らなかったのではと感じつつ、うなずいた。「そうなるよう全力を尽くそう」

その言葉を聞いて力が抜けたらしく、トルグリムは寝床に沈み込んでふたたび目を閉じた。「アルフレッドはどうした？」

「ラフンとヴェトルが偵察からまだ戻ってない」ゲイルムンドは答えた。「わかっているのは、アルフレッドが軍を率いて西へ向かったということだけだ」

「西にいったい何が？」ビルナが尋ねる。

「サクソン人がいる」トルグリムは言った。「そいつらの向こうにはさらに多くのサクソン人がいる。その向こうにはブリトン人がいて、そのまた向こうには海がある」喉と胸からごろごろという低い音がする。「ウェセックスとイングランドが落ちるのをこの目で見たかったが、運命はおれにほかの道を用意しているらしい」

るかも――」

「ウェセックスとイングランドは必ず落ちる」ビルナが返した。「それに、生きて見られるかも――」

「おれはもう死ぬ」トルグリムは目を開けて彼女を見つめた。「おまえにもわかっているはずだ」

ビルナは言い返そうとしたが、自分を抑えてうなずいた。「もしそうなったら、最後の戦いであんたの名を大声で叫んであげる。ヴァルハラで聞こえるように」

「おれを怖がらせた女は、おまえだけだ」トルグリムが言う。「おれがおまえに惚れたのはそれが理由なんだろうな」

ビルナはきつく目を閉じてうなだれた。

「準備はできた、ヘルハイド」トルグリムが続ける。「あんたはもう立ち去るべきだ。おれは長らえたところで、なんの得もありはしない」

ゲイルムンドは立ちあがろうとした。「スタイノルフュルを呼んで――」

「いいや」トルグリムがさえぎった。「火ばさみをくれ。自分でやる」

顔をあげたビルナの視線を感じ、ゲイルムンドはためらったが、道具に腕を伸ばした。

「つかむのを手伝ってほしい」トルグリムが続ける。「そのあとは、おれに任せてくれ」

ゲイルムンドはうなずき、傷を見ようとトルグリムの脇腹に当ててある布をはがした。スタイノルフュルは矢じりを探すため、傷口を切って広げたようだ。ゲイルムンドができるだけそっと傷を開くと新たに血が流れだした。ビルナが乞われるまでもなくその血をぬぐう。

トルグリムは顔をしかめ、うなり声をあげた。「見えたか？」

ゲイルムンドは傷口をのぞき込み、二本の白い肋骨のあいだから矢の折れた部分がわずかに突きでているのを見つけた。「見えたぞ」

「火ばさみでしっかりはさんでくれ」

ゲイルムンドは額に汗を浮かべて息を止め、道具の先を戦士の脇腹に突っ込んだ。火ばさみの先で小さな木のかけらをつまもうとするあいだ、トルグリムは痛みにあえぎ、顔をゆがめて大声をあげた。ゲイルムンドはしっかりと矢じりをはさむと、少し身を引いてトルグリムが火ばさみをつかめるようにした。

「準備ができたらいつでもいいぞ」

トルグリムが腕をあげてはさみをつかんだ。「あんたと戦えて光栄だった、ゲイルムンド・ヨールソン」

「おれのほうこそ、光栄だった」ゲイルムンドは言った。

トルグリムがもう一方の手を開くと、ビルナがそこに髭斧を置いた。「おまえの隣で戦えて光栄だった、ビルナ・ゴームズダター」彼の目から涙が数滴こぼれ、こめかみへ落ちていく。「長椅子の……おれの隣は、おまえのために空けておくからな」

「そこに行くよ」ビルナが答える。「運命がそう決めたときに」

トルグリムは天井を見あげて深く息をし、気合いを込めた大声をあげながら体から矢じりを引き抜いた。やわらかな肝臓の肉が引きちぎられ、泉の水さながらに傷口から血が湧きだす。ビルナがかがみ込み、血を止めようと傷口に布を押し当てた。トルグリムは出血にも気づかない様子で、矢じりを目の前に持っていった。

「おれを射たサクソン人にこいつを返してやりたかった」

ビルナは嗚咽しながらしだいに両手を赤く濡らしたものの、出血を止められなかった。トルグリムの腕からしだいに力が抜けて体の脇に落ち、手から離れた火ばさみが音をたてて転がる。その目が焦点を失い、心臓が鼓動を止めても、斧を握り続けていた。トルグリムが絶命してしばらく経ち、ビルナはようやく身を起こした。遺体をじっと見つめ、さらに時間が経ってから、ふたたび口を開く。

「トルグリムの銀のことは、グスルムに言わなくていいから」

「おれは約束した」

ビルナが目を伏せて両手を見つめ、振り返ってたらいの水に手をつけた。血以外のものまで洗い落とそうとしているかのように、両手をごしごしとこすり合わせる。「トルグリムにはやりたいことがあったんだ」彼女は打ち明けた。

「なんだ?」

「ふたりの、自分とあたしの銀で大きな農場を買って、館を建てるつもりだった。そこで夫婦として生きていこうって」ビルナが両手をたらいからあげると、水がぽたぽたと落ちた。「よくその話をしていた」

「あなたもその生き方を望んでいたのか？」

　ビルナはため息をつき、濡れた手の甲を額に当てた。「まだ決めてなかった。いや、決めていたのかもしれない」トルグリムに視線を落とす。「あたしがそう望んでいると、トルグリムに思わせたんだ」

「父の館にいた吟唱詩人《スカルド》に、戦争も家畜を育てるのも同じようなものだと言われたことがある。だが、これだけは言わせてくれ。山羊や牛の乳を搾ったり卵を拾い集めたりして、あなたが幸せになれるとは思えない」

　ビルナは泣きながら声をあげて笑った。「あたしもほとんど同じことをトルグリムに言ったんだ」

「ルンデンで農業の話をしたな。おれとあなたと、アスレフでだ。覚えているか？」

「覚えてる。あんたら青二才と離れて、トルグリムを見つけたんだ」ビルナは思わず笑みを浮かべた。「そのとき初めて、彼と親しくなった」

　それをまったく知らなかったゲイルムンドは、改めてみずからの至らなさを痛感した。

「なぜトルグリムが自分の銀をあなたに残したがったのか、よくわかったよ」

「そしてそれが、あたしが受け取らない理由。グスルムには頼まなくていいから。もしあたしがそういう人生を望んでいたのだとしても、それはもう実現できなくなってしまった。トルグリム以外の誰かと農業をやるつもりはないから」

　ゲイルムンドは頭をさげて深くうなずいた。「では、そうしよう」

「もうひとつ、あんたに頼みたいことがある」

「言ってみろ」

「サクソン人どもを殺させて。たくさんのサクソン人を」

ゲイルムンドはもう一度うなずいた。「それならできる。たぶんおれたちは――」

「ゲイルムンド！」スタイノルフュルが部屋に入ってきて、扉のすぐそばで足を止めた。視線をビルナからトルグリムの遺体へ、さらに血だまりから火ばさみへと移し、鋭く短い息をつく。「もう痛みを感じることがなくなってよかった。それにあとでこうするより、いまのほうがよかった」

「どういうことだ？」

「ラフンとヴェトルが戻ってきた」

ゲイルムンドはビルナをちらりと見た。ひとりにするのが心配だったが、ビルナがうなずいたので、彼女の肩に手を置いてから立ちあがった。部屋を横切ってスタイノルフュルと一緒に広間に戻ると、偵察のふたりが待っていた。

「何をつかんだ？」ゲイルムンドは尋ねた。

「デーン人の軍勢がいた」ヴェトルが答える。

「なんだと？」ゲイルムンドは耳を疑った。「誰が率いているんだ？」

「ウバだろう」スタイノルフュルが言う。「ほかには考えられない。アイルランドから戻ってきたに違いない」

「おれたちもウバだと思う」ラフンが息を切らしながら同意した。顔がずいぶん白く見える。「おれたちが近づいたときには、すでにアルフレッド軍の攻撃を受けたあとだったので、接触はせずに距離を取ったんだ」

「ここからどのくらい離れている？」スタイノルフュルが尋ねた。

「六休息《ラスト》ほど」ラフンが答える。

「デーン人の人数は？」ゲイルムンドもきいた。

ヴェトルが少しためらってから答えた。「おそらく六百ほど。多くても八百程度かと」

沈黙が流れてから、スタイノルフュルがゲイルムンドに顔を向けた。「どうする？」

ゲイルムンドは少しのあいだ考えた。「夜の闇の中、見知らぬ土地をそれだけの距離を進むのは危険だ。だが、動ける戦士たちは全員、夜明け前の出発に備えさせろ。怪我人はあとからついてこさせればいい。戦場でまだ勝敗が決していなかったら、おれたちはウバに加勢してアルフレッドと戦うぞ」

「それは賢いやり方だろうか？」年嵩の戦士が尋ねた。「アルフレッド軍はデーン人のほぼ四倍だ。われわれのような小隊が加わったところで、勝敗は変わらないだろう」ぐっと身を乗りだす。「それに、忘れないでくれ。あなたとウバのあいだには、まだ血讐の問題が残されている」

「それを忘れたことはない」ゲイルムンドは答えた。「だが、戦いを避ければ永遠に生きられると考えるのは臆病者だけだ。ウバたちはウェセックスを手に入れようとしているデーン人の仲間だ。それに、おれたちの行動がウバのもとにアルフレッド軍を差し向けたのかもしれない。彼らの戦いは、おれたちの戦いでもある」

スタイノルフュルは眉をひそめたものの、隊長の決断を受け入れて一礼し、命令を伝えに出ていった。それからゲイルムンドはラフンに顔を向けた。「具合が悪そうだな、友よ」

「なんでもない」ラフンが言う。「ゆうべの雨で体が冷えただけだ」

「腕が腐っているんだ」ヴェトルが割って入った。

ゲイルムンドは包帯に目をやった。「見せてみろ」

「あとでなら」ラフンが返した。「あんたはおれの腕のかすり傷を心配するより、もっと重要な問題を片づけなきゃいけないはずだ」

「では手当てをしっかりしておけよ」ゲイルムンドはヴェトルを見て告げた。「重要な問題になる前にな」

白髪頭のデーン人はうなずいてラフンをにらんだ。ふたりは同じ口論を何度も繰り返してきたようだった。

ゲイルムンドは、殺さなくてはならないサクソン人の軍勢と間もなく対決することをビルナに伝えに行き、彼女がトルグリムの遺体を布で包んで広間の遺体置き場まで運ぶのを手伝った。その夜、ヘルハイド隊は大半の時間を物語と歌でトルグリムを称えるのに費やし、それが終わると死者の馬を殺して神に捧げた。翌朝、出発する前には、ワナティングの砦に火を放って灰の山に変えた。

ゲイルムンドはアルフレッド軍が通ったのと同じ尾根道をたどって南へ向かうのではなく、連なる丘に沿って続く低地の道を西へ向かった。この道なら、森と木立が身を隠してくれる。ヘルハイド隊はラフンとヴェトルを先頭に馬を急がせ、昼前には戦場に到着した。

ゲイルムンドは決戦の場を目にするよりも先に、死のにおいをかぎつけた。一行が入っていった広く浅い峡谷は血に染まり、何百というデーン人の死体が散らばっている。聞こえてくるのは、上機嫌な鴉の鳴き声と翼をばたつかせる音くらいだ。狭い川岸から遠くない、野営地の天幕があったと思われる場所には、煙をあげる薪の燃えさしと灰の山が残されている。サクソン人たちは物言わぬ死者たちをこの場に放置して太陽が腐らせるのに任せ、すでに先に進んだらしい。

「今日はヴァルハラの入口が大混雑だな」スタイノルフュルが言った。

切られ、突かれ、裂かれた死体を見つめながら、ゲイルムンドはアルフレッド軍が撤退したときに感じた不安にふたたび襲われた。首筋と体の奥深くに寒気を感じる。自分たちの幸運には代償があると予想はしていた。目の前の死者たちがその代償を支払ったのだ。

「ウバが命を落とした」ゲイルムンドはつぶやいた。

「どうしてわかるの？」シャルギが尋ねる。

ビルナが代わりに答える。「ラグナルの息子たちは戦いから逃げたりはしない。最後まで戦い、戦士たちとともに死ぬことを選ぶ」

ゲイルムンドにとって、ウバの死は血讐の終わりを意味する。だが、こんな終わり方では、喜びも安堵も感じられなかった。「グスルムはこの損失を深刻にとらえるはずだ」

「そうだろうか?」スタイノルフュルが尋ねた。

「どういう意味だ?」

「これは王の策略じゃないのか? グスルムはウバがここに来るのを知っていたのでは?」

ほかの戦士たちが怒りのこもった表情でスタイノルフュルを見た。年嵩の戦士が自分の言葉を釈明するように話を続ける。

「そう考えたのは、わたしだけではないはずだ。グスルムがわれわれをここに送ったのは、アルフレッドがこのあたりでデーン人の軍勢を探すよう仕向けるためだぞ」戦場のほうを頭で示す。「アルフレッドがデーン人の軍勢を見つけて滅ぼした結果、いまやグスルムがイングランドに残った最後のデーン人の王だ」

ゲイルムンドはスタイノルフュルの考えが間違っていることを願っていた。だが、グスルムのことを思い浮かべると、グランタブリッジで感じた疑念と不信がよみがえってくる。一番近くにいる戦士たちが鞍の上で体をもぞもぞと動かし、所在なさげにふたりを交互に見た。しかし、誰も口を開こうとはしない。

すると、ビルナが口火を切った。「グスルムは狡猾だ。それでも、ラグナルの息子を裏切ったりはしないはず。それにウェセックスを手に入れるつもりなら、ウバの力は必要だ」

「アルフレッドはいまどこにいる？」ヴェトルが尋ねた。「サクソン人たちは血が乾く前にここから立ち去ったに違いない」

　ゲイルムンドはアンヴァルを戦場へと進めた。愛馬が死の光景とにおいに鼻を鳴らし、数歩進んだだけで南北へ累々と連なる数十もの死体を目の当たりにした。自分が何を探しているのかもわからないまま屍を見つめる。わかっているのは、これほどの損失に意味も理由も見つかるはずがないということだけだ。もし運命の三女神《ノルン》が大ばさみを動かすのに理由があるとしても、それを人間に教えたりはしない。

　ヘルハイド隊もゲイルムンドに続いて血みどろの戦場を進んだ。アンヴァルの後ろから、シャルギがゲイルムンドに話しかけてくる。

「あれは何？　馬かな？」

　ゲイルムンドは振り向いて、少年が指さす方向に目を向けた。峡谷の上に丘があり、その斜面の高いところに、何者かによって巨大な馬が地面に刻まれている。緑の草に映える白い馬は鼻から尻尾までが五十尋《ファゾム》ほどもあり、大地を駆ける姿で固まっていた。馬の大きさと美しさは、ゲイルムンドにオーディンの愛馬スレイプニルを思い起こさせた。戦場となった平地を見おろすその圧倒的な存在感に、周囲に横たわるたくさんの死体のことを忘れそうになる。

　白い馬に気を取られたせいで、ヘルハイド隊は屍をあさるサクソン人の盗賊団を危うく見落とすところだった。だが、ビルナが彼らを追いつめ、ラフンとヴェトルの手を借りて一団のうちの四人をとらえた。彼女に盗人たちを殺す喜びを与える前に、ゲイルムンドはここで行われた戦いについて彼らが知っていることを聞きだそうとした。盗人たちは詳しい経緯を把握しているはずだ。

焼き払われた野営地がウバの指揮下にあったのを、盗人たちは知っていた。シンボルである鴉が描かれた旗をサクソン人たちが奪い取ったからだ。ウバが死んだことも知っていた。デーン人の王を殺すのがいかに大変だったか、絶命するまでにウバが何人の戦士を素手で殺したのかをサクソン人たちが話していたのを聞いたらしい。盗人たちはアルフレッドの行き先こそ知らなかったものの、王が別のデーン人たちと戦うために尾根道を大急ぎで進んでいったと白状した。シャルギが丘の斜面に白い馬を刻んだのは誰かと問うと、ローマ人がイングランドに来る前からこの地をさまよう巨人の仕業であり、尾根にウェイランドという名の巨人の鍛冶場があると答えた。それからビルナが盗人たちの喉をかき切り、トルグリムに敬意を表して持つことにした彼の髭斧で頭を叩き割った。

「アルフレッドはウェアラムに兵を進めている」ヴェトルが言った。

「それが本当でも誤りでも、おれたちは目的を果たした。いまからエグゼ川に集結している船団のところへ向かわなくてはならない。サクソンの尾根道を使うぞ」ゲイルムンドは宣言した。

「鍛冶師のウェイランドのところへ行くのだろう?」ほかの者たちに聞かれないよう、スタイノルフュルは小声で尋ねた。

その名を聞いたときにはゲイルムンドも驚いた。おそらくサクソン人がヴェルンドを呼ぶときの名称だろう。彼はあたりを見回してから答えた。「何があるのか行って確かめる」

一行は負傷者たちが追いつくのを待ち、それからゲイルムンドを先頭に死者と白馬の峡谷を出た。南に向かって尾根をのぼり、すべての方角を数休息先《ラスト》まで見渡せる道を進んでいく。強い風が吹きすさぶ中、尾根道に沿って西南へ進むと、ゲイルムンドは見覚えのある瘦せたブナの木がまばらに生える林に行き当たった。

「この場所を見たことがある」彼はスタイノルフュルに言った。

「いつ?」

「イチイの木の下で見た夢の中に出てきた」

林に入って少し進んだところには、夢で見たのと同じ細長い塚があった。夢の中では、塚の前にヴェルンドが立っていて、立石は切りだしたばかりのもっと新しいものだった。こうして太陽の光のもと、戦士たちの存在を意識しながら見ると、その場所はこれまで目にしたどのローマの街や闘技場の遺跡よりも古く、壮麗な状態が保たれている。ゲイルムンドがアンヴァルの手綱を引いて塚へ向かうと、奥が真っ暗な低い入口があり、地下へおりられるようになっていた。ヘルハイド隊の多くは横目で塚を見るだけで通り過ぎていく。ビルナがほかの者たちよりも塚に近づいて馬を止めたものの、塚のすぐそばまでついてきたのはスタイノルフュルとシャルギだけだった。

「何をしているんだ？」彼女が尋ねる。

「先に進んでいてくれ」ゲイルムンドは負傷者たちがゆっくり進むことを予測して言った。「おれたちは今日中に追いつく」

ビルナは身を乗りだし、戸惑いに眉をひそめてゲイルムンドの背後にある塚と立石を見たが、やがてうなずいて馬を進めた。ゲイルムンドは戦士たちが木々に隠れて見えなくなるのを待ってから馬をおりた。スタイノルフュルとシャルギも馬をおりたが、一緒に塚へ歩み寄ろうとすると、ゲイルムンドに止められた。

「おれがひとりで行く」

スタイノルフュルが真っ暗な塚の入口をのぞき込む。「本気か？」

「本気だ」

年嵩の戦士が一番近くの木を指さした。「松明があったほうが――」

「ここがヴェルンドのもうひとつの鍛冶場なら必要ないさ」ゲイルムンドは返した。

スタイノルフュルが目をぱちくりさせて頭を振った。「では、せめてこれを」

長刃《サクス》のナイフを抜いてくるりと反転させ、柄をゲイルムンドに差しだす。「狭い場所での戦いになれば、その長剣よりも役に立つ。それに、レイヴンズソープから帰ってきて以来、鞘は空のようだし」

「ありがとう」ゲイルムンドは柄を握った。スタイノルフュルの不安に共感したからではなく、彼の気持ちを鎮めるために。

「戦士の不死者《ドラウグル》が出たら、そんなものは役に立たないよ」シャルギが口をはさむ。

ゲイルムンドはにやりと笑った。「ここにドラウグルはいないさ」振り返って塚の入口へ向かい、暗闇に踏みだす前に、少しばかり立ち止まって足元を確かめる。

石の階段は地中深くまで作られているわけでなく、すぐにかがまなければ通れないほど天井が低く、幅の狭い石の廊下へ出た。廊下を進み、太陽の光が届かなくなるやいなや、窮屈で何もない部屋に行き当たった。暗いにもかかわらず、この場所が海底のヴェルンドの館とは似ても似つかないことに即座に気づいた。湿った土のにおいをかぎ、アース神族でもトロールでも小妖精《エルフ》でもなく、人間界《ミズガルズ》の者によって整えられた粗い石の感触を確認する。ここは神々の鍛冶場ではない。

ゲイルムンドは気持ちをくじかれ、黙り込んだまま座っていた。だが、そもそも何を期待して入ってきたのかもよくわからない。ただ、この場所を見たことだけはたしかだ。あの夢はいったい何を意味していたのだろう。

「ヴェルンド？」ゲイルムンドの声が石の壁に大きくこだまする。「いるのか？」

すると、鍛冶師が目の前にいきなり現れた。乾いて燃えやすいものに一瞬にして明るい炎がともるかのごとく。炎に包まれて燃えているかのように、石の床の中央にまっすぐ立っている。前とは違う衣をまとっていて、兜も鉄の鎧も身につけていない。それでも目と面長の輪郭には見覚えがあった。

「あなただ」ゲイルムンドは言った。「あなたはウェイランドとも呼ばれている」

「ある者たちからはな」鍛冶師が答える。

ゲイルムンドは狭い空間を見回した。「ここがあなたの鍛冶場なのか?」

「ここはわしの鍛冶場ではない」ヴェルンドが否定した。「この土と石は若すぎる。だが、ここも鍛冶場に含まれると考えられなくもない」

「つまりは?」

「ここのずっと地下深くに鍛冶場がある。そこに通じる道は、おぬしには開かれていない」ヴェルンドは石の上を滑るように移動して近づいてきた。「おぬしはなぜわしを知っておる?」

鍛冶師に問われてゲイルムンドはまごつき、しばし黙り込んだ。「おれはゲイルムンド。ヨールの息子でハールフの孫、ヒョレイフの曾孫だ。あなたはおれを海底の鍛冶場に運んでくれた。覚えていないのか?」

「知らないな。わしはおぬしが会ったヴェルンドではない」

ゲイルムンドはその意味を理解しようとした。「ほかにもヴェルンドという名前の者がいるということか?」

「そうだ。われわれは同一人物の異なる記憶なのだ。とはいえ、もうずいぶん長いこと、ほかの記憶の声は聞いていない」

「なぜ?」

「それを説明するのは難しい。わしは……死にかけているのだ。ただし、ゆっくりとな。

完全に消えるのは、おぬしの孫たちが死んだずっとあとになる」

「あなたという存在がおれには理解できない」ゲイルムンドは言った。

「できていたら、意外というよりほかない」

「腕輪のことは知っているか？　フニチューズルのことは？」

「自分が作った腕輪のことならすべて知っているとも。だが、そんな新しい名前のものはわからないな。なぜそのことを尋ねる？」

「あなた――いいや、海底のヴェルンドがその腕輪をおれにくれたんだ」

「彼が？」鍛冶師がしばらく間を空けた。「いま持っているか？」

ゲイルムンドは口を開いたものの、唐突に自分でも驚くほどの屈辱感が込みあげ、しばらく言葉が出なかった。「持っていない」

「どこにある？」

そう尋ねられ、なぜかゲイルムンドは鍛冶師を、あるいは自分自身を裏切ったような気分になった。目を伏せて床を見つめる。「おれの王に渡した」

ヴェルンドが片方の眉をあげた。「なぜ？」

「王は腕輪を身につける運命にあると思ったからだ」

「運命は心が作るものだ」ヴェルンドが言う。「腕輪は行動規範だ。もしおぬしが与えられたのなら、おぬしが身につけるべきだ。わしの腕輪を手放すということは、大いなる力を手放すということなのだから」

それが真実だとわかっていたので、ゲイルムンドは何も言い返さなかった。ヴェルンドの言葉でそれをはっきりさせる必要があっただけだ。運命であろうとなかろうと、腕輪をグスルムに譲ったことを心のどこかでずっと後悔していた。それを自分に認められなかったのは、グスルムに誓いを立てているという体面からだった。でもいまになってみると、重要なのは体面ではなく、力だったのだ。与えるにしろ奪うにしろ、その力はいつだって自分のものだ。そして、デーンの王に対する疑いが募るにつれ、腕輪を取り戻したいという気持ちは強くなった。

「なぜここに来た?」ヴェルンドが尋ねた。「わしの鍛冶場は閉ざされ、冷えきっている。おぬしに与えられるものはもう何もない」

「そのために来たわけじゃない」ゲイルムンドは答えた。「この場所を夢で見たんだ」

「わしの鍛冶場のひとつに入ったからだろう。ほかの鍛冶場に近づくと、おまえの心の深い部分がそれを感じ取り、夢に現れたのだ」

「そうかもしれない。だが、そのほかにも理由がある気がするんだ。あなたから腕輪の話をじかに聞く必要があったんだと思う」

「おぬしがそう思うのであれば、そうなのだろう」ヴェルンドが応じる。「おぬしら人間は、聞きたいときに聞きたいことを聞き、聞く必要があるときに聞く必要があることを聞くものだ。ほかに話したいことはあるか?」

目の前のヴェルンドが海底にいたヴェルンドと同じようであれば、ゲイルムンドはもう少しとどまっただろう。だが、ここで果たすべき目的は果たした気がするし、スタイノルフュルとシャルギがそろそろ心配し始めているはずだ。「いいや。ありがとう。これで失礼する」ゲイルムンドは答えた。

「わしにはおぬしを送りだす力もとどめる力もない。だが、どういたしましてと言っておこう、ゲイルムンド。ヨールの息子、ハールフの孫、ヒョレイフの曾孫よ」

ゲイルムンドが一礼して顔をあげると、鍛冶師の姿は消えていて、暗く狭い塚の中でふたたびひとりきりになっていた。石の部屋をあとにし、狭い石の廊下を通って、目がつぶれそうなほどまぶしい陽光の下に戻る。少しのあいだ、手をかざして光をさえぎらなければならず、スタイノルフュルとシャルギを探すにも目を細めなくてはならなかった。

「それで？」年嵩の戦士がきく。「あれだけの時間、中にいたんだ。何かあったのだろう？」

ゲイルムンドは預かったサクスを返してから答えた。「ヴェルンドと話した」

「彼はなんて？」シャルギがきく。

「最初のときほど話はしなかったが、それでも充分にいろいろ教えてもらった」

スタイノルフュルがサクスを鞘に戻した。「充分にとは？」

「おれがやるべきことを知るには充分にということだ」ゲイルムンドはアンヴァルに歩み寄って背中にまたがった。「だが、まずはウェセックスを手に入れなくては」

エグゼ川が流れるデフェナシャーにたどり着くまでに五日かかった。ゲイルムンドがその気になれば、ヘルハイド隊に発破をかけて四日で到達することもできた。しかし、負傷者たちのためにゆっくり進む必要があった。ウェセックスを抜けてドーセットシャーに入るまでは尾根道をたどり、リン川にぶつかってからは岸沿いに西へ向かって、グスルムが狙っていたローマの街に着いた。ゲイルムンドは四千人のデーン人を運んできた二百隻以上の大船団がいると思っていたが、エグゼ川の岸辺につながれているのはせいぜい数十隻といったところだった。

街に入ったゲイルムンドは、海上の嵐で百二十隻もの船が沈み、アンウェンドとオクテルの王ふたりを含む三千以上の戦士たちが溺れ死んだと聞かされた。この大惨事は生き残った戦士たちにも大きな衝撃を与え、嵐を不吉な前兆と考えた大半がもといた場所へ引き返してしまったそうだ。デフェナシャーにいるデーン人たちも戦う気力を失っている。

ヘルハイド隊もまた、船団の喪失に衝撃を受けた。ウバの軍勢の惨敗を目の当たりにしたばかりだから、なおさらだ。それゆえ、野営地の雰囲気も暗かった。よほどの愚か者でなければ、運か、運命か、神々がデーン人に背を向け、全員を死に至らしめようとしているのではないかと思うのも無理はない。

「こんな状態で、グスルムはウェセックスを落とせるだろうか？」ある晩遅く、聞いている者がほとんどいないときに、スタイノルフュルが火をじっと見つめながらこぼした。「ウバが命を落とし、船団の多くが海の底に沈んだいまとなっては、デーン人がアルフレッドに勝つのは不可能だろう」

「グスルムは狡猾だ」ビルナが言う。「必ず方法を見つける」

スタイノルフュルが炎に唾を吐きかけると、じゅっという音を鳴った。「アルフレッドも狡猾だ」

ゲイルムンドは年嵩の戦士の意見に同意したいところだったが、グスルムはフニチューズルを手にしている。大きな損失を被ったとはいえ、あの腕輪がデーン人の側にある限り、まだウェセックスを落とせる可能性はあるはずだ。

「アルフレッドはもう倒れているかもしれない」ヴェトルが言った。そのかたわらには、衰弱して高熱を出しているラフンが火のそばで横たわっている。「グスルムがウェアラムでサクソン人どもを破ったかもしれないぞ」

それはありえないと言わんばかりに、スタイノルフュルが首を振った。

「戦いの結果については、知らせが届くのを待つしかない」ゲイルムンドは言った。「それまでは、アルフレッドが殺されたことを願おう」

数日後、その知らせがエスキルによってもたらされた。ゲイルムンドがエスキルに会うのは、ルンデンにいたとき以来だ。エスキルはウェアラムから東へ六十休息《ラスト》の距離を馬で駆け抜け、危うく馬を使いものにならなくするところだった。ヘルハイド隊はエスキルを迎え入れてともに火を囲み、肉と飲み物をふるまって休ませた。

「グスルムはウェアラムをあっさり落とした」エスキルは言った。「だが、そのすぐあとにアルフレッドが軍勢を率いてやってきたんだ。そして……ふたりは和平を結んだ」

ゲイルムンドはその話をにわかには信じられなかった。「和平だと？」叫びに近い声をあげる。「グスルムの策略を遂行するために、おれたちは危険を冒し、仲間を失った。それがいまになってサクソン人どもと和平を結んだというのか？」

「ああ、間違いない」エスキルの渋面が、ゲイルムンド同様、王に対していらだちを感じていることを物語っている。「アルフレッドは、グスルムにやつらの神の十字架にかけて誓わせた」

「それなら、グスルムは何も誓わなかったようなものだ」ビルナが言う。「十字架なんてなんの意味もないんだから。何か策略があるんだ」

エスキルは言葉を返さず、険しい表情でゲイルムンドを見た。

「まだ何かあるのか？」ゲイルムンドは尋ねた。

これから口にする言葉はひどい味がするとばかりに、エスキルは舌で口の中を探った。

「グスルムはおまえが贈った腕輪にも誓った。アルフレッドはなぜかその腕輪のことを知っていて、それにかけて誓うよう要求してきたんだ」

「そして、グスルムはその要求を受け入れたと……」スタイノルフュルが嫌悪感も露わに嘲笑った。

「グスルムは変わった」エスキルが頭を振った。「もはや彼はユトランドでおれが誓いを立てた男ではない。自分の船がごっそり沈んだことより、ウバの死のほうが応えたようだ。いまや悲しみと怒りのあいだで感情がめまぐるしく揺れ動き、かつてのように熟考することも、策略を立てることもない。だが、おれがウェアラムを発つときにエイヴォルが来た。グスルムも彼女の話には耳を傾けるらしいから、まだ望みはある」

エイヴォルが王に忠告していると聞いていくらか気持ちが落ち着いたものの、アルフレッドがフニチューズルのことを知っていると耳にして、ゲイルムンドは戸惑った。どういう経緯でサクソン人の王が腕輪のことを知ったのかはわからない。だが、腕輪の噂はレイヴンズソープのハイサムの耳にも届いていたし、神父のジョンも、グスルムは異教の聖遺物から力を得ているのかと尋ねてきた。もしかするとヴェルンドが作りあげた精妙な腕輪は、彼が思っているほど秘密の存在ではないのかもしれない。

「グスルムはヘルハイド隊にどうしろと言っているんだ？」ヴェトルのそばで横になっているラフンが苦しげな声できいた。

エスキルがためらってから口を開いた。「いま頃、グスルムとエイヴォルは和平を終わらせ、ウェアラムを焼き払っているはずだ」

「誓いを破ったの？」シャルギが尋ねた。

「あたしだったらサクソン人どもに誓ったことなんかに縛られない」ビルナが言い放った。

ゲイルムンドは女戦士に賛同していいかどうかわからなかった。フニチューズルにかけて誓うということは、名誉にかかわる問題だからだ。「アルフレッドはいまどこにいる?」

「チッパンハムと呼ばれるところだ」エスキルが答える。「防壁はないし、アルフレッドのそばにいる戦士は少ない。キリスト教の祝祭のために滞在しているらしいから、グスルムはそこに攻撃を仕掛けるつもりだ。すべての戦士に、あらゆる斧と剣を持って自分とともに戦えと呼びかけている」

「なんだと?」スタイノルフュルが言った。「船団は沈んで海の藻屑になり、ウバは死んだんだぞ」

「サクソン人の全員がアルフレッドのために死ぬつもりでいるわけじゃない」エスキルが返した。「アルフレッドに誓いを立てた老兵が体をふたつにへし折られて、仕えていた太守《エアルドルマン》の館の扉に縛りつけられていたという噂が広まっている。恐れをなしたウィルトシャーのウルフヘレはすでにグスルムに誓いを立てた。それに、エイヴォルにはイングランド中に味方がいるし、彼女に借りがある戦士たちもいるから、みんな彼女の旗のもとで戦うだろう」ゲイルムンドに顔を向ける。「ヨールとリュビナもエイヴォルの呼びかけに応えると聞いた」

「まだ望みはある」ゲイルムンドは言った。

エスキルがうなずく。「そう、まだ望みはある」

「攻撃はいつだ？」ヴェトルがラフンを見おろしながら尋ねた。

「四日以内だ」エスキルが答える。「キリスト教徒が十二夜と呼ぶ祝宴のあいだに始まる」

「グスルムはわれわれの出陣に充分な時間を与えてはくれなかったか」スタイノルフュルが言った。

エスキルはまたしてもためらってから返した。「おれは王に遣わされたんじゃない。おまえたちが勇敢で名誉を重んじる戦士たちだから、自分の意志で来たんだ。同志のデーン人や縁者たちと肩を並べて戦いたいだろうと思ってな」

火を囲むヘルハイド隊の戦士たちは、グスルムに侮辱されたことに戸惑いと怒りを覚えて押し黙っていた。

「おれたちはグスルムのために戦い、多くの仲間を失った」ヴェトルがようやく口を開いた。「それなのに、王はおれたちのことを忘れたがっているというのか」

「銀を支払わなければならないからか？」ラフンが続ける。「もしかすると、グスルムは――」

「それは違うぞ」スタイノルフュルが輪になっている戦士たち全員を見た。「あるいは、それだけではないかだな。欲よりもっと単純な理由だ」ゲイルムンドに顔を向ける。

「デーンの王がこんなことをするのは、あなたを恐れているからだ。わたしがずっと前にあなたに見いだしたものを、グスルムも見いだしたのだろう。あなたは王なんだ、ゲイルムンド・ヨールソン。あなた自身がそれに気づいて自分の王国を手にするのも時間の問題だ」

ゲイルムンドは頬が熱くなるのを感じたが、それは炎のせいではなかった。ヘルハイド隊の誰かがグスルムの名誉を守るために年嵩の戦士に反論するのを待ったが、ひとりとして声をあげる者はいなかった。エスキルでさえも黙っている。

「出陣する?」シャルギが尋ねた。

ゲイルムンドは長く考えるまでもなく答えた。「ああ。だが、グスルムのためには戦わない。おれたちはムーリ、アスレフ、トルグリム……死んだ仲間たち全員のために戦うんだ。エイヴォルと、彼女の呼びかけに応じてチッパンハムに集まる縁者たちのために戦う。おれとともに来るか?」

「あとひとり、忘れているよ」ヴェトルが言った。

輪になった戦士たちの視線が自分に集中しているのを感じたが、ゲイルムンドはヴェトルの言葉の意味がわからなかった。「誰だ?」

スタイノルフュルがいらだったように答える。「あなただよ。ばかな人だ。われわれはあなたのために戦うんだ」

少しのあいだ沈黙が流れてから戦士たちがいっせいに笑いだし、それがしばらく続いた。その後、ヘルハイド隊は戦いの準備をするために散っていった。エスキルがゲイルムンドに近づいてくる。

「これからどこへ向かうんだ？」ゲイルムンドはデーンの巨人に尋ねた。

「おまえと一緒に出陣する」エスキルが答える。「おれを受け入れてくれるならの話だが」

その申し出に、ゲイルムンドは驚いた。「誓いを破ったことをグスルムに非難されるかもしれないんだぞ。心配ではないのか？」

エスキルが首を振る。「誓いを破った者にどう非難されようと気にしない」

「それなら、おまえがともに出陣することを歓迎しよう」ゲイルムンドは言った。「またおまえと肩を並べて戦えて光栄だ」


翌朝、ヘルハイド隊はエグゼ川を離れ、ローマ街道を進んだ。一日馬を飛ばして泥地や川、湖や島のある広大な湿地の端にたどり着くと、ゲイルムンドはイングランドに漂着したときにさまよった沼地を思いだした。地面より少し高くなるよう作られたローマの道に沿って北へ向かう。その道のおかげで、西の地平線を越えたところまで広がる低地でぬかるみにはまることはない。それでも、湿地を抜けて乾いた丘陵地にのぼるまでに、さらに丸一日かかった。

高台からは、東に向かって果てしなく広がる森が見えた。エスキルがセルウッドと呼ぶ森の木々がローマ街道沿いに生い茂っている。戦士たちは鬱蒼《うっそう》とした木々のあいだを、丸一日かけて進んだ。そして夜になると、かつてあの白馬を刻んだとされる巨人によって立てられたのかもしれない、先の尖った大岩のそばの木々の影で体を休めた。

明日はチッパンハムに到着し、両親とともに戦うことになる。そう思うとゲイルムンドはなかなか寝つけなかった。朝早くに目を覚ますと、毛布と周囲の地面が薄い霜に覆われていて、寒さで歯ががちがち鳴った。ヘルハイド隊が出発しようとそれぞれの馬にまたがってすぐ、ラフンが鞍上でよろけ、馬から落ちて横向きに地面に叩きつけられた。

ヴェトルが馬から飛びおりて駆け寄り、ゲイルムンドと数人の戦士が続いてふたりのそばに立った。ラフンの口は動いているものの、意味のある言葉にはなっておらず、唇は紫色に変わっている。

「腕だ」ヴェトルが言った。「傷のせいで熱が全身に回っている」

スタイノルフュルがヴェトルの隣に膝をつく。「わたしに見せてくれ」

それから、スタイノルフュルとヴェトルがラフンの鎧を外し、服を脱がせて包帯を取った。戦士の体から力が抜けてぐったりしているので、なかなかうまくいかない。ふたりが腕の傷に当てた布をはがしたとたん、ゲイルムンドの胃はひっくり返りそうになった。ラフンの腕は腐り、皮膚に毒蛇のような黒い線が這っている。

「誇り高いのもいい加減にしろ、この愚か者め」スタイノルフュルが言った。

ゲイルムンドの頭には、トルグリムの死の記憶がまだ生々しく残っている。今度はラフンを失うのかと思うと、腹立たしさが込みあげた。「何をすればいい？」

スタイノルフュルが身を引いて両手を腿につき、ラフンの腕に視線を走らせた。「この腕は切らないとだめだ。それも、いますぐに。でないと死ぬ。切ったところで助からないかもしれないが」

予想していた答えだったとはいえ、ゲイルムンドは言葉を失った。ラフンのような戦士にとって、腕を失うのは死に等しい。ヴェトルは相棒の額に手を当てて身を乗りだし、ラフンの顔をのぞき込んだ。過酷な治療をするための許可を得ようとするかのごとく。だが、黒髪のデーン人は意識が遠のいているせいで、自分の体に何が起きているのか、まったく気づいていないようだ。ヴェトルがスタイノルフュルを見てから目を閉じ、一度うなずいた。

「おれはこいつが許してくれると信じている」ヴェトルが言う。

ゲイルムンドはヴェトルから視線を外し、ヘルハイド隊を見回した。多くは馬に乗ったままだ。これから待ち受けている一日のことも考え、ゲイルムンドはスタイノルフュルに尋ねた。「どのくらいかかる？」

「必要なものを集めて腕を切断するのに？」スタイノルフュルが答えた。「少なくとも半日はかかるだろう」

「それでは戦場に着くのが遅くなってしまうぞ」エスキルが言う。

アッシュダウンで首長《ヤール》シドロックと戦士たちの身に起きたようなことは避けなければならない。そのため、ゲイルムンドはヘルハイド隊に予定どおり進むよう命じた。「おれはラフンと一緒に残る。アビンドンで誰も置き去りにしないとおまえたちに誓ったからな。

いまその誓いを破るつもりはない。ヴェトルも残る。スタイノルフュルとシャルギもだ。そのほかの者たちは――」

「おれも残ろう」エスキルが言った。「ヘルハイド、おまえと一緒に戦場へ向かう」

ゲイルムンドはデーン人を見あげてうなずいた。続けて、ビルナに顔を向ける。「サクソン人を殺させてやると約束したな」

「ああ」彼女が言った。

「戦場でおれたちの戦士を任せられる者がいるとしたら、あなた以外には思いつかない」

「あたしもあんたと同意見だ」ビルナがにやりとして馬に歩み寄り、鞍にまたがった。

「あんたが殺す分のサクソン人も残しておいてやりたいけど、約束はできない」

「すべきことをしろ」ゲイルムンドは答えた。「最高神オーディンと軍神テュールがともにあらんことを」

ビルナがうなずいてヘルハイド隊を呼び集め、その場から去った。その姿が見えているうちに、ゲイルムンドはラフンのもとへ戻り、スタイノルフュルにきいた。「何が必要だ?」

「きれいな水」年嵩の戦士が答える。「高熱の炎、熱した鉄、薬草、傷に当てる布だな」

「おれたちが用意する」ヴェトルの言葉を合図に、みんながいっせいに動きだした。

昼までに、きれいな小川から水を、森から薬草を集め、剣と斧とナイフを赤く燃える薪の中に埋めた。ラフンはつぶやくのをやめ、意識を失っては覚醒するのを繰り返している。だが、刃物を皮膚に当てた瞬間に熊のように暴れだすとスタイノルフュルが言うので、ラフンの体を縛り、革紐をきつく結んだ。スタイノルフュルが腕を切断し始めると、一同はその様子を見つめては目をそむけ、また見つめては目をそむけた。

スタイノルフュルはあとで肉がくっつくように、まず冷たいナイフで上腕の一番上の皮膚だけを一周するように切り、袖のように巻きあげた。続けて、熱したナイフを当てると、肉が焦げる音とにおいがあたりに充満した。そのにおいをかいだゲイルムンドは、山の中で兄ハムンドの怪我を治療したときのことを思いだした。熱い鉄が出血を抑えているとはいえ、完全に止められるわけではなく、ラフンの下の地面に流れだして土を泥に変えていく。そのあいだずっと、ラフンは眼球が飛びださんばかりに目を見開き、悲鳴をあげ続けた。首も船の帆を張る綱のようにかたくこわばっている。

刃が骨に達すると、スタイノルフュルはナイフを斧と交換し、強い衝撃に備えてラフンの腕の下に平らな石を置いた。汗を滴らせて何度か息をつき、斧を振りおろす。鈍い音が一度、二度と響き、骨が砕け、刃が石に当たる甲高い音がした。ラフンの腕が切り落とされたのだ。

「のこぎりのほうがよかったな」スタイノルフュルは砕け散った骨のかけらを取り除きながら言った。

年嵩の戦士は続けて傷口を湯で洗い、まくりあげておいた皮膚を戻して、切り口を小袋を作る要領で縫い合わせた。ただし、体が出す漿液《しょうえき》が流れるよう少しだけ開けておき、そこへ薬草をあてがった。

ラフンは悲鳴をあげるのをやめ、意識が朦朧とした状態で泣いている。全員でラフンを縛りつけていた革紐を解き、エスキルが子どものようにやすやすと抱えあげて近くの森へ運んでいった。ヴェトルがどこに寝かせるかを巨人に指示し、スタイノルフュルが毛布と毛皮をラフンの全身にかぶせていく。

「錯乱して死ぬことも充分にありうる」スタイノルフュルが言った。「あたたかくしておけ」

「わかった」ヴェトルが返した。「これから何が起ころうとも、あんたへの感謝の気持ちは変わらない」

「充分な手を尽くせたのならいいが」年嵩の戦士が頭をさげてあとずさった。

「みんなに感謝している」ヴェトルが言った。「だが、もうチッパンハムに向かってくれ。ラフンの容態が安定したら、すぐにあとを追う」

「おまえたちを置いてはいかない」ゲイルムンドは断言した。

ヴェトルがゲイルムンドの肩に手を置く。「あんたにできることはもう何もない。ここからは運命しだいだ。それに、もしラフンが死ぬなら、その前にふたりきりになりたい」

ゲイルムンドが納得するまでに少し時間がかかった。「おまえたちがチッパンハムに来ないようなら、迎えに来よう」

「チッパンハムに姿を見せなければ、おれたちはここにいる」ヴェトルが言う。「さあ、行ってくれ。ビルナがサクソン人どもを皆殺しにする前に」

　ゲイルムンドはいま一度ラフンに目をやってから、森から出て馬たちのもとへ向かった。隊長がアンヴァルに、戦士たちがそれぞれの馬に歩み寄る一方で、ヴェトルは自分とラフンの馬の手綱を取り、木々のあいだに引いていった。

「腕は燃やしておけ」スタイノルフュルが声をかける。「でないと、腕に残された魂が痛みと痒みでラフンを苦しめる。もう腕をさすったり、かいたりはできないんだからな」

「わかった」ヴェトルが返した。

　ラフンに回復できるだけの強さを授けてほしいと神々に懇願したあと、ゲイルムンドはアンヴァルを北へ走らせた。

　ゲイルムンドたちがチッパンハムに向かってローマ街道を十休息《ラスト》ばかり進んだところで、シャルギが東の尾根沿いに南へ向かう騎馬隊を見つけた。騎手の正体を見極めるため、ゲイルムンドは戦士たちに馬を止めるよう命じた。急いでいるらしい相手は三十人以上いると思われ、旗は掲げていない。

「サクソン人だ」スタイノルフュルが言った。「盾と兜からして間違いない。それ以上は――」

「アルフレッドだ」エスキルがさえぎった。

　ゲイルムンドは謎の戦士たちをもっとよく見ようと目を凝らした。「アルフレッドだと？」

「ああ、アルフレッドだ」鞍上のエスキルが地面に唾を吐く。「おれはウェアラムでやつを見た。そのときもいまと同じ戦士たちと一緒にいた。やつらの馬の色を覚えている」

「何をしているんだろう？」シャルギが尋ねた。

「戦いから逃げているんだ」スタイノルフュルが答える。「アルフレッドにとって不利な戦況になっているのかもしれない」

「その可能性はある」ゲイルムンドは同意した。

　チッパンハムに向かうか、それとも騎馬隊を追いかけるか？　どちらにするかを選ばなければならず、悠長に考えている時間はない。ゲイルムンドたちはたった四人で、サクソン人たちと戦うには少なすぎる。だが、エスキルが正しいなら、アルフレッドはデーン人の軍勢から逃げおおせたわけだから、チッパンハムでの戦いで誰が勝利しようと、ウェセックスの終焉にはならない。ウェセックスが落ちるのは、アルフレッドがとらえられ、殺されたときだけだ。

「本当にアルフレッドなのか？」ゲイルムンドは尋ねた。

「弟の剣に誓って本当だ」エスキルが答える。「間違いない」

「こっちを見たかな？」シャルギがきいた。

「馬の脚をゆるめていないし、進む方向も変わっていない」スタイノルフュルが答え、周囲を見回した。「こちらは低地で身を隠せる木もほとんどない。だが、四騎しかいないから、見落とされたのかもしれない」

「追いかけよう」ゲイルムンドは言った。「あれだけの敵とは戦えないが、行き先を確かめることはできるし、ひょっとしたらアルフレッドを仕留める方法が見つかるかもしれない。もし無理でも居所さえつかんでおけば、あとで人数をそろえて戻ってこられる」

戦士たちはうなずくと、ゲイルムンドとともに騎馬隊のあとを追った。敵の進路に目星をつけながら、できるだけ距離を取って進む。もし姿を見られたとしても、アルフレッドたちはたった四騎の集団をグスルムが派遣したデーン人の追跡隊だとは考えないはずだ。いまはそう信じるしかない。幸いサクソン人たちに気づかれることはなく、王の一団に続いてセルウッドの北端まで尾根道をたどり、そこで高地からおりてローマ街道を南へ向かった。

やがて、彼らはラフンの腕を切り落とした場所の目印となる岩に行き当たった。ゲイルムンドは今朝流されたばかりの血の跡が残る地面を通り過ぎざまに見て、馬を止めてラフンがまだ生きているかどうか確かめたい衝動に駆られた。だが、いまは寄り道をしている時間はない。

太陽が数休息《ラスト》沈むと、サクソン人たちは夜に備えて馬を止め、道から外れたところに野営した。どちらの一団も火は熾さなかった。ゲイルムンドはアルフレッドが見張りに出した偵察隊に見つからないよう、敵と安全な距離を保った。

ふたたび太陽がのぼる前に敵が動きだし、以前にヘルハイド隊が湿地から出たあとでのぼった砦と谷のある高地に入った。草の生えた丘と青白い石の崖の下にあるトネリコとカエデの森を六休息《ラスト》ばかり進み、ローマ街道が高地から湿地へとくだっていくあたりで南へ方向を変えたアルフレッド隊は、さらに二十休息《ラスト》ほど行ったところで夜に備えて馬を止めた。翌朝、サクソン人たちは道から外れて西に方向転換し、平坦な湿地の中へ足を踏み入れた。

「どうやら、アルフレッドたちは湿地を進む方法を心得ているらしい」スタイノルフュルが言う。

「チッパンハムをあとにしたときから、どの道を使うかを決めていたはずだ」エスキルが応じた。「この逃避行はあらかじめ計画されていたかのように思える」

「目的地は?」シャルギが尋ねる。「やつらはどこへ向かっているんだろう?」

「すぐにわかるさ」ゲイルムンドは答えた。

ゲイルムンドたちは追跡を続けて湿地に入った。霧に包まれた背の高い草と密生したハンノキの中を進むあいだ、彼らの足は乾いたままだった。その理由はただひとつ、彼らをここまで導いたサクソン人たちが馬のために足場のしっかりした道を選んで走っていたからだ。それでも、道はところどころで狭くなり、足元も徐々に不安定になっていった。昼にはそれ以上は進めなくなり、ついに追跡は終わりを迎えた。

ゲイルムンドたちは草の中で身をかがめ、葦のあいだから敵の姿をうかがった。大きな湖に木製の土手道が張りめぐらされ、それによってつながった小さな島々が砦を成している。アルフレッドたちはその砦にのぼっていった。岸に一番近い島にはこぢんまりとした村があり、小舟が盛んに行き来し、門と多くの戦士に守られている。しかも、その向こうの二番目の島にはサクソン人たちが築いた高い柵があり、鬱蒼とした木々の中には戦士たちが待機する場所が作られていた。

エスキルが頭を左右に振る。「おれの言ったとおりだ。すべてが向こうの策略だな」

「たしかにそのとおりだ」スタイノルフュルが言った。「あの砦は強力だ。それに、新しく作られたばかりのようだ」

「落とせるかな?」シャルギが尋ねる。

年嵩の戦士が肩越しに後ろを振り返り、来た道に目をやった。「あの悪路を進んでこられる軍勢はいない」

「船なら大丈夫だろう」エスキルが島を囲む水を指さす。「この湖だって必ず海につながっている。もし――」

「だが、グスルム軍は船を持っていない」ゲイルムンドはいらだちを隠そうともせずに鋭く言い放った。「アルフレッドもそれを知っている。デーン人に落とせないのを承知で、この場所を選んだんだ。必要なものがすべてそろっているのも理由のひとつだろう。水も食料も充分にあり、おれたちの手も届かない。アルフレッドはあの島に居座り、年老いて死ぬまで自分をウェセックスの王と称し続けることだってできる」

「王を名乗るのは勝手だ」スタイノルフュルが言う。「だが、なんの王だ？　見捨てられた湿地の王か？」

「サクソン人にとって、アルフレッドはただ土地を統べるだけの王ではない」ゲイルムンドは答えた。「こちらもキリスト教徒のように考えるべきなんだ。アルフレッドはサクソン人たちの神の王であるから、生きている限り、やつに従うウェセックスの太守《エアルドルマン》は必ずいる。たとえ湿地の館にこもっていたとしても」

「では、おれたちはどうすれば？」シャルギがきく。

「わからん」ゲイルムンドは答えた。「だが、それを考えるのはあとだ。いまはチッパンハムに向かう。戦いが待っているし、グスルムやほかのデーン人たちにこの情報を伝えなければならない」

三人の戦士が去りがたそうな顔をしている。ゲイルムンドにもその理由はわかっていた。アルフレッドが逃げ込んだ場所があと少しで矢が届こうかというほど近くにあり、そこに通じる道が目の前にあるのだ。敵将にこれほど接近したにもかかわらず、とらえて殺す力がないというのは、はらわたの煮えくり返る思いだった。

「出発するぞ」ゲイルムンドは自分自身に言い聞かせるように言葉を吐きだした。

四人は来た道を戻って湿地を出ようとしたが、森と草と泥で作られた湿地の迷宮で何度か迷い、アルフレッドの砦がいかに強固であるかを思い知らされた。蚊に食われて疲れきった彼らがようやく湿地から出てローマ街道に戻ると、すでにあたりは暗くなっていて、北に向かってふたたび駆ける前にひと晩休まなくてはならなかった。

二日後、彼らはセルウッドの岩が立つ場所に到達した。ゲイルムンドはヴェトルがまだ近くの森にいるのか、ラフンがどうなったのかを確かめようと馬を止めた。一行は馬を引いて森へ入っていき、ここを出発したときとまったく同じ場所に傷ついたデーン人が横たわっているのを見つけた。目を閉じたラフンの顔色はヴェトルと同じくらい白く、毛皮の上では胸が動いて呼吸をしているのかどうかもわからない。ヴェトルの姿はどこにもなかったが、ゲイルムンドには近くにいるのがわかっていた。ここに残していったときの高熱と錯乱状態からして、ラフンは一度も意識を取り戻さなかったかもしれないと思いつつ、横たわる戦士に歩み寄った。

その瞬間、風がうなる音がしてゲイルムンドは振り返った。木の後ろから伸びてきた槍の先端に喉を切り裂かれそうになる。だが、こちらが何者かに気づいたのか、相手はすんでのところで動きを止めた。

「ゲイルムンド！」ヴェトルが死の風《ダエダヴィンドル》の後端を地面に突いて頭をさげた。「許してくれ。もっと相手をよく見るべきだった」

「よく見ていたはずだ」ゲイルムンドは返した。「だからおれの首はまだつながっている」

「ヘルハイド？」

地面のほうから声がしたので、ゲイルムンドはラフンに目をやった。デーン人が視線を送ってくるのを見て驚嘆し、すぐさまかたわらに膝をつく。「生きていたのか」

「そう願いたいね」ラフンの声はか細く、笑顔に力はない。「ヴァルハラにいないことだけはわかっているからな」

「雷神トール並みの頑強さだな」ゲイルムンドは言った。

「軍神テュールの運も持ち合わせているみたいだ」ラフンが腕の切り口に視線を落とす。「でも、狼の姿をした怪物《フェンリル》の牙に食いちぎられる代わりに、自分の愚かさのせいでサクソン野郎の刃によって腕を失った」

「残念だ」ゲイルムンドは返した。「切らずにすむのであれば――」

「わかってるさ」ラフンがヴェトルを見あげ、目だけで会話を交わす。「自分のしたこと、しなかったことのせいだ」

「おまえがしなかったことなど何もないさ」ゲイルムンドは言った。「おまえはいまでもヘルハイド隊の戦士だ。片腕であっても、あらゆるサクソン人の倍は強い」

ラフンがふふんと笑う。「そいつはたいしたことじゃないな。でも、ありがとう」

「腕は？」スタイノルフュルが尋ねた。

「ヴェトルが燃やしたんじゃないかな」

シャルギが笑ったが、スタイノルフュルは真剣だ。「どういう意味かはわかっているだろう」

ラフンがふたたび腕の切り口に目をやる。「痛みはあるが、よくなってきている」

スタイノルフュルがヴェトルに視線を移した。「熱は？」

「二日間、高熱が続いた。だが、そのあとはおさまったよ」色白のデーン人が答える。「傷からまだ漿液が出ているが、ほとんど透明になった」

スタイノルフュルはにやりと笑った。「それを聞けてよかった。これからはチーズと肉、蜂蜜をたくさん食べて、エールをたくさん飲むことだ」

「それならできる」ラフンが答える。

「馬には乗れそうか？」ゲイルムンドはきいた。

ヴェトルが相棒を思って無理だと答える前に、ラフンは口を開いた。「乗るよ。この森はもう飽きたし、食い物がリスくらいしかない」

「では、出発しよう」ゲイルムンドは言った。

一行はすばやく荷をまとめ、ラフンに手を貸して立ちあがらせた。毛皮と毛布が落ち、ラフンが身を震わせる。その立ち姿は、ゲイルムンドが願っていたほどしゃんとしていなかった。この様子だと、鞍から落ちないよう誰かが一緒に乗らなくてはならない。この小さな集団の馬の中ではアンヴァルが一番体高があり、横幅も広いので、ゲイルムンドは自分の馬にヴェトルとラフンを乗せ、みずからはヴェトルの馬に乗ることにした。

アンヴァルの足の運びは力強く安定しているにもかかわらず、歩くたびにラフンの体を前後左右に揺らし、傷に激痛をもたらした。ラフンは不平をこぼすまいと決意しているとはいえ、汗を滲ませ、顔をゆがめている。つらそうな彼のために休憩を頻繁に取り、旅程を引き延ばしたため、彼らはもうひと晩、ローマ街道沿いで夜を過ごす羽目になった。

ようやくチッパンハムに到着したとき、ゲイルムンドたちが目にしたのは周囲の土地に残った戦いの名残だった。街のある丘のふもとに薄い朝の霧がうっすらと漂っている。腐りかけたサクソン人の血みどろの遺体の山は、鴉や狐といった捕食動物の餌となっていた。名誉ある死者たちを焼いたときにあがった煙のにおいがまだかすかに残っている。ゲイルムンドは焦げた薪の山をざっと数え、サクソン人の死体よりもはるかに少ないことを、アルフレッドを逃がしたとはいえ戦いがデーン人の勝利に終わったらしいことを、オーディンに感謝した。

少人数の一行は街を目指し、デーン人とサクソン人の奴隷たちが深い溝を掘り、高い壁を築くのを横目に見ながら丘をのぼった。

「グスルムはここにとどまってこの地を守るつもりだ」エスキルが言った。

「ウィンタンセスターに進軍するはずなのに」スタイノルフュルの言葉に、エスキルは同意してうなずいた。

ラフンが休める酒場を見つけたあと、ゲイルムンドはヘルハイド隊の様子を確かめようと探しに出かけ、ビルナが無傷なのを見て大いに喜んだ。彼女は心の中ではまだトルグリムの死を悼んでいる。どれだけサクソン人を殺しても、心にある冷たいたらいがその熱い血で満ちることはなかったのだ。それでもラフンが生きていると知って上機嫌になり、すぐさま彼に会いに行った。ヘルハイド隊のうち生き残ったのは二十七人だ。ゲイルムンドは両親の顔を見に行く前に、ひとりひとりに声をかけて回った。

街にいたデーン人の何人かにヨールとリュビナの居所を尋ねたものの、誰もがその名を聞いたとたんに目を伏せ、無言である方角を指さすだけだった。ゲイルムンドは教わった家に到着したとき、みんなが沈黙した理由を知った。

ニレの木が作る影の中に、母がひとりで座っていた。家の壁際に置かれた長椅子で、先ほどまで眠っていたのだろう。息子に見つめられていることには気づいていない。村の境界線の向こうをぼんやりと眺めていて、顔からも目からも、感情や思考がいっさいうかがえなかった。まるで、体から魂が抜けてしまったかのようだ。ようやく息子に顔を向けたものの、少しのあいだ、ゲイルムンドには見覚えがないといった表情を浮かべ、それからようやくわれに返った。

「ゲイルムンド」彼が近づいていくと、母は立ちあがった。

「母上」

ふたりは抱き合い、しばらくのあいだ何も言わずに互いの体をきつく抱きしめていた。というのも、ゲイルムンドはこれから母が話すであろうことを聞きたくなかったし、母も話したくないことはわかっていたからだ。自分が運命の扉の前に立っているかのようで、そこを抜けたが最後、もう戻ってはこられないという予感がした。

両腕に抱いた母の体はか細く、髪からはまだ薪を燃やした煙のにおいがする。「父上は？」ゲイルムンドは覚悟を決めて、やっとの思いで言葉を絞りだした。

母はしばらく無言のまま、いっそう強くゲイルムンドを抱きしめるだけだった。ようやく身を離したとき、目は真っ赤なのに、涙はたまっていなかった。もはや流す涙が尽きてしまったかのようだ。

「すべてが色褪せて見えるわ」母は胸元の銀のブローチに触れた。「胸に心臓があるのは感じるけれど、なぜあるのかはわからないの。役割を終えたというのに、どうして鼓動が続いているのかしら」

「そばにいられなくてすまなかった」戦場でひとりサクソン人に囲まれて味方を必要としている父の姿を、ゲイルムンドは想像した。自分が父のかたわらに駆け寄るところも思い描いたが、それはいまにも泣き崩れそうな自分をなだめるためだったのかもしれない。

「おれがいれば、もしかしたら――」

母が彼の口をそっとふさいだ。「何も言わなくていい。息子よ、あなたにできることは何もなかったわ。すべては運命だった」

ゲイルムンドは母の手を自分の口から外した。「一緒にウェセックスと戦おうと、父上に言ったんだ。ヨルヴィックの川岸に並んで立って、おれは――」

「運命だったのよ」母が繰り返す。「臆病者は戦いを避ければ永遠に生きられると思うけれど、死を相手に休戦はない。ブラギがいつもそう言っていなかったかしら？　あなたの父上が勇敢に名誉ある死を迎えたことを誇りに思ってあげれば、それでいい」

その瞬間、ゲイルムンドは自分が運命の扉を開けて――いままでずっとその前で立ち往生していたのに――一歩踏みだし、暗い館の中に入ったのを感じた。そこにある誰も座っていない高座を見て、息が止まりそうになる。ほかに変わっているところはほとんどないのに、まわりのすべてがなじみのないものに感じられた。まるで自分が失ったものを思い知らされるかのごとく。

「ここで待っていて」母が家の中に入っていき、少しして長刃《サクス》のナイフを手に戻ってきた。「あなたの父上のものよ。なぜだか、火にくべてはいけない気がしたの。あなたが武器をなくしたからかしら」

母がゲイルムンドに、鹿の角を磨いた柄にフランク王国の鉄を用いたサクスを手渡した。握った瞬間、彼はみずからの手が歓喜しているのを感じ、それが神々を喜ばせているのがわかった。父のサクスは長さと幅が預言者の手で火にくべられたジョンのナイフと同じくらいだった。まるで、互いのために作られたように、ベルトに帯びた空の鞘にぴったりとおさまった。

「レイヴンズソープの預言者にいつか代わりが見つかると言われたんだ」ゲイルムンドは言った。

「王国はいつかなくなるものよ」母が言葉を返す。「富も戦士も、わたしもあなたもいずれなくなる。なくならないのはただひとつ、人が得た名誉と名声だけ。自分がヨールの息子であることをいついかなるときも覚えていてちょうだい」

「リュビナの息子であることも」ゲイルムンドは付け加えた。

母の顔に、おそらく何日も浮かんでいなかったであろう笑みが浮かぶ。「わたしはあなたの母であることを誇りに思っている。あなたの父上があなたを誇りに思っていたのも知っているわ。あの人はあなたのためにウェセックスを手に入れたいと望み、いまその望みが叶った」

ゲイルムンドは凍りついた。真実を話せば、母を不安にさせるかもしれない。「ほぼ勝利はこちらのものだ」それはどういう意味かと尋ねる母に、アルフレッドについてわかったことを伝えた。サクソン人の王を湿地の砦に放置しておくわけにはいかないという息子の意見に、母は同意した。

「グスルムには話したの？」母が尋ねる。

「彼にはまだ会っていない」

「すぐに行きなさい」母がきっぱりと告げた。「アルフレッドに力を取り戻す時間も自由も与えてはいけないわ。でも、言葉は慎重に選びなさい。いまのグスルムの心にはいろいろな考えがせめぎ合っているの。相手が終始一貫した思考の持ち主ではないことを忘れないで」


母が村のある丘の頂上を指さし、息子にキリスト教の聖堂を示した。ゲイルムンドは王に会うために母のもとを去り、丘をのぼる途中で斜面をくだってきたエイヴォルに出会った。彼女との再会を喜び、ふたりで聖堂の影に立って握手を交わした。彼女はゲイルムンドの父に対する敬意を簡潔に示し、弔いの言葉を伝えた。とはいえ、ヨールの死を悲しんでいるというよりは、彼を失ったリュビナに同情しているのだろう。そのことにゲイルムンドは感謝した。母が生きていくこの先の孤独な年月には友人が必要だからだ。

「グスルムはあなたにずいぶんと大きな借りがあると聞いたぞ、エイヴォル」ゲイルムンドは言った。「あなたがいなければ、彼はこの戦いに勝てなかっただろう」

「あなたが戦いに加われなかったのが残念だ」

「戦場で戦う機会は逃した」ゲイルムンドは返した。「だが、戦いに加わっていなかったわけじゃない」

エイヴォルが戸惑いのまじる笑みを浮かべた。「どういう意味だ？」

「ウェセックスはまだ落ちてない」

「見ろ、ヘルハイド」彼女が街を含めた周囲を身振りで示した。「われわれは敵に強烈な打撃を――」

「アルフレッドが生きている」ゲイルムンドはさえぎった。

目の前を影が通り過ぎたかのように、エイヴォルの表情が暗くなった。「彼はこちらの手を逃れた。それは事実だ。狡猾な男だよ、あのサクソン人の王は」

「逃げていくアルフレッドを見つけた」ゲイルムンドは言った。「おれと数人の戦士たちで、南の湿地の砦まであとをつけたんだ」

「彼はスモーセーテ（現在のサマセット）にいるのか？」エイヴォルが尋ねた。

「場所の名前は知らない。だが、湖の浮島と壁に守られた場所にいる」

エイヴォルはひそかに考え込んでいるのか、ゆっくりとうなずいた。「アルフレッドは長いこと秘密の策略をめぐらせている。イングランドにすべてのサクソン人のための王国を築きたいという野望をいまだに抱き続けているんだ」

「サクソン人の王国などもうない」ゲイルムンドは言った。「デーン人の土地とウェセックスがあるだけだ。だが、ウェセックスはそのうち落ちる」丘を見あげて聖堂に目をやる。「グスルムと会ってくる。これからの策略を――」

「彼は会わないぞ」エイヴォルがさえぎった。「わたしもたったいま行ってきたところだが、会うのを拒否された。死者たちの山に火をつけて以来、グスルムとは口を利いていない。そのとき、キリスト教の十字架について話をされた。まるで……」

「なんだ？」

エイヴォルが頭を振る。「グスルムは変わったんだ、ゲイルムンド。それだけは言っておく」

「あなたの舌は前ほど正直でも自由でもないようだな」

「そうかもしれない」彼女は返した。「でも、その分、賢くなったと思いたい」

「グスルムは変わったかもしれないが、おれを拒絶したりはしないはずだ」ゲイルムンドは歩きだし、エイヴォルの横を通り過ぎた。「なんとしてもこちらの話を聞いてもらう――」

彼女がゲイルムンドの胸に手を当てて歩みを止めた。「くれぐれも慎重にな、ヘルハイド。よくよく考えてから舌を動かしたほうがいい」彼から手を離す。「人生にはたくさんの道があるし、たくさんの海路もある。いつかあなたがグスルムへの誓いから解放される日が来たら、レイヴンズソープにあなたの居場所がある」

「感謝するよ、エイヴォル」ゲイルムンドは丘の上から母の家のある方角を見おろした。「そこに母上の居場所もあるといいんだが。母上がヨルヴィックにひとりでいるところは想像したくもない」

「リュビナの居場所ならある」女戦士の微笑みには優しさと悲しみが入りまじっていた。「彼女もそれをわかっているはず。だが、リュビナは自分の意思で行き先を決める人だ」

ゲイルムンドも微笑んだ。「そうだな」

「わたしはチッパンハムを出るが、また会えることを願っている」丘を見あげたエイヴォルの顔から微笑みが消えた。「イングランドのノース人には、これからもずっと味方が必要だ」

ふたりは抱擁を交わしてから別れた。エイヴォルは丘をくだっていき、ゲイルムンドはのぼっていく。たどり着いたキリスト教の聖堂はトスレッドと修道士たちの修道院によく似ているが、もっと小さい。側面にある扉の角材は砕かれ、鉄細工と蝶番のところでぶらさがっている。ゲイルムンドはそこを回り込みながら声をかけた。

「王よ、いるのか？」

「ここだ」中から返事が聞こえた。「またしても死から生還したゲイルムンド・ヘルハイドか？」

ゲイルムンドは足元に注意しながら、薄暗い聖堂のさらに奥へ入っていった。いくつかの窓には色つきガラスが残っているものの、残りはすべて割れ、そこから射し込む鋭い光の筋がぶつかり合う剣のように部屋を横切って伸びている。割れたガラスをブーツで踏みしめながら進んだ。

「戻ってきたぞ」ゲイルムンドは答えた。「アルフレッドについて知らせたいことがある」

グスルムはしばらく黙り込み、それからぼそりと名前を繰り返した。「アルフレッド」

王の言葉は聖堂の反対側から聞こえてくる。ゲイルムンドは光と影の交錯する中、埃っぽい空気をかき分けながら声のほうに進みでた。「そう、アルフレッドだ。やつは南西の砦に隠れている。エイヴォルが言うにはスモーセーテという場所らしい。湿地の奥の足場のよくない土地だが、アルフレッドをおびきだす策略は立てられると思う」

返事はない。ゲイルムンドは、グスルムがキリスト教の祭壇の前に立っているのを見つけた。

「聞いているのか、王よ?」ゲイルムンドは声をかけた。「アルフレッドは――」

「聞こえたよ。アルフレッドはスモーセーテにいる」

その口振りから、ゲイルムンドは王がすでにそのことを知っていたような気がした。

「どう追撃すればいいかを考えていた。難しいが、可能ではある。大軍は必要ないとはいえ、おれの隊だけでは足りない。戦士を貸してくれるなら――」

「アルフレッドは放っておけ」グスルムが言った。

「だが王よ、やつは仕留められる。そうすればウェセックスは――」

「放っておけと言っている!」

急変したデーン人の王の剣幕に、ゲイルムンドは思わず一歩あとずさった。「グスルム、あなたの名誉を汚す気はない。おれがこんなことを言うのは、ウェセックスとの戦いがまだ終わっていないからだ」

王は落ち着きを取り戻したようだった。「終わりにできるかもしれん」

「どうやって?」ゲイルムンドは眉をひそめ、グスルムの言葉にどんな意味が込められているのだろうと考えた。「どういうことだ?」

深く重々しいため息をついたグスルムは、前よりも小さく見えた。「最初におまえの父親の館を訪ねたときよりも、わたしは戦争に疲れている。そう言っているんだ」

「戦争に疲れているのはみんな同じだ!」ゲイルムンドは怒りと悲しみのあまり声を荒げるのを抑えられなかった。「戦いから逃げて隠れたいのか? このキリスト教の聖堂に?」

「隠れる?」祭壇のほうを向いていたグスルムが振り返り、初めてゲイルムンドと向き合った。「このわたしを臆病者だと言うつもりか?」

「臆病者でないことを願っている」ゲイルムンドは身じろぎもしなかった。エイヴォルの忠告を思いだし、慎重に言葉を選ぶ。「あなたはここの守りを固めている。それは賢明なことだ。退却して力を蓄えるのが賢明なときもある。だが、戦いを恐れて避難しているよりも、力を蓄えるために避難しているほうが、長い期間持ちこたえられる。アルフレッドが砦の中で怠けているわけでないのは間違いない。やつがあそこにいる現状をおれたちが放っておく日が続けば、その分だけやつに力を蓄える時間を与えることになる」

「それがなんだ?」グスルムは言った。「アルフレッドはわれわれからマーシアもイースト・アングリアも奪うことはできない。ノーザンブリアもだ。みなデーン人の土地であることを、やつだってわかっている」

「いまはな」ゲイルムンドは返した。「だが、サクソン人の王をひとりでも、特にウェセックスのアルフレッドを残しておけば、いつか必ず土地を奪い返される。あなたにもわかっているはずだ」

グスルムがふたたび祭壇のほうを向く。「アルフレッドとのあいだに、ずっと続く和平を結ぶ道があるかもしれない」

「ずっと続く和平？」ゲイルムンドは言った。「なんの話をしている？　アヴァルズネスにやってきたデーン人に何があったんだ？　あなたはイングランドをおれたちのものにするために必ずウェセックスを落とすと誓ったじゃないか。おれはそのために海を渡ってきたし、自分自身にもそう誓った。そのためにあなたに誓いを立てたんだ！　父と母と兄にも背を向けて」ゲイルムンドはナイフを突きたてるように、こぶしで自分の胸を叩いた。「父はここで死んだ！　おれの戦士たちや友人たちもだ！　その死を絶対に無駄にはしないぞ」

王がふたたびため息をついた。「おまえの率直さには感謝する、ヘルハイド。おまえの言ったことについては考慮しよう。だが、今日のところはここまでだ。頼むからひとりにしてくれ」

ゲイルムンドは驚きで言葉を失い、怒りに身を震わせてしばらくその場に立ち尽くした。このまま王と話してもなんの結論も出ないだろうし、激しい怒りに駆られて取り返しのつかないことを口にしてしまいそうだ。ゲイルムンドは踵を返して大股でその場を去った。

「グスルムを殺してやればよかったのに」ビルナが言った。

その言葉にゲイルムンドは驚き、夕方の焚き火を囲むほかのヘルハイド隊の戦士たちもそろって仰天したような表情を浮かべた。彼らがチッパンハムで合流してから数日が経つ。エイヴォルはすでに去り、ゲイルムンドの母もヨルヴィックでハムンドの帰りを待つためにこの地を離れている。王は最後に話して以来、ゲイルムンドと会うのを拒絶している。街の守りこそ固めているものの、アルフレッドを追撃することもせず、ウェセックスを制する策を講じようともしない。だとしても、グスルムを殺すなどと声高に口にするのは誇り高き戦士のビルナらしくない態度であるし、ほかの戦士たちにとってもすんなり受け入れられることではない。

「思いつきで軽口を叩くな」エスキルが言った。「誤解するやつだっている」

「思いつきなんかじゃない」女戦士が反論する。「それに、実際に亡き者にしろと言っているつもりはない。ゲイルムンドは公の場で王に異義を申したてるべきだと言っているんだ。この男に従う者はたくさんいる」

「いまはそのときではない」スタイノルフュルが言う。「グスルムの力はまだ強い」

年嵩の戦士がフニチューズルの話をしているのを、ゲイルムンドは承知していた。だが、彼の真意を理解している者は、この中に何人もいない。エスキルとシャルギは腕輪の力について知っているが、あとの者は知らない。彼らが知っているのは、グスルムの戦場での功績と、彼がいかにしてエゼルレッドを殺したかだけだ。とはいえ、たとえビルナに嘲笑されようとも、スタイノルフュルに同意するにはそれだけで充分だったらしい。

「グスルムが強いというなら」シャルギが口をはさむ。「どうしてアルフレッドを始末しないんだろう？　何を恐れているのかな？」

ゲイルムンド自身、何度もその疑問をみずからに問いかけた。フニチューズルは、王がスモーセーテに進軍するために、グスルムひとりで軍勢に匹敵するほどの力を与えた。それなのにチッパンハムにとどまっているのは、王が腕輪への信頼をなくしたか、あるいはグスルムしか知らない、困惑を招くような隠された策略があるかのどちらかだろう。

「恐怖心にもいろいろとある」ヴェトルが言う。「無敵の戦士が小さな蜘蛛に怯えて縮こまっている姿を何度も見てきた」

「あれは毒蜘蛛だったからだ」ヴェトルの隣にいたラフンが、いらだちまじりの声を出した。上体を起こせるようになり、顔色もだいぶよくなっている。まだ一日のほとんどを眠って過ごしているものの、スタイノルフュルいわく、最も危険な状態はすでに脱していて、回復に向かうだろうという話だった。「殺人蜘蛛だ」ラフンは言った。

「アルフレッドという蜘蛛が糸を張っているような気がする」エスキルが割って入る。

「グスルムだって自分の糸を張っているのかもしれないよ」シャルギが返した。

「蜘蛛が糸を張るには」ヴェトルがさらに言う。「ねぐらを出て枝にのぼる危険を冒さなくてはならない」

　ゲイルムンドは顔をあげ、夜空にぼんやりと浮かぶ丘の上の聖堂の影を見つめた。端のほうで頼りない光がひとつだけちらついているのを除けば、聖堂の窓はいっそう暗い。なぜグスルムがそこにとどまっているのかは知らないが、そのせいでゲイルムンドは悩んでいた。ヴェルンドからも預言者からも、将来、裏切りに遭うと言われている。それがどういうことか、ゲイルムンドは理解しつつあった。ゲイルムンドとデーン人たちはグスルムに裏切られた。とはいえ、完全に裏切られたわけではなく、いまはまだ敗北に追い込まれてはいない――たとえそう感じることがあったとしても。ゲイルムンドは乗り越える方法を知っていると、預言者から言われたことを、何度もみずからに言い聞かせなくてはならなかった。本当に知っていたらいいのだが……。ふいに、彼は立ちあがった。

「どこへ行く?」スタイノルフェルが尋ねた。

　ゲイルムンドは頭を傾けて丘の上を示した。「もう一度グスルムと話してみる」

「行けばいい」ビルナが言う。「おしゃべりをしてくればいいさ。でも、言葉ではうまくいかなくて、行動を起こすほかなくなるときが、いつか必ずやってくる。その瞬間を見過ごしてはならない。戦士たちについてきてほしいのなら、その瞬間から目をそらしてはだめだ」

　ゲイルムンドは女戦士に向かってうなずいた。同意ではなく、彼女の言葉を受け止めたことを示すために。そして火から離れ、丘の上に向かって歩いた。その夜は風があったので、梢がしなり、薄い雲が星々を覆ってたなびいていた。頂に近づくほど、風が強くなる。向かい風の中で目を伏せ、前のめりで歩いていたせいで、丘の頂上に着いたとき、ふたつの人影が聖堂の扉から出てくるのを危うく見落とすところだった。

どちらもデーン人には見えない。影だけとはいえ、ひとりがキリスト教の神父の平服を風にはためかせているのを、ゲイルムンドは見て取った。もうひとりは房飾りのついた奇妙な服を着て、帽子をかぶっている。彼らは街から離れる方向、丘の向こう側へと盗人のように急いで走っていった。ゲイルムンドは身を低くして追いかけたものの、木々の影と眠っている羊の群れに紛れたふたりをすぐに見失ってしまった。

グスルムは無事だろうかと、急いで聖堂に向かう。王が暗殺されたかもしれないと思いつつ、ゲイルムンドは新しく取りつけられた扉をこぶしで叩いた。

「グスルム！」彼は叫んだ。「王よ！　聞こえるか？」

すぐに扉が少しだけ開き、その隙間から王がゲイルムンドの姿をのぞき見た。「眠っていたんだ。何か用か？」

グスルムの声も、そして表情も寝起きのものとは思えなかった。ゲイルムンドは盗人たちが消えたほうをちらりと見て、彼らのことを話そうとしたが、思いとどまった。

「それで？」王が尋ねる。

「起こしてしまって申し訳ない」ゲイルムンドは答えた。「風の音を別のものと勘違いしたようだ」

グスルムがうめきながら扉を閉じた。寒い中に取り残されたゲイルムンドは、ふたつの人影のことを思い返した。考えれば考えるほど、受け入れがたい事実が頭の中に浮かんでくる。あのふたりは聖堂の中から出てきた。王は起きていて無傷であり、そして眠っていたと嘘をついた。もしふたりのことを尋ねられれば、王は彼らについても嘘をつくだろうし、ゲイルムンドに真相を知られないようになんらかの手を打つかもしれない。

それからというもの、ゲイルムンドは毎晩、丘のふもとの近くで羊に紛れて森と斜面を見張り、彼らがふたたび現れるのを待った。誰にも相談せず、スタイノルフュルにすら黙っていた。八日間は何も起きず、ゲイルムンドは毎朝夜が明ける前に苦痛と寒さに震えながら寝床に潜り込んだ。しかし九日目の夜、盗人の片割れであろう神父の服を身につけた人影が現れた。

ゲイルムンドは謎の人物に背後から忍び寄ると、あっけなく投げ飛ばした。そして、羊たちが鳴き声をあげて逃げ惑う中、地面に組み伏せて父の長刃《サクス》のナイフを喉に突きつけた。そのとき初めて、とらえた相手が何者かに気づく。

「ジョン？」

神父の目にみなぎっていた恐怖が薄れていく。「ゲイルムンドか――ああ、神よ」

「そいつに感謝するのはまだ早い」ゲイルムンドは刃を動かさずに言った。「神父がここで何をしている？」

「わ……わたしは……その……」ジョンが口ごもりながらたどたどしく答える。「わたしは、デーン人たちが奴隷にしたチッパンハムの人々をどう扱っているのか見に来たんだ」

「九日前も同じ目的で来たのか？」

月明かりの下で、ジョンがわずかに目を見開いた。「わたしは――」

「聖堂の中でグスルムに会っていただろう。そのときはもうひとりいた。あれは誰だ？」

神父がためらってから答える。「ミンストレルだ」

「何？」

「語り部……あるいは詩人と言うべきか」

「吟唱詩人《スカルド》のことか？」

「デーン人はそう呼ぶのかもしれない」

ゲイルムンドは神父が肩に革の鞄をかけているのに気づいた。「それの中身はなんだ？」

「なんでもない」ジョンが言う。「食べ物だ。それしか入っていない」

「こちらに渡せ」

「ゲイルムンド、頼む――」

「寄越せ！　さもなければ力ずくで奪い取ることになる」

怯えるどころか、ジョンの表情から恐怖がいくらか薄れた。まるでいままでの態度が芝居だったかのごとく。サクスを喉に突きつけられたままだというのに、目を細め、体の力を抜く。ゲイルムンドは一瞬、神父の中に見知らぬ男を、数日間ともに過ごした相手とはまったくの別人を見いだしたような気がした。

「わたしを殺すのか、ヘルハイド?」

「その名で呼ぶな」ゲイルムンドは身をかがめて革の鞄をつかみ、神父の肩からはぎ取った。もみ合ったせいでナイフがジョンの喉を少しだけ傷つけ、細い血の筋を残した。刃を離し、あとずさって神父に告げる。「立て」

ジョンが立ちあがり、二本の指で喉の血をぬぐった。「次はどうするのかね?」

ゲイルムンドは鞄をのぞき込んだ。中には丸めたり、たたんだりした羊皮紙が入っている。ジョンはただの使者だ。そしていまや伝言はゲイルムンドの手にあり、神父は彼が字を読めることを知らない。「もう行っていい」ゲイルムンドは言った。

「わたしの鞄をどうする気だね?」

「おれがグスルムのところに届ける」

うなずいたジョンの表情は、暗闇のせいか微笑んでいるように見えた。「わたしがここから動かないと言ったら?」

「あんたを殺しはしないよ、神父」ゲイルムンドはサクスを鞘におさめた。「こうなった以上、おれがあんたをどういう人間かわかっているのかどうかも疑問だ。それでも……一緒に旅をした仲だから、あんたを殺したりはしない」

ジョンが頭をさげる。「ありがとう。わたしは——」

「だが、おれがほかのデーン人を呼べば、そいつらはあんたを殺すだろう。それもすんなりとは死なせてもらえない」

神父が顔をあげて丘の上を見た。「そうするつもりかね？」

「するかもな」ゲイルムンドは答えた。「あんたがここにいる理由なんて知ったこっちゃないが、餞別代わりに命は助けてやろう。これは警告でもある。次に会うときは他人同士だ。ただのノース人とサクソン人、異教徒と神父」

ジョンはしばらくのあいだ無言で立っていたが、やがてもう一度頭をさげた。「それでもわたしはあなたの魂のために祈り続けるよ、ゲイルムンド・ヨールソン」

ゲイルムンドは肩をすくめた。「そんなことをするのは呼吸の無駄遣いだ」

ジョンはにっこりと微笑むと、踵を返して歩きだし、急ぐこともなくその場を離れた。ゲイルムンドは神父が木々の下の影に消えていくまで見送り、それから丘をのぼって聖堂を目指した。

ゲイルムンドはまっすぐグスルムのもとへは行かず、まずはヘルハイド隊が焚き火をしているところに戻り、その明かりでジョンの鞄の中に入っていた文書を読んだ。いくつか難しい単語はあったものの、最終的にグスルムの不名誉と裏切りの深さを知るのに充分な程度は内容を理解できた。そして、預言された運命が現実のものとなったことを実感した。その結果、心の平穏を得ることはできたが、凍った大地に訪れる冬の厳しく容赦のない平穏のようなものだった。やるべきことはわかっている。ゲイルムンドはスタイノルフュルを起こし、自分が知ったことを伝えた。

年嵩の戦士は、目の前にある何枚もの羊皮紙がなかったら、ゲイルムンドの言葉を信じなかったかもしれない。衝撃で口をあんぐりと開けている。「さっぱりわからない。グスルムとアルフレッドが手を組んでいるだって？」

「そうだ」

「いつから？」

「わからない。だが、デーン人とサクソン人のあいだで、もう一度戦いが行われる。そこでグスルムが降伏する手はずだ。やつは洗礼を受けてキリスト教徒になり、ウォセリンガと呼ばれるローマの街道の東にある土地を手に入れる。ウェセックスはいままでどおりアルフレッドのものだ」

「グスルムはなぜこんなことを？」

「それは本人にしかわからんよ。イングランドで見えざる勢力が動いているという噂は聞いている。歴史のある〈結社〉で、おれの両親もヨルヴィックで戦ったらしい。どうもアルフレッドもそこに一枚嚙んでいるようだ」

「そして、今度はグスルムをも罠にかけた」スタイノルフュルが言う。「アルフレッドは本当に蜘蛛なのかもしれないな」

「もうひとつある」ゲイルムンドは続けた。「アルフレッドはグスルムに腕輪を手放すことを要求しているんだ。おれはそれを阻止する」

「具体的には何を？」

「腕輪を取り戻すのさ」

「どうやって？」

「それはまだわからん。だが、預言者が言うには、おれはもう方法を知っているそうだ」

「いつ動く？」

「今夜、いまだ。使者はおれに文書の入った鞄を取られたことをアルフレッドに報告するだろう。そうなったら、やつは間違いなく行動を起こす」

　年嵩の戦士が立ちあがろうと腰を浮かせる。「では、われわれも――」

「いいや、友よ」ゲイルムンドは言った。「おれひとりでやる。おまえはヘルハイド隊を起こして、何が起きようとすぐにここから立ち去れるよう準備をさせるんだ。おれがここで死ぬ運命にあるなら、おれに従う者はグスルムの敵ということになる。もっとも、ここで死ぬ運命にあるとは思わないが」

　スタイノルフュルがゲイルムンドの肩をつかんで引き寄せ、きつく抱きしめた。そんなことをするのは初めてだ。年嵩の戦士の感じているいらだち、誇らしさ、愛情がひしひしと伝わってきた。「あなたはこんなところで死ぬような運命ではない」スタイノルフュルは身を離し、目に浮かんだ涙を親指で払った。「わたしはみんなを起こしてくる。だが、われわれを率いるのはあなただ。あなた抜きではどこへも行かない」

　ゲイルムンドは最後にもう一度うなずき、丘へと向かった。策略などない。そもそも、腕輪を持つグスルムに策略が通じないのもわかっている。ほんの数年前のアヴァルズネスで、これからやろうとしていることを実行しようものなら、向こう見ずだとか愚か者だとか言われたかもしれない。しかし、向こう見ずというのは、運命を恐れながらも運命を追いかけることであり、恐れを隠すために、運命を軽んじることでもあったのだ。以前のゲイルムンドはそうだったが、いまは違う。運命を恐れてはいないし、それを追いかけようともしていない。だから、運命と対峙するために丘を駆けのぼったりはせず、歩いていった。

聖堂に到着して扉をこぶしで叩くと、遠くのほうからグスルムの声が聞こえた。

「入れ！」

ゲイルムンドは扉を開け、中に足を踏み入れた。

「遅かったな」王は、石鹸石のランタンが光を放つ聖堂の一番奥にある祭壇のほうを向いたままだった。それから振り返って驚きに身をこわばらせる。「ゲイルムンド？　いったい何を――」

「誰だと思ったんだ？」

グスルムが動きを止める。「なんの用だ、ヘルハイド？」

ゲイルムンドは広い室内を王に近づいていった。「腕輪を取り戻しに来た」

王が声をあげて笑う。「なんだと？」

「ヴェルンドの腕輪、フニチューーズルだよ。返してもらいに来たんだ。それがすんだら、おれはヘルハイド隊とともにここを去る」

「自分が誓いを破る者だとようやく認めるわけか。いつか裏切ると思っていたよ」

「だからおれを死地へ送り込んだのか？　二度も？」

「そうだとも」王の背後の光が作る長い影がゲイルムンドを通り越して床や壁に広がり、グスルムを霜の巨人《ヨトゥーン》のように見せている。「だが、おまえが生還することも期待していた」

　ゲイルムンドは祭壇まであと数歩というところで立ち止まった。「おれはここにいる。そして、誓いを破ったのはおまえのほうだ」

　王が鼻で笑う。「何を根拠にそんなことを言う？」

「ひそかにアルフレッドと手を組んだな。キリスト教徒になっておまえの神々を裏切り、あのサクソンの蜘蛛に降伏することでおまえの戦士たちを裏切るのだろう」

　しばらくのあいだ、グスルムは黙り込んでいた。「おまえは狡猾だな、ヘルハイド。だが、間違っているぞ。わたしが誓いを破ることはありえない。王だからな。誰にも誓いなど立てていない」

「名誉はどうなる？」ゲイルムンドは尋ねた。

「平和はどうなるんだ！」グスルムが叫ぶ。「ラグナルの息子どもとやつらに誓いを立てた戦士たちはみな、剣に眠らされて墓へ連れていかれた。名誉がなんの慰めになる？　われわれデーン人は略奪と戦争にうんざりしている。わたしの戦士たちは、勝ち取った土地で落ち着くことを望んでいる。酒を飲み、狩りをして、女を抱く。子どもを作り、年老いて若い頃の法螺話をしたり――そういうことをしたいとな。その代わりに戦いに出て死ねと命じろとでも？」

「女を抱いているときに死ぬ者もいるし、戦いで死ぬ者もいる。死と休戦協定を結べない以上、どのみち死ぬんだ。臆病者だけが――」

「わたしに向かって運命について語るな！」グスルムが剣の柄を握った。「運命がわたしの船団と戦士たちを沈めたのか？　運命がウバとアイヴァー、それにベルシを殺したのか？　運命がアルフレッドとやつの兄をアッシュダウンで勝たせたのか？」

「そうだ」ゲイルムンドは言った。「だが、運命はおまえにチッパンハムを与えもした」

「チッパンハム？」王が辛酸と敗北感がこもった笑い声をあげる。「われわれはチッパンハムを手に入れるために来たのではない！　アルフレッドのいないチッパンハムなんぞ、羊の糞でいっぱいの家畜小屋も同然だ」剣を抜き、剣先をゲイルムンドに向ける。「われわれはウェセックスの王を討つためにここへ来たんだ！　アルフレッドの直属《ヒルド》の戦士たちとだけ対峙できると考えてな。だが、それでもやつは逃げおおせた。われわれは太守《エアルドルマン》の民兵《フェルド》どもとは戦えん。それだけの兵力がないからな。そして、いまやウィルトシャー、バロックシャー、デフェナシャーの戦士たちに囲まれている。おまえがこれを運命だと言うのなら、わたしは、われわれは呪われていると返すだけだ」

「だが、おまえは腕輪を持っている」ゲイルムンドは言った。

「この腕輪こそが戦争の源なんだ！」グスルムが怒鳴り声をあげる。「そして、わたしは平和を望んでいる。だから運命も呪いもないのだ。われわれは平和や運命を作らされる藁人形にすぎない」

この瞬間、よほどの影響力を持つ預言者であっても、王の決意を変えられないことを、ゲイルムンドは悟った。グスルムは運命の三女神《ノルン》が彼のために用意した運命と向き合う勇気をなくし、女神たちの力を否定した。ここまで臆病になってしまったら、もう一度勇気を奮うことはほとんどない。

「ウェセックスを落とすことはあきらめよう」ゲイルムンドは言った。「おまえがアルフレッドと和平を結びたいなら、勝手にすればいい。ただし、それはおれが腕輪を返してもらってからの話だ」

グスルムがため息をつく。「できるものなら、かかってきて奪い取れ、ヘルハイド。腕輪をおまえに返す気はない」

「なぜだ？」

「アルフレッドが腕輪を破壊したがっている」王が肩をすくめた。「平和の代償だよ」

ゲイルムンドは兄の贈り物《ブロウドィルヨフル》を抜き、王に向かって突進した。グスルムは身動きもせず立っている。ゲイルムンドが両腕に力を込めて剣を頭めがけて振りおろしても、王は剣をあげもしない。

剣がグスルムの頭に当たる直前、水の中で振っているみたいに剣の勢いが鈍ったのをゲイルムンドは感じた。頭ではなく、石に当たったかのような感触が手に伝わる。剣はなんらかの力によって、グスルムをかすめただけだった。一方、ゲイルムンドの腕の骨はぎしぎし鳴り、体は後ろによろめいた。

「これでわかったか」王がそう言いながら向かってくる。

ゲイルムンドは体勢を立て直し、ふたたびグスルムと向き合おうとした。どうやって腕輪の力を破ったらいいのか見当もつかない。しかし、結末がどうなろうと、これはあきらめることのできない戦いだ。グスルムに腕輪を渡した瞬間から、こうなることも運命だったのだ。

ゲイルムンドは咆哮をあげ、もう一度突進した。まだ両手で握っている剣を今度は肩のあたりまで持ちあげ、剣先を前方に向けて構えた。グスルムに近づくと、先ほどと同じく武器の勢いが鈍り、両腕と肩が押し戻される感じがした。次の瞬間、王の剣が一閃し、人間とは思えない力でゲイルムンドのすぐ脇に振りおろされた。

兄の贈り物《ブロウドィルヨフル》が傾き、そのせいでゲイルムンドの両腕は引っ張られた。そして剣が両手から離れる勢いで、体が一回転する。剣は数ペースあまり離れた聖堂の石の上に落ち、甲高い音をたてた。視界の端にグスルムが次の攻撃に備えて剣を振りあげる姿が映り、それを避けようとしたゲイルムンドは床に伏せ、転がって距離を取った。

グスルムが忍び笑いを漏らした。「わたしに譲り渡したとき、腕輪の力がどういうものか知っていたのか？」

ゲイルムンドは急いで立ちあがり、父のサクスを鞘から抜いた。グスルムが羊を操る羊飼いのように軽々と剣を振り回しながら、ゆっくりと近づいてくる。ゲイルムンドは狙いを定めやすいようにサクスを片手で握り、バランスを崩さないために足の幅を広げた。どれほど頑丈な鎧でも隙間や弱点はある。それは腕輪であっても同じはずだ。剣で突いてはかがみ、斬りかかっては飛びのき、突破口を探る。しかし、腕輪の力によってデーン人の王のまわりに強固な壁が築かれているかのようで、突撃を繰り返すゲイルムンドは疲れて消耗していくばかりだった。

ゲイルムンドは呼吸を整えるために数歩後ろにさがった。額からは汗が滴り落ち、死を迎えるのも時間の問題だと悟る。グスルムがもっと若く、もっと力が強いかもっと腕の立つ戦士だったなら、ゲイルムンドはとっくにやられていたかもしれない。クロクを弱らせたときのように、見えない防具を身につけたデーン人をどうにかして弱らせなくては。

ゲイルムンドは口を開いた。「キリスト教徒になると、アルフレッドに新しい名をつけてもらうらしいな。やつの犬になって、あそこのにおいをかいだり、残飯を恵んでもらおうとしたりするわけか」

グスルムが声をあげて笑う。「おまえは何も知らんのだ、ヘルハイド。イングランドのキリスト教徒は、アルフレッドから洗礼を受けることを誇りに思うものだ」

グスルムはゲイルムンドに突進し、すばやい動きで剣を激しく振った。デーン人の剣でサクスを右へ左へ払われるので、ゲイルムンドは必死に柄を握っていた。しかし、手のひらにかいた汗で磨きあげた鹿の角の柄が滑り、とうとうサクスが視界の外に飛ばされた。

王は薄暗いランプの明かりの中で、トロールを思わせる笑みを浮かべ、額をゲイルムンドの顔に容赦なく打ちつけて鼻を潰した。ゲイルムンドはよろよろとあとずさって倒れた。血が唇を濡らし、火花と涙で何も見えなくなる。目をしばたたいてどうにか見あげると、グスルムが近づいてきて剣を持ち替え、上段から突き刺そうしていた。

このままでは王の剣で体を貫かれるとわかってはいても、ゲイルムンドの手には武器もなかった。これではヴァルハラで父と会うこともできない。いま自分に残されているのは、海に沈んだときと同じく、ブラギの青銅のナイフだけだ。鞘からナイフを抜いたゲイルムンドは、溺死を覚悟したときとは違い、あきらめることを拒絶した。まだ反撃の手段が残っているうちはあきらめるわけにはいかない。

グスルムが近づいてくるまで、ゲイルムンドはナイフを体の近くでしっかり握っていた。

「お別れだ、ヘルハイド」グスルムが言う。「おまえは――」

ゲイルムンドは狼のように上体を低くして飛びかかった。横に投げ飛ばされるものと思ったが、代わりにうめき声が聞こえてきた。王が後方によろめいたのと同時に、ゲイルムンドは冷たい石の床に胸を打ちつけた。まだ握っているナイフの刃に血がついていたので、自分がデーン人を刺したことに気づいた。

グスルムも刺されたのに気づき、血の染みが広がっていく腿に目をやる。顔をあげてゲイルムンドを見て、心からの恐怖に満ちた表情でナイフに視線を移した。致命傷を負ったわけではなく、そのせいで恐怖に襲われているわけでもない。ゲイルムンドはグスルムを殺すための武器を持っている。その武器を使って、グスルムを殺すことができる。これから先の自分の運命が王には見えたのだ。

王が剣を手放すと、音をたてて床に落ちた。同時に、ゲイルムンドは立ちあがった。

「そのナイフはどこで手に入れた？」グスルムが尋ねた。

「どこにでもあるナイフだよ」ゲイルムンドは答えた。「本当の敵、本当の危険を見つけるにはどこを探せばいいのか思いださせてくれる贈り物だ」

グスルムは背中を祭壇にぶつけ、手を後ろに回して体を支えようとした。「腕輪を渡せば、わたしを生かしておいてくれるのか？」

ゲイルムンドは声をあげて笑った。「まだ死と休戦協定を結べると思っているのか？」

「少なくとも、われわれのあいだになら休戦協定を結べる」

ゲイルムンドはもう一度青銅のナイフを見て、あの夜、ブラギがこの刃物を最後に使ったのは肉を切るためだったと言い、ふたりで〝武器の天候〟について話したことを思いだした。その結果ゲイルムンドは心を決め、顔をあげてグスルムを見据えた。「腕輪を渡せ」

「おまえがわたしを殺さないという保証は――」

ゲイルムンドはナイフを持ちあげて刃を指のあいだにはさみ、王に向かって投げつけようとする。「腕輪だ。おれが狙いを外すことはないぞ」

グスルムは袖に手を入れて腕輪をゆっくりと引き抜いた。少しのあいだ腕輪を見つめたあと、ゲイルムンドに向かって投げて寄越した。

金属が光を受けてきらめき、さまざまな色を壁に反射させた。ゲイルムンドは両手でしっかりと腕輪を受け止める。久しく見ていなかったので、その作り、美しさ、ルーン文字の輝きに改めて感嘆する。おそらくハイサムもこの腕輪に感嘆し、詳しく調べたがるだろう。ゲイルムンドは腕輪に手を通し、袖の上から上腕まで押しあげた。

「心配するな、デーン人よ」ゲイルムンドは告げた。「おまえのことは殺さない。以前、ある賢い男がこんなことを言っていた――王であれ奴隷であれ、夏に植えたものしか冬の収穫を期待できないと。当時はその言葉が意味することを理解できていなかったが、いまなら真実だとわかる。イングランドに来て、戦争はさらなる戦争を生むだけだということを教えてくれた」

グスルムが鼻で笑った。「今度はおまえが平和を望むということか？」

「おまえの言う平和とは違う」ゲイルムンドは答えた。「臆病者の平和ではないし、戦士たちに自分のために死ねと要求する王たちのあいだの平和でもない。おれはもう二度と、王にも首長《ヤール》にも誓いを立てたりはしない。自分なりの平和、名誉ある平和をこの手で築きあげる」

グスルムが出血している腿を手で押さえ、唾をのみ込んで顔をしかめた。「おまえはイングランドから出ていくのか？」

「おれがここに残るのが恐ろしいか？」ゲイルムンドは問い返したが、答えを待たずに言葉を続けた。

「おれはみずからの意志が赴くままどこへでも行く。王国も、富も、戦士たちも、おれもおまえも、やがてなくなる。なくならないのはただひとつ、勝ち取った名誉と名声だけだ。キリスト教徒のグスルムよ、おまえはこのおれがゲイルムンド・ヨールソンであり、ヘルハイドと呼ばれていたことを決して忘れないだろう」

エピローグ

いくばくかの土地を支配し、その境界線や形をめぐって戦争を起こす陸の王たちがいる。彼らはみずからの砦や要塞の壁の内側にとらわれた囚人として生き、その陣地内でしか自由と豊かさを謳歌できない。

一方で、船を館とし、どこにも根を張らずに海路を航海する海の王たちもいる。波と潮流こそが彼らの王国であり、砂浜と岸、そしてみずからの勇気の限界だけが境界線を決める。

ゲイルムンド・ヘルハイドは海の王となる前——西のイースランド（アイスランドのアイスランド語名）の領域内に落ち着く前に、デーン人のためにイングランドのサクソン人と戦い、策略と勇気で多くの勝利を手にした。デーン人の王グスルムがウェセックスの王アルフレッドと和平を結ぶと、北に向かったヘルハイド隊はしばらくその地で過ごしたあと、やがてゲイルムンドの双子の兄ハムンドとともに海に出た。

兄弟と行動をともにしたのはスタイノルフュルとシャルギ、ヴェトルと片腕のラフン、巨人エスキルと女戦士ビルナ、痩せぎすのタランドとシャラン、そしてヘルハイド隊の全員に求められる誓いをみずから立てた多くの戦士たちだ。彼らは襲撃と交易を繰り返しながら世界の果てまで船を漕ぎ、あらゆる人々が彼らの存在を畏れ、語り継ぐようになるまで、赫々たる偉業を成し、数多の名声と富を得た。

ときに、ゲイルムンドが鍛冶師ヴェルンドの作った腕輪をしていたと言われることがある。その腕輪は皮膚を鉄に変え、いかなる武器も彼を傷つけられなかったと伝えられている。だが、死した彼の腕にそれはなく、どの館からも、埋葬された塚からも伝説の腕輪が発見されることはなかった。

ゲイルムンドに腕輪の力など必要なく、その名声は己の力で勝ち得た――。いつしか海の王の伝説はそう語り継がれるようになった。

〈完〉

訳者あとがき

世界的なゲームソフトメーカーであるユービーアイソフトの人気シリーズ『アサシン クリード』の十二作目となる『アサシン クリード ヴァルハラ』は、九世紀のヨーロッパを舞台とするヴァイキングの戦士たちの冒険譚だ。これは海外ドラマ『ヴァイキング ～海の覇者たち～』や『ラスト・キングダム』をご覧の方々ならなじみ深い世界だろう。特に後者では大異教軍を率いた首長《ヤール》のひとりグスルムやウェセックス王アルフレッドが登場するほぼ同時代のイギリスが描かれていながら、イギリス寄りの視点ゆえにグスルムは得体の知れない不気味な蛮族という印象が強く、本書の思慮深いイメージとのギャップが興味深い。

さて、本書に話を戻すと、こちらはゲームで展開される物語にからんだオリジナル・ストーリーで、のちにアイスランドに定住する最初のひとりとなった海賊王ゲイルムンド・ヘルハイドの立身伝だ。彼はゲーム中のヨルヴィック篇に登場するリュビナの息子であり、ノルウェーはアヴァルズネスの王ヨールの妃だった彼女がイギリスにいる経緯が本書で明かされる。オリジナル・ストーリーとはいえ、『アサシン クリード』シリーズの例に漏れず、本書も綿密な時代考証にもとづき、ゲイルムンドの生い立ちはアイスランドやノルウェーに残る伝承をなぞっている。ゲームでは詳しく記されていない時代背景や当時の情勢を知ることができるのが本書の魅力であり、ヴァイキング時代の冒険物語としてもおもしろいのは言うまでもない。ちなみに、アイスランドには現在でも遺伝子的にゲイルムンドにまでさかのぼることができる子孫がいるそうで、フィクションであっても、千年以上も前に実在した人々の英雄譚であると思うと感慨深いものがある。

ゲイルムンドはヨール王の息子として生まれ落ちたときから数奇な運命をたどることになる。母リュビナはビャルマランドと呼ばれる、白海の南岸地域（広義のシベリアの北西側）を出自とするモンゴル系だ。ノルウェーのヒストリーセンターのＨＰ《ホームページ》に掲載されているイメージイラストでは完全にアジア人であるし、ゲーム中でもやはりアジア系の顔になっている。彼女は双子の息子、ハムンドとゲイルムンドを授かるものの、子どもたちが自分にばかり似て、王にはまったく似ていないのを恐れ、奴隷女が産んだ子と取り替えてしまう。数年後、彼女は吟唱詩人《スカルド》のブラギに説得されて（奴隷に育てられても、彼らが生まれながらに人の上に立つ者であるのをブラギが見抜いたとされる）ふたたび子どもたちを取り替え、ハムンドとゲイルムンドは無事に王の正当な子息として認められる。息子たちを初めて見たヨール王は「たしかにわが血筋であるのは認めよう、しかしこれほど浅黒い肌は見たことがない！」と驚き、浅黒い肌を意味する〝ヘルハイド〟が双子の通り名となった、とこの部分はすべて伝承に語られているとおりだ。

そして本作の前半、ゲイルムンドは北欧人にはまったく見えないこの容姿にたびたび苦汁を飲まされる。通常、スカンジナビアでは高貴な生まれの者は白い肌を持ち、彼のように浅黒い肌の者は異国から連れてこられた奴隷であった。それゆえ、彼は周囲からなかなか信頼を得ることができず、グスルムの船で嵐に遭うと、おまえの存在が海の神の怒りを買ったのだと一方的に責められ、荒れ狂う海にみずから身を投じる運命をたどる。そんなゲイルムンドがいかに戦士たちの信頼を得ていくかがこの物語の見所だろう。

ゲーム版の主人公エイヴォル（ここでは女性）は本書にも登場しており、印象的な存在感を示している。ご存じの方も多いかもしれないが、エイヴォルを主人公とする物語はアメコミ「Assasin's Creed Valhalla : Song of Glory」でも展開され、二〇二〇年十二月頭までに全三話が発表されている。現在のところ英語版のみだが、キョトヴィに命乞いした挙げ句に殺された父に対するエイヴォルの怒りや、アサシンブレードを装着した謎の敵の登場など、こちらも胸躍るストーリーだ。ストリーミングサービスSpotifyではゲームの発売に合わせて無料のポッドキャスト「Echoes of Valhalla」全五話が配信中で、迫力のあるミニドラマやこの時代の研究者へのインタビューを聴くことができる（残念ながらこちらも英語のみ）。

本書は独立したストーリーなので、ゲーム『アサシン クリード』のファンもそうでない方も同様に楽しんでいただけるだろう。ここで、まだプレイされていない方々に一点だけ、鍛冶師ヴェルンドについて説明しておきたい。ヴェルンドは北欧の散文作品《サガ》に登場する名高い鍛冶師だ。本書では太古の昔から生き続けながらも、本人が「神でも人間でもない」と明言し、しかも単体ではないという謎だらけの存在になっている。実は、彼の正体はゲームをされている方ならおなじみの〝イス〟と呼ばれる古代種族で、人類誕生以前の文明の担い手なのだ。イスは高度なテクノロジーを持ちながらも災害のためにその大半が滅び、現在に至るまで人間とは複雑な関係にある。このあたりの話はご存じなくても本書ではまったく問題ないが、本書を通じて『アサシン クリード』の壮大な世界に興味を持たれ、ゲームへと進んでいただけたら幸甚の至りである。

それでは、戦場で武器を手に握ったまま死に、ヴァルハラへ招かれることこそ誉れと信じる戦士たちの物語を楽しんでいただきたい。

二〇二一年一〇月吉日

北川由子

アサシン クリード ヴァルハラ
ゲイルムンド・サーガ

ASSASSIN'S CREED VALHALLA GEIRMUND'S SAGA

2021年11月26日　初版第一刷発行

著者　マシュー・J・カービー
翻訳　北川由子
編集協力　阿部清美
DTP組版　岩田伸昭
装丁　坂野公一（welle design）

発行人　後藤明信
発行所　株式会社竹書房
〒102-0075
東京都千代田区三番町8-1 三番町東急ビル6F
email：info@takeshobo.co.jp
http://www.takeshobo.co.jp

印刷所　凸版印刷株式会社

この作品はフィクションです。実在する人物、団体、地名等は一切関係ありません。

本書掲載の写真、イラスト、記事の無断転載を禁じます。

落丁・乱丁があった場合は、furyo@takeshobo.co.jp までメールにてお問い合わせください
本書は品質保持のため、予告なく変更や訂正を加える場合があります。

定価はカバーに表示してあります。

Printed in Japan